異世界国家

アルキマイラ

―― 最弱の王と無双の軍勢 ――

DIFFERENT WORLD ALCHIMAIRA: THE WEAKEST KING AND MATCHLESS ARMY

aono akatsuki
蒼乃暁

Illustration
bob

序章

彼方《かなた》に見える進軍の土煙に彼は不敵な笑みを零《こぼ》した。

敵軍の総数はざっと二千。構成としてはオーガを中心とした鬼族の連合。

先頭に立つ赤い肌のオーガが敵将らしく、独自言語《オルガド》で喚《わめ》きながらひたすら突撃を命じている。

「――ハ。たかが二千で攻めてこようとは、我が国は相当に見くびられているようだな」

敵軍の咆哮《ほうこう》を受け止めた青年は嘲笑《あざわら》うように口を開いた。

その姿は魔物ではない。人間だ。しかも何ら戦う力を持たぬ弱い人間だった。しかし迫りくる魔物の軍勢を前にして怯《ひる》む様子など欠片《かけら》も見せず、不敵な笑みを崩そうともしない。

「お前たちもそうは思わないか。なあ？」

チラと振り返る青年。そこにもまた魔物の群れが存在した。しかも二千などという少数ではなく数万を超えようという規模でだ。その先頭に立つ青年は気負った様子もなく魔物の群れに声をかけ、叙事詩《じょじし》に謳《うた》われる軍神のように右腕を翳《かざ》す。

「それでは数年ぶりに揃《そろ》った八大軍団のお披露目《ひろめ》だ。諸君、派手に行こう」

青年の名はヘリアン。

超大国アルキマイラを率いる王にして神、支配者にして絶対者。

最弱の人間でありながら魔物の軍勢を従える――万魔《ばんま》を統《す》べし王である。

一章　ユメのような世界

『Ｔａｃｔｉｃｓ《タクティクス》　Ｃｈｒｏｎｉｃｌｅ《クロニクル》』

それは第四世代型仮想現実体感型《ＢＣＮＩＶＲＳ》ゲームとして〈全感覚投影式〉を採用し、世に数多《あまた》生み出された作品《タイトル》のうちの一つである。

ゲーム世界を五感で楽しむことのできる〈全感覚投影式〉は爆発《ばくはつ》的とも言える速度で普及したが、その中でこの作品《タイトル》が埋もれず人気作となったのは『幻想世界の現実化表現』が並外れてハイクオリティだったからに違いあるまい。

なにせ国家運営型戦略ＳＬＲＰＧ《シミュレーションロールプレイングゲーム》——大雑把に言えば箱庭ゲームという主流層から外れたジャンルでありながら、ＰＶを公開しただけでメインの購買層はおろか主婦や女子高生の予約すら勝ち取ってみせたのだ。その作り込みの凄《すさ》まじさは推《お》して知るべしだろう。


——そりゃ買うさ。


ゲーマーを自称するならこれを買わずに何を買うのかとすら彼は思う。

それほどまでにあのＰＶは素晴らしく、彼の少年心を鷲掴《わしづか》みにしていた。そして際限なく高まった彼の期待感に［タクティクス・クロニクル］は見事応《こた》えてみせたのだ。

初めてプレイした日のことは今でも鮮明に思い出せる。

発売日初日の早朝、ダイブポッドに身を横たえた彼——三崎司《みさきつかさ》ことキャラクター名【ヘリアン】は一人の王として夢のような世界《タクティクス・クロニクル》の大地に降り立った。

そうして視界に飛び込んできたのは見渡す限りの大草原。次いで感じたのは春風のような薫りと土の匂《にお》い。背の高い草を風が撫《な》でていく音は細波《さざなみ》にも似た響きで鼓膜《こまく》を震わせ、興奮のあまり握り込んだ拳《こぶし》は確かな感触として脳を刺激する。

その圧倒的な『幻想世界』の存在感は、当時中学生だった三崎司へ身震いするほどの感動を与えた。

「さあ、国興《おこ》しを始めよう。俺《おれ》たちの冒険はここからだッ！」

そんな馬鹿《ばか》丸出しの台詞《せりふ》を叫びながら、ワクワクする気持ちを抑えきれない幼子のように草原を駆け出したあの日のことは永遠に忘れまい。

かくして、三体の配下を率いたヘリアンは［タクティクス・クロニクル］への記念すべき第一歩を踏み出したのだった。


——それから現実時間で数年経《た》った現在。

ヘリアン王が率いる国【アルキマイラ】は、時に発展し、時に滅びかけたりしながら激動の時代を生き抜き、紆余曲折《うよきょくせつ》を経て世界の覇者たる超大国へと成長を遂げていた。

そして今日も今日とて飽きもせずゲームにログインしたヘリアンを迎えたのは、建国一五〇年を祝いに首都へ集結した国民の数々だった。

「おぉー。さすがに壮観だな」

アルキマイラの国王《プレイヤー》――ヘリアンは感嘆したように息を零《こぼ》した。

城のバルコニーから見下ろした演説用の大広場には、世界中に散らばっていた各軍の将が自らの軍勢を率いて続々と集結しつつある光景が広がっている。

しかし、そこには一人として人間は存在しない。その全てが〝魔物〟だ。しかもエルフやドワーフといった亜人種などは序の口として、悪魔や鬼人、妖精《ようせい》に魔獣、果てはスライムや死霊といった不定形の人外種族までもが出揃《でそろ》っていた。

それもそのはず。このゲーム［タクティクス・クロニクル］には『人間の王が魔物の国民を率いる』というファンタジー要素が組み込まれており、国民はその全《すべ》てが魔物なのだ。

従って城下町を人外が闊歩《かっぽ》しているのはごくごく当たり前の日常光景なのだが、様々な種族が整然と行進して広場に集結していくその様子は、自分の為《な》してきた成果が目に見えるようで感慨《かんがい》深いものがあった。

「ん、第八軍団も到着したか。やっぱりドラゴンは目立つな」

上空から舞い降りてくるのは竜種《ドラゴン》の姿だ。

一体でも街を焼き払えるほどの脅威《きょうい》である竜種が、群れ単位で大広場へと降下していく。

これだけでもアルキマイラの保有戦力の強大さ、ひいてはその脅威度が測れるというものなのだが、精鋭軍が集結する『建国祝賀祭』の開催直前というタイミングで無謀にも戦争を仕掛けてきたオーガ一派は何を考えていたのだろうか。

いやまあ、ボスオーガに積まれていた人工知能《AI》が特に阿呆《あほ》だったとしか言いようがないのだが。

「けど、わざわざ喧嘩《けんか》売ってきたんだからせめて軍団長ぐらいは使わせろよなー。全滅させる前に降伏されちゃったし、不完全燃焼感が半端《はんぱ》ない」

唇を尖《とが》らせるヘリアンだが、まあ祭りの前の催しだったとでも思うか、と気分を切り替える。

なにせこれから行われる『建国祝賀祭』は超大国アルキマイラの一大催事だ。ネガティブな感情を抱えたまま開催を迎えるのは勿体《もったい》ないにも程がある。

それから執務室にて装備を儀典用に切り替えつつ時間を潰《つぶ》した後、各軍団が整列を済ませているのを〈地図《マップ》〉で確認した。演説効果《イベント》を高める各種舞台装置も設置完了済み。満を持した。


――となれば、そろそろ『彼女』が来る頃合《ころあ》いだろう。


国王側近という役職に指定したＮＰＣ《ノンプレイヤーキャラクター》の行動パターンを知り尽くしたヘリアンは、執務室の扉に向き直ってカウントダウンを口ずさむ。

「五……、四……、三……、二……、一……」

ゼロカウントとともに、コンコン、と控え目なノック音。

ヘリアンの入室許可を受けて扉を開いたのは、予想通りの人物だった。

「【失礼】いたします、【ヘリアン】様」

静かな声で告げ、入室してきたのは二十歳《はたち》前後の女性だ。

銀糸《ぎんし》のような長髪を首の後ろで束《たば》ね、前髪から覗《のぞ》く切れ長な瞳《ひとみ》には琥珀色《こはくいろ》の光が浮かんでいる。

そしてその頭頂部には、獣人種の特徴である三角形の狼《おおかみ》耳が銀髪の間から飛び出ていた。腰からはフサフサの大きな尻尾《しっぽ》が生えており、緩々《ゆるゆる》とした動きでそれが左右に振られている。

彼女こそ、国王側近にして第一軍団の長——月狼《マナガルム》のリーヴェだ。

「【建国祝賀祭】の【式典】【準備】が【完了】しました。【壇上】へ【移動】してください」

〈鍵言語《キーワード》〉と呼ばれる幾つかの重要単語を組み合わせ、AIにより自動生成された台詞を口にしたリーヴェは、国王《プレイヤー》であるヘリアンに対し【丁寧《ていねい》なお辞儀】の動作《コマンド》を実行した。

「うむ、出迎えご苦労。それでは【壇上】へ【移動】する。【付いてこい】」

「【承知】いたしました」

口頭で発した〈鍵言語《キーワード》〉に従い、執務室を出たヘリアンの後ろを第一軍団長《リーヴェ》が追従する。

高性能なAIに最初はひたすら感心したものだ、とヘリアンはプレイを始めた日のことを懐《なつ》かしんだ。

どうにも一五〇年目という節目の建国祝賀祭を迎えて感傷的になっているのかもしれない。

(今年の演説はどうすっかなー)

歩きながら演説の台詞を思い浮かべていく。

そこまで凝らずとも『演説』というアクションがもたらす効果はルールに基づき定められているのだが、そこを拘《こだわ》ってこそのロールプレイだ。

(よし、今回は少佐風でいくか。演説といえばあの人だしな)

壇上まで向かう廊下でヘリアンがそう心に決めた時————ソレは起こった。

「……うん?」

視界の端にノイズが走る。

装置《ダイブポッド》との接続率が落ちたのか、と訝《いぶか》しんで設定仮想窓《システムウィンドウ》を覗き込むが数値は正常値のままだ。

はて、と首を傾《かし》げる。

すると今度は耳障りな音が聴覚を刺激し始めた。

「おいおい、何でまたこのタイミングで……。せっかくの式典イベントだってのに、しっかりしろよ運営さん。自国《ウチ》だけじゃなくて他国でも建国祝賀祭やってるとこ多いハズなんだけど？」

まあしばらくすれば直るか、とヘリアンは溜息《ためいき》を吐《つ》きつつ立ち止まる。

そしてそのまま待機し、障害が沈静化するのを待とうとした——その時だ。

「——ッ⁉　な、なんだ⁉」

突如《とつじょ》として平衡感覚《へいこうかんかく》が狂った。

まるで旧時代のスフィア式洗濯機に放り込まれたかのような感覚に晒《さら》され、上下左右の認識すら危うくなった。まともに立つことすら困難になり、たまらず廊下に座り込む。そこへ一瞬の浮遊感の後、高所から着地したような衝撃が身体全体を襲った。

しかしそれが境目だとでも言うように平衡感覚が元に戻り、ノイズもまた徐々に収束の気配を見せ始める。それからたっぷり三十秒ほどかけて、ようやく視界と聴覚が安定した。

「やっと収まった……何だったんだよいったい。バグか？　まさか天災イベントじゃないだろうな」

愚痴《ぐち》りながら立ち上がる。

せっかくの晴れの日に水を差すようなイベント発生はいただけない。

「ヘリアン様！　ご無事ですか⁉」

駆け寄ってきたリーヴェがヘリアンの体を上から下まで注意深く見る。どうやら怪我《けが》をしていないか診ようとしているようだ。

「ん？　ああ【大丈夫】だ。【気にするな】」

すぐにＮＰＣが行動《リアクション》を起こしたということは今の現象はバグの類《たぐい》ではないだろう。

ということは天災イベントである可能性が高い。

先ほどの衝撃から察するに大地震か、はたまた隕石《いんせき》の落下か。発生箇所によっては広範囲の施設に大被害が出て、復旧に時間がかかる上に市民の幸福度が下がるバッドイベントの一つだ。

よりにもよって今日かよ、と眉間《みけん》に皺《しわ》を寄せながらヘリアンは城の外を見やる。

そして廊下の窓から見える景色が一変している事実を知った。

「…………へ？」

城下町は健在だ。それはいい。ざっと見た限りでは倒壊した建物は見当たらず火の手も上がっていない。勿論《もちろん》クレーターの類も見受けられない。

では何が問題かと言えばその外だ。

城下町を覆《おお》う城壁の向こう――ただ広い草原が広がっているはずのその場所が、鬱蒼《うっそう》とした深い森で染められていたのだ。

まるでどこぞのジャングルか樹海の様相を呈している。

「え、なんだこれ。地形干渉系の極大魔術か？　いや、でも今は第三軍団と第四軍団が首都に駐屯してるんだぞ。アイツらの都市結界を突破できるような極大魔術なんて単体詠唱じゃ絶対無理だろ。しかも第六軍団までいるんだから、共鳴詠唱や儀式詠唱なんてアホみたいに目立つものを事前に察知できないはずはない……とくれば」

これは敵対勢力の仕業《しわざ》ではない。

それなのに、いきなり首都が森に覆われてしまったということは。

「天変地異イベント？　いや、神の試練イベントか？」

どちらにしても碌《ろく》でもないことに変わりはない。

「ヘリアン様……こ、これは……⁉」

少し後ろに立つリーヴェが慄《おのの》いたかのように戸惑いの声を発した。

その様子から察するに、どうやら精神系バッドステータス【恐怖】に陥《おちい》っているようだ。

……珍しい。

彼女は【人物特徴】に【勇敢】を持っているので高い耐性があるはずなのだが、それでもなお【恐怖】に陥《おとしい》れるような影響度の高いイベントということか。これは厄介だ。

「落ち着けリーヴェ。一旦《いったん》【執務室】に【戻る】。【付いてこい】」

〈鍵言語《キーワード》〉で追従するようリーヴェに指示し、足早に執務室に向かう。

部屋に着くなり、サイドテーブルに鎮座するドでかい宝珠に手を触れてすぐさま起動。

まずはこのイベントの影響範囲がどこまで及《およ》んでいるのかを確認すべく、最も手近な拠点の担当官《NPC》に接続《アクセス》しようとして、

「？　アクセス不能？　いや、そもそも接続先の選択肢《リスト》が出てこない？」

何故《なぜ》だろう。このようなことは今まで一度も起きたことはなかった。

アクセス不能なのはまだいい。接続先の宝珠が破壊されていたり、敵対勢力により妨害《ジャミング》されてア

クセスできなくなったことは前にもあった。だが、接続先としての選択肢そのものが出てこないというのはどういうことか。

ヘリアンは訝しみながらも〈地図《マップ》〉を開く。

「――――ハァッ⁉」

ない。なかった。いや〈地図《マップ》〉自体はあったのだが、そこには支配下に治めている拠点が一つたりとも表示されていなかったのだ。

それどころか首都以外の全域が『未探索地域』を示す灰色で埋まっている。〈地図《マップ》〉の中心部にポツンと首都が描画されているだけで、残りは灰色一色に染め上げられてしまっていた。

あまりに予想外の結果にしばし唖然《あぜん》とする。

「これってまさか……強制転移か？　探索してない未開の地に飛ばされた？　嘘《うそ》だろオイ」

強制転移はごく稀《まれ》に発生するバッドイベントの一つだ。

自然災害的に発生し、個人や部隊が一瞬で別の座標に飛ばされる。戦争中に雪中行軍させていた奇襲部隊が数百キロ彼方《かなた》に飛ばされた時などは、あまりの不運に思わず絶叫したものだ。

しかし都市丸ごとが転移させられたという事例は聞いたことがない。

ましてや未探索地域に、それも国の要《かなめ》である首都だけが強制転移させられるなどという暴挙は絶対にありえない――と断言したいところなのだが。

「…………やりかねないな、あの運営チームなら」

なにせ病的なまでの作り込みが売りのゲーム会社だ。良くも悪くも変態技術者と名高い開発チームは、自由度の高さと作り込みの細密さを極《きわ》めて高い水準で両立させてこの世界を創った。

そうして強固に築かれた舞台の上で多種多様なイベントが展開されているわけなのだが、ファンタジー世界に静止衛星軌道砲《サテライトキャノン》なんぞを密《ひそ》かに実装していた名物ディレクターがトップを務めているような運営チームである。

過去に開催されたイベントの前科もあり、どんなに奇天烈《きてれつ》な展開だろうが「アイツらならやりかねない」と思わせる謎《なぞ》の信頼感があった。

「あー……兎《と》にも角《かく》にも情報収集からだな。現状把握できないとどうしようもない」

果たしてこれが神イベントと称賛《しょうさん》されるものか、あるいは糞《くそ》イベントと唾棄《だき》されるべきものなのか。

その判定は後の自分に任せればいいことだ。

そうと決まれば迅速に対応を開始せねばと、まずは傍《かたわ》らの国王側近へ向き直り命令を下す。

「リーヴェ。どうやら【我が国】の【首都】は【強制転移】させられたようだ。となれば、まずは国の現状を把握する必要があるだろう。私はこれから【各軍団】へ最低限の【指示】を送る。【お前もまた【各軍団長】と【連絡】を取り、【現状】を【把握】すべく【情報収集】に努めよ」

「……ッ！　承知しました。ご随意《ずいい》に」

深く礼をして立ち去るリーヴェを見送り、タッチパネル式の空中投影ディスプレイを表示させた。

命令発信用の〈戦術仮想窓《タクティカルウィンドウ》〉を呼び出し、各軍団へと矢継《やつ》ぎ早《ばや》に指示を出す。

第一軍団は従来通り王《ヘリアン》の補佐。

第二軍団は住民の安否確認と、治安維持に従事。

第三軍団は怪我人の治療、および外壁に沿った首都結界の点検と維持。

第四軍団は魔術による都市外の遠視と調査。

第五軍団は第二軍団の支援と、損壊した施設があれば第七軍団と共に応急処置。

第六軍団は第四軍団と協力して内外の情報収集に専念。

第七軍団は各施設の点検と修復。

第八軍団は首都圏内の上空から偵察と周辺警戒。

だが、いずれの軍団も国外を刺激するような行動は固く禁じる。

まずは国内の現状把握を最優先。

これを基本方針として、後は各軍団長の指示に従い臨機応変に対応。


一通りの命令を発信した後、ヘリアンは椅子《いす》の背もたれに体重を預け、天井《てんじょう》を仰《あお》ぎ見る。

「さーて……こちとら節目の建国祝賀祭を潰されたんだ。それに見合うだけのイベントを期待させてもらうぜ、運営さん？」

誰《だれ》もいない執務室で、ヘリアンは挑発的な笑みを浮かべて呟《つぶや》いた。

2.

さて、軍団に指示を出し終えたのでとりあえずやるべきことはやった。

一刻も早く現状把握をして次なる行動に移りたいところだが、未《いま》だ各軍団は情報収集作業の最中だ。

仮想窓《ウィンドウ》には知っている情報しか可視化されないので、現状把握をするためには配下たちがある程度の情報収集を終えるまで待つしかない。

「けどまあ、何もしないでいるってのも苦痛なわけで」

新たに〈通信仮想窓《チャットウィンドウ》〉を開錠《オープン》。目の前に浮かべた半透明の仮想窓《ウィンドウ》には、過去に接触したことのある他のプレイヤー――他国の王の名前が並んでいる。

誰かと会話《チャット》をして、情報収集兼暇潰《ひまつぶ》しのなんちゃって外交でもしていようかとプレイヤーリストを呼び出してみたわけだ。が、

「あれ？」

リストに表示された全てのプレイヤー名が灰色で表記されていた。

これは自分以外の全プレイヤーがオフライン状態であることを意味している。

しかし多くの国で建国祝賀祭が行われているはずの今日この時に、一人もオンラインプレイヤーがいないというのはいったいどういうことなのか。

はて？　と首を傾げているところへ、コンコンと控え目なノック音。

「ヘリアン様、リーヴェです。現時点の調査結果についてご報告に参りました」

「入れ。【入室】を【許可】する」

音もなく開かれる執務室の扉。

するりと入ってきたリーヴェの背筋はいつも通りピンと伸びていたが、頭頂部の狼耳がへにゃりと力なく折れている。どうやらあまり良くない報告のようだ。

「それでは早速ですがご報告申し上げます。まず首都の外ですが、完全に森に覆われていました。しかも第六軍団からの情報によれば、何らかの幻惑効果が森全体に展開されているようです」

「地形《フィールド》効果による幻惑《ジャミング》効果か……。それじゃ第四軍団の人員を回して改めて調査させるかな。安全第一で、魔術使って遠くから」

「第四軍団長自らが既に試したそうですが、幻惑効果の解析に手こずっているらしく即座に結果を出すのは難しいとのこと。さらなる調査のためには足を使う必要がありそうです」

「なんだ、既に試した後か。それなら森への地形適性を考慮して、エルフ系種族を中心に臨時の調査隊を編成………………………、え？」

「承知いたしました。第四軍団長に追って指示を伝えます」

――ま、待て。

「次に第八軍団所属の竜族による航空偵察……というより、空からの遠視の結果についてですが、周囲一帯には一面の深い森が延々と広がっているようです。北東方面だけは比較的緑が薄いようですが、首都結界範囲内に限定した低空からの観測ではこれ以上の確認が難しいとのことでした」

――待ってくれ。

「また、第八軍団の竜どもが『もっと高度を上げさせろ。もしくは首都結界の外へ直接偵察に向かわせろ』などと喚《わめ》いていましたので、殴って黙らせておきました。国外を刺激するなとの王命をきちんと理解できていなかったようです。後々の再教育は第八軍団長に引き継ぎました」

――だから、待てって。

「続いて国内の治安に関しまして。国民が突然の異常事態により浮き足立っていましたが、第二軍団と第五軍団の働きにより現在は平静を保てております。ただ、最近併合したオーガの一派が……」

「――待て、リーヴェ」

声は震えていただろう。

王の振る舞いではなかったとも思う。

けれど、これ以上黙っていることなどできなかった。

「……？　はい、何でしょうか。何か問題でも？」

リーヴェは怪訝《けげん》そうな表情を浮かべている。それは見たことのない感情表現《エモーション》パターンだった。

既に彼女の【恐怖】の精神状態異常《バッドステータス》は解消されて【平静】に戻っているはずだというのに、未だに初見の感情表現《エモーション》を見せているのはおかしい。【平静】時の感情表現《エモーション》などは全パターンとうに見飽きたはずだ。

しかし、それすら些細《ささい》なことと割り切れてしまうほどの大きな違和感があった。

なにせ先ほどからの会話では、入室許可以外にヘリアンは〈鍵言語《キーワード》〉を発していない。それなのにリーヴェはヘリアンの独り言の台詞に反応し、会話が成立していたのだ。


――ありえない。


昨今のＡＩがいくら優れているとはいえ、完全に人間のように振る舞える領域にまでは至っていない。［タクティクス・クロニクル］においても、幾つかの決まり事《ルール》を人間側が守ることによって、まるで人間とＡＩが自由に対話しているように見せかけているにすぎないのだ。

故に人間《プレイヤー》であるヘリアンが、機械《ＡＩ》であるリーヴェとこうまで自由なコミュニケーションを成立させている事実は、どう考えても異常な出来事《できごと》だった。

「い、いや、落ち着け……落ち着くんだ」

自分に言い聞かせるように呟く。

こういった通常では考えられない事態に遭遇した場合、まず行うべきはＧＭ《ゲームマスター》への緊急連絡だ。

ヘリアンは仮想窓《ウィンドウ》を操作し、即座に管理者呼出《ゲームマスターコール》のコマンドを実行する。

しかし反応がなかった。

コマンド実行に成功したとも失敗したとも表示されず、まるで何も行われなかったかのように仮想窓《ウィンドウ》は沈黙を保っている。

「…………シ、設定仮想窓《システムウィンドウ》：開錠《オープン》。選択《セレクト》：離脱《ログアウト》。即時実行《イミディエイト》！」

現実世界に戻るための離脱《ログアウト》コマンドを発声操作――反応なし。

慌てて直接操作で設定仮想窓《システムウィンドウ》を操《あやつ》り、緊急離脱《エマージェンシーログアウト》のコマンドを手動実行《タップ》――反応なし。

「いやいや待て待て……おかしいって。なんで応答がないんだ。これ緊急用コマンドだぞ!?」

最初から手順をやり直し、改めて緊急用管理者呼出《エマージェンシーゲームマスターコール》を即時実行――反応なし。

副作用を覚悟の上で強制終了《シャットダウン》を即時実行――反応なし。

足が震える。嫌な汗が止まらない。

「ヘリアン様？　顔色が悪いようですが、どこかお加減でも……」

尻尾を力なく垂らしたリーヴェが心配するように顔を覗き込んでくる。

体調不良かと訝しむリーヴェは「失礼いたします」と断りを入れてから、ヘリアンの前髪を掻《か》き上げて額にその手を触れさせた。

そうしてヘリアンが額に感じるのは、冷たくしっとりとした女性らしい掌《てのひら》の感触。

――恐る恐る、リーヴェの顔に右手で触れた。

「え？　……あ、あの？」

戸惑ったような仕草に表情の変化。自然すぎる反応に加えて初見の感情表現《エモーション》。

頰《ほお》に当てた指先からは特有の柔らかさが感じ取られ、彼女の体温も伝わってくる。

……そこまではまだいい。

〈全感覚投影式〉は感触や温度といった五感をプレイヤーに伝達可能だからだ。『柔らかさや温度を感じとる』という点については以前から実現できていた。

しかしそれはあくまで上辺だけのものであり、一定未満の感覚しか得られない味気のないものだったはずだ。家庭用ゲーム機の性能限界やコストの問題から、また仮想現実を本物の現実だと錯覚してしまわぬようにとの配慮から、『作り物の感覚』しか得られないよう調整されている。

だと言うのに、伸ばした右腕に当たる彼女の吐息は何だ。

右手が触れる首筋から感じ取れる鼓動は何だ。

徐々に紅潮《こうちょう》する頰の自然な色合いは何だ。

女性特有のこの甘い香りは何だ。

……ありえない。こんなことは絶対にありえない。

表現しようと思えば技術的には可能なのだろう。

だが、ここまで緻密《ちみつ》な情報を娯楽《ゲーム》として積み込めるかと問われれば断じて否《いな》だ。一キャラクター単位にこんな莫大《ばくだい》な情報量を持たせようものなら、秒間数千ペタフロップス程度の計算速度ではとても処理が追いつかないはずだ。最新のスパコンだって対応できたものか怪しい。

——そこまで思考が至った時、ふと頭を過《よ》ぎったキーワードがあった。

先日書店に行った際に見かけた広告。そこに書かれていたとある文言。五〇年ほど前のネット小説で爆発的に流行して一世を風靡《ふうび》し、最近再加熱しつつあるジャンル。たしか、不運な事故や神様のミスの被害に遭い、日常から切り離されて、漫画やゲームに似た世界に飛ばされるだとかいう——

異世界転移。

ゾッ、と血の気の引く音を初めて聞いた。

背筋に氷柱《つらら》を刺されたかのように寒い。勝手に呼吸が荒くなる。気持ち悪い。立っていられない。視界が歪《ゆが》んでいる。吐き気が止まらないんだ。

「へ、ヘリアン様……ッ⁉」

ふらつくヘリアンの身体をリーヴェが抱き止める。

彼女の顔に浮かぶのは、いつもの鋭い目つきからは想像もできない表情だった。

先ほどまで赤みがかっていた頬は青白く、その瞳からは相手の身を気遣う感情が窺《うかが》える。

しかし感情表現《エモーション》を超えた現実的《リアル》すぎるその仕草と表情は、ヘリアンからすれば受け入れがたい現実を突きつけられているようで、もはや不気味にすら感じられた。

「な……なんでも、ない」

辛うじてそんな言葉を口にする。

馬鹿げている。アニメや漫画の見すぎだ。異世界なんてあるわけがない。アレはあくまで創作物だ。己《おのれ》の中の常識がそのような反論を並べ立てるも、一方で目の前の現実を説明可能な論理的仮説は組み上がらない。

「お座りください。すぐに第三軍団長を呼んで参ります。それまでどうか――」

「なんでもない！　呼ぶな！」

咄嗟《とっさ》に口にした制止の言葉は、意図せず怒鳴り声となった。

ビクッ、とリーヴェが身体を震わせる。

「あ、いや……本当に、なんでもないんだ。少し立ち眩《くら》みがしただけ、だから、放っておいてくれ」

取り繕うような言葉。いや、実際にただ取り繕っただけの台詞だろう。けれど今の精神状態で誰かに会うなどできるわけがなかった。

……もしかしたら、国王側近という役職に指定したNPCのAIだけが改良されたのかもしれない。

それならば、プレイヤー一人につき一体のNPCだけならば、現在の一般商業用技術でも人間的な振る舞いをさせることができるのかもしれない。まだその可能性が残されている。だから他のNPCに会うわけにはいかなかった。

とにかく落ち着きたい。頼むから冷静になるための時間をくれ。こんな状態で誰かに会うのは色々と無理だ。

「か、各軍団に指示は出した。今はその報告待ちだ。お前も……軍団長からの報告を再度取《と》り纏《まと》めておけ。ある程度の情報が集まり次第、改めて報告を聞く」

「……しかしそれよりも、一旦休息を取られたほうが」

「大丈夫だ」

リーヴェの表情は焦燥の色が強くなっている。

心から主人を気遣っているかのようなよくできた表情。声色《こわいろ》。台詞。

……やめてくれ。ゲームにない仕草を、これ以上見せつけないでくれ。

「せめて診察だけでも……」

「くどい！　大丈夫だと言った！　退出して情報を取り纏めておけ！」

主人の怒声にリーヴェは身をすくめた。

その姿に、頭の隅に追いやられた理性が余計な仕事をして、まるで叱《しか》られた子犬のようだと連想してしまう。

「………失礼いたしました」

物言いたげな――最後までヘリアンの身を案じるような表情を見せながら、しかし粛々《しゅくしゅく》と頭を下げてリーヴェは退出した。そうして執務室に残されたのは、身を気遣ってくれる配下を怒鳴りつけて追い出した、虚《うつ》ろな王の姿だけだ。

「………設定仮想窓《システムウィンドウ》：開錠《オープン》。選択《セレクト》：緊急離脱《エマージェンシーログアウト》。即時実行《イミディエイト》」

反応はない。

「…………設定仮想窓《システムウィンドウ》：再開錠《リオープン》。選択《セレクト》：緊急用管理者呼出《エマージェンシーゲームマスターコール》。即時実行《イミディエイト》」

反応はない。

手動操作で一度設定仮想窓《システムウィンドウ》を閉じてから再表示させ、改めて離脱《ログアウト》と管理者呼出《ゲームマスターコール》のコマンドを実行したが、それでも、やはり、なんの反応もなかった。

3.

「…………──────」

それから三〇分は経っただろうか。

あるいはまだ三分程度しか経っていないのかもしれない。

クッションの利《き》いた椅子に体重を預けて天を仰いだまま、ヘリアンはそんな益体もないことを思考する。

……いい加減、現実逃避も限界に近い。

正常かも怪しい頭を無理矢理に稼働させ、現状を説明することのできる可能性を列挙する。

「……可能性その一。『タクティクス・クロニクル』をプレイ中、バックグラウンドで革新的なバージョンアップが実施されてAIが超絶進化。五感に関しても同様に、バージョンアップによって知覚可能な情報量が莫大に増えた」

否定《ネガティブ》。不可能だ。技術面をクリアできると仮定しても、バックグラウンドで処理するとすれば何十時間かかるか分かったものではない。

また五感に関しては完全に規約違反だ。特に触覚と味覚に関しては現実《リアル》に寄せすぎないよう、一定までの感覚しか感じられないよう厳しく法規制されている。現実世界の社会生活に著しい悪影響を及ぼす危険性を指摘されてのことだ。仮想現実体感型ゲーム《VRS》の黎明期《れいめいき》、まだ規制内容が正しく整備されていなかった頃にかなりの社会問題となったこともあった。

故に、運営会社がここまでリアルな五感情報を取得できるようにバージョンアップを行うことなど絶対にありえない。［タクティクス・クロニクル］のサービス停止どころか、企業の存亡に関《かか》わる一大事件にもなりかねない暴挙だからだ。

「可能性その二。壮大なドッキリ。これは実は現実世界であり、俺はゲームと似たような場所へ寝ている間に拉致《らち》された。さっきのリーヴェは本物の人間で、狼耳とフサフサ尻尾はただのアクセサリー。つまりはよくできたコスプレ」

否定《ネガティブ》。無意味だ。たかが一般人へのドッキリのためにゲームそっくりの城を用意してどうなる。それに先ほどのリーヴェの耳と尻尾は完全に違和感がなかった。挙動についても不自然なところはなく、ごくごく当たり前のものとしてそこに存在していた。

そもそも、仮想窓《ウィンドウ》を開くことも各軍団に指示《オーダー》を飛ばすことだってできたのだ。言うまでもなく、そんな魔法のような真似《まね》は現実世界ではできない。

「可能性その三。これはゲームの中だが、俺の意識は別の専用サーバに転送されている。そしてそのサーバでは別バージョンの［タクティクス・クロニクル］が稼働中。そのスパコン並みに高スペックな専用サーバで、俺は何らかのテスターとしてこんな馬鹿げた体験をさせられている」

否定《ネガティブ》……とは言い切れない。まだその可能性は残っている。

企業の倫理規定や仮想現実体感型ゲーム《VRS》特有の厳しい規制に著しく抵触してはいるものの、そこに目を瞑《つむ》れば技術的には可能かもしれない。人間のように振る舞える高性能ＡＩが積まれているのも、体温や肌の感触や脈動などといった莫大な情報《データ》の保有者もリーヴェ一体だけだとすれば、データ容量や演算処理能力的にも実現不可能ではないように思える。

だが、それを立証するには確かめなければいけないことがある。あくまでリーヴェだけが例外である、という事実を確定させなければいけない。

「――――」

ヘリアンは執務机の引き出しから純銀製のナイフを取り出した。

ややあってから左手を顔の前に翳《かざ》し、まるで本物そのものであるかのような現実感《リアル》を持った掌をじっと見つめる。

そしてその掌にナイフの刃を押し当て――一頻《ひとしき》り躊躇《ためら》ってからスッと横に引いた。

「痛ッ……」

痛みが走る。まるで希釈されていない本物の痛み。これも規約違反だ。〈全感覚投影式〉でのダメージ表現は多少の衝撃や刺激を感じる程度に抑え、〝痛み〟にまでは達しないよう制限すると規約に明記されている。

だが今更この程度の規約違反は予想の範疇《はんちゅう》。むしろ問題は、この後。

「血が出てきた……」

一本線の切り傷から流れ出る赤。拳を強く握ればあっという間に溢《あふ》れてきた。滴《したた》る赤に鼻を近付ければ血の臭いが鼻腔《びこう》に届く。現実《リアル》と寸分違わぬ圧倒的な現実感。

これにより、莫大な情報量を与えられたキャラクターデータは【リーヴェ】のみではなく、少なくとも【ヘリアン】を含めた二体以上が存在するという事実が確定した。

故に可能性その三もまた、否定《ネガティブ》だ。

「可能性その四…………………夢オチ」

なんとか絞り出したその可能性は否定したくない。左手の切り傷がジンジンと痛むが、以前夢の中でほっぺたを思い切り抓《つね》っても目覚めなかったことがあった。今回も同じ類だと思いたい。

だって、もう、これぐらいしか、可能性が残っていない。

この可能性を取り除いてしまえば、ありえないはずのこの現実を直視するしかなくなる。

「………………」

そうして項垂《うなだ》れているところへ、コンコン、とノック音。

本日三度目のその音は、どこか遠慮がちな響きに聞こえた。

「【入れ】」

「……失礼、いたします」

〈鍵言語《キーワード》〉を使って入室許可の意を伝える。

静々と扉を開けて入ってきたのは、予想通りリーヴェだった。

表情こそ澄ましているが、頭頂部にある三角形の狼耳はペタンと伏せてしまっており、ふさふさの銀尻尾も力なく垂れ下がっている。……その原因は考えるまでもないだろう。

「……その、改めて情報を取り纏めて参りましたので……ご報告を、と」

「ああ——いや、その前に言うべきことがある」

ビクッとリーヴェが肩を揺らした。

悪戯《いたずら》をして主人に折檻《せっかん》される前の子犬のようだった。

「……リーヴェ、すまなかった。先ほどの私は気が動転していたようだ」

「えっ？」

「首都丸ごとの転移などと、このような異常事態は私としても少なからず衝撃的だったようでな。お前には悪いことをした。許してくれ」

謝罪の言葉を述べる。

そして頭を下げようとしたところで、ギョッとした様子のリーヴェに制止された。

「い、いえッ！　私が、その、差し出がましいことを申してしまっただけの話で、ヘリアン様が謝るようなことではありません！　私こそ申し訳――」

「いいや、謝るべきは私だ。お前にとっては心地が悪いだろうが私の謝罪を受け取ってくれ。これは私にとって……俺にとって、必要なことなんだ」

リーヴェの台詞を遮《さえぎ》り、押し付けるようにして謝罪する。

……別に、異世界転移などという馬鹿みたいな現実を受け入れたわけではない。

どうせこれは夢だ。こんなことはありえない。なら十数分もすれば眠りから覚めることだろう。

だが一方で、夢だからといって好き勝手やっていい道理もない。少なくとも先ほど自分がリーヴェに対して怒鳴りつけたのは完全に八つ当たりだった。人としてなあなあで済ませてよいことではない。

なので謝罪する。至極《しごく》当然のことだ。

それに万が一――考えたくもないが、仮に、万が一の話として、これが夢ではない『何か』だとしても王らしく振る舞っておくに越したことはないだろう。

精神衛生上の観点からも、そのぐらいの保身は図っておいて損はないはずだ。

「………」

なおもリーヴェは何かを言いたげな様子だ。

しかしふと何かに気付いたように鼻を鳴らし、その視線をやや右下方に向ける。

彼女の視線を追えば、そこにはナイフで切り傷を作ったヘリアンの左手があった。机に隠れて彼女からは見えていないはずだが血の匂いで気付かれたらしい。

さすがは狼獣人系の【月狼《マナガルム》】だ。

今の今まで気付かれなかったのは、主の勘気《かんき》を蒙《こうむ》ったことで気が動転していたのだろうと察せてしまい、八つ当たりをした罪悪感が胸に刺さる。

「ああ、これか？」

左手を軽く上げて傷口を見せる。

するとリーヴェは澄まし顔から一転、今にも泣き出しそうな表情になった。

女の涙など見慣れていないヘリアンは慌てて口を開く。

「い、いや、大したことない！　手違いで少し切っただけだ。気にしなくていい」

「……その、またしても差し出がましく恐縮なのですが……どうか、治療を……」

「大丈夫だ。こんなものは唾《つば》をつけていれば治る。そんなことよりも現状把握を優先したい」

リーヴェの顔を見ていられず『これからのことについて話をしたい』と無理矢理に話題を変えた。

「あえて繰り返すが、現状の把握が最優先だ。各軍団長は今どうしている？」

「現在はそれぞれヘリアン様が各軍団に下された命令に準じ、各々《おのおの》の軍団を指揮していますが……」

「そうか。なら……各軍団長を謁見《えっけん》の間に集めることは可能か？　十五分ほどだけでいいんだが——」

「可能ですッ！」

前のめりで返事がきた。眼前までリーヴェの顔が迫る。睫毛《まつげ》の本数まで数えられそうな距離だ。

……何が彼女をそうさせるのか見当もつかないが、必死すぎやしないだろうか。

「そ、そうか」

ほんの少し引きつつ集めるべき軍団長を告げ、十五分後に謁見の間に参集させる旨を伝える。

「承知いたしました！　つきましては、まずは手近な第三軍団長から呼んで参ります！」

失礼いたします、と深い礼をしたリーヴェが足早に執務室を出ていくのを見送る。

何が彼女をそんなに必死にさせるのかと首を傾げようとして、去り際《ぎわ》の台詞に思い至った。

「ああ、なるほど……。どうにかして俺を第三軍団長に会わせようとしてたってことか」

第三軍団長は治療魔術のスペシャリストだ。

王が拒絶した以上は執務室《ここ》まで連れてくることはできないが、謁見を開くとあらばその機会に乗じてどうにか治療を、ということだろう。

「設定通りの忠犬だな。いや、アイツは狼だけどさ」

随分《ずいぶん》と再現性の高い夢だ、などと考えながら未だ出血が続く掌を見る。

「やっぱり先に治療を頼んでおいた方がよかったかな……無茶苦茶痛くなってきた」

そんな情けない台詞を口にしながら適当な布を掌に巻きつけておいた。

一介の学生でしかない自分には医学の心得《こころえ》などないが、とりあえずの応急処置にはなるだろう。

謁見までに夢が覚めてくれれば、と願いながらしばし執務室の椅子に体重を預ける。

しかし無情にも時は流れ、謁見の時間がやってきた。

4.

［タクティクス・クロニクル］はファンタジー要素を取り入れたＳＬＲＰＧ《シミュレーションロールプレイングゲーム》だ。

そのため、普通の史実戦争ゲームと比較すると多数の相違点が存在する。

代表的な例としては配下の育て方如何《いかん》によっては無双ゲーが可能という点だろう。それこそ大国の軍団長クラスの配下ともなれば、雑兵《ぞうひょう》相手に単騎がけして一騎当千を体現することも可能である。

しかしその一方、王《プレイヤー》本人の戦闘力は皆無《かいむ》だ。

生命力をはじめとした各種身体能力《ステータス》は現実世界の人間並みかそれ以下であり、これを成長させることもできず、しかも攻撃力に至ってはシステム的にゼロに設定されている。

要するにこのゲームでは、配下が強い一方で王《プレイヤー》自身は最弱の存在として定められているということだ。

そしてそんな人間の王が従える国民は、弱肉強食の理《ことわり》に生きる屈強な魔物たちであり、何が言いたいのかというと『万が、一、反、逆、さ、れ、よ、う、も、の、な、ら、へ、リ、ア、ン、の、命、運、は、そ、こ、で、尽、き、る』ということである。

――つまりは、超怖い。


「よく集まってくれた、軍団長諸君」

そんな恐怖心などおくびにも出さず、ヘリアンは居並ぶ軍団長に向けて鷹揚《おうよう》に告げた。

ビクビクしながら喋《しゃべ》るなど王らしくないぞと自分に言い聞かせ、必死にありもしない威厳を演出する。

そしてやはりというべきか、リーヴェ以外のキャラクターも〝人格〟を有しているように見受けられた。先ほど左手を治療してくれた第三軍団長の立ち振る舞いも、明らかにチャチなＡＩの挙動《もの》ではなく、固有の〝人格〟を持った存在そのものでしかなかった。

「……できれば腰を据えて話をしたいところだが、残念ながら今の我々には時間の余裕がない。早速だが本題に入るとしようか」

前置きの言葉を簡単に述べ、ヘリアンは居並ぶ軍団長に視線を向けた。

アルキマイラの軍勢は合計八つの軍団から構成されており、各軍団にはそれぞれトップとなる軍団長が存在する。軍の最高司令官は国家元首であるヘリアンだが、王から個別に命令がなかった場合の裁量や細かい指示については各軍団長に任されていた。

そして今、ヘリアンの目の前に跪《ひざまず》いているのは全八人中四人の軍団長の姿だ。


——第一軍団長。

各方面における国王補佐が主任務の少数精鋭部隊、別名［親衛軍］の長。

国王側近、並びに総括軍団長の任に就く【月狼《マナガルム》】のリーヴェ。


——第二軍団長。

獣人族や騎士職を中心とした陸戦戦力を保有する、別名［獣騎士団］の長。

純白の全身鎧《フルプレートアーマー》で身を固めた獅子頭《ライオンヘッド》の騎士である【剣獅子《スヴェルレーベ》】のバラン。

――第三軍団長。

回復と援護のスペシャリストが集められた、別名［聖霊士団］の長。

腰まで届く黄金色《こがねいろ》の髪が特徴的な【神代の白妖精《エンシェントエルフ》】のエルティナ。

――第六軍団長。

諜報《ちょうほう》活動や情報戦を一手に引き受ける魔族中心の軍、別名［妖魔軍団］の長。

深い瞳と妖艶《ようえん》な出で立ちが目を惹《ひ》く【夢魔女帝《ナイトメアエンプレス》】のカミーラ。


以上が、謁見の間に参集された軍団長の面々である。

第一～第三軍団長はヘリアンがゲーム開始当初から連れていた魔物が転生進化したもので、比較的落ち着いた性格をしていることもあり参集することにした。そして第六軍団長のカミーラは、情報戦に秀でた軍団長ということでメンバーに加えている。

他の軍団長については、性能重視で採用した結果故か個性《アク》が強いこともあり、引き続き任務に集中するようにと伝達して謁見参集の命は下さなかった。いきなり八体全員に会う勇気はない。

「集まってもらったのは他でもない。既に知ってのことだろうが、我が国は今、未曾有《みぞう》の事態に直面している。ついてはこれの対処について話がしたい」

「「「「――――ハッ！」」」」

四つの声が同時に応じた。

まるで練習でもしていたかのように完璧《かんぺき》に揃《そろ》っていて、こんな状況だというのに僅《わず》かに心地よさを覚える。

……練習、してないよな？

「まずは、我が国を襲った異変についてだ」

大学のプレゼンテーション講義で学んだスピーチ術を思い出しながら喋る。講義を受けている最中は使い所が少なそうだと感じていたが真面目《まじめ》に受講しておいてよかった。

自分を見る四対の視線が否が応にも重圧《プレッシャー》を与えてくるが、決してどもったり下を向いたりしてはいけない。胸を張って堂々と喋る。スピーチ術の基本中の基本だ。

「草原に囲まれていたはずの我が国は現在、深い森に覆われている。こんな現象は建国以来今までなかった。ついては現状把握が最優先となるが……リーヴェ、【現在】の【状況】を【説明】しろ」

「ハッ、それでは順を追って説明させていただきます」

念のために〈鍵言語《キーワード》〉を使って指示を出したが、リーヴェの返事には〈鍵言語《キーワード》〉が含まれていなかった。やはり〈鍵言語《キーワード》〉に拘るのは意味がないらしい。

ここから先は、ＮＰＣではなくＰＣ《プレイヤー》を相手にしているつもりで対応したほうがいいだろう。

「まず、街の外が完全に森に覆われていることは既に報告しましたが、外壁の大門から延びているはずの整備済の街道が完全になくなっていることが分かりました。従いまして、首都ごとどこかに切り取られて飛ばされた……つまりは転移現象である可能性が高いものと思われます」

調査によれば東西南北の大門共に全て同様とのことだ。

それも森に埋まって見え辛くなっているわけでもなく、外壁を境界線とするように綺麗《きれい》に途切れている状態らしい。

「続きまして都市内の状況ですが、建築物の損壊は殆どありません。一連の騒ぎで怪我人が数人出ましたが、第三軍団の医療班により全員治療済みです」

国内はとりあえず落ち着きをみせているようだ。

時間経過と共に幾つもの問題が噴出するであろうことは想像に難くないが、今現在緊急に対処しなければいけない問題はない。ならば、

「喫緊《きっきん》の問題は国外か」

「はい。国外を刺激しないようにとのご命令でしたので遠距離からの調査に留めていますが、どうにも森そのものが幻惑効果を有しているようで成果が芳《かんば》しくありません。魔術、スキル共に妨害されています。空中からのスキルを使用しない遠視の結果によると、北東方面に何らかの人工物があることは分かったのですが、それ以外は深い森に覆われています」

「なるほど……」

腕を組み、唸《うな》る。

今の自分たちの置かれている状況が分からない中、下手《へた》な手を打ちたくはない。今後外部に対してどのような働きかけをするか、それを決めるための情報が欲しい。

「我が国が今ここにあるという事実が、外部に知られていないと仮定しよう」

転移されてから既に一時間以上が過ぎているが他勢力からの接触はない。恐らく現時点では、アルキマイラの存在は他勢力に気付かれていないはずだ。

「存在を知られていない、というのは大きなアドバンテージだ。私はこのアドバンテージを自ら不用意に手放したくはない。外部にどのような勢力があり、それがどの程度の脅威であるのか、何もかも分からないこの状況下では尚更《なおさら》だ」

［タクティクス・クロニクル］では情報を軽んじた国は大抵滅んだ。国を動かすにあたっては、確度の高い情報が必要になる。

「周辺に何の脅威もなく好き勝手にやっても誰にも存在を知られない……などという希望的観測を前提に行動するのは危険だ。故に当面の目標としては、我が国の存在を隠したまま現在の状況を調査し、周囲の情報を可及的速やかに入手することとする。まずこれについて異論はあるか？」

決して臆病《おくびょう》になっているわけではない、ということが伝わってくれればと祈るような気持ちで軍団長の面々を見る。

幸いなことに誰ひとりとして異論の声を上げる者はいなかった。

「ではここから先はそれを念頭に置いての話とする。魔術による遠距離調査を続行させていたはずだが、その後の首尾はどうだ？　森が幻惑効果を帯びているとのことだが、魔術の精鋭集団である第四軍団でも突破できないのか？」

「はい。第四軍団長より報告を受けていますが、幻惑効果の術式の基礎構成が既知の術式と全く異なる体系で編まれているらしく、解明には時間がかかるとのことです」

術式云々《うんぬん》に関してはさっぱり分からないが、今すぐどうこうできるわけではないらしい。

魔術に特化して育成した第四軍団長は、平時に於《お》いては研究分野を担当している才女だ。その彼女が現時点では解決の見通しすら立てられていない以上、魔術面のアプローチによる早急な調査は叶《かな》わないだろう。

「ただ、力技で突破してもいいのなら是非とも試したいとのことです。試しに訊いてみたところ『軍団総動員の儀式魔術で森ごと消し飛ばすか、更に強力な地形干渉系魔術で性質を上書きしてしまえばどうとでも……！』などと宣《のたま》っていましたが」

それは力技も力技、完全なゴリ押し戦法だ。鍵穴に合う鍵が見つからなかったので錠前自体をぶっ壊します、と言っているようなものである。

そして困ったことに、力技を好むのはなにも第四軍団長に限った話ではない。軍団長クラスの魔物は大抵、有り余る力を持つ故か力尽くで解決しようとする傾向が強く、リーヴェですら些《さ》末《まつ》な面倒事に対処する際には肉体言語を活用することが多かった。

もしも【脳筋】という【人物特徴】が存在するならば、軍団長たちのうちの半分以上がその【人物特徴】を所持していることだろう。なんでこんな性格のヤツばかりを軍団長にしてしまったのかと頭が痛くなる。

過去の自分に対して『もっと慎重に考えろ』と罵倒《ばとう》したくなる衝動を堪《こら》えつつ、リーヴェに答えた。

「力技は却下だ。周辺に脅威となる勢力がいたらこちらの存在を自らバラすことになる。既にバレている可能性もあるが、派手な目印を作ってわざわざその可能性を確定させる必要はないだろう。周りの状況が分かれば考慮に値するが、現時点では下手な手は打てん」

「そう仰《おっしゃ》ると思い『自重しろ賢い脳筋《バカ》』と告げておきました。改めて力技の禁止令がヘリアン様から下された旨、正式に通達しておきます」

「……う、うむ」

何故かリーヴェが尻尾を振り始めた。

表情こそ澄まし顔のままだったが、ふさふさの尻尾が微《かす》かな音を立てながら左右に振られているその様子に『褒めて褒めて』と迫ってくる大型犬を連想する。そして彼女の横に跪く第二軍団長が迷惑そうに顔を顰《しか》めていたりした。

……まあ、なんだ。なにはともあれ感情が察知しやすいのは助かる。その反応《リアクション》から相応《ふさわ》しい対処方法を読み取りやすいからだ。

リーヴェと意見が一致していたということは、力技の自重は国にとって正しい選択なのだろう。

「空からの目視では、北東方面に人工物らしきものが見受けられる……だったな」

「はい。首都結界範囲内の高度では詳細は不明でしたが、森の中に建造物らしきものが見受けられるとのことです」

ふむ、と顎《あご》に手を添えて一つ頷《うなず》く。

さも思案を巡らせている最中というポーズを取りながら、ヘリアンはここまでの自分の言動を思い返した。

（ここまでは王らしく振る舞えてるよな……？）

居並ぶ軍団長の様子をチラリと窺うが、気を悪くした者はいないように見受けられた。しかしそれも希望的観測だ。あまり当てにはならない。緊張に神経を削りながら、ヘリアンは内心で冷や汗を流す。


――これほどまでにヘリアンが配下の顔色を窺うのには理由がある。

なんとこのゲーム、配下による【反乱】がシステムとして存在するのだ。

一度捕獲に成功すれば忠実な仲間になってくれる某有名ゲームとは違い、一度仲間になったからといって裏切らない保証がない。【幸福度】が極端に低い状態が続いたり、【忠誠心】が一定値を下回れば容赦《ようしゃ》なく反乱を起こされる可能性がある。

そして自らの王たり得ないと判断されたが最後、そこに残るのは『強大な魔物』と『貧弱な人間』の構図のみである。

これでも長年一緒の時間を過ごしてきた仲間だ。そう簡単に裏切られたりしないと信じたいが、転移して以降リーヴェ以外の軍団長とはまともに会話すらしていない。

またゲームと同じ性格であるという保証も、同様に忠誠を誓ってくれているという保証もないわけであり、過信は禁物――いや待て、これはゲームだ。もしくはゲームの夢を見ているだけのはずだ。だから大丈夫だ。何が大丈夫なのかは分からないがとにかく大丈夫だ。そうでなければいけない。

これ以上の思考は危険だ、とヘリアンは頭を振って意識を切り替える。

「大体分かった。あくまで国外を刺激するリスクを回避して調査を行うなら、足を使う必要があるということだな。ならば第六軍団長、国外調査についてはお前に一任しても構わないか？」

第六軍団長――【夢魔女帝《ナイトメアエンプレス》】のカミーラが顔を上げた。

ヴィクトリア調のゴシック服を着こなし、妖艶な雰囲気を漂わせる女性型魔物。外見年齢こそ十七歳前後と少女に近いものの、身に纏う空気は完全に〝女〟のソレだ。紅《あか》い瞳は覗き込めば堕《お》ちてしまいそうに深く、その顔の造りは美貌《びぼう》というよりも魔貌に近い。

また身長に比べて胸が極めて大きく、紐《ひも》が緩められた胸元《むなもと》からは窮屈そうな谷間が露出している。

微笑《ほほえ》みを浮かべた彼女から腕を組まれようものなら、その誘惑を断れる男などいないだろう。

しかしながら今はその魔貌を僅かに顰め、困ったように眉尻《まなじり》を下げていた。

「我が君よ。他ならぬ我が君のご命令とあらば妾《わらわ》と我が軍団は全力を尽くす。それは当然のことなのじゃが……森を探索できるかと問われれば、少々問題があると言わざるをえぬ」

問題？

カミーラ率いる第六軍団は、他国への諜報活動や情報戦のために作った軍団だ。こと情報収集という分野に関しては他軍団の追随を許さない。その長であるカミーラの言う問題とは……。

「力不足を告げるようで申し訳ないのじゃが……妾を含め、第六軍団に所属する魔物は未探索区域の調査などしたことがない。自信があるかと問われれば、首を縦に振りづらいのじゃが……」

おずおずと申し訳なさそうにカミーラは告げる。

一方、ヘリアンは頭を抱えたい気持ちで一杯だった。

（やっちまった……）

確かに彼女らは諜報や情報戦のスペシャリストだが方向性が違う。

冷戦時代に創設した第六軍団の活動範囲はあくまで対仮想敵国を想定したものであり、人を介する諜報活動を主戦場としていた。そのため、彼女らの諜報能力および情報戦能力はそちらの方面に特化しており、誰も踏み入ったことのない未探索地域の探索は専門外なのである。

情報分野に特化しているというキーワードだけに着目して第六軍団に任せようとしたヘリアンのミスだ。

「あ、いや、無論人員が割き辛い状況であるのは妾とて理解しておるのじゃ。他に適任者がいなければ、妾の第六軍団で何とか――」

「いいや、お前の懸念《けねん》はもっとものことだ。この場において正直な発言は好ましい。お前の忠言を嬉《うれ》しく思うぞ、カミーラ」

王らしく、と呪文《じゅもん》のように心中で呟きながらヘリアンは台詞を組み立てる。

冷静になったつもりだったが、あくまでつもりでしかなかったらしい。いつもなら考えられないような凡ミスを犯してしまった。これ以上は一つのミスも許されない。

「では問おう。第一軍団長《リーヴェ》、第二軍団長《バラン》、第三軍団長《エルティナ》。お前たちは昔、未探索区域の調査をしたときのことを覚えているか？」

「ヘリアン様と共に世界に降り立った直後の出来事を、忘れるはずもありません」

「無論覚えておりまする、主上《しゅじょう》」

「わたくしも昨日のことのように思い出せます」

問われた三人はそれぞれ肯定の意を返した。

ヘリアンが訊いたのは最初期の話……ヘリアンが三体の魔物を引き連れてこの世界に降り立ち、右も左も分からない世界を歩いて探索していた頃の話だ。

その出来事が彼女らの中でどのように解釈されているのかは分からないが、覚えているというならば経験者に任せた方がいいだろう。

一般兵士を使うことも考えたが、動乱期を生き延びた未探索区域の調査経験者はごく僅かな上、ゾロゾロと集団で彷徨《うろつ》いては他勢力にこちらの存在を悟られるリスクが高まる。

ならばまずは確実な生還が見込める少数精鋭を国外に出し、その結果如何で今後の行動を再考すればいいだろうと結論する。

「よし――では第二軍団長《バラン》については引き続き国内の治安維持と、有事の際の防衛に備えてくれ。現在の状況下で治安維持担当からお前を外すわけにはいかん」

治安維持を命じられた第二軍団長――バランが粛々と頭を下げた。

【月狼《マナガルム》】と並ぶ獣人系の最高位種族《ハイエンド》の一つである【剣獅子《スヴェルレーベ》】のバランは、見た目としては全身鎧《フルプレートアーマー》を身に着けた二足歩行のライオンだ。

また【騎士道精神】という人物特徴を持っている騎士団長《バラン》は集団指揮のプロフェッショナルであり、防御に徹するなら八大軍団長随一の性能を誇る。加えて【規律】の人物特徴も有しており、浮き足立っている国内の治安維持という観点から見ても彼以上の適任者はいなかった。

「そして未探索区域の調査担当は第一軍団長《リーヴェ》と第三軍団長《エルティナ》の両名とする。しっかり頼むぞ」

「「――ハッ、承知いたしました！」」

二人の女性軍団長により、拝命の声が返される。

唱和の声が小気味よいが、同時に少々気負いすぎているようにも感じられた。

今後のアルキマイラの命運を背負っているようなものなので無理もないのかもしれないが、過度の【緊張】は基本性能《パフォーマンス》を低下させる。それは未知の領域を探索するにあたって憂慮《ゆうりょ》すべきことだった。

何の戦闘能力も持たない身ではあるが、彼女らの緊張を解きほぐすぐらいなら自分にもできるだろうとヘリアンは考える。そして、できることがあるならすべきだ。部下を激励し、その能力を最大に発揮できる精神状態に整えるのは、上司である王の仕事の一つだろう。

「そう気負わずとも、最初期の探索と同じようなものだと考えればよい。あの頃《ころ》のことを思い出せ。最初期の探索と比べて違いがあるとすれば、バランがいないことだけだ」

フォローのつもりで告げると、頭を下げていたリーヴェとエルティナが驚いたように顔を跳ね上げた。二人揃って驚愕《きょうがく》の表情を浮かべている。

（……な、なんだ？　配下を気遣おうとしたことがそんなに意外だったのか？）

思わず気圧《けお》された。

が、一度口を開いたからには最後まで言い切る必要がある。

ままよと台詞を続けた。

「加えてあの頃と比べれば、お前たちの実力は比較にならないほど向上している。気負わず、いつも通りの実力を発揮すればいいだけの話だ。私はお前たち二人の力を信頼している」

……台詞を言い切ったが、どうだろうか。

内心で冷や汗を垂らすヘリアンの目前、真っすぐに視線を向けてくる二人の軍団長は何らかの覚悟を決めたかのように、唇を固く引き結んだ表情で再び頭を垂《こうべ》れた。

「「委細、承知いたしました」」

その返答には先ほど以上に力が籠められていた。

しかも心なしか、先ほどより強い緊張感を漲《みなぎ》らせているように感じる。

……やばい。失敗したか。

緊張感を解すどころか悪化した気がする。

だが覆水は盆に返らない。もうこのまま突っ走るしかない。

「だ、第六軍団については、国内の情報収集および情報統制を引き続き行え。他の軍団と連携し、支援が必要な者がいればすぐに伝達できるよう連絡網の整備を任せる」

「承知いたした、我が君」

艶《あで》やかな笑みを浮かべつつ第六軍団長のカミーラは首肯した。

その蠱惑《こわく》的な仕草は平時であれば主君の視線を奪うことに成功したかもしれないが、今のヘリアンはそれどころではなかった。

「では、これにて謁見を終える。国外調査については十五分後に北の大門からの出撃だ。リーヴェとエルティナは準備を。他の軍団長については引き続き各々の任に当たれ」

告げるなり椅子から立ち上がる。

心情的には逃げるようにして、ヘリアンは謁見の間を後にした。

5.

——王が謁見の間を去る。

しかしその足音が消え去ってもなお、四人の軍団長は微動だにせず頭を垂れ続けた。

そしてそれから更に十秒ほど経った頃、ようやく誰ともなく深い息を吐き、止めていた呼吸を再開させる。

ヘリアンは確かに緊張感に呑《の》まれかけていた。

だが実のところ、それは居並ぶ軍団長側とて同様のことであったのだ。

なにせつい先ほどまでそこにいたのは万魔《ばんま》を統《す》べしアルキマイラの絶対者だ。しかも国王側近であるリーヴェだけは例外として、他の配下は王と直接言葉を交わす機会すら稀有《けう》である。衛星都市で任についていた第六軍団長《カミーラ》に至っては、王の姿を直接目にしたのすら数年ぶりのことだったのだ。各軍団を任された組織の長といえど、緊張に身を固めるのは致し方ないことと言えよう。

身をほぐすようにしながら各々は服従の姿勢を解いていく。

そして「フゥ」と艶《つや》のある吐息を零した第六軍団長のカミーラが、おもむろに口を開いた。

「いやしかし、緊張はしたが我が君はやはり凛々《りり》しいのぅ。このような状況でなければもっと話をしたかったのじゃが」

先ほどまでの謁見の記憶を反芻《はんすう》するように呼び起こし、愛《いと》しい王の姿を自らの脳裏《のうり》に投影したカミーラはうっとりとした表情を浮かべる。

「不謹慎だぞ、第六軍団長」

「じゃから『このような状況でなければ』と言っておろうが、石頭」

そんな彼女に水を差すようにして苦言を垂れたのは騎士団長を自任するバランだ。

彼は人物特徴に【真面目】と【頑固】を持っていることもあり、『お堅い男』として知られていた。

「その鎧《よろい》と同じぐらい堅いんじゃないの？」とは、ここにはいないとある軍団長の言である。

「第一、ヌシらがズルすぎるのじゃ。首都に常駐しているヌシら三人ならば我が君との謁見も慣れておろうが、妾が拝謁を許されたのは三年ぶりぞ。少しぐらい余韻に浸っても罰は当たるまいて」

「主上が首都常駐の軍団長に我ら三人を選ばれたのは致し方なかろう。他の軍団長は色々な意味で癖《くせ》が強い。主上が運用しやすいまともな軍団長など、我ら〝始まりの三体〟ぐらいなものだ」

〝始まりの三体〟とは、ヘリアンがゲームプレイ開始時に連れていた初期魔物のことだ。

「タクティクス・クロニクル」ではプレイ開始時に漏《も》れなく三体の初期魔物が与えられるが、これは完全な無作為抽出形式《ガチャ》であり、どんな魔物が当たるかは分からない。ヘリアンの場合は小さな狼獣人《リトルウェアウルフ》が一体、低位の魔猫《レッサーウォーキャット》が一体、白妖精《エルフ》が一体という構成だった。

唯一《ゆいいつ》白妖精《エルフ》だけは当たり《レア》だったものの、他二体は平凡以下の能力しか持たない最下級種族である。

しかし最初の三体に愛着を抱いたヘリアンは根気強く育成を続け、転生進化させることで一線級の魔物へと育て上げた。今ではそれぞれ【月狼《マナガルム》】【剣獅子《スヴェルレーベ》】【神代の白妖精《エンシェントエルフ》】といった最高位《ハイエンド》の種族になり、軍団長を務めている。

そして彼はこの三体の魔物に〝始まりの三体〟という大層なアダ名をつけていたのだった。

アダ名をＡＩが認識できるよう、わざわざゲームの辞書機能を使って単語登録までしていたりする。

「フン、自らまともなどと嘯《うそぶ》くでない。ヌシは男故に知らぬであろうが、色々と知っている妾から言わせればリーヴェの趣味趣向はまともとは言い難《がた》いぞ。エルティナも怪しいところがある」

「あらあら。それはどういう意味ですか、カミーラ?」

落ち着いた口調で問い掛けるのは第三軍団長のエルティナだ。

おっとりとした雰囲気を纏った彼女は人物特徴に【慈愛】や【協調的】を持っており、何かと癖

の強い各軍団長らの間を取り持つ『優しいお姉さん』である。

エルフ族らしい整った顔立ちと佇《たたず》まいはそれだけで十二分に美人の領域にあるが、人物特徴の【気品】が更に拍車を掛けていた。たとえ同じエルフ族であろうとも、彼女の佇まいには感嘆の溜息を漏らすことだろう。

そんな彼女はどこからともなく二枚の座布団を取り出し、徐《おもむろ》に床に敷いた。

「どういう意味も何も――」

「正座」

「ぬ？」

「正座です、カミーラ」

自らも座布団の上に座した彼女は幼子を諭すように、ポンポン、と対面の座布団を叩《たた》いた。

表情は慈愛溢れる微笑みのままだ。

「……なにゆえ正座なのじゃ？」

「いいから、正座ですよ」

「いや、じゃから――」「カミーラ？」

ニッコリ笑顔のまま、エルティナは同僚の名を口にする。

「………………」

しばしの無言の時間。

そこに筆舌《ひつぜつ》に尽くし難い圧力を感じたカミーラは、対面へ静々と正座した。

エルティナは八大軍団長の中で、最も優しい人物である。

そして同時に八大軍団長の中で、最も怒らせてはいけない人物でもあるのだ。

「さあ。お話ししましょうか、カミーラ。わたくしのどこが怪しいのですか？」

「いや、どこもなにも……ヌシは女子《おなご》が好きじゃろうに」

「それは誤解を招く言い方ですね。わたくしはちゃんと殿方が好きですよ？　ただその一方で可愛《かわい》い女の子を愛《め》でるのも好きなだけです」

「その時点でもはや普通ではなかろ……。いや、妾は仕事柄しかと理解があるが、一般常識に照らし合わせるとじゃな」

「いいえ、そんなことはありません。普通です。女の子同士が仲を深めるのは至って普通のことです。その証拠に陛下《へいか》もそのようなことを呟かれていた時がありましたよ」

「ぬ。我が君がか」

愛しき主の情報にカミーラが食いついた。

もしもこの場にヘリアンがいれば「違う、違うんだ、アレは隣国の王《プレイヤー》が振ってきた十八禁ゲーム《エロゲ》の話に乗ってあげただけであって何も本気では……！」などと言い訳をしていただろうが、幸か不幸か彼は今この場にいない。

故に、王に対し忠誠心とは一線を画した感情を抱くカミーラは――至って真剣に――王の趣味趣向についていて心のノートにメモをした。

脇《わき》で聞いていたバランもまた「主上が仰るのならその通りなのだろう」と己の持つ常識を上書きする。この国では良くも悪くもヘリアンこそが法であった。

「それにですねカミーラ。女の子の泣きそうになる寸前の顔は、とても尊いものなのですよ？」

「……うん？」

メモを終えたカミーラは小首を傾げる。何やら雲行きの怪しい気配を感じた。

「勿論、泣き顔なんてものは見たくありません。女の子の泣いている顔ほど、痛ましいものはありませんから……」

目を伏せたエルティナは、胸に手を当てて祈るようにして呟く。

憂い顔で言葉を綴《つづ》るその表情は聖母のそれだ。

「もしもこの手の届く範囲に涙を流す少女や幼子がいるのなら、わたくしに許される限りの力を振るい、全力でその涙を止めて差し上げたいと思います。心から、そう思います」

「う、うむ」

「けれど泣く寸前の──そう、いわゆる〝半泣き〟の女の子の表情はとても愛おしいのです。その涙を止めて差し上げたくなり、抱き締めて慰《なぐさ》めたくもなり……そしてなにより、その愛らしい顔をずっとずっと見守っていたくなるのです」

聖母《エルティナ》は慈愛の微笑みを浮かべたまま「だって」と言葉を繋《つな》げ、

「この世に〝半泣きの女の子〟以上に可愛い生き物なんて、存在しませんから」

断言だった。

迷いなど一切《いっさい》ない、心からの言葉だった。

その聖母の微笑み《アルカイックスマイル》を前にしたカミーラはしばし固まる。

「…………」

まとも？　と視線を向けたその先には、全力で目を逸らすバランの姿があった。

「そ、それはそうと、さっきからやけに静かだなリーヴェ。何か気になることでもあるのか？」

逃げおったな、というカミーラの呟きを無視したバランは隣の同僚に水を向ける。

「……？　おい、リーヴェ。聞こえているのか？」

「ん？　ああ……」

しかしやけに反応が鈍い。どこか上の空のようにも窺えた。バランが彼女に話を振ったのは咄嗟の防衛本能に基づいてのことだったが、思いもよらぬ反応の鈍さに訝しむ。

そういえば、と思い返せば先ほどカミーラがリーヴェの趣味趣向について触れていた際も無反応だった。リーヴェの気性からすればそれはおかしい。最低でも何らかの反論はしているはずだ。

さすがに不審に思った軍団長たちの視線がリーヴェに集中する。

「どうしたのですかリーヴェ。どこか具合でも？」

「いや……国外調査の件なのだが。どうしてもヘリアン様のあのお言葉が引っ掛かっていて、な」

「……やっぱり、貴女もそう思いましたか？」

おっとりとした表情を引き締めてエルティナは思う。陛下のあの言葉はやはりそういう意味なのだろう、と。

「ヌシら二人が同意見ということは、妾の気のせいでもないようだの」

「やはりアレはそういうことか。主上らしいと言ってしまえばそれまでだが……」

「我が君が決められたことならば、妾たちは従うまでじゃ」

早急に情報網の整備を行わねばな、と呟きカミーラは立ち上がる。

「それはそうと、リーヴェやエルティナもそうじゃがバランよ。いつまでもこんな所にいてもよいのか？　ヌシは見送りの準備を早急に整えねばなるまいて」

「む。確かにお主の言うとおりだ。急がねば」

「その間の治安維持の指揮については第五軍団長の方で代行するよう、妾の方から蝙蝠《でんれい》を放っておこうぞ。構わぬな、総括軍団長《リーヴェ》？」

「ああ、許可する」

八大軍団長を纏める、総括軍団長の地位にあるリーヴェが頷いて答えた。

彼女は第一軍団の長だが、同時に総括軍団長も兼任している。

第一軍団は国王補佐を主任務とする少数精鋭部隊のため、その規模はさほど大きくない。

自軍団がごくごく小規模であり、また副団長が第一軍団の実務的な指揮を執っていることもあり、自軍の運用で彼女が手を取られることは少ないということだ。

「では吾輩《わがはい》は早速準備に移るとしよう。見送った後に儀典用装備のまま警邏《けいら》に就くわけにもいかぬ故、時間は少し多めに見積もっておいてくれ」

「そのぐらいのことは妾とて分かっておる。そう細々《こまごま》と小言を垂れるでない」

辟易《へきえき》とした様子のカミーラを他所《よそ》にバランは足早に謁見の間を去った。

カミーラもまた身体を霧に変え、風の速さで自軍団の下へと向かう。

「さ、わたくしたちも急ぎましょうか、リーヴェ」

「そうだな」

残された二人は国外調査のための支度《したく》をするべく、重要な装備を格納している宝物庫へと足を運ぶ。

彼女たち以外に誰もいない王城の廊下で歩みを進めながら、リーヴェは不意に口を開いた。

「……エルティナ。私は実を言えば、ヘリアン様は本調子ではないのではないかと懸念していた。首都ごとの強制転移などという未曾有の事態に混乱されているのではないかとな」

「無理もないでしょう。わたくしたちも皆《みな》が皆して呆然《ぼうぜん》としていたぐらいですから。あの第八軍団長でさえ愕然《がくぜん》と立ち尽くしていたぐらいですし、陛下が衝撃を受けられるのも無理からぬ話でしょう」

「いや。そうではなかったのだ、エルティナ」

リーヴェは頭を振って答えた。罪を告白するかのような心境で彼女はエルティナに告げる。

「ヘリアン様は転移の直後も平然としておられた。その証拠に転移現象の直後であるにもかかわらず、矢継ぎ早に各軍団に適切な指示を施し、慌てるばかりだった私にも指針となるご命令を下さった。アレがなければ慌てふためいた私はしばらく何もできないままだったか、突拍子もないことを仕出かしていたに違いない。現に執務室でヘリアン様が体調を崩された際にも、私は無闇矢鱈《むやみやたら》に騒ぎ立ててヘリアン様の不興を買った」

苦い記憶だ。王に怒鳴られたことなど、逼迫《ひっぱく》した戦場での命令時を除けば覚えがない。それだけに先ほどの執務室での出来事はリーヴェに少なからずショックを与えていた。

「だが、ヘリアン様はどのような状況に陥ろうともやはり偉大なる王だった。あの方は他の誰でもなくこの国の、万魔の王なのだ。故に我らは今まで通り王の駒《こま》であればいい。王自らが突き進まれる道を切り開くための一個の〝力〟として働けばいい。そのことを先ほどのヘリアン様の言葉でようやく思い出すことができた」

「……そう決めつけるのは早計ではないでしょうか。陛下とて体調を崩されることだってあるでしょう。現に先ほどわたくしが診察した際も、かなりのストレスを感じられているご様子でした。

貴方が陛下を心配したこと自体は間違ったことではなかったと思いますよ？」

「それについては後でゆっくり話そう。私から話しかけておいてなんだが……誰かに言っておきたかったのだ。すまない」

「気にしないでください。これもわたくしの役割ですから」

エルティナはたおやかな微笑みを浮かべる。いつも通りの、見る者の気分を落ち着かせてくれる優しい笑みだ。

彼女がいてくれてよかった。

リーヴェは心底そう思いながら、深呼吸を一つして気持ちを切り替える。

「――よし。では私はヘリアン様の遠征用の衣装を準備する。王自ら先陣を切っての出撃だ。心してかかるぞ、エルティナ」

「ええ。外での脅威が不明な以上、いざとなればわたくしたちが陛下の盾となる覚悟で臨む必要があります。ですがそうならずに、皆が揃って無事に帰国できるように頑張りましょうね、リーヴェ」

そうして二人の軍団長は、どこか悲壮なまでの覚悟を伴った表情で足早に宝物庫を目指した。

6.

一方、執務室に戻ったヘリアンは頭を抱えていた。先ほどの謁見での軍団長らの反応がイマイチに思えてならなかったからだ。王らしい振る舞いを心がけたものの早くもミスを犯し、その後のフォローも不発に終わった印象が強い。

ならば追加のフォローを行うか、または別の方法で失態を取り返さねばならない。繰り返すが覆水は盆には返らないのだ。ミスを犯したという事実を自分の中で流せないならば、建設的な今後の対応方法を考える必要がある。

「……できれば、優しい王様像を維持したい」

これでも善王の路線を貫いてきたはずだ。

国内は当然として、属国の治安についてもかなり気を使ってきたと自負しており、他国への侵略戦争もたった一度の例外を除けば起こしたことがない。基本的には売られた戦争《けんか》を買って他国を併合し、大国への道を歩んできたのだ。決して残酷無比《ざんこくむひ》な覇王として振る舞ってきたわけではない。

ならば、そのイメージを保つためにはどうすればよいか。

たとえば、どのような危険が潜《ひそ》むかも分からない未探索領域へ大切な配下を送り出すにあたり、王としてどう振る舞うべきか。

「……危険地帯に少人数で行ってこいと命令しといて、見送りにすら出向かないのは違うよな」

調査自体は絶対に必要だ。下した命令は間違いではないと思う。

だが、だからといって危険地帯に踏み込もうとする配下に対し、黙って送り出すのは違うだろう。命令しておきながらこんなことを思うのは偽善かもしれないが、それでも今までヘリアンが歩んできた道には『黙して配下を死地に追いやる』などという選択肢は転がってない。

「できることからやろう……具体的なフォローについて考えるのは、まず二人を見送ってからだ」

これも王として大事な仕事のはずだ。

それに打算で語るならば、王自らが見送ることにより二人の【士気】が上がるかもしれない。

そうすれば儲《もう》け物だ。激励のために使う僅かな時間を対価に、彼女らがより良い成果を持ち帰ってくる可能性を引き上げることができる。

「そうと決まれば行動だ。手足を動かせ、現場へ出ろ。自分の耳で聞き、自分の目で見届けるべし」

ゼミ担当だった教授の口癖を真似る。教授曰《いわ》く、人の上に立つ者には必要な行動《こと》らしい。

蘊蓄《うんちく》の好きな教授で話が長いのが玉に瑕《きず》だったが、聞き流さないでよかったと心底思う。人生、何が自分の役に立つか分からないものだ。

……まさか二十歳にも満たない年齢《とし》で、最高権力者《こんなたちば》になるとは予想だにしていなかったが。

そんなことを考えつつ、ヘリアンは第一軍団所属の親衛隊に囲まれながら北東外壁の大扉前に向かう。そして現場に到着するなり、予想外の光景を目の当《ま》たりにして目を瞬かせた。

「……なんだこれ」

首都を護《まも》る都市結界。それが正常に起動していることを示す光の脈動が走る大扉。その前に設けられた広場には、装飾過多な装備を身に纏う魔物たちが集まっていた。

実用性よりも外見の華やかさを重視した装備で身を飾る彼らは、広場から大門までの距離を二列に分かれ整然と立ち並んでいる。

大門から外に出るには自然、向かい合わせのまま微動だにしない彼らの間を進むことになるだろう。

それはどう見たところで、出立を見送るための儀仗隊《ぎじょうたい》でしかなかった。

「……なにやってんだコイツら。こんなイベントやってないで各方面の治安維持に労力を割けよ……本当なら第二軍団長《バラン》だって出撃させたいところなんだぞ」

ヘリアンは傍らの親衛隊には聞こえないように愚痴を零した。

いくら軍団長が二名も出撃するからといってもこれは大袈裟《おおげさ》すぎる。平時ならともかくとして、この緊急時に行うべきことではないだろう。

ましてや儀仗隊のこの顔つきといったらなんだ。多大な誇らしさの中に僅かばかりの悲壮さが透けて見える。まるで貴人を死地に送り出すかのようだ。縁起でもない。

「ヘリアン様」

「陛下」

ヘリアンに声をかけてきたのは、調査隊に選出した【月狼《マナガルム》】のリーヴェと【神代の白妖精《エンシェントエルフ》】のエルティナだ。二人とも実用性一択の装備で身を固めている。

そしてその傍らに控えていた侍女は静々とヘリアンの周囲を取り囲み、仕立ての良い純白の布を掲げて周りからの視線を遮った。

「ヘリアン様、外套《がいとう》をお預かりいたします」

断りを入れたリーヴェは主人の外套を慎重な手つきで外す。

すかさず歩み寄ってきた侍女の一人が傍らに跪き、敬々しく両手を捧《ささ》げるようにして外套を受け取った。そして別の側仕えが手にした黒のビロードで誂《あつら》えられたケースに、まるで聖遺物を扱うかのように慎重な手つきで収める。

「…………えっ？」

ヘリアンは思わず声を漏らした。

なんで外套を脱がされたんだろうか。

あまりに流麗な動作に疑問を持つ暇もなかったが、あの外套は国の紋章が背中に刺繍《ししゅう》されている国王専用《プレイヤー》の装備であり、ひいては王であることを証明する外套だ。

それが敬々しくも脱がされ持ち去られたという事実は、果たして何を意味するのか……？

「失礼いたします、陛下」

エルティナは深く一礼した後、嫌な予感に身を凍らせたヘリアンの背に回り、新たな衣装に袖《そで》を通させた。実用性と華美のバランスを際《きわ》どいところで両立させた丈夫そうな外套だ。

続けざま、あれよあれよという間に身体の各所に軽い材質で作られた軽手甲などが装着され、靴は竜の鱗《うろこ》を合成したグリーヴに履《は》き替えさせられた。

そして侍女たちが掲げていた布が一斉に畳まれ、その中心が再び周囲の視線に晒される。そこには遠征用の装備でしっかりと身を固めたヘリアンの姿があった。

完璧な仕事を終えた侍女たちは静々と退き、その場には遠征用の装備を身に纏った三人の姿だけが残される。

（……待ってくれ）

ヘリアンは内心で滝のような汗を流す。

幸いにも反逆の意思表明ではなかったらしいが何故いつもの外套を脱がされたのか。何故遠征用の装備に着替えさせられたのか。

そして何故、リーヴェとエルティナは自分のやや後方両脇《りょうわき》に立って——つまりはヘリアンを先頭に据えるかのような立ち位置《ポジション》についたのか。

「ヘリアン様、我が身命に賭《と》しましても御身をお守りいたします。たとえこの先に何が待ち受けていようと、御身だけは必ず守り通す所存です」

「卑小な身ではありますが、わたくしも陛下と御国のために全力を尽くさせていただきます。道中、覚悟を以って任務に当たります」

前者がリーヴェ、後者がエルティナの台詞だ。

毅然《きぜん》とそんな決意を告げる二人を前にして、ヘリアンは完全に硬直《フリーズ》する。

「…………」

いやいや待て待て。なんだこれ。

誰か冗談だと言ってくれ。

だって本気で意味が分からない。

これではまるで、国王自らが国外調査に乗り出すかのようなシチュエーションではないか。

ヘリアンは慌てて自分の発言を思い返すが『我自らが国外の探索に出向いてくれようぞ』などという勇ましくもイカれた台詞を口にした覚えはない。

（……いや、そういえば）

謁見の間での記憶を正確に呼び起こす。

たしか〝始まりの三体〟に対して、このゲームをプレイした最初期時代に未探索区域の調査をしたことを覚えているかと確認を取り、そして『覚えている』との返答を受けた。その後、治安維持のために必須なバランを外し、残されたリーヴェとエルティナで調査に出るよう指示したのだ。

その際、失言のフォローのためにと二人に告げた台詞は確か……

『そう気負わずとも、最初期の探索と同じようなものだと考えればよい。あの頃のことを思い出せ。最初期の探索と比べて違いがあるとすれば、バランがいないことだけだ』

最初期の探索と同じ。

違いがあるとすれば、バランがいないことだけ。バランがいないことだけ。バランがいないことだけ。バランがいないことだけ。つまりは――

――三体の魔物と共に最初期の探索を行っていたヘリアンもまた、今回の調査隊のメンバーにバッチリ含まれているということにならないだろうか？

「…………」

ギギギギギ、と油の切れたブリキ人形のような動きで振り返る。

両脇後方に控えるのは覚悟を決めた表情をしているリーヴェとエルティナ。

再び正面を向く。

視界の中央には外の森へと続く大門、両端には大門までズラッと並んだ儀仗兵。

自分の服装を見る。

その身を包むのは装飾華美な紺と白銀の外套ではなく、頑丈に作られた地味な色あいの遠征用装衣。

「総員傾注！　これより、国王陛下御自らが率いし国外調査隊のご出陣であるッ！　儀仗兵総員、掲げえぇぇぇぇ――――剣ッ!!」

獅子頭の儀仗兵――何故かバランがいた――の叫びに応じて居並ぶ全儀仗兵が動いた。

独裁国家の規律正しい軍隊のように一糸乱れず踵《かかと》を合わせ、黄金造りの装飾剣が天高く掲げられる。

まるで一枚の中世絵画にも似た荘厳さがそこにあった。

……逃げられるような空気じゃない。

助けを求める一心で、ヘリアンは一縷《いちる》の望みを篭めてリーヴェを見る。

しかしそこには厳しい顔をしながらも『王自らが先頭を切ってこの苦難を切り開こうとする御姿《おすがた》。さすがはヘリアン様』みたいなキラキラとした瞳の国王側近がいた。

勘違いです、と告げることができたならどれほど幸せだろうか。

「フム――未探索区域の調査など久々だな。あの頃を思い出す」

嗚呼《ああ》。だというのに、この場の空気に負けて澄ました台詞を紡《つむ》ぐこの口が憎い……ッ！

「では征《ゆ》こうか。リーヴェ、エルティナ」

二人の軍団長を伴いアルキマイラの王が大門へ向かう。

その場に集う誰もが誇らしげな顔で出立する王の背を見送った。

そしてさも予定調和だと言わんばかりの態度で堂々と歩みを進めながら、ヘリアンは内心で力の限りに絶叫する。

(なんでだよ！　俺なんか悪いことしたか⁉　国王自ら先陣切って強行偵察とかどう考えても頭おかしいだろ！　誰か止めろよ！　何がどうしてこうなった⁉)


――こうして、アルキマイラの勇敢なる王ヘリアンは。

僅か二名の供を連れて、どのような危険が潜むかも分からない国外への第一歩を踏み出すのだった。

二章　ハーフエルフの少女

鬱蒼《うっそう》と生い茂る深い森。陽《ひ》の光は大樹に遮《さえぎ》られ、日中であろうと薄暗い。

時折葉の隙間《すきま》から差し込む光が一条の線となって落ちてくるその様は、もはや林や森というレベルではなく密林といった方が表現として相応《ふさわ》しいだろう。

(……樹海かよ)

ヘリアンは代わり映えのしない風景にうんざりしつつ、黙々と歩みを進める。

既に国を出てから一時間以上は経過しているが一向に景色が変わらない。どこを見回そうとも深い緑で視界が染められている状況だった。

ただでさえそんな地形だというのに、この森特有の幻惑効果とやらが状況の悪化に拍車をかける。なにせ僅《わず》かに距離を離すだけでお互いの位置が分からなくなりかけた。

物理的には絶対に見える位置にいるはずなのに、しかしそこにいるはずの相手の存在が認識できなくなるという異常現象が発生したのだ。

リーヴェやエルティナは『見づらくなる』程度だったらしいが、ヘリアンに至っては『完全に見えなくなる』というレベルである。人工物らしき物が観測された北東を目指してはいるが、ヘリアンだけであれば今頃《いまごろ》は見当違いの方向へ進んでしまっていたことだろう。

それでも一行が北東に向けて真っすぐ進めているのは、ひとえに同行者が優秀なためだった。

「人の手が全く入っていないようだな」

「ええ。けれどそれにしては妙ですね。森の声が殆ど聞こえません」

同僚の呟《つぶや》きにエルティナが答える。

リーヴェの髪が銀糸ならばエルティナは金糸だ。僅かな陽光に晒《さら》される度にキラキラと煌くような光を放っている。その美しい金髪から突き出ているエルフ特有の長耳で周囲の状況を探ろうとするも、成果は芳《かんば》しくない。

「生物の気配が酷《ひど》く希薄です。鳥や蟲《むし》たちですら殆どいないというのはさすがに……」

「ああ、異常だな。私の鼻でも主立った生物の存在を感じ取れない」

両者が口にするように、ここまで一行は誰《だれ》にも出会うことはなかった。人どころか獣すら姿を見かけない徹底ぶりに、いったいどんな秘境に飛ばされたのかと気が滅入《めい》る。

ヘリアンはまるで見通しの立たない状況に早くも帰りたくなったが、今更帰還するのは色々と無理だった。わざわざ儀仗兵《ぎじょうへい》を集めて見送った王がちょっと森を散歩した程度で帰ってこようものなら、王の威厳とかそういうものが死ぬ。せめて何らかの成果は持ち帰らねばなるまい。

「……ん？」

「ヘリアン様」

「これは……」

三人がほぼ同時に声をあげた。

とある一点から明らかに空気が変わったのだ。

先ほどまではかなり薄暗かったというのに、人間《ヘリアン》にさえそうと分かるほど森に差し込む光量が増している。

「陛下《へいか》、森の幻惑効果が極度に弱まりました」

エルティナの報告を受け、ヘリアンは状況証拠から推論を組み立てる。

「……この一角だけ幻惑効果の範囲外なのか？　もしくはここを境界線として、ここから先は普通の森になっている？」

後者だとありがたい。

十分な視界も得られない状態で、これ以上神経を尖《とが》らせたまま歩き回るのは御免被《こうむ》りたかった。

前者でもまあいい。

少なくともここで一息つくことができる。三十分歩き通しなのはインドア派の自分には堪《こた》えた。

ましてや舗装もされていない樹海での神経を張り詰めた行軍により、疲労感が凄《すさ》まじい。

……ゲームではプレイヤーの疲労などという項目《ステータス》はなくいつまでも歩き続けることができたはずなのだが、それはあえて考えないようにする。

「――――ッ、ヘリアン様」

突如《とつじょ》としてリーヴェがあらぬ方向へ顔を向けた。

狼《おおかみ》系の獣人特有の鋭い嗅覚《きゅうかく》で他者の存在を感じ取ったのか、ヒクヒクと鼻を動かしている。

ヘリアンはすかさず〈戦術仮想窓《タクティカルウィンドウ》〉を呼び出し〈地図《マップ》〉を表示した。

空中に投影された半透明の〈地図《マップ》〉に周囲何メートルかの地形が表示される。

そして東の方角には一つの光点が灯《とも》っていた。

（光点の色は白……敵味方不明のユニットか）

リーヴェが感知した何かが白い光点《アンノウン》として〈地図《マップ》〉に表示されたのは、その存在を〝知ったこと〟になったからだ。

近接範囲――プレイヤーから五〇メートル以内にいる味方ユニットが察知したことにより自動的に〈情報共有《データシェアリング》〉が働き、結果として〈地図《マップ》〉に白い光点《アンノウン》が反映されている。

そしてその光点は猛烈な勢いで移動を開始した。しかもこちらの方角に向かって真っすぐにだ。

どうやら存在を探知したのはこちら側だけではないらしい。

「……来るか」

「はい」

近接格闘職を極《きわ》めたリーヴェと、治療・支援系の最高峰に位置するエルティナが静かに武器を構える。

軍団長であるこの二人なら大抵の相手には対処できると信じたいが、この地におけるファーストコンタクトだ。何が起きてもおかしくない以上、何が現れても即応できるよう気構えが必要となる。

そうして神経を尖らせるヘリアンの前に、三十秒と経《た》たずしてソレは姿を現した。

「グルルルルゥァ……ッ！」

藪《やぶ》を突き破って現れたソレは、一言で表せば巨大な狼だった。

身の丈五メートルを超える巨体に灰色の体毛。

口端から覗く大きな白い牙《きば》は鋭く、赤色の瞳《ひとみ》が獰猛《どうもう》な光を帯びている。

大昔の名作映画に出てきた山犬だとかいう森のヌシを二回りほどスケールアップすればこのような姿になるだろうかという、人間など一呑みにできそうな怪物だった。

（ファーストコンタクトがこれかよ⁉）

ゲームではこの程度のサイズの魔物などいくらでも見てきた。それこそ配下の中には数十メートル級のドラゴンもいるぐらいだ。高層ビルのような巨人だっている。

だが、今見ているこれは圧力が違った。


風が運んでくる獣の体臭。

規則正しくも荒い呼吸音。

明らかに攻撃的な意図を宿した赤い瞳。

飛びかかる隙《すき》を窺《うかが》う前足の挙動。

タイミングを計る尾の動き。


ゲームには存在しなかったそれらの仕草は、圧倒的な現実感《リアリティ》を伴ってヘリアンの脳髄を串刺しにした。

『何が起きても対応できるように』などという気構えはとうに砕け、危機感だけが思考を圧迫する。

そうして硬直したヘリアンの視界の中、〈地図《マップ》〉に灯る光点がその色を白から赤に変えた。

一行が山犬モドキを敵と認識したための変化だ。

赤い光点は対象が『敵』だという事実を示している。

敵――自分たちを食い殺そうとする明確な『敵』。

それを意識した瞬間、足が震えた。

「リ――」

縋《すが》り付くように配下の名を呼ぼうとした――その次の瞬間。

ヘリアンの傍《かたわ》らから生じた凄まじいまでの圧力が山犬モドキを串刺しにした。

その余波を受け身を竦《すく》めたヘリアンの視界の先、山犬モドキは一瞬その場で飛び上がったと思いきや「キャイン、キャウゥッ！」と悲鳴をあげて背を向ける。そしてそのまま振り返ることもなく、尻尾《しっぽ》を巻いて逃げ去っていった。

それはどこからどう見たところで、完全な負け犬の姿だった。

「雑魚《ざこ》ですね。殺気を飛ばしただけですが、逆らえない相手と理解したようです」

何のこともないように呟くのは狼獣人系の頂点に立つ【月狼《マナガルム》】のリーヴェだ。

どうやらウチの国王側近さんはあの怪物を雑魚呼ばわりできる戦闘力をお持ちらしい。

……いや、冷静に考えれば手塩にかけて育ててきた第一の配下であるリーヴェが、森を徘徊《はいかい》する野良《のら》魔獣より強いのはごくごく当たり前の話である。

しかし一方で、一般的な人間サイズであるリーヴェがあんな怪物よりも遥《はる》かに強いという事実に強い違和感を覚えてしまったのだ。

より正確に言うのなら、こんな華奢《きゃしゃ》な女性が馬鹿《ばか》でかい怪物に勝利するその絵面を想像できない、とでも表現すべきだろうか。ゲームなら当たり前の光景だったというのに、今の自分は目の前の出来事《できごと》をうまく消化できないでいる。

……これも突然感じるようになってしまった不可解な現実感による影響だろうか。

ある程度冷静になったつもりだったが、やはりまだ混乱しているのかもしれない。

そんなことを考えていると、今度はエルティナが何かに反応した。笹《ささ》の葉に似た長い耳がせわしなく動くその様を見て、ヘリアンは強制的に意識を切り替える。

〈戦術仮想窓《タクティカルウィンドウ》：再開錠《リオープン》。選択《セレクト》：地図《マップ》〉

思考操作で再表示した〈地図《マップ》〉には、エルティナからの〈情報共有《データシェアリング》〉が行われた結果として新たに二つの白い光点を灯していた。北東にかなり離れた位置に灯ったそれらは、二つとも移動を続けている。先を行く光点を追いかけるようにして後ろの光点が続く形だ。

「陛下」

「北東に何かいるな。二体か」

「はい。共に移動しているようですが、わたくしたちの方角には向かってきておりません」

「……先を行く一体が追い立てられているようにも見受けられる」

呟くと、エルティナの笹耳が跳ねるように動いた。

「なんだ？　何が聞こえた、エルティナ？」

「……微《かす》かに、悲鳴のようなものが」

「――――ッ！　向かうぞ、急げ！」

駆け出す。足の疲労のことは無視した。

悲鳴が聞こえたということは、つまり人がいるということだ。

そして状況からして先を行く光点――追いかけられている方が人だろう。追いかけている方についてては分からないが両者間の距離はさほどもない。急ぐ必要がある。

駆け出して五歩もしないうちにリーヴェとエルティナが横に並んだ。人間であるヘリアンと魔物である彼女たちの運動能力の差は歴然である。が、それはそれとして彼女たちが明らかにペースを落として並走してくれているという事実に、男としてのプライドが少しばかり傷ついた。

（いや、そんなくだらないことを考えてる場合じゃないだろ！　急げ！）

自分を叱咤《しった》しつつひた走る。

先ほどの場所から移動したが、視界の明るさは保たれていた。どうやら『あの地点を境界線として普通の森になっている』という推察の方が正解だったらしい。

しかしそれでも人間の目には十分暗い上、足場も悪い。ただでさえ歩きにくい密林という地形に加え、一歩踏み込むごとに腐葉土に足を取られそうになる。なかなか詰まらない対象までの距離がもどかしい。

追われているのが何者かは分からないが、人であるからには意思疎通が可能だということだ。そして、この何も分からない状況下では貴重な情報源でもある。逃がすわけにも、そしてそれを追っている何かによって死なれるわけにもいかない。

「はっ、はっ、はっ……！　く、そ……リーヴェ！」

五〇メートルも走らないうちに息が乱れた。

ただでさえ足場の悪い山道に、大した運動もしていない自分だから当然の結果だ。

荒れた呼吸の中、なんとかリーヴェの名を口にし、先行させるための命令を下そうとして――

「承知しました！　御身、失礼します！」

そんな台詞《せりふ》と共に、何かを勘違いしたらしいリーヴェに抱え上げられた。

しかも右手一本で両足を抱え、右上腕部で背中を保持し、左手はその身体を揺らさぬようヘリアンの肩に添えられる形でだ。

第三者から見れば、それはまるでお姫様抱っこの亜種《バリエーション》のようにも映っただろう。

「…………」

言いたいことは山ほどあったが……そしてヘリアンのプライドに致命傷に近いダメージが入ったが、その痛みと引き換えに移動速度が一気に増した。先ほどより数倍以上、風圧を感じるような速度で白い光点《アンノウン》の方角へと直進する。

彼我《ひが》の距離はもうほど近い。正面の小丘を越えれば視界に入るだろう。そしてその小丘を越えた。開けた視界に飛び込んできたのは、遠くにポツンと見える人影とその背を追う獣の姿。両者の間隔はもう数メートルほどもなかった。

一刻の猶予《ゆうよ》もないと悟ると同時、考えるより先に言葉が走る。

「エルティナ！　【追手】の【魔獣】を【足止め】しろ！」

咄嗟《とっさ》に〈鍵言語《キーワード》〉を使ってしまった。

しかし文章としてその命令は伝わっている。

応《こた》えは魔術行使という形で現れた。

無詠唱で放たれた風の刃が両者の間の地面を裂き、それに驚いた追手が後ろに飛び退く。

間髪を入れず二射目。

再び形成された風刃の数は十三。

立て続けに射出され、今にも零《ぜろ》になりそうだった両者の距離が更に引き離される。

（間に合った……！）

そこでようやく追われていた方の姿が分かる距離まで近付けた。

頭からローブを被っていて顔は分からないが、姿の輪郭《りんかく》から見て取るに小柄な体格の人型だ。

彼、あるいは彼女もまたこちらの存在に気付いたのか、驚いた様子でこちらに振り向く。

そして追手はやはり獣の類《たぐい》だ。

黒い犬型。先ほどの山犬モドキと異なり標準的なサイズ。まるでドーベルマンのようなその姿。

しかし目は妖《あや》しげな朱色に染まっており、身体のあちこちに不気味な紋様《もんよう》が浮かんでいる。

明らかに魔獣だ。しかも初見の魔物。脅威《きょうい》の度合いが分からない。

「リーヴェ、降ろせ！」

抱えられていた手が離され、重力に従ってヘリアンの足が地面についた。

駆け抜ける速度をそのままに両足で地面を削りながらの停止。

頑丈なグリーヴに履《は》き替えていてよかったと、靴裏で地面を削る感触を得てそんな感想を思う。

そして手を離したリーヴェは、ヘリアンの前に躍り出て壁になる位置を保持した。

どうやら彼女は自分の護衛につくことを選んだようだ。

傍《そば》を離れる気配がない。

ならば今自由に使える手駒《てごま》はエルティナのみ。

選択肢は限られると高速で思考。

悠長に考えている暇はない。

様子見をしている余裕もない。

敵の強さも分からない。

それでいて対処を即断する必要がある。

ひとまずは救助を最優先に、牽制《けんせい》の魔術を撃たせると結論。

「エルティナ！　そのまま風刃で牽制射！　敵を近付けさせるな！」

「風よ、刃と成って走れ――《風の刃》《ウインド・エッジ》」

完全詠唱によって三度《みたび》放たれた風の刃。

移動せず詠唱に力を割けた成果として、今度は三十に及《およ》ぶ風の刃が乱れ飛んだ。

速射性重視の下級魔術とはいえ、牽制には十分。

これで敵の反応を見て対策を――

「…………あれ？」

――取るまでもなかった。

風刃の前に逃げ場をなくした魔獣は避けることも耐えることもなく、風に刻まれてあっさりと無力化された。数十の肉片と化した魔獣の成れの果てがぼとぼとと地面に落ちる。

「……え、終わり？　やったのか？」

アンデッドの可能性を考慮して警戒するも、風に刻まれた犬型魔獣が再び動き出す気配はない。

どうやらこれで本当に決着のようだ。

あまりにあっさりとした結果に、しばし呆気《あっけ》に取られる。

「か、風の上級魔術……？　え、でも、触媒もなしに、そんな……」

そこへ、僅かに幼さを残した聞き慣れぬ声色《こわいろ》が耳に届いた。

視線を向ければ自分と同じように呆然《ぼうぜん》としている姿がある。追われていた『誰か』だ。

呆然としている理由は自分とは異なるようだが、ともあれ。

「女だったのか」

ヘリアンの声に肩を跳ね上げ、慌てて少女が振り向く。

その拍子に頭に引っかけていたローブが外れて顔が露《あら》わになった。色白な肌と西洋系の整った顔立ちに加え、特徴的な長耳が目に映る。笹《ささ》の葉にも似た形状の耳を持つその種族は——

「エルフ、か？」

——ヘリアンの傍らに控えるエルティナと、同系統の種族だった。

2.

ヘリアンに問われた少女は咄嗟という反応で頭から布《フード》を被った。

しかし今更隠しても意味がないと察したのか、数秒して諦《あきら》めたようにその耳と素顔を晒す。

「……助けていただいて、ありがとうございます」

少女はペコリと頭を下げる。その動きでセミロングの金髪がローブから零《こぼ》れて落ちた。ランクは分からないが、外見的特徴からしてエルフ系統の種族であることは間違いない。

白い刺繍《ししゅう》が施された緑基調の胴衣に、ナイフを差すためのベルトを二本巻きつけたその恰好。更には実用性を優先させたキュロットを身につけ、いかにも丈夫そうな革のブーツを履いた姿からは、どこか森に生きる民を連想させられる。

一通りその姿を改めた後、ヘリアンが内心に生んだ想《おも》いは安堵《あんど》だった。

（よかった、言葉が通じる。しかも敵対的《エネミー》じゃない！）

［タクティクス・クロニクル］では、搭載されている高度言語解析機構《マキネ・トランスレーション・エンジン》により日本語や英語などといった一般的な言語は自動翻訳される。それは【共通語《バベルワード》】として取り扱われ、ほぼ全《すべ》ての種族に通じるという設定があった。少女の言葉が分かるということは、彼女も【共通語《バベルワード》】を使っているということだろう。

そしてヘリアンにとって初めて遭遇した他者《ヒト》相手に言葉が通じるという事実は、どことなく安堵をもたらしてくれるものだった。

（……まあ夢だしな、これ。言葉が通じても当然か）

心中で呟く。

まるで誰かに言い訳をしているようだと考えかけてしまい、頭を振ってその思いを追い払う。

「無事でよかった。悲鳴が聞こえたのでな。怪我《けが》はないか？」

改めて見た少女の顔は、容姿に優れたエルフ種らしく整った顔立ちをしていた。

緑色の瞳にどこか優しげな光を宿している一方で、細い上がり眉《まゆ》が芯《しん》の強さを感じさせる。

またその口元はキュッと引き締められており、優しさの中に鋭さをも併せ持っているように感じられた。

エルフの推定年齢ほどアテにならないものはないが、仮に外見通りならば中学生か高校生になったばかりの年齢層だろう。

しかしヘリアンが一歩歩み寄って声をかけるなり、少女は険しい表情を浮かべて一歩退いた。

（……怯《おび》えられている？）

何故《なぜ》だろうかと一瞬考え、両隣を見るなり得心した。

リーヴェとエルティナが明らかに警戒した表情で少女を注視していたからだ。

敵対的――とまでは言わないが、一挙手一投足《いっきょしゅいっとうそく》をも見逃さないというような鋭い視線を向けられれば少女が尻込《しりご》みするのも当然だろう。

「不躾《ぶしつけ》ですまない。彼女たちは、その……旅の仲間でね」

なるべく優しい口調をイメージして話しかけた。まずは相手の警戒心を解かなければ話にならない。

「……旅人？」

「ああ。三人して森を彷徨《さまよ》っていてね。久しぶりに人に会えたよ」

いや参った、と頭をかきながら少女に微笑《ほほえ》みかける。

笑顔は円滑なコミュニケーションを築く上での第一歩であり基本中の基本だ。これで幾分かだけでも警戒心を解いてくれればありがたいと内心で画策する。が、

「…………」

結論。

駄目《だめ》だった。駄目駄目だった。

むしろ先ほどよりも一層警戒心を強くしたのか、少女は身を庇《かば》うようにして胸元《むなもと》に手を寄せる。

（……だよな。俺《おれ》の笑顔の価値なんて所詮《しょせん》こんなもんだ……）

思わず地面に『のの字』を書きたくなったが、根性で笑顔を維持する。

僅かに頬《ほお》が引《ひ》き攣《つ》ったかもしれないが見逃してほしい。

「お二人はエルフと獣人、ですか？」

「ん？　あ、ああ。右の彼女がエルティナで、左がリーヴェだ」

「……ご紹介に与りましたエルティナです。よしなにお願いします」

何故か自己紹介前に一瞬間があった。

しかもリーヴェは僅かに会釈《えしゃく》しただけで名乗りすらしていない。

それどころか『少しでも妙な動きをすれば容赦《ようしゃ》はしない』みたいな視線を向けていたりする。

主の守護を最優先にしているがための反応なのかもしれないが、警戒心が露わにすぎる二人の態度にヘリアンの笑顔が再び引き攣った。

せっかく少女の方から話しかけてくれたと言うのに、これでは台無しだ。

「――申し訳ありません。少々不躾でしたね」

謝罪します、とエルティナは少女に頭を下げた。

人物特徴に【気品】を有するエルティナの所作は洗練されており、腰を折って頭を下げる様にもどことなく優雅《ゆうが》さがある。

しかし、その様子を見た少女は心底驚いたように目を見開いた。エルティナが微笑みかけると、少女の顔に浮かぶ驚きの度合いが更に増す。激しく動揺しているようにも見受けられた。

……もしかして見惚《みと》れているのだろうか。

人物特徴に【美人】を所有していることもあり、エルティナは男女ともに人気がある。

同族である少女からしても、エルティナは目を奪われる存在なのかもしれない。

……よし。エルティナにぶん投げよう。

ヘリアンは少女の会話相手を従者に押し付けることにした。

正直、仮想空間《ネット》でならまだしも現実世界での社交性はさほど高くない自分である。ぶっちゃけコミュ力には自信がなかった。

それに冷静になって考えてみれば、自分などよりも同族であるエルティナの方が少女としても話しやすいかもしれない。今後どのようなアクションを取るにせよ、まずは初接触した相手と良好なコミュニケーションを取ることが肝要だろう。

そうして己《おのれ》の心に結論を生んだヘリアンは、この場をエルティナに譲るべく一歩退こうとした。

しかしそれよりも僅かに早く、柔らかな微笑みを浮かべていたエルティナが楚々《そそ》とした所作でヘリアンの背に身を隠す。

……え？　今なんで後ろに下がったんだ？

「けれど、わたくしと彼女はとある事情により人と話すのが苦手なのです。申し訳ありませんが、わたくしたちは少々控えさせていただきますね？」

……エルティナさん⁉

ヘリアンは思わず左の従者に振り返る。せっかく会話相手を押し付けられると思ったのにアッサリ裏切られた。いや、自分が勝手に期待していただけでエルティナ自身にそんな気はなかったのかもしれないが期待していた分だけショックが大きい。上げて落とされた気分だ。

そんな心境を知る由《よし》もない少女は、エルティナの発言を受けて再びヘリアンへ視線を合わせた。

完全にロックオンされた事実を悟り、ヘリアンの頰の引き攣りが三割ほど増す。

「彼女たちは……貴方の奴隷《どれい》ですか？」

「へっ？」

再び少女からの問い掛け。

予想外の質問内容に素で反応してしまったヘリアンは慌てて取り繕う。

「い、いや、彼女たちは旅仲間だ。そんな関係じゃない」

清い関係だ。

いや、主従という関係が清いかどうか分からないが、少なくとも無理矢理従えているわけではない……はずだ。

「……何故、ハーフエルフの私を助けてくれたのですか？」

警戒心を隠そうともせず、更に一歩下がりながら少女が問い掛けてくる。

「ん……？　君はハーフエルフなのか？」

「――――……ッ！」

少女はあからさまに顔を顰《しか》めた。

言わなくてよいことを口にしてしまったという、痛切な後悔の表情だった。


ハーフエルフとは、文字通りエルフと他種族との間に生まれたハーフ種のことだ。一般的な創作物では人間とエルフの間に生まれた子供のことを指す場合が多い。

しかし［タクティクス・クロニクル］においては少々異なる。このゲームでは【配合】という機能《システム》が採用されており、特定の種族では両親の特性を併せ持つハーフ種を作ることが可能だ。一方でこのゲームの特性上、配合の相手は人間ではなく近縁種や特定種族に限定される。

また【配合】は軽々しく行えない。両親が【転生】できなくなるというデメリットがあるからだ。加えて種族の掛け合わせによっては成功判定率が著しく低くなってしまう。しかし、成功さえすれば両親の素質を受け継いだ子供が生まれるという大きなメリットがあった。

ヘリアンも当然のようにこの機能《システム》を活用しており、このゲームでは混合種《ミックス》や混血種《ハーフ》の魔物など別段珍しくもない。

「……ええ、そうです。私はハーフエルフです。――助けたことを後悔なさいますか？」

しかし、何故か少女は諦観《ていかん》に似た笑みを見せた。

まるで『エルフと勘違いしたから助けてくれたのでしょう？』とでも言いたげな諦めの表情だった。

そんな少女に、ヘリアンは首を傾《かし》げて訊く。

「何故だ？」

「え？」

「何故、君がハーフエルフなら、助けたことを後悔することに繋《つな》がるんだ？」

「…………えっ？　あ、あれっ？」

陰りのある笑みはどこへやら。少女は年相応の表情で戸惑った様子を見せた。

なるほど確かに、言われてみれば彼女の笹耳はエルティナよりも短い。他種族の血が混ざっているハーフエルフというなら納得だ。そしてただそれだけの話である。

だが、どうやら目の前の少女にとってはそれだけの話ではなかったようだ。目を白黒させた表情からそれが読み取れる。いったいハーフエルフならばどんな問題があるというのか。

「――知れたこと。その者らが穢《けが》れた種族であるためだ」

背後から第三者の声がした。

咄嗟に振り向く。バラバラになった魔獣の骸《むくろ》の奥に、いつの間にか一人の男が立っていた。白い肌に長い笹耳。またしてもエルフ種だった。ただし今度は男だ。耳の長さも通常のエルフと同じであり、ハーフエルフではないことが見て取れる。

リーヴェとエルティナは随分《ずいぶん》前からその存在を感知していたのか、男が声をかけてきても慌てた素振《そぶ》りも見せず、静かに警戒体制を維持していた。

「見慣れぬ姿だが、只者《ただもの》ではないな貴様ら。私の猟犬をこうも容易《たやす》く屠《ほふ》るとは信じられん。見たところ、そこのエルフは我らが輩《ともがら》ではないようだが……」

「猟犬……。なるほど、あの魔獣はアンタの従魔だったのか」

道理でリーヴェが近付いても逃げ出さなかったわけだと納得する。

あの巨大な山犬モドキでさえ尻尾を巻いて逃げたというのに、あの犬型魔獣は逃げる素振りがなかった。それは山犬モドキとは異なり、野良ではなく従魔《かいいぬ》だったからなのだろう。

「思わぬ獲物がかかったものだ。この辺りは深淵森《アビス》にほど近いというのに、まさかこんな人間が紛《まぎ》れ込《こ》んでいようとはな」

「深淵森《アビス》……？　いや、それより、さっきの言葉はどういうことだ？　穢れた存在？　もしかして彼女のことか」

「然《しか》り。何だ貴様、惚《とぼ》けているのではなく本当に知らんのか？」

エルフの男は「無学にも程があるだろう」とでも言いたげな、侮蔑《ぶべつ》の視線を向けてきた。

「ハーフエルフとは、我ら神と精霊に愛されし貴きエルフと、不純で野蛮な数だけが取り柄の人間との間に生まれ堕《お》ちた種族を指す。つまりは貴きエルフの血脈に人間の血が混入した〝穢れ〟の種族というわけだ」

「違います、私たちは穢れの種族ではありません！　人間にもエルフにも良いところはあります。私たちはその両者の間に生まれただけです。穢れた存在などと言われる筋合いはありません！」

「戯《たわ》けたことを。よくもそのような穢らわしい口を利《き》く。聞くだけでこちらの耳が腐るわ！」

男が歯を剝《む》いて答えた。

見目麗《うるわ》しいエルフだろうが嫌悪感《けんおかん》が浮き出た表情は人間と大して変わらず、等しく醜《みにく》い。

だが、ヘリアンがそれを気に留めることはなかった。

いや、それどころではなかったと表現したほうが正しい。

エルフの男が言った「人間との間に生まれた」という台詞が、ヘリアンに衝撃を与えていたのだ。

だってその台詞はおかしい。常識的に考えれば、そんな台詞が出てくるのは異常だった。

――何故ならこのゲームには〝人間〟という種族のユニットなど存在しない。

より正確には、王《プレイヤー》以外に人間はいないのだ。

エルフやドワーフなどの亜人種や人型の魔物は比較的多いが、国民は全て魔物に該当する。

人間という種族は［タクティクス・クロニクル］においては特別なものであり、王《プレイヤー》専用の種族とされていた。

しかし、男は当然のようにハーフエルフの片親を人間だと断定した。しかも数が取り柄とまで口にしたということは、多くの人間が存在するということだ。明らかにゲームの設定と乖離《かいり》している。

（……いや、それは今考えるべきことじゃない）

今回の目的は情報収集だ。考察なら後でいくらでもできる。それに目の前で修羅場《しゅらば》が繰り広げられているのに、悠長に悩んでいる場合ではないだろう。

そのように自分を説得したヘリアンは、視線をぶつけ合う少女と男の間に割り込むようにして問いを放つ。

「アンタは何故彼女を追ってたんだ？」

「フン。戯《たわむ》れよ。街を陥《お》としてやったはいいものの、ドブネズミのように逃げ散った者どもがいるのでな。猟犬どもの狩りの練習台に使ってやっているというわけだ」

「街を陥とした……？」

話がきな臭くなってきた。

「ハーフエルフどもが集《たか》って作った街だ。穢れた存在の分際で街を作り住むなどと、ましては国を名乗ろうなどと驕《おご》り高ぶるにも程がある。故に我ら純粋の血族たるエルフが有効活用してやろうと言うのだ。無論、穢れを浄化してからだがな」

「……浄化、というのは」

「知れたこと。穢れた血を祓《はら》うということだ」

「血を祓う……まさか、元から住んでたハーフエルフを追い払うということか？」

「……やれやれ。貴様ら人間は、こんなことまで説明せねば伝わらぬのか。ほとほと呆《あき》れ返る」

再び の侮蔑の表情。

先ほどの会話からある程度読み取れたが、やはり人間もエルフの蔑視対象らしい。

「悪いが俺たちは旅人でね。この辺には初めて来るんだ。このあたりの情勢もよく知らないんで、無知なのは勘弁願いたい」

「ほう？　無知であることを認めるとは、人間にしては殊勝ではないか。他の人間どもは、我らが口を開く度に怒り喚《わめ》く猿のような奴《やつ》らばかりだというのに……ああ、旅人といったか。ならば猿は猿にしても、別系統の優れた猿ということか」

……いちいち貶《けな》さなければ会話ができないのだろうか。

しかし数的不利なこの状況において侮蔑の感情を隠そうともしないということは、それほど実力に自信があるということかもしれない。だとすれば刺激して敵対するのは下策だ。ここは何を言われても怒らず、冷静に対処しなければいけない場面だと気持ちを整える。

その傍らで、堪《たま》りかねたように少女が声を張り上げた。

「いい加減にしてください！　人間は人間です、猿じゃありません！　それに人間にも良い人はいます。森を害することなく、森と共存する道を選ぶ人間だっているんです。人間を知りもしないで馬鹿にしないでくださいッ！」

「〝穢れ〟は黙っていろ！　耳が腐ると言っておろうが！」

その罵倒《ばとう》に、ハーフエルフの少女は痛切な声色で叫んだ。

「だったら……だったらせめて私たちを放っておいてください！　私たちは森の外れに住んでいるだけじゃないですか！　それもこんな、深淵《アビス》森と荒野にほど近い場所まで追いやられて……それでも必死に生きてるんです！　なのに何故、貴方たちは――ッ」

「――もういい。目的は捕獲だったが限界だ。永遠にその口を黙らせてくれる。我の猟犬を台無しにしてくれたそこの愚か者どもと一緒に死ね」

言って、エルフはその手に何かを握り込んだ。瞳に剣呑《けんのん》な色が混ざる。

「放つ疾風の矢《フェルジビア》！」

エルフの男は小石のような物を投擲《とうてき》すると同時、エルフは力ある言葉を叫んだ。その言葉を鍵として小石は緑色の煌《きら》めきを放ち、光は鋭利な疾風と化して奔《はし》る。

ヘリアンが認識できたのは小石が光を放つところまでだった。咄嗟の動作で少女の前に身を投げ出し、両腕で顔を庇う。頭の片隅で『何をやっている。死ぬ気か』との自問が聞こえたが、気付いたときには身体が動いてしまっていた。内心で激しく後悔するがもう遅い。

かくして目の前に迫る魔力を孕《はら》んだ暴風は、無力なヘリアンへと無慈悲に襲いかかり、

「《守護の風《ウィンド・プロテクション》》」

エルティナの展開した防御魔術によってあっさりと霧散した。

柔らかな蒼《あお》色の風がヘリアンたちを包み、外部から干渉せんとする一切《いっさい》の現象を砕き散らす。

必殺を確信していたのか、その光景を目にしたエルフが目を剝いた。

「な、に……ッ!?」

「《戒めの蔓《リアナ・バインド》》」

続けざまの省略詠唱。エルフの男の足元から太い蔓《つる》が急成長し、その四肢を捕らえる。

そして身動きの取れなくなった男に対し、リーヴェが矢のように飛び出した。

——因《ちな》みに。

この時、エルティナとリーヴェは他勢力との初遭遇《ファーストコンタクト》という出来事の重要性を理解していた。

だからこそ決して下手《へた》を打つまいと交渉には一切介入せず見守っていた。

主の命令が下らない限りは現状維持に努めるべきと考え、エルフの口から垂れ流された主への不敬な言動にも我慢した。

なにせ他ならぬ主が聞くに堪《た》えない罵詈《ばり》雑言《ぞうごん》に耐えながら情報収集に徹しているのだ。自分たちが感情に任せて力を振るい、それを台無しにしていいはずもない。

故に我慢した。我慢に我慢を重ねた。リーヴェは喉元《のどもと》にまで迫《せ》り上がってきた攻撃衝動を抑え込み、エルティナは笑顔の下に敵意と嫌悪感を隠した。

しかし相手が主《ヘリアン》に手を出してきたとなれば話は別である。

自らの主人に対し攻撃を加えてきた『敵』を許せるはずもない。

そして攻撃された以上、主人が屈辱に耐えながら続けていた交渉も決裂したと見ていいだろう。

——つまり、もう我慢をする理由が何一つない。

故にエルティナの魔術によって行動の自由が奪われた『敵《エルフ》』に対し、リーヴェは一撃必殺のその拳《こぶし》を繰り出して——

「——待て！」

主の制止の声。

飛びかかっていたリーヴェは咄嗟に急制止《ブレーキ》をかける。

致死の拳は男の顔面に到達する直前にどうにか停止した。

拳が巻き込んだ大気が風圧となって、男の長髪を滅茶苦茶《めちゃくちゃ》に搔《か》き乱《みだ》す。

風がやんだ後には、何が起こったのかも分かっていないような男の間抜けた表情が残った。

(…………や、やばかった)

ヘリアンは内心で胸を撫《な》で下ろす。

一瞬でも制止の声が遅れていたら男は死んでいただろう。

防御力がどの程度か分からないが、エルフは頑丈さに優れている種族ではない。

先ほどの魔術の威力から推察する力量としては、対単体戦闘において屈指の攻撃力を誇るリーヴェの拳を食らって無事で済むとは到底思えなかった。いきなり他勢力の者を殺すところだった。

「は？　な、なんだこの蔓は？　今、なにが……」

「――おい」

死にかけたという事実を未《いま》だ吞《の》み込めていない様子の男に対し、ヘリアンは告げる。

意図せず、自分で思ったよりも低くドスの利いた声になった。

「今のは見逃してやる。我々はそちらと敵対する意図はない。仕掛けてきたのはそちらで、我々はただ降りかかる火の粉を払っただけだ。いいな？」

主の意思に応じたエルティナが四肢を拘束《こうそく》していた蔓を解く。しかし男は未だ状況を理解できていないのか、困惑した表情を一行に向けたままだった。

「な、なに？」

「見逃してやると言っている。失《う》せろ」

ヘリアンは鷹揚《おうよう》に顎《あご》をしゃくって明後日の方向を指す。

リーヴェとエルティナに見られている以上、下手に出て『戦う意思はありません。お願いですから退いてください』などとは口が裂けても言えない。目の前のエルフよりも、連れてきた軍団長たちに軽んじられる方が遥かに怖かった。

しかも、二人は今も剣呑な空気を発している。それが向けられているのは目の前のエルフであって自分ではないのだと分かってはいても、怖いものは怖い。一刻も早くこの緊迫した状況をなんとかしたい気持ちで一杯だった。

有《あ》り体《てい》に言えば、ヘリアンは現実的《リアル》すぎる『暴力』の前に、完全に腰が引けていたのだった。

「き、貴様……たかが人間のくせに誰に向かって口を利いている！　私は栄えあるノーブルウッドの狩人長――」

「お前が誰かなど興味がない。もう一度言う、失せろ。それとも本気で事を構える気か？」

「……クッ」

男は怒りに顔を紅潮《こうちょう》させたが、戦っても敵《かな》わないという事実《こと》が判断できる程度の冷静さは残していたのか、歯噛《はが》みしながらも去っていった。

森の奥へと男の姿が消えるのを見届け、ヘリアンは思わずホッと安堵の息を吐く。

「あの……」

そして、背から差し込まれた幼さの残る声に一瞬で硬直した。

「おかげさまで助かりました。ありがとうございます」

「あ、ああ。無事でよかった」

振り向いた先には助けたハーフエルフの少女の姿がある。

……やばい。どうしよう。少女の存在が完全に意識から抜け落ちていた。あろうことか彼女の前で自分がリーヴェたちの上位者であるかのような振る舞いを晒してしまった。

咄嗟に名乗った旅人設定がこれでは台無しに……いや、まだなんとかなる。二人が荒事担当で自分が交渉担当なんだと説明すれば誤魔化《ごまか》せるかもしれない。

そうするとヘリアンのポジションが『二人のうら若い女性に守られている軟弱男』というなんとも情けないことになってしまうが、この場を乗り切れるならプライドとかもうどうでもいい。だから頼むから誤魔化されてくれ。

「じ、実は彼女らは腕利《うでき》きの護衛でね。情けないことに腕に自信のない私はもっぱら交渉とか雑用係なんだ、ハハ……」

……え、笑顔だ。笑顔と勢いで誤魔化せ。

いやしかし、さっきは同じようなことをして失敗したんだった。だが立て続けのイベントでオーバーヒート気味の頭では代案も思いつかない。

な、なにか他にいい手は……。

「プッ……アハ、アハハハッ」

そうしてヘリアンの額に汗が浮かび始めた頃、唐突にハーフエルフの少女が笑いだした。

しかも先ほどまでの能面のような表情とは裏腹に年齢《とし》相応の子供のような笑顔でだ。

「アハハッ、フフ……ご、ごめんなさい。だって、エルフにはあんな強気だった人がハーフエルフの私なんかに困ってるだなんて、なんだか可笑《おか》しくって。フフ」

息も絶え絶えにそんなことを言ってくれる。

……いや、たしかにちょっとばかり言い訳がましかったかもしれないが、こんな中学生みたいな少女に内心を見透かされたというのはショックだった。

立て続けの精神ダメージに、しばし打ちひしがれる。

散々笑ってスッキリしたのか、晴れやかな顔で少女は口を開いた。

「失礼しました。それと無理しなくていいですよ。さっきのエルフに対して言ってたみたいに、普通に喋《しゃべ》ってくれて構いません」

……いや、そっちの方が演技なんだが。

むしろ王様スタイルより、優しいお兄さんスタイルの方がまだしも自分のデフォルトに近い。

（って、あれ？　これってもしかして……俺はこの子の前でも王様スタイルに寄せて、かつ旅人設定で喋らなきゃいけなくなったってことか……?）

明らかに難易度が増した気がする。いい加減に泣きたくなった。少女が普通に喋ってくれるようになったことだけがせめてもの救いだ。

散々笑ってくれたおかげか、随分と警戒心を解いてくれたように思えるので怪我の功名《こうみょう》と思うことにする。というか、そうでも思わないとやってられない。

「私の名はレイファと申します。二度も助けていただいて本当にありがとうございました」

「いや、気にすることはない。襲われていたのを見かけたから咄嗟に助けただけの話だ。それに二度目は私たちに降りかかる火の粉を払っただけなのだから、君が礼を言うようなことではない」

「そうだとしても助けていただいたことに変わりはありません。ですので、お礼を言わせてください」

少女はペコリと頭を下げる。

一纏《ひとまと》めに括《くく》っていた金髪が尻尾のように跳ねた。

「それと。助けてもらっておいて失礼ですが、一つお願いがあります」

「む……？　何だろうか？」

ヘリアンは頭の中で身構える。

ここで迂闊《うかつ》な返事はできない。先ほどのエルフと少女の話から察するに、相当に厄介そうな事情を抱えていそうだと窺い知れたからだ。どうにも種族間の差別意識を起因とする抗争の真っ只中《ただなか》らしいが、事はそう簡単な話でもないのだろう。

そんな状況下で少女が申し出た『お願い』。

いくらヘリアンでも、リーヴェとエルティナの戦闘能力を目当てとした協力依頼だということは容易に想像できた。

だが、軽はずみに手は貸せない。

先ほどのエルフは恐らくただの斥候役《せっこうやく》だろう。なにせ大した実力者でもなかった。しかし本陣の兵士は、どう考えても先ほどのエルフより高い戦闘力を持っているに違いない。

ましてや敵の数も分からない状況だ。規模は？　装備は？　練度は？　技術レベルは？

何もかも分からず、どの程度の戦力を所持しているのか見当もつかない現状、この問題に首を突っ込むわけにはいかなかった。

故にヘリアンはその『お願い』を毅然《きぜん》として断ろうと腹に力を篭め、少女の続く言葉を待ち――

「貴方のお名前を教えていただけますか？」

呆気に取られた。

虚を衝かれたヘリアンは口を利くことすらできず、しばし呆然と立ち尽くす。

（……マヌケか、俺は）

自覚するのは猛烈な羞恥《しゅうち》の感情だ。

言われてみれば従者二人の紹介はしたものの、自分自身は名乗ることさえしていなかった。

そんな最低限の礼節さえこなせていない身の上で、よくもまあ問題事に対する警戒だの保身だのを考えたものである。

彼女はそんなこと欠片《かけら》も考えていなかったというのに邪推した結果がこれだ。

本気で落ち込み、一頻《ひとしき》り自分自身を内心で罵倒するヘリアンだったが、その間も少女はただじっと待ってくれていた。毒気を抜かれたような苦笑を一つ零して、少女に右手を差し出す。

「名乗りが遅れてすまない。ヘリアンだ」

自然体で名乗れたと思う。

転移して以降、初めて自然に話せた気がした。

「改めまして、レイファァです」

握り返される手。

ハーフエルフの少女――レイファァの顔には、よく似合う微笑みが浮かんでいた。

3.

自己紹介と握手を終えたヘリアン一行は、少女を先頭に森を歩く。

訊けば、この近辺に少女の住む集落があるとのことだった。

エルフの奇襲を受け街から逃げ延びた人々が集まり、かれこれ三週間ほどそこで生活を共にしているらしい。

「──では、先ほどのエルフは」

「ええ。街を襲ったノーブルウッド王国のエルフです」

集落に向かう道中、情報収集を兼ねて先ほどのエルフの男のことについて話をする。

早速面倒事に遭遇してしまったものの、情報源となる人にこんなにも早く会えたこと自体は僥倖《ぎょうこう》だった。最悪の場合は日が暮れるまで歩こうと、誰にも会えずじまいすらありえたのだから。

「ええと、君たちの国の名は……」

「ラテストウッドです。国といっても、都市一つと幾つかの集落しか持たないような都市国家……もっと言ってしまえば寄り合いみたいなものですけどね。三〇年程前にとあるハーフエルフが中心になって、建国したんです」

この場合の都市国家とは、一つの都市と周辺地域のみを領土としている小国家のことだろう。

現在のアルキマイラも城と城下町だけが強制転移させられた状態なので、事実上の都市国家状態になってしまっている。

「三〇年……割と最近の話なんだな」

「ハーフエルフ自体が最近の種族ですしね。ハーフエルフの数が急増したのは今から百年ほど前の話で、それ以前は存在自体がかなり珍しかったそうですよ」

ハーフエルフの少女《レイファ》が言うには、そもそもハーフエルフが生まれる土壌がなかったらしい。

地理的な関係上、人間の生活領域にほど近いエルフの国はノーブルウッドになるが、人間蔑視の感情が根強い彼らと人間の間では子供など作られるはずもない。

大森林の奥深くに住む、人間蔑視の感情がない他国のエルフがごく稀《まれ》に森の外に出て、その中の更に少数派が人間と夫婦関係になり、子供——つまりはハーフエルフを産むようなケースしかなかったとのことだ。

百年前までは。

「百年ほど前に、種族間戦争が起きたんです」

ノーブルウッドを中心とするエルフの集団と、人間の連合国との種族間戦争。

エルフの軍勢は緒戦こそ魔術による奇襲攻撃で勝利したものの、その後は人間の数の力に押されて敗戦に次ぐ敗戦という屈辱を味わうことになる。

そもそも戦場が悪かった。開戦の場となった主戦場は大森林から東に広がる荒野で、一生を森の中で終える者さえいるエルフたちは荒野への地形適性が低かったのだ。そして敗戦の中でノーブルウッドの女王をはじめとした多くのエルフが捕まり、エルフたちは人間の連合軍による数の暴力に押され、大森林まで後退せざるを得なくなった。

しかし森に入ってからのエルフは、その能力を十分に発揮し、天然の罠《わな》や森の従魔を使い連合軍の進撃を食い止める。そこで膠着《こうちゃく》状態となり、開戦から五年後、停戦協定が結ばれた。

——では五年間もの間、人間に捕まっていたエルフの女性らはどうなっていたか？

答えは定番通りというわけだ。人間の美的感覚からして一様に美しいエルフの女性は戦利品として貴族や高位軍人などに下げ渡され、性奴隷同然の扱いを受けることとなった。戦争を仕掛けたのはノーブルウッド側らしいが、それでも聞いていて胸糞《むなくそ》悪くなる話には違いない。

停戦に伴い大半のエルフは本国に返還されたが、その中には陵辱《りょうじょく》されて身籠《みごも》っていたり、人間との間にできた子供を出産していた者が多かった。

——少なくとも、ハーフエルフの集団ができ上がる程度には。

「それが私たちの祖先です。祖先といっても、私の世代でまだ四世代目なんですけどね」

たかだか百年少々しか経ってませんから、とレイファが補足する。

由来からしてかなり酷いものだったが、レイファの表情には特に陰りのようなものはない。少なくともヘリアンの洞察力では陰りを見破れなかった。

「けれどハーフエルフがエルフに受け入れられることはありませんでした。まあ当然ですよね。彼等は人間を嫌ってましたから、人間の血が混じっている私たちは嫌悪の対象だったんでしょう。むしろ今では人間よりもハーフエルフの方を強く嫌うようになってしまいました」

「……では人間の、ハーフエルフに対する反応については？」

「そっちも似たようなものです。けどエルフよりはマシですね。私たちに好意的に接してくれるエルフはこの付近では一人もいませんが、森を訪れる人間の中には好意的に接してくれる人もいます。いきなり攫《さら》おうとしてくる人間もいますけどね。でも、良い人がいないわけじゃないんです」

現に私も助けてもらえましたし、とレイファは微笑む。さっきまでの警戒した素振りはどこへやら、随分と心を開いてくれたものだ。それだけ厳しい立場だったのかと重い気持ちになる。

しかし色々と訊いてしまったが、聞くに連れて様々な乖離点が浮き彫りになってきた。


――まず、ゲーム「タクティクス・クロニクル」では、そんな歴史はない。


少なくともヘリアンのいた「ワールド№Ⅲ」では、そのような歴史は発生しなかった。

エルフ種のＮＰＣ《ノンプレイヤーキャラクター》の集団はいたが、ゲーム時代の百年前にそんな戦争が起きたことなどない。

当時の自分が知らなかったエリアで起きていた可能性はあるが、他国を併合する中で入手した各国の【歴史情報《ヒストリー》】にもそんな記載はなかった。

国名も同じくだ。ノーブルウッドもラテストウッドも、ヘリアンは聞いたことなどない。

つまり、ここが自分たちが従来いたワールドではないという事実がこれで確定したということになる。

また人間の国などというゲームの根幹的前提条件を無視した国家がある以上は、従来から稼働する別サーバなどにデータを移された可能性もなくなったわけであり……いや、そうじゃない。今すべきことは情報収集だ。考察は何もかも後回しでいい。余計なことは考えるな。

「……先ほどのエルフの態度については理解できた。ノーブルウッドのエルフたちはラテストウッドのハーフエルフを目の敵にしているということだな」

「ええ。私たちは静かに暮らしたいだけなんですけどね。私たちの首都が人間の生活領域にほど近く、いざとなれば人間との戦争の際に盾にできて、更には深淵森《アビス》の付近という悪条件も重なってか、これまでは手を出されることはなかったんですが……」

しかし状況は一変する。

三週間前、ノーブルウッドは突如としてラテストウッドを襲撃したのだ。

「開戦の理由は？」

「分かりません。そもそも宣戦布告なしの奇襲だったんです。街を攻め落とされた後にようやく発表された声明では『高貴な血族にて街を正しく統治するべく立ち上がった』と主張しているらしいですが、到底それを信じる気にはなれません」

そもそも攻め落とされたラテストウッドの都市は大樹と石造りを組み合わせたものらしく、森に拘《こだわ》るエルフたちが殊更《ことさら》欲しがるとは思えないとのことだ。

エルフたちの住処《すみか》に木材以外の素材が使われることは稀で、多くの者が大樹の中で暮らしている。

「人間と再び戦争をするつもりで、国境線に近い私たちの都市を前線基地として活用する狙《ねら》いかという考えも浮かびましたが……」

「百年前は殆ど敗戦だったんだろう？　今から人間と戦争を始めたとして、エルフ側に勝ち目はあるのか？」

「ないとは言い切れませんが、難しいでしょう」

訊けば、百年前と比べて人間が数を増しているのに対して、ノーブルウッドの民は殆ど増えていないらしい。百年前も数の暴力の前に圧《お》されて負けたのだから、今戦ったところで更に苦戦を強いられるであろうことは想像に容易い。

「だから、彼らが都市を本気で欲しがっているとは思えないんです。そもそも都市を欲しがる理由が見当たりませんから。それに都市を占領したいだけなら、逃げ延びた私たちを捕らえようとする理由に説明がつきません」

そういえば、さっきのエルフも『目的は捕獲だ』と言っていた。

確かに都市が欲しいだけならハーフエルフを追い出せばそれで済む。いくらハーフエルフ憎しとはいえ、都市外に逃げ出したハーフエルフの一人ひとりまでも捕まえようとする理由はない。

「宣戦布告抜きで首都を急襲されたということは、国王……かそれに当たる指導者は？」

「女系王族なので、指導者は女王ですね。ラテストウッドの女王は王配と共に行方《ゆくえ》不明です。エルフほど魔術が得意ではありませんが、それでも皆《みな》を纏め上げて建国した実力者ですから亡くなってはいないと信じたいです。ですが集落に逃げ延びてきていない以上、恐らくはエルフたちに囚《とら》われているのでしょう」

首都を奪われた上に指導者も行方不明。これはもう完全に負け戦だ。この状況で打てる手があるとすれば、逃げ延びた手勢を纏めた上で他勢力と同盟を組んで反撃というのがベターだろう。

だが彼女らは、人間からもエルフからも差別を受けているハーフエルフだ。だからこそ寄り集まって国を作ったのであって、頼れる存在が他にいるかと問われれば答えに詰まるだろう。

自然、気が重くなる。

可哀想《かわいそう》にとは思うが迂闊に手は出せない。なにせ自分の国《アルキマイラ》とて未曾有《みぞう》の大異変に晒されている真っ最中なのだ。最低限でも現状把握が済むまで、新たな問題を抱え込むような余裕はどこにもない。

余計なことは考えるなと自分を戒め、情報収集に努める。

「ちなみにレイファさん。エルティナについては」

「レイファでいいですよ」

にっこり笑顔を向けられる。

助けた際の能面のような表情とのギャップに、不覚にもクラっと来た。

……幾らなんでも一気に好意的になりすぎじゃなかろうか。

「あー……ではレイファ。エルティナなんだが、彼女はノーブルウッドの住民じゃない。私もハーフエルフに差別意識はないし、こっちのリーヴェについても同様だ。その点は信用してもらっていい」

隣を歩くリーヴェとエルティナが首肯する。レイファは朗らかに頷《うなず》いた。

「はい。信用させていただきます」

釘《くぎ》を刺すような台詞にも聞こえるが、他意はなさそうだ。一応は信用してもらえているらしい。

ちなみに一行がこのあたりの情勢について全く知らない理由については、遠方からの旅人だからという設定で押し通した。頭の天辺から足の爪先《つまさき》までジロジロと見られることになったが、レイファは何も訊かず先ほどの説明をしてくれていた。後から色々と突っ込まれそうで怖いが、何も訊かれない以上は現状維持だ。色々と無用な補足説明をしようとして自らボロを出すこともないだろう。

またエルティナは二人の会話に相槌《あいづち》を打つ程度で、リーヴェに至っては完全に無言状態だ。設定にボロが出ないよう、会話は完全にヘリアンに任せる態勢である。

「あ、ちょっと待ってもらっていいですか？」

「ん？　構わないが」

「あと十分ほど歩けば集落に着くんですが、皆さんを連れて行くと集落の皆が驚いてしまうと思うんです。なので混乱を防ぐために、先触《さきぶ》れを出したいと思いまして」

「あぁ、それは助かる。気を使わせてすまないが是非とも頼む」

騒ぎになるのは御免なので素直に嬉《うれ》しい申し出だ。

笛でも使って呼ぶのかと思って見ていると、レイファは懐《ふところ》から翠色《みどりいろ》の石を取り出して地面に置いた。

そして近くに落ちていた小枝を使い、置いた石を中心として地面に何らかの紋様を描いていく。

慣れた手付きで描かれていくその幾何学《きかがく》的な紋様は――。

「……陛下、魔法陣です。念のためにご警戒を」

レイファに聞こえない程度の声量でエルティナが囁《ささや》く。やはり魔術行使の準備だ。

ゲーム「タクティクス・クロニクル」では、幾つかの儀式魔術の中に魔法陣を描いて発動させるものがある。レイファが行使しようとしている魔術もその類なのだろう。

仲間を呼ぶための合図でも打ち上げるのかと思ったが、それにしては随分と仰々しい気がする。

「お待たせしました。今から仲間を喚《よ》びますね」

……今から仲間を喚ぶ？

言葉のニュアンスが引っかかった。

「もしかすると……これは召喚陣なのか？」

「ええ。お互いに仲間だと認識している者を召喚する魔術なんですが、魔力を増幅させるために陣が必要でして。お待たせしてしまいました」

「……仲間の召喚？」

なんだそれは。そんな魔術は「タクティクス・クロニクル」には存在しない。

召喚魔術自体は存在するが、魔力で編まれた召喚獣しか喚び出せない代物であり、生きている既存のキャラクターを喚び出すことは不可能とされている。キャラクターの瞬間移動――即《すなわ》ち転移については【転移門《テレポータル》】を介したファストトラベル機能でしか行えないはずなのだ。

しかし、目の前の少女は魔術で仲間を喚ぶことが可能であると言う。

そういえば、先ほどのエルフの行使した魔術にしてもそうだ。小石を投擲して風魔術を発現したようだが、あの魔術も初見のものだった。［タクティクス・クロニクル《ゲーム》］をやり込んでいるヘリアンが知らない魔術などそうそうあるものではない。これはいったいどういうことだ。情報を集めれば集めるほどに既知の知識との乖離点が増えていく。

困惑するヘリアンを他所《よそ》に、レイファは魔術行使のために目を瞑《つむ》り、祈るようにして手を組んだ。

従者の二人は未知の魔術行使に対し、何が起きても即応できるよう密《ひそ》かに身構える。

「我は乞《こ》う。誘うは幽《かそけ》き呼聲《よびごえ》。友よ。我が友よ。汝《なんじ》もまた我を輩《ともがら》と認むるならば、我が聲《こえ》を標《しるべ》に今此処《ここ》に来たれ――〝我は輩を導く者《コールフェロー》〟」

詠唱と共に魔法陣がエメラルド色に光り輝き、それは結びの一言で中心地へと収束した。

光は一際眩《まばゆ》い輝きを残滓《ざんし》として消失し、後に残ったのは妙齢の女性の姿だ。

「レイファ様！　あぁ、ご無事でよか――ッ、エルフ⁉」

魔法陣から現れた――恐らくはハーフエルフの――女性は背に携えていた弓を咄嗟に手に取り、流れるような動きで矢筒から矢を抜き番《つが》える。

「おやめなさい、ウェンリ！　この方々は私を助けてくださった旅人の皆様です。今すぐ弓を下ろしなさい」

「し、しかし、その獣人はともかくソイツらはエルフと人間です。危険です、お下がりください！」

「私は弓を下ろしなさいと言いました。これは命令です」

レイファに窘《たしな》められた女性は、一行に対する警戒の視線はそのままに渋々と弓を下ろした。まだ弓も矢も握ったままだったが、そこが彼女の妥協点だったのだろう。

――しかしそんなことよりも、ヘリアンは別の問題に頭を抱えたくなった。

喚び出された女性がレイファの言葉に従ったということは、レイファは彼女よりも目上の存在であるということになる。だがどう見てもレイファは彼女より年下だった。レイファが外見年齢が十五歳程度なのに対し、喚び出された女性の外見年齢は二十代半ばに見える。これまで接してきたレイファの性格からして年上相手には敬意を払うのが普通に思えるが、目の前の光景は全くの逆だ。

しかも、現れた女性は彼女に対し『レイファ様』と呼んでいた。

ならば喚び出された成人女性より若輩であるにもかかわらず当然のように命令を下し、かつ彼女から敬われているように見受けられる少女の身分とは――？

「申し訳ありません。今の集落では殺気立っている者も多いものでして。不躾な真似《まね》をしてしまい、重ねてお詫《わ》び申し上げます」

「いいや、それは構わない……構わないんだが、レイファ。一つ訊きたいことがある」

「はい。何でしょう？」

ニッコリと、レイファは友好的な微笑みを浮かべる。

ヘリアンは背中に嫌な汗を流しながらも訊いた。

「君の……フルネームを教えてもらえないか？」

「喜んで。私のフルネームは『レイファ＝リム＝ラテストウッド』と申します」

レイファ＝リム＝ラテストウッド。

ハーフエルフの国の名もまた、ラテストウッド。

国の名を自らの姓《かばね》に戴く人物などそういるはずもない。

つまり、ただのハーフエルフだとばかり思っていた少女の正体は。

「もう少し歩けば私の国に着きます。何もないような集落ですが、せめて助けていただいたお礼だけはさせてください。一個人として、そして王族としても歓迎させていただきます」

純粋に見えていた笑顔が、今は怖い。

先ほどまでの会話における言葉の全てに何らかの裏が篭められていたようにさえ感じられた。

まずいことになった、とヘリアンは今度こそ頭を抱えた。

三章　ラテストウッド、そして――

結論から言えば、ヘリアンたちは集落の人々から歓迎はされなかった。

集落には石造りの家と、朽ちた大樹をくり抜いて部屋を設けたような作りの家がある。

家屋の数は百は超えているだろうが二百には満たない。

そして家屋の間を縫うようにして、テントに似た作りの仮設住宅が幾つも建てられている。

しかしながらテントといっても立派なものではなく、あくまで間に合わせに作られた簡素なものだった。集落というよりも難民キャンプのような様相を呈《てい》しており、そこではエルフの国であるノーブルウッドに襲われ、逃げ延びた人々が狭い集落の中で身を寄せ合って暮らしていた。

そんなところへ敵対種族であるエルフを連れた人間が現れたとして、歓迎されるわけがないのは自明の理《ことわり》だ。むしろ石を投げつけられなかっただけマシだと思える状況である。

そしてそんな最悪の空気を払ってくれたのが、ここまで案内してくれたレイファだった。

「この方々は私の命の恩人です。彼らへの無礼は私に対する侮辱であると心得《こころえ》なさい」

彼女は集落の人々に対し、懇切丁寧《こんせつていねい》にここまでの経緯を説明する。

これにより集落の人々は「他ならぬレイファ様の命の恩人ならば」と、ヘリアンたちの滞在にある程度の理解を示してくれた。

そうして後に残ったのは『二人の美女を引き連れている凡庸《ぼんよう》な青年』というなんとも珍妙な旅人への胡乱《うろん》げな視線だけだ。どうにも黒髪黒眼《モンゴロイド》の人種は彼らにとって珍しいらしく、遠巻きに視線を集めるヘリアンは見世物小屋のパンダにでもなった気分を味わった。

そしてやはりというべきか。レイファはラテストウッドの王族だった。

しかも女王の第一子であり、王位継承権第一位を持つ第一王女だ。現女王が生死不明の状況のため、彼女が暫定《ざんてい》女王として民を纏《まと》めている立場らしい。また彼女には妹が一人いて、生死不明の両親を除けば王族に連なる者は彼女ら二人だけだという。

そんな重要人物である彼女が、何故《なぜ》、森の只中《ただなか》に一人きりでいたかといえば――

「――現女王の救出？」

「はい。理由は分かりませんが、ノーブルウッドのエルフたちは逃げた私たちを殺すのではなく生け捕りにしようとしています。ならば私の両親、即《すなわ》ち我が国の現女王と王配も生かされている可能性が残されています。とはいえノーブルウッドの守りも堅牢《けんろう》。まずは精鋭班で先行偵察を行うべく忍び込もうとしたのですが……」

集落のとある天幕の中。

ラテストウッドの重鎮と共に車座になって座るヘリアンは、その理由を耳にして首を傾《かし》げた。

ちなみにリーヴェとエルティナはヘリアンの後ろに控えて立っている。レイファは座るように促してくれたものの、主の護衛として立って控えることを望む二人は礼儀正しく謝辞していた。

「精鋭班？　何故そこに君が入っている？　それに他の者たちは？」

「私は先ほどお見せした〝仲間を召喚する魔術〟を有しています。運よく現女王たちが捕らえられている場所にまで忍び込めたら、そのまま仲間を喚《よ》んで強行脱出しようという作戦でした。ですが結局は街の外壁を越える前にノーブルウッドの兵士に見つかって、あの様《ざま》です。他の者たちは……私を逃がすための囮《おとり》になって捕まりました」

「……なるほど……」

聞けば聞くほどに厄介な状況のようだ。

話の流れからして、あの召喚魔術を操《あやつ》れる術士は彼女しかいないと思われるが、王族が——それも暫定女王自らが出撃しないといけないということはよほど切羽《せっぱ》詰まった状況下にあるのだろう。

……国王自ら国外調査に出ている自分に言えた義理ではないかもしれないが。

「——もし、客人よ」

腰を落ち着けて会話を交わしている中、尖《とが》った声が飛んできた。

口を挟んできたのは先触《さきぶ》れのために召喚された先ほどの女性だ。

レイファの説明によれば、彼女は集落の防衛を任されていた戦士長補佐らしい。精鋭班として出撃した戦士長を失ったため、現在では彼女が戦士長を務めているとのことだ。

その彼女が、少々険の混じった視線をヘリアンたちに向けていた。

「客人らは、少々レイファ様への礼儀が欠けているのではないか？」

「……ウェンリ」

窘《たしな》めるようにレイファが女性の名を口にする。

それでも彼女——ウェンリは口を噤《つぐ》まなかった。

「言わせてくださいレイファ様。……客人よ、レイファ様を助けてくれたことについては心から礼を言う。だが先ほどから黙って見ていればレイファ様に矢継《やつ》ぎ早《ばや》に質問をしてばかりではないか。不躾《ぶしつけ》にすぎるであろう。そもそも何故客人らは旅人であるというのに、このあたりの情勢に関して無知なのだ。本当に客人らは旅人なのか？」

「ウェンリ、不躾なのは貴女です！　ヘリアン殿たちは厚意から私を助けてくださいました。そのような勘繰りは、それこそ礼儀に欠けている行為でしょうに」

叱責《しっせき》されるウェンリだが、それでもヘリアンを見る瞳《ひとみ》の険は消えない。同席している護衛のハーフエルフたちから向けられる視線も似たようなものだった。

まあ確かに怪しいだろう。怪しまれるのは分かりきっていた。

だからヘリアンも集落までの道中でない知恵を絞りながら、それなりの対策を考えてきたのだ。

「なるほど。ウェンリ殿の懸念《けねん》はごもっともだろう。私たちがエルフたちの……ノーブルウッドの手先ではないかと怪しんでいる、というところか」

「……そこまでは言っていない。ただ、客人らが旅人という主張には違和感を覚えたまでだ」

「そうか。しかし我々が旅人なのは事実だ。もっとも、普通の旅人かと問われれば微妙なところではあるがね」

「どういう意味か」

「我々は深淵森《アビス》からやってきた」

「────ッ!?」

場が一気にざわめいた。

深淵森《アビス》とはレイファとエルフ男との会話の中で出てきた単語だが、会話の流れから察するに幻惑効果を帯びていた〝あの森〟のことだろう。

そしてハーフエルフの国ラテストウッドは人間との国境の近くにあり、人間の領域は東にあるらしい。更に聞いた話によればエルフの国ノーブルウッドは北西に位置し、ラテストウッドは深淵森《アビス》と人間の国境線近くの森にまで追いやられているという。

ならば深淵森《アビス》とは、アルキマイラが転移させられた土地の、あの不可思議な森のことに違いない。

「き、客人らは魔王の手先だとでも言うのか⁉」

過敏に反応するウェンリ。

今にも立ち上がって弓矢を構えてきそうな形相《ぎょうそう》だったが、ヘリアンは冷静に――見せかけながら――首を振って否定する。

「深淵森《アビス》には魔王がいるのか？　それも初耳だな。というのも、我々はとある古城を探索中にいきなり見知らぬ森に飛ばされたのだ。おかげで仲間と散り散りになり……かれこれ五日も森を彷徨《さまよ》っていたのだよ。なにせ人に会ったのさえ久々でな。深淵森《アビス》という名も先刻知った。この辺りの情勢に疎《うと》いことについては致し方ないことと理解してもらいたい」

「……何の荷物も持ち合わせていないように見受けられるが、その軽装備で森を五日間も生きてきたと仰《おっしゃ》るか？　それも随分《ずいぶん》と……それこそ集落という拠点を持つ我らよりよほど身嗜《みだしな》みが整っているようだが」

言葉の上でこそ質問形式だが「馬鹿《ばか》にするのも大概にしろ」と言いたげだ。

だが、その答えはヘリアンも想定済みだ。

むしろその反応を期待していた。

「うむ、身嗜みについては気をつけているのだ。毎日キャンプを張って、丹念に湯浴《ゆあ》みをしている」

「……ほぅ。客人は笑えない冗談が随分とお好きなようだ。湯浴みとは随分と優雅《ゆうが》なことだな」

ウェンリがヘリアンを睨《にら》む。

妙齢の女性から険の籠った視線を向けられるとなかなかに迫力があった。

というか、普通に怖い。

危うく震えそうになる膝《ひざ》を押さえつけながら、ヘリアンは澄まし顔を懸命に維持する。

「ではそんな客人らに是非とも答えてもらいたい。貴方がたはどこに、キャンプを張るような荷物を、ましてや湯浴みなどという悠長なことを行う器材をお持ちだというのか？」

「ウェンリ！　いい加減に……！」

「ここにだよ、ウェンリ殿。――リーヴェ、エルティィナ」

指を鳴らして合図する。ここでハズせば間抜けもいいとこだが、天幕の中に入るまでの間にコッソリと仕込みを済ませていたのでその心配はない。

合図を受けたリーヴェとエルティナはそれぞれ懐《ふところ》から小振りの袋を取り出した。

袋の口を開けておもむろに引き出されたのは、キャンプを張るための天幕と柱だ。

「な、なんだこれは！　こんな嵩張《かさば》るものをいったいどこに⁉」

「あの袋の中にだ。遺跡を発掘している最中に偶然見つけたものでね。仕組みは分からないが、容積以上の物を収納できる袋だ。おかげで重宝している」

それから出てくるわ出てくるわ、明らかに袋に収まり切らない量のあれこれが次々と地面に置かれていく。唖然《あぜん》とするハーフエルフたちを尻目《しりめ》に、あっという間にキャンプセット一式がその場に揃《そろ》った。

この袋は〈魔法の小袋《アイテムポーチ》〉という名の魔道具《マジックアイテム》だ。

その効果は『容積以上の物質を格納できる』というＶＲＲＰＧ《ヴァーチャルリアリティロールプレイングゲーム》では有り触れた代物だが、高品質で大容量が格納できる〈魔法の小袋《アイテムポーチ》〉はそれ自体が貴重品とされている。二人の持つソレはアルキマイラの中でも最高品質の代物だ。

「ご覧の通りだ。実際に目で見てもらわなければ信じてもらえないと思ったのでな。見た目が軽装備でもどうにか森で生き延びられたのはこういうことだ。食料もあの袋の中に入っている」

ウェンリたちは呆然《ぼうぜん》と、その場に並べられたキャンプセットを眺めていた。自分の目で見ても理解が追いついていないらしい。

――ここだ。ここを逃してはならない。

「そんな些細《ささい》なことよりも建設的な話題をさせていただきたいな。我々は情報を欲している。恩着せがましいようだがレイファ殿を助けた対価に話を訊かせてもらうぐらいは許してほしいのだが？それに僅《わず》かばかりだが、食料を都合することも可能だぞ」

新たに袋から取り出されたのは熱々の鶏肉のソテーだ。

香ばしい匂《にお》いを漂わせるソテーからは湯気が立ち昇り、まるで今しがた調理されたばかりのようにも映る。そしてそれはある意味間違っていない。この〈魔法の小袋《アイテムポーチ》〉には『保存』の術式が付与されており、格納された物の状態を長期保存する効果があるからだ。このソテーも、宮廷調理師が腕を振るって作り上げた直後に格納された代物である。

食欲を掻《か》き立《た》てる芳《こう》しい香りがテントの中に満ちると、ゴクリ、と誰《だれ》かの喉《のど》が鳴った。やはりというべきか、この集落ではあまり豊かな食生活はできていないらしい。

続いてヘリアンはリーヴェたちに清涼水を取り出させた。

この場にいる全員に配り、毒が入っていないことを証明するためにヘリアンが一口飲んでみせる。

一見ただの水にしか見えないが、これは回復効果を保有するれっきとした消費アイテムだ。ゲーム［タクティクス・クロニクル］ではプレイヤーには意味のない効果だったが、心なしか足の疲れが軽くなった気がする。

促されたハーフエルフたちは、恐る恐る清涼水に口をつけ始めた。

そしてその度に「信じられん」「本当に水だ。しかも冷えている」「それもただの水ではないぞ」「芯《しん》から癒《いや》されるようだ」『なんだこの水は」などと口々に呟《つぶや》く。

中には美味《おい》しさのあまり一気に飲み干してしまい、他の者がチビチビと味わいながら飲んでいる姿を恨めしそうに見る者もいた。

「失礼だが、ハーフエルフは肉も食べられるか？」

「え……あ、はい、食べられます。食事の嗜好《しこう》は人間とほぼ同じですので」

「ではこれも何かの縁だ、少々ご馳走《ちそう》させていただこう。リーヴェ、エルティナ、皆様《みなさま》に食事を」

告げると、従者の二人はそれぞれの袋から同じ料理を取り出して一同に配り始めた。

対するハーフエルフたちに動きはない。それどころか〈魔法の小袋《アイテムポーチ》〉から次々と物が取り出される様子に、凝視するか唖然とするばかりだった。そうして彼らが茫然自失《ぼうぜんじしつ》としているうちに、会話の主導権を一気に掌握《しょうあく》する。

――これが、ヘリアンがない知恵を絞って捻《ひね》り出《だ》した作戦だった。

〈魔法の小袋《アイテムポーチ》〉という魔道具《マジックアイテム》の衝撃が抜けないうちに次々と畳み掛けたのもそのためだ。

集団による猜疑心《さいぎしん》を『荷物もなしに森を彷徨っていた』という一点にあえて集中させ、その上で魔法の小袋《アイテムポーチ》というインパクトの強烈な小道具を使い、物証を示して彼等の疑いを否定する。

冷静に考えれば他にもヘリアンたちの旅人設定には怪しいところはあるはずだが、驚愕《きょうがく》の衝撃が抜けないハーフエルフたちには咄嗟《とっさ》に考えが及《およ》ばない。

ちなみに、これは大学で学んだ詐欺《さぎ》のテクニックである。

……いや、学んだというか、ゼミの蘊蓄《うんちく》好きの教授がべらべらと喋《しゃべ》っていたことの一つだ。

講義で教わったわけではないのだが教授が話し上手であり、かつ「学生に何を教えてんだアンタ」と呆《あき》れたことが印象深かったこともあって、丁寧《ていねい》に説明されたその手法をヘリアンは憶えていた。

手法の名前こそ忘れたが「猜疑心を否定してみせた際の衝撃が強くなるよう演出すれば時として意外なほどに効果を発揮する」と教授は自慢げに説明していた。

まさか実際にこの手法を使うことになるとは夢にも思わなかったが……ともあれこれで『威厳を保ったまま旅人設定を押し通す』という超高難度ミッションをクリアできたはずだ。

更に、暫定女王の救出という功績を盾にして情報提供の要求を拒みにくい空気も演出した。

これで要求を拒もうものなら、女王の命とはそれほど安いものなのかという話になってしまう。

そしてそんなわけがない以上、ハーフエルフたちはこの要求を呑まざるを得ない。

「食事をしながらで構わない。少々話をさせてもらっても構わないだろうか」

後は勢いだ。彼等に冷静になられてはまた蒸し返されてしまう。

そうなる前に多少強引《ごういん》でもささやかな食事提供という形で恩を売り、情報収集をして、その後は適当な理由をつけて一旦《いったん》本国に帰還だ。

ここまでの時点である程度の情報は入手したため、これ以上有益な情報が得られずとも穏便に彼らと別れて帰国が叶《かな》えばそれでよしとする。

食事をしながらの会話はどうなのだろうかとの思いが一瞬過ぎったが、食事の席を使った外交は現実でも一般的にある。だから大丈夫だ。多分。兎《と》にも角《かく》にも会話の主導権を逃してはならない。

「まずは先ほど言っていた、魔王の手先という発言についてだが……」

「姉様ー、入るよー」

ヘリアンが質問をしようとしたその時、入り口の布をバサッと払って小さな姿が駆けてきた。

波打った髪をハーフアップにしたその少女は「入るよ」と言った時には既に天幕内に侵入している。

大きな垂れ目が印象的な、小柄な子供だった。外見年齢としてはレイファよりも幼く見える。日本であれば中学生になったばかり、といった年齢だろうか。

珍しいことに髪の色は真っ白だった。

肌もまたレイファと同様に透き通るように白く、極《きわ》めつけに着ているチュニックまで白い。

『白の少女』という単語がヘリアンの脳裏《のうり》に浮かぶ。

「――リリファ」

窘めるように声をかけたのはレイファだ。

よく見れば、天幕に入ってきた少女と顔立ちが似ている。

なんとなしに見比べていると、視線に気付いたレイファが少々恥ずかしそうに視線を下げた。

「妹のリリファです。すみません、後で言い聞かせておきますので。――リリファ、姉様たちは大事な話をしているのです。外に出てなさい」

「んー……。ねえお兄さん。お兄さんが旅人さん？　エルフから姉様を助けてくれた人？」

リリファは姉の言葉を無視して話しかけてきた。

見た目は大人しそうな子だが、天幕に遠慮なく入ってきたことといい割りと図太い性格をしているらしい。

妹のその態度に、レイファが形の良い眉《まゆ》を跳ね上げた。

「構わない。レイファ、殿」

危うく呼び捨てにしかけて取り繕う。

本人から呼び捨てでいいと許可は出ていたが、正体が分かった以上これまでと同様に呼び捨てにすることなどできない。

「リリファ殿だったな。君のお姉さんを助けたのは私の連れ……リーヴェとエルティナの二人だよ。私は弱いから戦えないんだ」

「ふーん……」

リリファはヘリアンの背後に控える二人をチラリと見る。

エルティナは静々とお辞儀をし、リーヴェは目礼で応《こた》えた。

リリファはそれを見て不思議そうに首を傾げる。

そして「んー？」と唸《うな》った後、何を思ったのかテクテクとヘリアンの傍《そば》に身を寄せ、ペタンとしゃがみ込んだ。

（……な、なんだ？）

意図の読めない行動。リリファはヘリアンの傍《かたわ》らに座ったまま、エメラルドのような緑の双眸《そうぼう》でジッと見上げてくる。純粋無垢《むく》な子供のような仕草だった。なんとなく気まずさを覚えたヘリアンは間を持たせるため、新たにリーヴェから受け取った清涼水のボトルをリリファに手渡す。

小さな両手で受け取ったリリファは手の中のボトルに視線を落とした。そしてこれまた何を思ったのか「ウン」と一つ頷《うなず》いて、ヘリアンに一層身を寄せる。

ますます意味の分からない行動にヘリアンは眉を顰《ひそ》めるしかない。

そしてリリファは意を決したかのようにヘリアンの顔に視線を向けた。それは折しも喉の渇きを覚えたヘリアンが水を口に含むと同時であり、

「ねえねえ旅人さん」

「ん？」

「おっきいおっぱい好き？」

噴いた。

「ブフォッ!?　ゲホッ、ゴフ、ゲッホ……！」

しかも気管に入った。

大惨事だった。

リーヴェが慌ててヘリアンの背中をさする。

「リ、リリファ！　貴女はいきなり何を言っているのです!?」

「だって旅人さんは人間でしょ？　だったらおっきい方がいいのかなって」

「意味が分かりません！」

レイファが妹に怒鳴るが、ヘリアンも完全に同感だった。

質問の意図も意味もまるで分からない。

「こら、待ちなさい！」

リリファを捕まえようとレイファが手を伸ばすが、リリファは小柄な身体を活《い》かしてサササッとヘリアンの陰に隠れる。ヘリアンの背中にピッタリくっつくような形だ。

ヘリアンはロリコンではない。断じてロリコンではない。神に誓ってロリコンではないのだが、つい今しがたのリリファの発言もあってか背中に触れる柔らかな感触を意識する。してしまう。

そして結論から言えばそこまで大きくはないが決して小さくもなかった。

何がとは言わない。言えない。

「ねえ、旅人さん。リリファのおっきい？」

何故聞く。

どう答えろと。

「あー……何が、かな？」

「おっぱい」

「リリファーッ！」

ヘリアンを中心にして、ドタバタと姉妹《しまい》が動き回る。

二人とも王族とあってか他のハーフエルフたちは手を出せない様子だ。

リーヴェやエルティナも、害意がないのが分かっているので傍観の姿勢である。

「ねえ、おっきい？」

「黙りなさいリリファ！」

逃げ回りながらもリリファはチラチラと視線を向けてくる。答えないと終わらない雰囲気だ。

大昔のＲＰＧ《レトロゲーム》に出てくる、何度聞いても同じ返事しかしないＮＰＣ《ノンプレイヤーキャラクター》の固定メッセージを思い出す。

「……………私にはよく分からんが、年相応……ではないのだろうか」

無難に答える。

実際にはそれよりも大きかったとは思うが、あえてどこにあるか分からない地雷を踏みに行く必要はない。ヘリアンには地雷原でタップダンスを踊る趣味などないのだ。

「そっかー……」

しょぼくれたようにリリファの声が張りを失う。

が、即座に気を取り直したように顔を上げたかと思うと、つぶらな瞳でヘリアンと視線を合わせて。

「でも、姉様よりはおっぱいおっきいよ？」

「～～ッ！　リリファァァァァァ――ッ!!」

姉の怒声が、狭い天幕内に響き渡った。

2.

「い、妹が大変失礼な真似《まね》を……」

恐縮しきりで恥ずかしそうに隣を歩くレイファ。

畏《かしこ》まった会話を続ける空気ではなくなってしまったので一旦解散とし、一行は気分転換を兼ねて集落の中をテクテクと歩いていた。

「いや……気にしないでくれ」

他に言いようがあるだろうか。

いやない、と先ほどの惨状を思い返したヘリアンは内心で断言する。

おかげでヘリアンたち一行に対する追及も有耶無耶《うやむや》となったので、リリファの起こした騒動はある意味都合がよかったが、思い返してもまるで意味が分からない。

子供とはいえ、ある程度分別がつく年齢だとは思うのだが。

「リリファ殿は、齢《とし》は幾つになるのだ？」

「年齢ですか？　リリファは今年で――」

「ふふーん、いくつでしょーか？　旅人さん当ててみてー」

右手側を歩くリリファが口を挟む。

天幕を出てからここまで、リリファはヘリアンの右手をしっかりと握って歩いていた。始めはヘリアンの裾《すそ》を摑《つか》んで付いてくるだけだったのが、いつの間にか手を握らされていたのだ。

また姉妹のドタバタ劇を見るのも勘弁してほしかったのでそのままにしているが、微妙にリーヴェたちとレイファの視線が怖い。

それぞれ視線に篭められた意志は異なるのだろうが、ヘリアンはどちらも怖かった。

「ん……十三歳くらいか？」

「ざんねーん！　正解は十歳でした！」

………驚いた。

なにせ『外見年齢が実年齢よりも若い』がエルフ種の特徴だというのに、リリファはむしろ逆だったのだ。どことは言及しないが発育が良すぎる。

左手側のレイファに視線を――もちろん胸ではなく顔に――向けると、彼女は察したように「私は十五歳です」と自ら答えてくれた。レイファの場合は実年齢より若干だが若めだ。

「リリファは母様と同じで人間の血が濃いんだってー。みんなからは母様とそっくりって言われてるんだよ」

「ほう」

「だから母様と同じで、リリファもおっぱい大きくなる予定なの」

二度ネタなので噴きはしなかったがヘリアンは黙り込んだ。

どんな返答をしてもセクハラになる気がする。そしてセクハラとは本当に恐ろしい。いかなる状況であれ男側が有罪判定《ギルティ》を受けるのだ。

「もう！　この子はまた！」

「あ、姉様。向こうでウェンリが呼んでるよ」

「そんな嘘《うそ》で誤魔化《ごまか》されるとでも……！」

「いや、本当だレイファ殿。ウェンリ殿が向こうから走ってきている」

リリファが指差す先にウェンリがいた。

小走りに寄ってきたウェンリはレイファに何事かを耳打ちする。

あまり良い用件ではなかったのか。ウェンリからの報告を受けて溜息をついたレイファは、自分の妹を窘めるような目つきでジロリと睨んだ。

「すみませんヘリアン殿、少々失礼します。……リリファ、姉様は用事ができました。この場を離れますがヘリアン殿たちに迷惑をかけてはなりませんよ」

「はーい。姉様いってらっしゃい」

パタパタと手を振ってリリファは見送る。

ニコニコ笑顔で見送られたレイファは、後ろ髪を引かれるような渋い表情で去っていった。

「これでゆっくりお話しできるね、旅人さん！」

満面の笑顔だった。

まるで『やっとうるさいのがどっか行った』とでも言いたげな表情である。

……この子はちょっと黒いのかもしれない。

しかしお話といっても何を話せばいいのか。こんな子供が相手ではたいした情報収集にもならないだろう。さてどうしたものかと思案しながら、一旦気を落ち着かせるために水を口に含む。

「ねえ、旅人さん」

「ん？」

「リリファと結婚してくれないかな？」

噴いた。

気管に入った水を懸命に吐き出す。

早くも慣れたような手つきで、リーヴェがヘリアンの背をさすった。

「ゲフッ……！　ゲッホ……」

「大丈夫？」

「ゲホッ、だ、大丈夫だけ、ど、今、なんて？」

「リリファと結婚してほしいなって」

とりあえずヘリアンの耳が壊れたわけではないらしい。

だけど意味が分からない。本当に本気で欠片《かけら》も意味が分からない。それほど予想外の言葉だった。

ヘリアンは女性と付き合った経験などない。である以上は、いわゆるアレな実戦経験もないわけだ。自分の顔はやや目つきが悪いものの可もなく不可もなくだと思いたいが、優しいだけが取り柄の草食系性格が災いしてかいい人止まりが常だった。

それがなんだ。何故こんな所で初対面の少女からプロポーズを受けてるんだろうか。しかも見た目中学生の中身幼女から。改めて思うが意味が分からない。というかコテコテすぎて既に妄想の領域であり、つまりこれは夢だという仮説が補強されたというわけだなビバ万歳いや俺《おれ》もおかしいと思ってたんだよねだって異世界転移なんてあるわけないしだが少し待てこれが夢ならそれはそれで問題じゃなかろうか何故ならこんな夢を見たということは幼女と結婚したいという欲求が潜在意識下に存在したということでありつまりヘリアンこと三崎司《みさきつかさ》は紛《まぎ》れもない小児性愛者《しょうにせいあいしゃ》即ちロリコ――

「――？　旅人さん、大丈夫？」

「大丈夫だ。これは夢だ」

「……大丈夫じゃないね？　夢じゃないよ。現実だよー」

少女がさらりと残酷なことを口にしたが、これは間違いなく夢だろう。

だってありえない。

こんなトンデモ展開が現実に起こるはずもないのだ。

「よし、いいかなリリファ殿。落ち着くんだ。こういう時は冷静になることが大事だ。勘違いをすると酷《ひど》い大火傷《やけど》を負う。俺はそれをよく知っているんだ。ぬか喜びしてたら罰ゲームでの告白だったとかいうベタで下衆《げす》な展開を味わった経験者を舐《な》めてはいけない。だから落ち着いて素数を数えながらこれが夢であることを一つ一つ証明する作業に戻ろう」

「……旅人さんの方が落ち着くべきだと思うなー」

「いや、落ち着くのは君の方であっている。だって君、俺の名前も知らないだろ。なのに結婚を申し込むとか何の冗談だ？」

「冗談じゃないよ。旅人さんの名前は？」

「ヘリアンだ」

「ヘリアンさん、リリファと結婚して」

今度は噴かなかったが頭が痛くなってきた。

なんで自分は幼女と顔を突き合わせて、こんな話をしてるんだろうか。

「リリファは母様似だから、きっとおっぱい大きくなるよ？　母様のは犬のお姉さんのよりもおっきいから、リリファもそうなるよ？　巨乳だよ？」

「いや、胸が大きいからどうこうではなく、な」

「小さいほうがいいの？」

……誰か助けてくれ。

どうしてこんな所で性癖について幼女と語らねばならないのか。

そして何気に背後から漂ってくるオーラが怖い。護衛してくれている軍団長二人の顔を見たくなかった。特にリーヴェ。

ちなみにエルティナは比べるまでもないのか省略《スルー》されたようだ。彼女は純血のエルフらしく、薄い体型をしている。

「それだとちょっと困るなぁ……。姉様は父様似だからエルフの血が強くておっぱい小さいし」

「そういう話じゃないんだ。第一俺にそんな性癖はない。小さいからダメということはないが、どうせなら大きい方が……いや、待ってくれ、俺は何を言っている。そういう話でもないんだ」

深い溜息をつく。

……もうやめだ。馬鹿馬鹿《ばかばか》しい。

頭を振って冷静に立ち返る。子供と無駄話をして貴重な時間を潰《つぶ》すわけにはいかない。

「リリファ殿。結婚というのはだな、ご両親の了解がないといけないものなんだ。だからそういうことは、ご両親を助け出してからの話にすべきだ」

日本人の伝統お家芸、問題の先送りである。

一応はこれでも王女らしいので機嫌《きげん》を損ねることはできない。だから明確に答えずぼかすことにした。

条件に両親の救出を挙げたのはシビアな言い方だったかもしれないが、ヘリアン自身にも余裕なんてものはない。現状でさえ既に一杯一杯なのだ。子供相手に無駄に使える時間など欠片もない。

親の了解がなくても愛があれば大丈夫、的な返事が来た場合には『君が大人になってからな』という子供に対する切り札で反撃してこの場を切り抜けよう。うん、そうしよう。

「うーん。母様や父様に会うのは難しいと思うなー……」

案の定、少女は笑顔を浮かべつつも表情を曇らせた。

故にヘリアンは、用意していた先延ばしの台詞《せりふ》を口にしようとして、

「だって、母様も父様も、きっともう殺されてるから」


——心臓を鷲掴《わしづか》みにするような言葉だった。

「姉様や皆は『母様たちは捕まってるだけ』って言ってたけど、多分、もう死んじゃってると思う。エルフはハーフエルフを嫌ってるし、特に『エルフらしくないハーフエルフ』はすごく嫌ってるの。だから、母様はおっぱい大きくてエルフらしくないから、真っ先に殺されてると思う」

リリファはそんな言葉を口にする。

それでも彼女は笑っていた。

ニコニコと。

明るい表情で。

「もし母様たちが生きてたら助けに行きたいけど、リリファは姉様と違って魔術はあんまり使えないし、弓も下手《へた》だし、何もできないの。だからね、せめて皆がくらーい気持ちにならないように頑張ろうかなって」

だから笑う。

彼女はニコニコと笑う。

頑張って、笑う。

それしかできないけど、せめてそれぐらいはしようと。

そういう種類の笑顔だった。

「――――――」

……ああ。自分は勘違いをしていた。

今の今まで彼女を子供だと考えていた。無垢な幼子だと思っていた。


――とんでもない誤解だった。


目の前にいる少女はハーフエルフの国であるラテストウッドのれっきとした王族だ。

ならいくら十歳そこそこだからとしても、そこら辺の幼子と同じであるはずがない。空気も読まずに無邪気に笑えるような立場じゃない。それが理解できないことを許される境遇で育ってきたわけがない。

リリファはちゃんと理解していた。

今のハーフエルフたちの置かれた境遇を、ある意味誰よりも冷静に理解していた。そしてその現実を受け止めていた。自分たちの国が滅亡の危機にあるのだと嫌というほど理解していた。

だから彼女は考えた。

自分に何ができるのかを。魔術も弓も大して使えず、かといってこの現状を打破するような案も浮かばない無力な自分に、いったい何ができるだろうかと考えた。

――その結果がこの笑顔だ。考え抜いた結果があの一連のドタバタ騒ぎだ。


何もできない自分だけれど、せめてニコニコと笑って皆を安心させようと、明るくさせようと振る舞って。そうしながらも他に自分にできることがないか考えて。考えて考えて考え続けて。それでもたいした案も考えつかなくて……。

そんな中、彼女は敵国《ノーブルウッド》にも自国《ラテストウッド》にも属していない自由《フリー》な戦力を見つけたのだ。

だから彼女は即座に行動した。『自分の身体』と『自分が王女である』という二枚のカードを使って、旅人一行を身内にしようと――ラテストウッドの味方にしようと頑張った。エルフの価値観とは異なり、多くの人間は胸の大きい方が好きだと知っていたからあのような真似をした。そのやり方自体は実年齢相応に拙《つたな》かったかもしれないが、それでも、未《いま》だ幼い彼女が今思いつく限りの方法でただひたすらに頑張ったのだ。


――なんて酷い誤解だ。


あろうことかあの笑顔を、無垢な子供の浮かべる大して意味がないものだと考えていたなどと。

あまつさえ覚悟を決めて発したであろう身を差し出すに等しい言葉を、子供の戯言《ざれごと》と安易に切り捨てようとしていたなどと。

「――――、」


昔。まだ自分が幼かった子供の頃、両親に連れられて子供劇を見に行ったことがある。

幼児向けで勧善懲悪《かんぜんちょうあく》ものの分かりやすい物語《ストーリー》の演劇だ。

確かどこぞのお姫様が身を挺《てい》して魔王だかなんだかの生贄《いけにえ》になって国を救うとか、そういうお話だったはずだ。それを不意に思い出した。

今目の当《ま》たり《あ》にしているコレが演劇と違うのは、残酷なまでに現実感に溢《あふ》れているというその一点のみだ。


「あれ？　ヘリアンさん？」

急に俯《うつむ》いたヘリアンの顔をリリファが心配そうに覗《のぞ》き込む。

その大きな瞳からは、こちらを気遣う色が見え隠れしていた。

……何故今日会ったばかりの他人の心配などする。自分のことだけで精一杯だろうに。

ヘリアンはまたそんなことを考える。考えてしまう。そうすると、自分自身が一杯一杯な状況であることも相まって、なんか、もう、色々と、キツかった。


「…………」

目頭が僅かに熱くなるのを自覚する。だが醜態《しゅうたい》を晒《さら》すわけにはいかない。

エルティナやリーヴェの前では王として振る舞わなければいけないだとか、そういう保身《おもい》とは別にして、今ここでみっともない姿を見せるわけにはいかなかった。

だってリリファは笑っている。

自分の感情に蓋《ふた》をして、自分にできるせめてもの努力として精一杯に笑顔を作り続けている。

ならば彼女よりも年上で、なおかつ男であるところの自分がみっともない様子を見せていい道理はない。

ヘリアンのチッポケな男の意地が、幼い少女《リリファ》の前で無様《ぶざま》を晒すことを許さない。

「……ねえ、ヘリアンさん」

その幼い心で何を想《おも》ったのか、ポツリとリリファは呟く。

「リリファと結婚してラテストウッドを守ってほしいな」

はっきりとそのお願いを口にする。

これは彼女にできる最大限の〝努力〟だ。

力のない王族であるリリファが、現状で最大の効果をあげられるであろう努力がコレ、なのだ。

「姉様は女王をしないといけないからダメだけど、リリファで我慢してくれないかな?」

そう告げる彼女の頬《ほお》はほんのりと赤く見えた。

きっと陽《ひ》の加減のせいだろう。

何故ならコレは、そんな甘酸っぱいものなんかではない。

断じて、そんなものではなかった。

「ダメかなぁ?」

いつもニコニコと笑い続けていたリリファは。

その時だけは眉尻《まなじり》を下げた、困ったような微笑《ほほえ》みで、そんな台詞を口にした。

「…………結婚は、ちょっと、できないかな。俺も、しなきゃいけないことが、たくさんあるから」

同情に流されてはいけない。

リリファが一国の王女であるように、ヘリアンもまた一国の王だ。

だから安易に手は伸ばせない。

いくらヘリアン個人が助けたいと思おうが、ヘリアンの王としての立場がそれを許さない。

ましてや自分たちの置かれている状況把握すらままならず情報収集も不十分な現状では尚更《なおさら》だ。

「……そっかー」

リリファは仕方がなさそうに呟いた。

元々、本気で結婚してくれるとは思っていなかったのだろう。断られると覚悟していたのだろう。

ただ、ダメかもしれないからとやらなければ可能性はゼロだ。

ダメかもしれないけどやってみようと、彼女は僅かな可能性に賭《か》けて試みた。幼い姫は自分にできることを全部しようとして、精一杯に努力したのだ。

そして予想していた通りダメだった。彼女の努力は失敗に終わった。

これは、ただそれだけの話。

ただそれだけの話なのだ。

――だけど。

「だけど……俺にできる範囲でなら、助けになりたいとは思う」

「ホントにッ⁉」

リリファは俯きかけていた顔を跳ね上げた。本気で驚いたような表情だった。

「ああ、本当だ。でも、俺にできる範囲でだけどな。今の俺の状況だと、してあげられることなんて殆どないけど……」

「それでいい！　できるだけでいいよ！　ホントに助けてくれるの⁉」

「あくまで〝できる範囲〟でなら本当に本当だ。その証拠に……そうだな、指切りしようか」

右手の小指を出すと、リリファはコテンと首を傾げた。

少々育ちすぎた彼女の外見だと不相応に映るが、実年齢を知っていれば年相応だと思える仕草だ。

「あー、指切りは知らないか……。お互いの右手の小指を絡《から》ませて大事な約束をすることだよ。この約束は、破っちゃいけませんよーって」

「破ったら小指を切り落とすの？」

「……………それはちょっと、物騒すぎるかな」

平然とそんなことを口にするあたり、生きてきた境遇の違いとやらを頭に叩《たた》き込《こ》まれる気分だった。

ああ、でも指きりげんまんも針を千本呑むんだったか。どちらにせよ物騒な話だ。唄はなしでいいだろう。

リリファは促されるままに小指を差し出す。銀色の小ぶりな指輪をつけているのが印象的だった。

ヘリアンはリリファと右手の小指を絡ませてから、唄を省略して『指切った』とだけ口にする。

「これで約束できたの？　大丈夫？」

「ああ、ちゃんと約束できたよ。それじゃ早速約束を果たしに行こうか」

え？　と首を傾げるリリファの手を引く。

「集落の皆はお腹《なか》が空いてるみたいだからさ。ここで俺たちが集落の人たちにご馳走してあげて、皆がお腹一杯になって元気になれたとしたら……それは君たちの助けになるかな？」

ヘリアンの問いに、リリファは会心の笑みで答えた。

輝き弾《はじ》けるような歓喜のそれは、恐らくはヘリアンが初めて見たであろう、彼女の本当の笑顔だった。

3.

ハーフエルフの国、ラテストウッドの集落。

その中心地となる広場にて、リーヴェは主に命じられた仕事を始めようとしていた。

集落に住まう人々は遠巻きにその様子を見ている。

「獣人？　誰だアレは？　うちの民じゃないぞ。まさか冒険者が戻ってきてくれたのか？」

「いや。あれはレイファ様が言っていた旅人一行のうちの一人だろう」

「あの獣人族の他にエルフと人間。合計三人の旅人だそうよ」

「エルフ⁉　集落に入れて大丈夫なのか⁉」

「なんでもレイファ様の命の恩人らしい。レイファ様自らが招き入れたそうだ」

「レイファ様が……それなら仕方がないが……」

「……ねえ。ところであの獣人《ヒト》、いったい何をしてるのかしら？」

ざわめく群衆の中心で、リーヴェは薪《まき》と石で組んだ土台の上に大鍋をデンと載せた。

そして胸元《むなもと》からおもむろに〈魔法の小袋《アイテムポーチ》〉を取り出し、大鍋の上で逆さに振る。

すると小袋《ポーチ》の口から大量の粒状の物体が滝のように流れ落ちてきた。

白い粒の正体は栄養価が高く味も良い、高パフォーマンスな食料アイテム——白米だ。

「え……えぇっ⁉」

「なんだありゃ⁉　どんどん出てくるぞ！」

「あんな小さな袋に収まるわけない……わよね？」

「魔道具《マジックアイテム》……？　いや、それにしてもあの量は……」

ザラララララと音を立てて大鍋に撒《ま》かれていく米の勢いは止まらず、あっという間に大鍋の底が白一色に埋まった。続いてリーヴェは〈魔法の小袋《アイテムポーチ》〉の口を一度上に向けて数度振る《シェイク》。その後再び袋口を下に向けると、今度は大量の清涼水が勢いよく吐き出され始めた。

「「「………………」」」

その信じがたい光景を目にしてしまった人々は揃ってポカンと口を開けた。

もはや言葉もない群衆の視線など気にも止めず、リーヴェは基礎的な魔術を使って薪に火をつける。

更に大鍋へいくつかの肉や野菜、調味料を投入してから、大ベラでその中身を掻き回《まわ》し始めた。

そうして数分も経《た》たないうちに、大鍋から良い香りが漂い始めてくる。

「……なんだ？　炊き出しでもしてるつもりか？」

「お母さん、いい匂いがするー」

「しっ。ジッとしてなさい」

遠巻きに観察していた人々も匂いに惹《ひ》かれるように集まり始め、あっという間にリーヴェは百人を超える民衆に囲まれることになった。しかし誰もが遠巻きに見るばかりで、得体《えたい》の知れない旅人に対し一歩を踏み込む者はいない。

そんな中、顔を見合わせて様子を窺《うかが》う群衆の隙間《すきま》からひょこりと抜け出たのは一人の少女だ。

「犬のお姉さんー、もうご飯できたの？」

リリファだった。

ニコニコとした明るい微笑みを浮かべながら、リーヴェの下へと無造作に近付いていく。

そのあまりの自然体に、民衆は制止することすら忘れて彼女の動向を見守った。

「犬ではありませんがそろそろ完成ですよ。味見されますか?」

「いいのー?」

「ええ。ヘリアン……さん、の指示ですので。はい、どうぞ」

妙なところで言葉に詰まりながらも、リーヴェは栄養満点のお粥を鍋からお椀《わん》に移した。肉や野菜といった具もちゃんと多めに掬《すく》ってある。

リーヴェは民衆に見せるようにして毒味を済ませてから、リリファにお椀を手渡す。

「わー、美味しそう! 神樹の恵みに感謝します!」

食事前の礼儀として、エルフ族特有の祝詞《のりと》を口にしてからリリファはお粥を口にした。

途端、先ほどまでの微笑みとは異なる種類の笑顔——驚きと歓喜の入り混じった表情を浮かべる。

「美味しい! なにこれ⁉ すっごく美味しいよ犬のお姉さん!」

「犬ではありません。ですが、美味しく感じていただけたようでなによりです」

「ほら、皆も食べよ! これお城のご飯よりも美味しいよ! ほらほら!」

満面の笑顔のリリファに急《せ》かされるようにして、遠巻きに見ていた民衆が一人、また一人とリーヴェの下へ足を運ぶ。リーヴェはその一人ひとりにお椀を手渡し、炊き出しを民衆に配り始めた。

一度流れができたらもう止まらない。

集落の中央広場に、あっという間に長蛇《ちょうだ》の列ができた。

＋　＋　＋

（……どうにか受け入れてくれたみたいだな）

憎きエルフ、そして人間が含まれている旅人一行の仲間ということで少なからず警戒されていたが、これでどうにか炊き出しを成功させられそうだとヘリアンは安堵《あんど》の溜息《ためいき》を吐《つ》く。

集落の民を刺激しないよう遠く離れたところから見守っていたが、リリファが率先してお粥を食べてくれたおかげで民衆に受け入れられたようだ。

今もリリファは体全体を使って、どれほど美味しかったかを民に説明しようとしている。まるっきり子供の振る舞いだ。微笑ましいその姿は見るものの心を穏やかにさせる。彼女と約束を交わしたあの一連の出来事《できごと》さえなければ、ヘリアンもまたリリファのことを天真爛漫《てんしんらんまん》な子供としか思えなかったに違いない。それほど自然な演技だった。

迂闊《うかつ》にもその事実を意識してしまい、ヘリアンの良心が僅かな軋《きし》みをあげる。

「――――っ」

一線は弁《わきま》えろ。

ヘリアンは自らが置かれている状況を思い返しながら自分に言い聞かせる。

確かに『できる範囲』で助けると告げた。そしてこれはその約束の履行だ。満足な食事が取れていないであろう民衆への炊き出しが、今のヘリアンにできる範囲の援助だった。これ以上踏み込めば自国の窮状《きゅうじょう》に加えて新たな問題を抱え込む羽目になってしまう。アルキマイラの王として、それだけは赦《ゆる》されなかった。

そしてやはりというべきか、ラテストウッドの食糧事情は厳しかったらしい。首都から逃げ延びた人々を受け入れた結果、この集落では許容人数を大幅に超えた人々が暮らしていた。その状態が三週間も続けば、食糧事情が悪化するのも無理もない話だ。

浮かびかけた負の想いを振り払うかのように首を振り、ヘリアンは傍らの少女に問い掛ける。

「――では、深淵森《アビス》には魔王にまつわる逸話《いつわ》があるのか？」

人々の群れから距離を置いた集落の一角。

そこでヘリアンは、情報収集のためにレイファと話をしていた。

最初はウェンリや他のハーフエルフに訊こうとしていたのだが、レイファ本人が話し相手を買って出たのだ。曰《いわ》く『助けられた件と炊き出しのお礼に少しでもご協力を』とのことだ。

最高指導者ともなればやることは幾らでもあるのではと思ったが、ヘリアンはあえてそこには触れないことにした。

仮にレイファになんらかの思惑があろうとも関係ない。

ヘリアンが協力するのは、あくまでリリファと約束したとおり『できる範囲』でだけだ。

故に今は余計なことは考えず、引き続き情報収集に努めるべき場面だろう。

否《いな》、そうしなければならないのだ。

「ええ。エルフ族の言い伝えとしては、魔王がかつて存在していた領域だとされています。他にも『迷いの森』『稀人《まれびと》の出《いず》る地』『禁断の幽世』などと多種多様な伝承があるので真偽は定かではありませんが、遥《はる》か昔から深淵森《アビス》は禁忌《きんき》の土地とされています」

問い掛けに対し、レイファは教科書を読んでいるかのように流暢《りゅうちょう》な口調で答えていく。

「もっとも、そんな伝承や言い伝えがなくとも、わざわざ深淵森《アビス》に近付くような物好きはエルフやハーフエルフの中にはいませんが」

「……と言うと？」

「深淵森《アビス》からは時折魔獣がやってくるんです。それも、普通の森に住む魔獣が束になっても勝てないほどの強力な魔獣が。討伐《とうばつ》隊が組まれることもありますが、成功する例は稀ですね。大抵はその進路を曲げるので精一杯というのが現状です」

「討伐されなかった魔獣はどうなる？」

「大抵は一頻《ひとしき》り暴《あば》れ回ってから深淵森《アビス》に消えていきます。森に住む者にとっては自然災害のようなものですが、身を隠して去ってくれるのを待つしかありません。無論、私たちにとってもそれは同様ですが……」

この集落は深淵森《アビス》にほど近い。

だが『何故こんな危険な場所に街を作ったのか』と訊くのは愚問だ。

迫害に遭ってきたハーフエルフたちにとって、この一帯ぐらいしか拠点を築くことのできる土地がなかったのだろう。

「しかも深淵森《アビス》は人を惑わせるとされています。あまりに深入りしすぎると、二度と帰ってこられなくなります」

「ほう……深淵森《アビス》に近付く物好きはエルフやハーフエルフの中にはいない、ということは他の種族ならばいるのか？　その物好きとやらが」

「人間の中にはいるんです。いわゆる冒険者と呼ばれる人たちですね。深淵森《アビス》からは特殊な素材が採れるので、それを目当てにやってきます」

冒険者。

気になるキーワードが出てきたが今は記憶の片隅に書き込んでおくに留め、まずは深淵森《アビス》に関する情報の収集を優先する。

「中には深淵森《アビス》の魔獣をわざわざ探しに出向く高位冒険者もいます。深淵森《アビス》の魔獣は豊潤《ほうじゅん》な魔力を含んでいるせいか、特殊な素材となる個体が多いようなので」

「ということは、それなりの数の冒険者がラテストウッドにやってくるということか？　人間の領域と深淵森《アビス》の両方にほど近いこの国なら、彼らの往来《おうらい》があるのではと察したが」

「ええ。私たちからすれば正気の沙汰《さた》とは思えませんが、一攫千金《いっかくせんきん》を夢見たり名を上げようとする人たちはいつの時代でも一定数がいるようです。もっとも、彼等は立ち寄った際に貴重な外貨を落としてくれるので、来てくれること自体はありがたいんですけどね。……なんとも身勝手な意見ですが」

「為政者《いせいしゃ》なら当然の意見だろう」

後ろに立つ配下《エルティナ》の視線を意識してそれらしい台詞を口にする。

実際のところ国家運営をしてきた王《プレイヤー》の視点で言わせてもらえば、物好きだろうがなんだろうが自国の経済を潤してくれる貴重な客だという考えには同意見だった。

自国内だけで金を回してもどこかで成長限界は来る。【交易】は必須だ。ヘリアンも「タクティクス・クロニクル」で一度経験したことだった。

「しかし……その冒険者とやらの姿が見えないようだが」

「一ヶ月ほど前から、近隣の境界都市に魔獣の群れの襲撃があったそうなんです。それに伴う緊急招集がかかって、冒険者の皆さんは揃って境界都市に行ってしまいました。なんでもかなり規模の大きい襲撃とのことで、向こうは向こうで大変な様子です。ノーブルウッドが我が国に戦争を仕掛けてきたのは三週間前のことでしたので、その直前ですね……間が悪かったとしか言えません」

「境界都市？」

「人間の領域と、魔族の領域を隔てる国境線に建設された人間の前線都市のことです。人類の盾とも呼ばれてます」

「……なるほど」

ある程度予想はしていたことだが、やはりゲームでは聞いたことのない話ばかりだった。

魔族という種族は［タクティクス・クロニクル］にも存在する。実際に第六軍団長のカミーラも大きな分類でいえば魔族の一種だ。だが一方で『魔族の領域』なんてものは聞いたことがない。

ＮＰＣの魔族が治める国はあったが『領域』とはニュアンスが違うだろう。

……他にも色々と聞きたいことはあるが、そろそろ頭がパンクしかけてきた。

これは自分の頭のできの問題ではないと思いたい。短時間でこうも立て続けに大きな出来事に遭遇したら誰だってこうなるだろう。既に薄っすらと頭痛がする。かと言って情報収集をやめるつもりは毛頭《もうとう》ないが、ここらで一旦気を落ち着かせる必要があった。

水で喉を潤しながら広場の光景を見渡す。

広場に集まった人々は、リーヴェの振る舞う炊き出しに頬を緩《ゆる》めているようだった。

「どうやら好評を得られているようだな……なによりだ」

国王側近であるリーヴェは近接格闘戦を極めている傍ら、様々な分野で使える万能キャラとしても育ててきた。自然、戦闘以外のスキルも手広く修めており、その中には料理関連のスキルも存在する。

神経を張り詰めさせていた兵士たちも代わる代わるお椀を片手に鍋へと突撃し、この時ばかりはホッとした表情を浮かべていた。

その殆どがハーフエルフだが、中には別種族の者もいる。

「アレは……随分と小柄だが、ウェアキャットか？」

「はい。小柄なのはハーフリングとのハーフだからですね。比較的最近、我が国の民となった者です」

なるほど。小人《ハーフリング》の血を引いているとなれば納得のサイズだった。

他にも兎耳《うさぎみみ》の獣人や、数は少ないがドワーフさえもいた。

普通のドワーフよりも髭《ひげ》が多少薄いので、ひょっとすると彼もハーフなのかもしれない。

「色々な種族がいるんだな。ハーフが多いようだがドワーフもいたのには正直驚いた。エルフとドワーフは基本的に仲が悪いはずだが、君たちの場合だと違うのか？」

「ええ。この国はハーフエルフが中心になって建国したのは確かですが、当時の色んな種族が寄り集まってできたものでして。そうして皆で頑張って興《おこ》した国がラテストウッドなんです」

「多民族国家ならぬ多種族国家ということか」

そんな立派なものでもありませんけどね、とレイファは苦笑した。

「力を持たない、それこそ頼る相手が誰もいない弱い種族が身を寄せ合って……国ができたのはその結果ですから。まあ、そんな経緯があるので種族間の嫌悪はありません。一緒に生活してると種族ごとの習慣でぶつかり合うこともありますが、お互いの歩み寄りで解決してきました。助け合わないと生きていけませんから」

レイファは卑下するかのように言うが、要は誰も頼らず、自分たちの力だけで国を一つ創り上げたということだ。

そこに途方もない苦労があったことはヘリアンでも予想がついた。

……いや違う。予想などできない。それこそ語り尽くせないほどの苦労を味わったはずだ。それをさも知ったことのように語ろうとするのは、彼等の努力に対する侮辱でしかないだろう。

故にヘリアンは「凄《すご》い国だな」と口にするだけに留めた。

レイファは少し驚いたような表情をしたものの、慎ましやかな胸を張って「自慢の国です」と柔らかく微笑む。

それからリーヴェが炊き出しを配り終えるまで、ヘリアンとレイファは他愛《たあい》もない会話を続けた。

ヘリアンは彼女が何事か要求を――リーヴェとエルティナという戦力提供を求めてくるのではないかと警戒していたが、意外にもそういった話題には触れることすらしない。好きな食べ物だとか、趣味だとか、リリファは昔から甘えん坊でマナーの覚えが悪かっただとか、本当に何でもないような話ばかりだった。

こんなに厳しい状況に置かれてもそうして笑顔を作れるあたり、さすが一国の指導者だと感じた。自分が同じ状況に追い詰められたとして、果たして同じように振る舞えるだろうか。自信は欠片もない。

（……そういえば、自分の国《アルキマイラ》はどうなってんのかな）

ラテストウッドや王女姉妹のことを考えていると、ふと自国のことが気になった。

軍団長を六人も残してきたので今すぐどうこうということはないだろうが、国外へ旅出てから半日程度が経過している。そろそろ第一報ぐらいは連絡を入れておくべきかもしれない。

折よく会話が途切れたところでヘリアンはレイファから視線を外し、物思いに耽《ふけ》るかのように見せかけて空を仰《あお》いだ。

そのまま彼女に気取られぬよう思考操作で〈通信仮想窓《チャットウィンドウ》〉を開錠《オープン》。

空中に半透明の〈仮想窓《ウィンドウ》〉が投影されたが、これはレイファには見えていない。「タクティクス・クロニクル」では〈仮想窓《ウィンドウ》〉は本人にしか見えない仕様だからだ。たとえ他の王《プレイヤー》であっても他者の〈仮想窓《ウィンドウ》〉を覗き見ることはできないようになっている。

（形式《モード》：選択《セレクト》。文章会話《テキストチャット》）

続いて、思考操作でチャットモードをテキストチャットに設定。

王《プレイヤー》同士ならボイスチャットで会話することが可能だが、ＮＰＣ相手では発声操作による〈指示《オーダー》〉を出すことはできても音声《ボイス》で報告を聞くことはできない。文章《テキスト》でのやり取りが基本だ。

これはサーバのデータ容量の都合によるもので、流暢な会話ができるレベルのＡＩを設定できるキャラクター数については国家の規模に応じて上限数が定められている。全《すべ》てのキャラクターが自然な会話をすることができない以上、テキストがベースとなるのは仕方のない話だろう。

眼前に浮かぶ〈通信仮想窓《チャットウィンドウ》〉を直視する。

そして接続先候補《アクセスリスト》から軍団長のグループを思考操作で選択し、更にグループの中から第二軍団長のバランを選択して呼び出しをかけた。ややあってバランが呼び出しに応じる。深淵森《アビス》を隔てても通信できるか不安だったが、幸いなことに問題はないらしい。

従来通りやりとりを行うならば『【状況】を【報告】せよ』と入力するところだが、今更〈鍵言語《キーワード》〉に拘《こだわ》っても仕方がない。人間を相手にしているつもりで文章を打ち込む。

『こちらはヘリアンだ。どうにか現地人との接触に成功したが、そちらは何か変わったことはあったか？　新たな問題などは起きていないか？』

テキストの送信に成功すると、数秒と経たずしてバランからの返信がヘリアンに届いた。

さすがは生真面目《きまじめ》な騎士団長殿だ、と感心しつつ、ヘリアンはバランから送信された返事《テキスト》に目を通し――――息を呑んだ。

レイファがすぐ近くにいることも忘れて目を見開き、ただただ立ち尽くす。

「……ヘリアン殿？」

訝《いぶか》しむレイファの声もヘリアンには届かない。

宙に浮かぶ半透明の〈通信仮想窓《チャットウィンドウ》〉。

そこにはバランからの返事が反映された、たった十文字のメッセージが無機質に表示されている。

青褪《あおざ》めたヘリアンが凝視する〈仮想窓《ウィンドウ》〉には、こう記されていた。

《――反乱が発生いたしました――》

――ヘリアンが最も恐れていた反乱が、いとも容易《たやす》く勃発した。

4.

ヘリアンたちは即座に集落を発った。

道中でマーキングを施したヘリアンの〈地図《マップ》〉と、森への地形適性が高いエルティナの誘導を頼りに、来た道を戻る形で本国に急行している最中だ。

高速移動ができないヘリアンは再びリーヴェに抱えられている。プライドなどはとうに捨てた。そんなつまらないものに拘る余裕などない。一刻も早く国に帰還しなければならなかった。

『魔道具《マジックアイテム》に仲間からの救援要請が入った。すぐに仲間を迎えにいかなければならない。急ぎこの場を辞することを許してほしい』

集落を飛び出る直前、レイファに対しそのような旨を矢継ぎ早に告げた。

穏便な別れ方かと問われれば微妙もいいところだったが仕方がない。多少怪しまれてしまったとしてもまだ取り返しはつく。だから今はこちらだ。自国の問題について、ヘリアンは全力を尽くさなければならない事態に陥《おちい》ってしまっていた。

バランには『王座を死守しろ。私が戻るまで何人たりとも玉座に触れさせるな』とだけ急ぎ命令を発信した。玉座だけは奪《と》られるわけにはいかない。叛徒《はんと》による玉座奪取が即滅亡に繋《つな》がるわけではないが、【幸福度】や【士気】が低下する上に〈権能仮想窓《ファンクションウィンドウ》〉をはじめとした王《プレイヤー》の能力に著しい制限が生じる。それは現在のヘリアンにとって命取りに繋がりかねない凶事だった。

しかも今回反乱が発生したのは地方都市ではない。国家の要《かなめ》たる首都だ。これが反乱軍により制圧され、幾つかの条件を満たして支配権を奪われた際には【革命成功】と判定されてしまう。

——そうなれば終わりだ。国の終焉《しゅうえん》だ。

人間の王《プレイヤー》が治める国としては【滅亡】となり、該当プレイヤーのキャラクターデータが完全に削除される。そしてこのゲームにセーブポイントなどという優しい概念はない。革命の成功とは即《すなわ》ち、完全なる滅亡《ゲームオーバー》を意味した。

「ちくしょう……ッ！」

ヘリアンは声を絞り出す。

いったい何故だと叫びたかった。話が違うと喚《わめ》きたかった。

だって第二軍団長《バラン》を残してまで治安維持を優先したのに、反乱が起きるなんて詐欺だ。治安は保てていると言ってたはずだ。転移現象の影響で浮き足立っていたのだって、第二軍団長と第五軍団長の働きで落ち着かせたと確かに報告を受けていた。それに加えてリーヴェとエルティナ以外の全軍団長を首都に残してきたというのに、なんでこんなことになる。

——裏切ったのは誰だ。

バランは味方だ。もしバランが裏切り者なら、ヘリアンからの通信など無視して玉座を狙《ねら》えばいいだけの話だ。反乱が発生したことを伝える必要性などどこにもない。

同様にリーヴェとエルティナにも裏切りの気配はない。もしも叛意《はんい》があるのなら今ここでヘリアンを殺しているだろう。しかしそうはせず、首都に向け全速力で戻ろうとしてくれているからには間違いなく味方だと断言できる。


第一軍団長、リーヴェ＝フレキウルズ。

第二軍団長、バラン＝ザイフリート。

第三軍団長、エルティナ＝ヴェルザンディ。

黎明期《れいめいき》からヘリアンと同じ道を歩み続けてきた〝始まりの三体〟。

現状、確実に信用できるのはこの三体だけだ。


……ならば他の軍団長はどうだ？

軍団長の中には人物特徴に【自分勝手】や【エゴイスト】を持っている者がいる。それに加えて性質傾向に【混沌《こんとん》】を持っている者もいた。人物特徴がキャラクターの性格や行動パターンに詳細な影響を与えるのに対し、性質傾向は大筋の方向性という形で影響を及ぼす。

たとえば性質傾向に【調和】を持つエルティナは、配下同士の軋轢《あつれき》を解消させるといった良い影響を及ぼす行動を好む。一方で【混沌】は、他への影響を軽視、あるいは無視して突拍子もない行動を起こす可能性があった。更に八大軍団長の中には、一体だけだが性質傾向に【邪悪】を持つ者すらいる。これは【邪悪】特有のレアな固有能力《ユニークスキル》を習得しやすいという特徴がある一方で、えげつない行動を選択しやすい傾向にあった。

……コイツらは要注意だ。何を考えているか分からない。

リーヴェであれば一対一の近接戦闘に持ち込めばどうにかなる。伊達《だて》に国王側近として長年愛用しているわけではない。最も集中的に育てた彼女の総合レベルは全配下の中でも随一を誇る。

第七軍団長だけはリーヴェですら近接戦闘に持ち込んでも危ういが、ヤツ本体を先に仕留めればいい話だ。それが叶わなくともヤツ一人が裏切り者ならどうにでもなる。となれば問題は複数の軍団長が裏切った場合か。

……いや待て。何を考えているんだ俺は……ッ！

まだ軍団長が裏切ったとは限らない。バランからは『反乱が起きた』としか聞いていない。もしかしたら全軍団長が健在で、裏切り者は兵士の一部だけなのかもしれない。

どうかそうであってくれ。頼む。軍団長だけは味方でいてくれ。

「ぐ……ッ！」

祈りながらリーヴェにしがみついていると、圧迫された肺から呻《うめ》き声が漏《も》れ出た。

本気で疾走するリーヴェの乗り心地は端的に言って最悪だった。なにせ冗談抜きに世界が回る。

つい先ほどは頭上に地面が見えたほどだ。これは最短最速での帰還を命じたがための挙動だが、
密林の木々を縫って高速で駆け抜けるその走りに人間《ヘリアン》の貧弱な三半規管が悲鳴をあげる。

そうして必死にしがみつくヘリアンの時間感覚が狂い始めた頃、ようやく首都の大門に辿《たど》り着いた。

「第一軍団長リーヴェ＝フレキウルズだ！　開門せよ、今すぐに！」

リーヴェが声を張って扉の守り人に告げると、ややあって大門が重い音を立てて開き始めた。

その僅かな隙間に身体を捻《ね》じ込むようにしてリーヴェとエルティナは首都内へと飛び込む。

目指すのは首都の中心地、アルキマイラの王城だ。

到達するまでの道中で街の様子を確認するも、火の手が上がった様子はない。

高速で移動しているために視界が安定していないが、それでも遠目に見る町並みに異変は見受けられなかった。

だが油断はできない。

反逆者は街のことなど気にも留めず王城を目指しているのかもしれない。

もしかしたら既に城門が破られているかもしれない。

今頃《いまごろ》は玉座の間に詰めかけているのかもしれない。

気ばかりが焦《あせ》り、不安の波が押し寄せてくる。

「跳びます！　ご注意ください、ヘリアン様！」

警告を受け、殊更《ことさら》必死にリーヴェの身体にしがみついた。

直後、猛烈な重力加速度《G》がヘリアンの身体を襲う。

月狼《マナガルム》の強靭《きょうじん》な脚力が二人の身体を地上三十メートルの高度まで押し上げたのだ。

そして跳躍による最高高度到達後、僅かな浮遊感を経て城の東テラスへと着地する。

そのまま間髪入れずに窓を蹴《け》り破って城内へと侵入。

細やかな刺繍《ししゅう》が施された赤い絨毯《じゅうたん》を踏みつけながら大廊下を駆け抜ける。

そうしてようやく目的地たる玉座の間の扉前に辿り着いた。

リーヴェが素早くも丁寧な動作で主の身体を降ろし、ヘリアンは若干よろめきながらも再び居城の地を踏んだ。

「状況は⁉」

扉が開かれるなりヘリアンは叫んだ。

部屋の中にいたのは獣人や騎士職を中心とした近衛兵、そして第二軍団長のバランのみだった。

最奥に鎮座する玉座は空いている。

誰も座っていない。

無事だ。

間に合った。

「しゅ、主上《しゅじょう》……⁉」

バランと兵士たちが、すわ乱入者かと咄嗟に構えていた武器を下ろす。

「状況はどうなったと訊いている！　玉座には誰も触れていないだろうな⁉」

「――――ハッ！　ご命令いただきました後、即座に玉座の守護に就き、同時に精鋭部隊を追加参集いたしました。何人《なんぴと》たりとも玉座には触れさせておりませぬ」

「他の軍団長は⁉」

「反逆者に対応すべく、第五軍団長が自らの手勢と第六軍団の一部戦力を率いて独自に行動中であります。他の軍団長は引き続き王命に従い行動中です」

八大軍団長は全員健在だということか。

軍団長が誰一人として裏切っていない事実に思わず胸を撫《な》で下ろす。

だが、第五軍団長のみが反逆者の対応をしているというのはどういうことか。

何故他の軍団長は動かない。

いくら王《ヘリアン》が出立前にそれぞれ指示を下していたからといって、こんな緊急時にまで愚直にその命令を守る必要などは――……いや待て、ひょっとして違うのか？

これは、もしかして、緊急事態ではないのか？

「……反逆者の様子は？　反乱を起こしたのは誰だ？」

「オーガどもです。反逆者の頭目は……名前は特にありませぬな。珍しく赤い肌をしておりましたので、レッドオーガとでも呼称しましょうか」

「オーガだと……？」

第五軍団所属のか？

いや、そういえばオーガといえば……つい先日無謀にも攻め込んできた一派がいた。

まさか。

「反乱を起こしたのは、つい先日併合したばかりのオーガの一派か？」

「はい」

「それ以外に反乱を起こした者は？」

「おりませぬ」

安堵のあまり、フッと気が遠くなった。

人目がなかったらそのままへたり込んでいただろう。

（……ああ、そういえばいたよ。混乱に乗じて反乱を起こしそうな奴《やつ》らが）

八大軍団が集まる建国祝賀祭の直前、というタイミングで無謀にも攻めてきた馬鹿がいたことをヘリアンは思い出す。軍団長を投入するまでもなく返《かえ》り討《う》ちにしたあたりで降伏さ、れ、て、し、ま、い、渋々オーガ一派を併合したのだった。

降伏を無視してそのまま皆殺しにすることも可能だったが、これまでヘリアンは降伏した敵は丁重に扱ってきた。ゲームのプレイスタイルとして、たった一度の例外を除けば専守防衛を貫いてきたのだ。いくら建国祝賀祭の直前という水を差すタイミングに攻め込んできた無粋者だとしても、降伏されてしまった以上は彼等を併合するしかなかった。

しかし、併合した直後の魔物は【忠誠心】や【幸福度】がゼロの状態なので、反抗心を削いでおかなければ何らかのバッドイベントに乗じて反乱を起こすことがある。元々は建国祝賀祭のイベント効果で反抗心を削る予定だったのだが、その建国祝賀祭が強制転移の影響で開催できず、結果としてオーガ一派の反抗心は全く減っていなかった。

そんな状況下での、首都丸ごとの強制転移という過去に類を見ない特大のバッドイベント。彼等が反乱に打って出る下地は十分にできてしまっていたというわけだ。

だがヘリアンは安心した。

心の底から安堵したと言ってもいい。

何故なら反逆者がオーガ一派だけなら何の問題もないからだ。

ハッキリ言って軍団長が出撃するまでもない。

第五軍団長が直々に対処に乗り出しているとのことだが、それすら過剰戦力だ。

他の軍団長らが反乱に構わず各々《おのおの》の仕事をしているのも当然であり、彼我《ひが》の戦力差を測る程度の知能がオーガにあれば彼等も反乱など考えなかっただろう。

（急いで戻る必要なんてどこにもなかったってことか……なんか、ドッと疲れた）

せめて反乱を起こしたのが何者かぐらいは事前に確認しておけばよかったと悔いる。

国への帰還を最優先にするあまり、バランに最低限の命令を伝えただけで状況確認を殆どしていなかったのだ。その上、移動の邪魔になる〈通信仮想窓《チャットウィンドウ》〉もすぐに閉じてしまっていた。

いかに自分が冷静でなかったかという話だろう。あまりの醜態に頭を抱えたくなる。

「主上？」

「いや、何でもない。少々疲れただけだ」

緊張感から解き放たれたからか、今更のように疲労を思い出した足が震える。

ただしがみついていただけなのに貧弱な、と言うなかれ。なにせそこいらの自動二輪を置き去りにするような速度域で、アクロバティックな挙動に振り回され続けたのだ。

リーヴェの身体に目一杯に密着して、振り落とされないようにするだけで必死だったのである。

「む？　……リーヴェ、気のせいかお主、なにやら妙に機嫌が良さそうだな」

「……何を言っているのだバラン。反逆者が取るに足らない雑魚《ざこ》だということは分かったが、今なお反乱が起きている最中だぞ。そんな状況でこともあろうに機嫌が良さそうなどと……お前らしくもない妄言だな。いったいどこをどう見ればそうなるのだ？」

澄ました顔でリーヴェはバランに反論する。

瞳に宿る色は冷ややかだが、そんな冷静沈着な国王側近さんの後ろではふさふさの銀尻尾《しっぽ》がバッサバッサと振られていたりした。

『どこをどう見れば』と問われれば『そこの尻尾を見て』と返すしかないと思うのだが、リーヴェ本人は無自覚らしい。バランは微妙に困った顔をしていた。

……まあいい。

何故機嫌が良いのかは分からないが、緊急事態ではないことが解ったのでリーヴェの緊張感があろうがなかろうがどうでもいい。

疲労感が凄《すさ》まじすぎて、そんなものは些事《さじ》としか思えなかった。

「反逆者の鎮圧状況はどうなって……いや、いい。第六軍団の手勢が出ているんだったな？　ならばこちらで情報を吸い上げる」

発声操作で戦術仮想窓《タクティカルウィンドウ》を表示し、〈地図《マップ》〉を呼び出した。

空中に投影された王城の見取り図から、城の専用室に常駐している第六軍団所属の配下のユニットマークをタップする。そこにいるのは蝙蝠《こうもり》を使った独自の情報ネットワークを構築するスキルを持つ、ヴァンパイア族の配下だった。

彼はそのスキルを活用し、第六軍団所属の各魔物から情報を集約する役目を任されている。反逆者の鎮圧状況もほぼリアルタイムな情報を持っているはずだ。

しかしながら規定の近接範囲内――…王《プレイヤー》から五〇メートル圏内にいないため、自動的に〈情報共有《データシェアリング》〉することはできない。手動で操作して情報を吸い上げる必要がある。

「権能仮想窓《ファンクションウィンドウ》：開錠《オープン》。能力行使《アビリティオン》：情報共有《データシェアリング》：直接接続《ダイレクトアクセス》。対象入力《ターゲットインプット》：直接選択《ダイレクトセレクト》」

コマンドを実行して〈情報共有《データシェアリング》〉を要求すると、数秒と経たずして〈地図《マップ》〉や勢力図などの情報が更新された。リアルタイムで推移を見たいので『接続《アクセス》』したままの状態を維持する。

「反逆者は……殆ど殲滅《せんめつ》済みか」

〈地図《マップ》〉の一角で戦闘中を意味するマークが点滅《てんめつ》していた。

そのエリアでは敵を意味する赤い光点《エネミー》が友軍である緑の光点《フレンド》に囲まれ、徐々にその数を少なくしている。〈地図《マップ》〉から赤色が完全に消えるまで残り五分もかかるまい。

「現場に向かわれますか？」

バランが伺《うかが》いを立ててくる。

王自らが反逆者共の討伐に、という頭の悪い話ではなく、あくまで殲滅後のことだ。というのも、反乱制圧時には現場で殊勲者を称《たた》えることにより治安状況を回復させる効果《ボーナス》があるのだ。

反乱が起きること自体が極めて稀であり、起きたとしてもいつも現場の近くにいるわけでもないが、やれることはやっておくスタイルのヘリアンは可能な限り現場に赴き、『反逆者討伐の報奨イベント』を行うことにしていた。

それだけに、今回に限って現場に出向かぬようでは配下から変な目で見られかねない。ここは行かざるを得ないだろう。鎮圧後であれば危険は何もないはずだ。

「……そうだな。鎮圧が完了したら現場に向かうとしよう。バランは私が鎮圧成功の宣言を行うまでは継続して玉座の守護を、リーヴェとエルティナは引き続き私の護衛を頼む」

「「「ハッ！」」」

それから三分少々で〈地図《マップ》〉から赤い光点が消えた。

反乱の鎮圧成功だ。

ヘリアンは疲労に喘《あえ》ぐ身体に鞭《むち》を打ち、玉座の間を後にして現場へ足を向けた。

5.

踵《かかと》を合わせて敬礼する城兵に見送られながら——今度はちゃんと城門を通って——ヘリアンは街の様子を窺った。

さすがに人通りは殆どない。ごくごく小規模とはいえ反乱が起きたことにより、住民は皆屋内に引っ込んでしまっていた。いつも賑《にぎ》わっている市場に人々がいない光景は新鮮だったが、同時にひどく不気味に思えてしまう。

確か現場はこのあたりだったな、とヘリアンは〈地図《マップ》〉を開いた。見れば、友軍を意味する緑の光点が角向こうに集中している。一際《ひときわ》大きい緑の光点に視線でカーソルを合わせると第五軍団長がその場にいることも確認できた。どうやらこの先で間違いないらしい。

そうして角を曲がり、ヘリアンたちは大通りに出た。

過去の大規模区画整理で再整備され、二十人は並んで歩けるであろう広さの大通りが視界一杯に広がる。

——そこには、赤が溢れていた。

普段は買い物客で溢れている大通りに一般人の姿はなく、代わりに角が生えている人型のなにかがバラバラのパーツとなって転がっている。

そしてその周囲には、ペンキでもぶち撒けたかのように赤い液体が飛び散っていた。

あまりに無機質すぎて最初はそれが何なのかよく分からなかったが、手を伸ばせば触れるような距離にまで近付いてようやく、その正体に理解が至る。

「これ、は……」

オーガだ。オーガの死体だ。右手は根本から荒々しく引きちぎられて両足もあらぬ方向を向いてはいるが、それは壊れた人形ではなくオーガの死体だった。

そして視線を上げて大通りを一望してみれば、一体や二体どころではない数の死骸《しがい》が散らばっているのが見て取れた。

自慢の特産品を多く取り扱っている南大通りに、普段の姿は見る影もない。

薬屋の商品棚には鎮圧に使用したのであろう血塗《まみ》れの斧《おの》が無造作に転がっており、人気の高い精肉店の軒先にはどこの前衛アートなのかと問いたくなる奇怪なオーガの肉塊《したい》がぶら下がっていた。

よほど強い力で殴打されたのか、腹部がひしゃげて白い物《ほね》が背中から飛び出ている。

また黒焦《くろこ》げになったり首が刎ねられている死体などは序の口で、原型を留めている方がむしろ少ない。バラバラに爆散した肉塊や、数体のオーガがぐちゃぐちゃにかき混ぜられてハンバーグみたいになっている死体すらあった。

そしてそれらは圧倒的な現実感《リアリティ》を携えてヘリアンの五感を容赦《ようしゃ》なく刺激した。血風が肌を撫で、鉄錆《てつさ》びた死臭が鼻腔《びこう》をくすぐる。

「…………っ」

喉までせり上がりかけたモノをすんでのところで飲み込む。

胃酸が舌を刺激したがリーヴェとエルティナの目がある中で嘔吐《おうと》などという醜態を晒すわけにはいかなかった。根性で吐き気を堪《こら》えて、ヘリアンは知らず退がりそうになっていた己《おのれ》の足を叱咤《しった》する。

……想像が甘かった。

そんな言葉しか出てこない。無粋だ何だのと散々叩かれていた倫理規定による表現規制が、どれほどプレイヤーの精神を守っていたのかを嫌になるほど理解した。

こんなものを日本人の一般ゲーマーが日常的に体験していたら、すぐさま精神に異常をきたすに違いない。現実と虚構の境目が分からなくなったゲーマーが路上で刃物を振り回しているとのニュースを見たところで「当然だ。無理もない」とあっさり納得できてしまうことだろう。

それほどまでに目の前の光景は、普通の日本人でしかない三崎司《ヘリアン》にとって衝撃的すぎる代物だった。

「これが、あの大通りなのか……」

普段は外国客で溢れかえっている南大通り。

そこには至る所にオーガの死体の残骸《ざんがい》がぶち撒けられている。

何故か。

ヘリアンがそう望んだからだ。

他ならぬ王《ヘリアン》が、治安維持を――反乱が鎮圧されることを望んだからだ。

だから第五軍団長率いる討伐部隊はそうした。治安維持という命令通りに己の役割を果たした。

その結果が、これだ。

「……第五軍団長は、あそこか」

何かから逃げるようにヘリアンは大通りの奥へ歩を進めた。

一際大きい巨体を持つオーガの死体の前、派手な肩掛けを身に纏う大男の姿が見える。鬼族や巨人族が中核となっている第五軍団の長――ガルディだ。

「おぉ、総大将。見ての通り鎮圧完了しましたぜ」

ガルディはマフィア顔負けの悪人面ながらも、どこか人好きのする笑顔を浮かべて王を出迎えた。魔獣素材のジャケットアーマーに身を包み、首元がファーで覆《おお》われたマントを身に着けているその姿はどこの蛮族かと問いたくなる様相だが、これでもれっきとした軍団長の一人である。

彼はリーヴェとは異なる方向性で近接戦闘に特化した前衛職のキャラクターだ。現在は二メートル超えというかなりの大柄ながら人間形態を取っているが、その正体は巨人族である。

大雑把すぎる能力と性格が玉《たま》に瑕《きず》だが、その体格から醸《かも》し出される威圧感と独特のカリスマを持つガルディは、バランにこそ及ばないものの治安維持および鎮圧能力において高い適性を誇っていた。

そしてその高い鎮圧能力を存分に発揮した結果がご覧の有様《ありさま》というわけだ。

王《ヘリアン》の望み通り配下《ガルディ》は任務を遂行し、かくして鎮圧は完了した。

「……よくやった、第五軍団長《ガルディ》」

「いやいや、とんでもねぇよ総大将。そもそも反乱の発生を防ぐことができなかったとくりゃ、こいつは俺様とバランの手落ちだろうよ。ある程度の罰は覚悟してらぁ」

「いや、オーガ一派には反乱を起こす下地と条件が整いすぎていた。これは仕方のない結果だ。お前たちを責めることなどできん」

鷹揚《おうよう》に手を振ってみせる。

部下の落ち度を許せる器である、とのアピールも兼ねているが、実際にこの反乱は不可避だっただろう。なにせ悪条件が整いすぎていた。

せめて建国視賀祭だけでも開催できていたなら反乱を未然に防げた可能性は高いが、首都がまるごと強制転移させられるなどという馬鹿げた出来事《イベント》を誰が予測できるものか。

「反乱の主導者はどこだ？」

「ああ、そこの武器屋の店先に転がってるのがそうでさ」

ガルディが指出す先には赤い肌のオーガがいた。突然変異種のオーガだ。原型こそ留めているものの、今はもう物言わぬ肉塊となって転がっている。

……できれば、見たくない。

だが、これはある意味、自分の望んだ結果なのだ。

ならばその末路をきちんと見届けるべき義務があるだろう。

「…………」

覚悟を決めて反乱主導者《レッドオーガ》の死体に近付いてみれば、その腹部には拳《こぶし》大の風穴が空いていた。

視線を上げて顔を直視すれば、そこにはまるで打ち上げられた魚のように白く濁った瞳がある。

こみ上げる吐き気を堪えながら、反逆者の成れの果てを目に焼き付けた。

「……おいガルディ。さっきから黙って聞いていれば、ヘリアン様への言葉遣いがなっていないぞ」

「まーたその話かよぉリーヴェ。バランといいオメエさんといい飽きねえなあ。第一、他ならぬ総大将が言葉遣いについては許してくれてるんだぜえ？　今更だろうによぉ」

「限度がある。ましてや兵の前だぞ。最低限の体裁《ていさい》ぐらい取り繕え」

「へーへー。あ、総大将。俺様ぁ死体の処理とか後始末があるんでこの場は退散させてもらわぁ」

「オイ待てガルディ。まだ話は終わってないぞ」

「あらあら。二人とも喧嘩《けんか》はいけませんよ」

ガルディは面倒ごとから逃げるようにして、小走りにその場を去ろうとする。

小言を言うリーヴェは逃がすまいとその肩に手を伸ばそうとした。

エルティナはその様を見て、どのタイミングで止めようかと思案する様子を見せている。


――だから、誰も、間に合わなかった。


「牙《G》唖《A》々《A》唖《A》々《A》唖《A》々《A》唖《A》々《A》唖《A》々《A》唖《A》々《A》唖《A》々《A》唖《A》々《A》唖《A》々《A》――ッ!!」

咆声《ほうせい》。

赤い肌を持つオーガの死体が何かの冗談のように跳ね起きた。

「――――――は？」

ガルディは場を離れようと背を向けている。リーヴェはその背に手を伸ばそうとする体勢。エルティナはそんな二人に向き直っている。そしてヘリアンはオーガのすぐ傍に立っていた。

故に、オーガの死体は握りしめたままだった己の得物《メイス》を。

最も近場にいたヘリアンに対して、無造作に繰り出した。

+　+　+

――ああ、これ死んだな。

目の前に迫ってくる無骨な鈍器を前に、他人事《ひとごと》のようにその事実を認識した。

現実には凄まじい勢いで振るわれているはずの鈍器《メイス》が感覚的にはゆっくりと迫ってくる。

これはアレだ、死の間際《まぎわ》には全ての物がスローモーションに見えるとかいうヤツだろう。

原理としては防衛本能がどうにか身体を動かして死を回避させようとして体感速度を超圧縮する、だっただろうか。

だが無意味だ。

そもそも自分に大層な身体能力など備わっていない。

いくらスローモーションに感じられようが死から逃れる手段はなく、現実は非情である。

間延びした視界の中、必死な形相をしたリーヴェが下手人《オーガ》の頭を砕いたのが分かった。しかし下手人《げしゅにん》の握る凶器は些《いささ》かも速度を落とすことなく、それどころか膂力《りょりょく》任せにさらなる加速を果たした。

頭がないのに何故そんなことができるのか。どこか他人事のようにぼんやりとした思考が疑問を生む。けれどその疑問が晴れることはない。零《ぜろ》秒後の死が透けて見える。

正直怖くて堪《たま》らない。

身体が動くなら情けなく泣き叫んでいたことだろう。

命乞《いのちご》いをして助かるというのなら躊躇《ためら》いもなく這《は》いつくばっていたに違いない。

何故だ。

何故こんなことになった。

どうして俺がこんな目に遭わなければならない。

理不尽に喘ぐ感情がそんな憤りを生むも、しかし結末は変わらない。

刹那《せつな》が引き伸ばされた世界の中、文字通り目と鼻の先に凶器《メイス》が迫っていた。

そうしてまず風圧が届く。

続いて前髪にメイスの先端が触れた。

凶器《メイス》の表面に赤黒い錆が浮いているのが見て取れる。

きっと血が固まったものだろう。

哀れな犠牲者の先達がいたらしい。

このメイスの錆になるのは俺で何人目だろうか。

ああ、ダメだ。もう死ぬ。すぐ死ぬ。死ぬ。死ぬ。死ぬ。死にたくない。誰か助け――――

「――――」

グチャリ、という異音。

そこで思考すら終わりを迎えた。

ただの人間でしかない彼の頭部は西瓜《すいか》のように弾け飛び、粉砕された頭蓋《ずがい》の中身が汚いケチャップと共に地べたにぶち撒けられる。


――こうして、最弱の王であるヘリアンは。

自らが統治する国の民に反逆され、死亡した。

四章　もはやユメではなく

夢を見た。

多分コレは夢なんだろうなと朧気《おぼろげ》に自覚できた。

しかしその自覚は確信には至らない。つまりは夢だと確定してはいないということ。ならば後先考えず好き勝手やっていい道理はない。手抜きを許される状況でもない。だから行動を起こす。やると決めたなら全力を尽くせ。後悔は残すべきではないのだ。

「――――」

どうやら敵軍が迫っているらしい。しかも大軍勢だ。

エルフやドワーフ、悪魔に鬼人に妖精《ようせい》と魔獣、果てはスライムや死霊といった不定形の人外種族に竜の群れ。凡《およ》そありとあらゆる種族が一同に介した――どこかで見覚えのある――多種族混成軍団だった。

対してこちらの手勢は少ない。

玉座の前には黄金造りの立派な椅子《いす》が並んでいたが、なんと八席中五席が空席という有様《ありさま》。おまけに残る三席中二席に乗っていた駒《こま》は既に壊れて残骸《ざんがい》と成り果てていた。きっとあの軍勢に壊されたのだろう。無理もない話だ。戦力差がひどすぎる。

残された最後の椅子には、見るも見事なクリスタルで作られた駒が載っていた。細部まで作り込まれた立派な駒は狼《おおかみ》の形をしている。どうやらそれが自分の持つ全戦力ということらしい。

……なんてハンデ戦だ。


向こうは多種多様な駒を取り寄せているばかりか十万を超える戦力を有しているのに対し、こちらの駒はたった一つ。唯一《ゆいいつ》の手駒《てごま》は頼りがいのあることに最強《クイーン》の駒だったが、数の差は歴然にすぎた。

古今東西《ここんとうざい》、いかなる大英雄であろうとも単騎で万軍に勝てた歴史はない。

数の暴力はかくも偉大だ。

そしてだからこそ人は万夫不当の武勇伝に憧《あこが》れ、単騎無双の英雄譚《えいゆうたん》を夢想したのだろう。

旧《ふる》きは口伝で、次には書物で、そして遊戯《ゆうぎ》で、遂には仮想現実で、世界中の人々が『夢物語』に情景を灯《とも》し続けてきた。

だから三崎司《ヘリアン》もそうした。

夢のような世界《タクティクス・クロニクル》でロマンを追い求め、愛すべき仲間と共に助け合いながら『そうありたい』と願う未来を一心に目指し、己《おのれ》の理想を追い求め続けてきた。


強きを挫《くじ》き弱きを助け。

世界に平和を。

親しき隣人には愛の手を。

されど道を阻《はば》みし障害は実力で以って撃滅し。

勝利の味に酔いしれる。

そんな、現実には叶《かな》うはずもない夢物語《ファンタジー》を、三崎司《ヘリアン》は幾らかの幸運に恵まれながらも不断の努力で叶えてみせた。仮想現実という狭い箱庭の中ではあれど、彼は確かに理想を実現したのだ。少年時代の己が夢見た場所に辿《たど》り着くことができたのだ。


……だが、その輝かしき日々も遂に終わりを迎えるらしい。


狼の形をした唯一の手駒が果敢にも軍勢の群れに飛び込んでいく。その駒は一騎当千がごとく暴《あば》れ回ったが、しかし千騎を屠《ほふ》りし後に万の軍勢に砕き散らされた。無残にも散った狼の残骸を踏み砕きながら〝万魔《ばんま》の勢力〟は進軍し、遂には王の居城へ至る。

これでヘリアンの手持ちの駒はゼロ。詰み《チェックメイト》だ。

何故《なぜ》なら王駒《キング》に戦う力などない。兵士《ポーン》と異なり成長の余地すら皆無《かいむ》だ。全《すべ》ての手勢を失い、玉座に残されたのは最弱の駒《キング》だけという情けない有様《ありさま》。もはや盤面をひっくり返しでもしない限りはどうにもならない状況《シチュエーション》。

けれど投了《リザイン》はしない。一手後に敗けるとしてもそれだけは駄目《だめ》だ。無駄な足掻《あが》きでしかないが、ここで勝負を投げるのは最後まで付き従ってくれたあの狼駒と、ここまで己が歩んできた歴史に泥を塗る行為だと感じられたのだ。

とうに覚悟は決めている。自分だって他国を滅ぼしてきたのだ。いつか自分の番が回ってくるんじゃないかと思いながら百五〇年の歴史を紡《つむ》いできた。いざその時を迎えた際には無様《ぶざま》を晒《さら》すまいと、結末を受け入れる心の準備は済ませていた。

だけど怖い。どうしようもなく恐ろしい。実際に結末《オワリ》を目《ま》の当《あ》たりにした感情が叫ぶ。だって、こんなのは約束が違う。三崎司《ヘリアン》の愛した箱庭にこんな酷《ひど》い現実感はなかった。

……嫌だ。死にたくない。どうしてこうなった。こんな終わり方なんてあんまりだ。


その慟哭《どうこく》を嘲笑《あざわら》うかのように状況は推移し、見る間に万魔の軍勢が玉座を取り囲む。

人間では勝つどころか抗《あらが》うことさえ赦《ゆる》されない、恐るべき魔物たちが王駒《ヘリアン》を睨《にら》んでいる。

その先頭、重そうな足音とともに万魔の軍勢から一つの駒が一歩前に出た。

駒《ソレ》は角を生やしていた。

駒《ソレ》は鬼の顔をしていた。

駒《ソレ》は赤い肌をしていた。

駒《ソレ》は血に濡《ぬ》れた凶器《メイス》を握り締めていた。

駒が得物を振りかぶる。無骨な鈍器が致死の速度で迫ってくる。回避する手段などはなく、その攻撃に最弱の駒《ヘリアン》が耐えられる道理もない。

かくして王駒《ヘリアン》は、血塗られたメイスにより粉砕され、その臓物《なかみ》をぶち撒《ま》けて――

「────あ゛あ゛あ゛あ゛あああぁあぁあぁあぁあぁあぁあぁあぁあぁ────ッ⁉」


跳ね起きた。

荒い呼吸。

心臓が悲鳴をあげ、激しく脈動する。

「ぐ、う……ッ」

不整脈でも起こしたかのように胸が痛んだ。

右手で胸を押さえて身体をくの字に折り曲げると、清潔そうな純白のシーツが目に映る。

どこだ。

胸の痛みに耐えながらどうにか顔を上げる。

視界に入ってきたのは知らない天井《てんじょう》ではなく、見知った壁画だった。

「……ここ、は」

人一人が寝るには大きすぎるキングサイズのベッド。

豪華絢爛《けんらん》に飾り立てられたシャンデリア。

品の良い天蓋《てんがい》。

壁面に飾られているのは黎明期《れいめいき》の頃の写真《スクリーンショット》を流用した巨大な絵画。

ここは白亜《はくあ》の居城の一室、王専用の寝室だった。

「……ヘリアン、様？」

呆然《ぼうぜん》としたような声を耳にして左を向く。

そこには今にも泣き出しそうな顔をしたリーヴェがいた。

これも初めて見る感情表現《エモーション》パターンだ、と場違いな思考が頭の片隅を過ぎる。

「ああ、よかった……ようやくお目覚めになった……！」

リーヴェの琥珀色《こはくいろ》の瞳《ひとみ》が潤んでいる。

目の端に浮かんだ透明な雫《しずく》はやがて涙となり、白い頬《ほお》を伝った。

そこでようやく、ヘリアンは自分が寝室のベッドに寝かされているのだという事実を認識する。

「――――ゆ、め？」

迫りくる軍勢の姿はない。

玉座を取り囲む魔物の群れもいない。

部屋の中にいるのは、王の身を案じ涙を流す第一の配下だけだ。

「なんだ？　何がどうなって……」

胸に当てていた右手を額に当てる。掌《てのひら》にはじっとりとした嫌な汗の感覚。

そうして思い返すのはここに至るまでの過程だ。

幾つかの記憶の断片が羅列で走る。

建国祝賀祭、転移、謁見《えっけん》、探索、エルフ、種族間抗争、集落、反乱、そして――

「――ッ！」

思い出した。

急激に覚醒《かくせい》する意識。

咄嗟《とっさ》に頭に手をやる。

幸いなことに頭蓋《ずがい》は原型を留めてそこにあった。

だがその事実は記憶と一致しない。

自分は頭を潰《つぶ》されて死んだのではなかったのか。

「――オーガは！　反逆者たちはどうなった⁉　いったいなにが起きた⁉」

最後の記憶は眼前に迫りくる血錆《さ》びたメイスだ。

もしや、アレも夢でしかなかったのか。

「落ち着いてくださいヘリアン様。まだ身を起こされてはなりません。半日以上もお眠りだったのですから」

「……なに？」

馬鹿《ばか》な。眠った記憶はない。自力で床に就いた覚えなどない。

いや、ということは……アレが夢ではなく自分の記憶が確かなら。

「俺《おれ》は……あの赤いオーガに殺されたのか？」

恐る恐る口にした独り言のようなその言葉に、リーヴェは視線を下げて言い難《にく》そうにしながらも、やがて「はい」と答えた。

その返答を受けて、ヘリアンは起こしていた上半身をベッドにドサリと倒した。

高級素材が惜しげもなく使われたベッドは音も立てずに沈み込み、勢いよく倒された身体を柔らかく受け止める。

……理解した。

オーガに殺された記憶は現実のものだ。王《ヘリアン》は反逆者《オーガ》に殺された。だが、

「自動蘇生《そせい》が、働いたのか……」

ゲーム［タクティクス・クロニクル］において、王《プレイヤー》の死＝即ゲームオーバーの図式は成立しない。

デスペナルティや回数制限があるものの王《プレイヤー》は復活することができる。

だからヘリアンは復活した。

反逆者のオーガに殺されて、そして、復活したのだ。

「………リーヴェ」

傍《かたわ》らの配下の名を呼ぶ。

リーヴェはしなやかな指先で頬の涙を払い、短く「はい」と応《こた》えた。

「玉座は無事か？　反逆者たちは、あの赤いオーガはどうなった？　あの後何が起きたんだ？」

「ご心配なく、玉座は問題ありません。今もバラン率いる第二軍団の精鋭が守りを固めております。また反逆者どもは今度こそ確実に殲滅《せんめつ》いたしました。頭蓋を砕いた後に肉片一つ残さず消し飛ばしたので間違いありません。そして反逆者の頭目ですが……固有能力《ユニークスキル》の保有者だったようです」

固有能力《ユニークスキル》。

種族や職業《ジョブ》に依存せず、キャラクターが独自に持つ能力。

癖《くせ》が強い上に滅多《めった》に発現しない希少な力だが、その分替えの利《き》かない優れた能力であることが多い。時には固有能力《ユニークスキル》一つで実力差をひっくり返すことすらある。それをあの赤いオーガが持っていたというのか。

僅《わず》かに震えが残る手で〈戦術仮想窓《タクティカルウィンドウ》〉を開き、〈人物情報《キャラクターステータス》〉を呼び出す。

眼前に浮かんだ半透明の〈仮想窓《ウィンドウ》〉。左側の小さな表示枠の中に赤いオーガの姿が表示される。

そして画面右側には、戦闘や調査、撃破ボーナスにより明らかになった各種ステータスや所持能力などが記載されていた。ヘリアンは所持能力欄に記載されている文字を読み上げる。

「〝黄泉からの一撃《ラストスタンド》〟……死亡後に一度だけ反撃を行う能力、か」

その効果は〝最接近敵に対し必中攻撃を行う〟という代物だった。

最期《さいご》の記憶が正しければ、あのオーガはスキル発動中にリーヴェによって頭蓋を砕かれていたはずだ。しかし必中攻撃である以上、固有能力が発動した時点で『最も近くにいる敵に対して攻撃が命中する』ことが既に決定されている。

そしてそのオーガの目の前には、不用意に近付いたヘリアンがいた。

……斃《たお》してはいた。討伐《とうばつ》自体には成功していた。第五軍団長ガルディィは確実に反逆者を仕留めていたのだ。だからこそリーヴェやエルティナも警戒を解いていた。

そして、あのような結末に至った。

「申し訳ございませんッ!!」

リーヴェは不意に膝《ひざ》をつき頭を下げた。

隠しきれない悔恨《かいこん》の感情が、謝罪の言葉に籠められている。

「護衛を任じられたにもかかわらずこの不始末……言い訳の余地もありません。いかなる厳罰をも覚悟しております。どうか、罰を」

頭《こうべ》を垂れたリーヴェは、どのような罰であれ甘んじて受け入れるつもりだった。

復活したとはいえ他ならぬ王を死なせたのだ。更には護衛を任せられた王の信頼を裏切った。形容し難いほどの大罪だ。彼女の価値観からすれば死罪が当然と思えるほどに。

故に、リーヴェは『死ね』と言われれば即座に首を落とす覚悟で王の言葉を待った。

「……リーヴェ、傍《そば》に寄れ」

彼女は即応した。

失礼しますと告げて立ち上がり、ベッドの傍に歩み寄る。

「ベッドに乗っていい。もっと傍に来い」

彼女は主の言葉のままに動いた。

王の寝台《ベッド》に上がるなど無礼だ、との感情が頭に過ぎったが王の言葉が最優先だ。

ベッドに乗り上げて王の傍に身を寄せる。

そして、身を起こした王の手が伸びた。

意図は分からなかったがどのような罰であれ構わない。

リーヴェは黙したまま微動だにせず自らに迫る手を見つめ——それが視界の上に消えると、予想だにしなかった王《ヘリアン》の行動に思考が停止した。

「————えっ……え、あ、うぁ、え?」

思考は停止している。なのに口から声が漏《も》れ出る。

つまりは素の反応であり『何が起きているのか分かりません』と言いたげな困惑の声の原因は、頭頂部の狼耳に触れる感触だ。

ヘリアンのしたことといえばどうということはない。ただリーヴェの頭に手を乗せただけだ。

そして感触を確かめるようにその掌を滑らせ、頬へと右手を降ろしていく。

その過程で耳の上に乗った指がずれ落ち、圧《お》されて形を変えていた狼耳がピンと跳ね立った。

「…………、…………」

困惑し完全に硬直《フリーズ》したリーヴェに構わず、ヘリアンは彼女の頬を撫《な》でる。

そうして掌に伝わる体温はやや熱い。

僅かに指先に力を入れれば、しっとりとした柔らかい肌が指の形に沈んだ。

そのまま掌を更に下へと滑らせて首筋へと到達。

銀のチョーカーを避けてその首元に指を当てれば、指先が感じ取るのは早鐘《はやがね》を打つ心臓の鼓動。

次いで細い首に腕を回し、凭《もた》れ掛《か》かるようにしてリーヴェのうなじに顔を寄せる。

触れるような距離で息を吸い込めば仄《ほの》かな香りが鼻腔《びこう》をくすぐった。

しばしそのままの体勢でいると、腕に伝わる彼女の脈動が尋常ではない速度にまで倍加する。

そしてうなじから鼻先を離して視線を上げれば、瞳を大きく瞬かせたリーヴェの顔があった。

至近距離にある琥珀色の瞳の中に、表情のない己の顔が映っているのが見て取れる。

リーヴェの頬はほんのりと朱に染まり、吐く息は荒くなりつつあった。

「――――」

そんな彼女の様子には一切《いっさい》構わず、最後の確認としてヘリアンはリーヴェの右目の端に浮かぶ涙を人差し指で拭《ぬぐ》った。指先に僅かに濡れた感触。その指を舐《な》める。

――微《かす》かに、しょっぱい味がした。

「…………!?　……ッ！　……ッ!?」

リーヴェはもう言葉も出ないようだ。

突然このような奇行に及《およ》べば無理もないだろう。

当然の反応だと思う。

リーヴェという女性が現実《ほんとう》に存在するならば、そのように困惑するのは当たり前で――ごくごく自然な反応なのだろう。

「――――」

ヘリアンは一度目を閉じる。

そのまま一つ息を吐《つ》いてから目蓋《まぶた》を静かに開き。

視覚、聴覚、嗅覚《きゅうかく》、触覚、そして――唯一未確認のままにしていた味覚に至るまで。

そのいずれもがどう考えても本物でしかない感触を思い返しながら。

未《いま》だパクパクと口を開くリーヴェを見て。

その初見となる感情表現《エモーション》を見て。

零と一の組み合わせ《プログラム》では絶対に表現不可能な現実的《リアル》すぎるその様子を目にして。

そして、だから。

堪《こら》え難いものが目尻から零《こぼ》れ落ちないよう、彼は天井を見上げた。

「……ああ」

確かに迫りくる軍勢の姿はない。玉座を取り囲む魔物の群れもいない。八大軍団長は健在であり国も無事だ。先ほど見たものはやはりただの夢だった。だけど――。

「こっちは……夢じゃないんだな」

目覚めても現実に還れていない。

故にその事実を口にしてしまった。遂に言葉に出してしまった。

そうして思い返すのは濃厚すぎる今日一日の出来事《できごと》。そこで思い知った［タクティクス・クロニクル］と乖離《かいり》する数々の事実や事象。


――ゲームでは味気なかったはずの五感が本物になった。

掌を切れば血が溢《あふ》れ、痛みもまた本物となって襲いかかってきた。

――鍵言語《キーワード》が意味を成《な》さなくなった。

キャラクターは独自の意志で行動するようになり、紛《まぎ》れもない自我を宿した。

――見たこともない森でありえない情報を得た。

ゲームにはない歴史を聞かされ、王《プレイヤー》専用種族のはずの人間が大勢いると知った。

――目を覚ましても現実世界に還れていない。

今日一日で体験した出来事の数々には、夢幻《ゆめまぼろし》ではない現実感に溢れていた。

――そして何より、今、目の前にいる人は。

今日一日、ずっと傍にいてくれた彼女《リーヴェ》は、どう考えても本物の存在《ヒト》だった。

味覚を含めた五感全てで、その事実を再観測してしまった。

故に、ここに至ってヘリアンは認めるしかなかった。この残酷な事実を受け入れるしかなかった。

――これは夢ではない。

居城ごと見知らぬ土地に転移したのも。現実世界に戻れなくなっていることも。

できの悪い三文芝居のような悲劇に直面しているハーフエルフたちも。

反乱を起こして無残な死体となったオーガたちも。

こうして目の前にいて、固有の人格を宿したＮＰＣ《リーヴェ》たちの存在も。

その全てが本物だ。

もはやゲームなどではない。

そして夢でもない。

これは紛れもない現実だ。

自分は今、見知らぬ場所で、漫画や小説でしかありえない出来事の只中《ただなか》にある。


——異世界に、来てしまったのだ。


「————————————————、」

……不思議と。

自分でも意外だったが、不思議と取り乱しはしなかった。

事実を受け止めきれず錯乱《さくらん》して喚《わめ》き立てるかと思いきや、そうはならなかった。

案外もっと前から受け入れていたのかもしれない。

そもそもこれは夢だと思い込もうとしていたという事実こそが、心の奥底では現実だと理解していた証左に他ならないのだろう。

だから涙は出なかった。

だから怒声も出なかった。

けれど、ちょっと、そろそろ、限界に近かった。

「……リーヴェ」

呼び掛ける。が、無反応。横を見れば完全にパニックになっているのか口をパクパクと動かしながら固まっているリーヴェの姿があった。

ほんの僅かに苦笑して、再度呼び掛ける。

「リーヴェ」

「あ………は、はい！」

今度は返事があった。気の毒に、顔が真《ま》っ赤《か》だ。頭の上の三角耳は慌ただしげに動き、フサフサの尻尾《しっぽ》がなんとも表現し難い振る舞いを見せている。

思えばとんでもないセクハラをした気もするが、その問題は後回しだ。

「オーガの反乱以外に、重大な問題はあったか？」

「は、はい！　あ、いえ！　え、えっと、あの……！」

「慌てて喋《しゃべ》らなくていい。落ち着いてゆっくりと答えてくれ」

「だ、大丈夫です！　落ち着いてます！　ええ、私は冷静です！」

再び苦笑する。本当に落ち着いていたら『えっと』はないだろう。リーヴェは冷静沈着な、いわばデキるお姉さんキャラだったはずだ。『えっと』はギャップが凄《すご》すぎる。

「も、申し上げます。細かな問題は少なからず起きていますが、即座に国を揺るがすような重大な問題は起きておりません」

「そうか……。他の軍団長は？」

「引き続き王命を実行中です。第三軍団長《エルティナ》と第五軍団長《ガルディ》は自軍団に指示を出しながら、ヘリアン様の沙汰《さた》を待っている状態です」

「では、第五軍団長《ガルディ》は引き続き治安維持に当たらせる。万が一再び反乱が起きた場合、別途私から指示が出ない限りは独自の判断で対処するよう伝えろ」

「……よ、よろしいのですか？」

反乱に対処しきれなかった第五軍団長《ガルディ》に引き続きその任を与えてよいのか、という問いだ。

だが先ほどの一件……レッドオーガの反撃を、誰《だれ》か他の者ならば予測できたかといえば否《いな》だ。現にリーヴェとエルティナも察知できなかった。他の軍団長でもそれは同じことだろう。

そもそも他に回せる余剰戦力もない。

人材を余らせておく余裕など、今やどこにもないのだ。

「構わない。第三軍団長《エルティナ》は……反乱による建物損壊や怪我《けが》人に関するフォローと、各軍団間連携の微調整を行わせる。私の指示に反しない範囲内で臨機応変に対処するよう伝達しろ」

エルティナは平時では内政担当の役割を帯びている。また【調和】持ちでもあるため、調整役を任せても問題ないはずだ。

本来ならば総括軍団長でもあるリーヴェの仕事だが、彼女は自分の手元に置いておきたい気持ちがあった。

「第二軍団長《バラン》には反乱が終息したことを伝えておけ。玉座の守護については、もう通常の体制《シフト》に戻してよい。それと……私は少し休むことにする。リーヴェは引き続き警護を頼む」

「承知いたしました。各軍団長に伝言を飛ばしました後、室内にて待機を――」

「いや、室外の扉前で頼む。少し一人になりたいのだ。用があればお前を呼ぶ」

「……承知いたしました」

少し間を置いて、リーヴェは頭を垂れながら拝命の言葉を口にした。

そうして寝室から外へと出ていく直前、心配げに揺れるリーヴェの瞳と目が合う。

「………………」

リーヴェは何事かを言おうとして口を開き、しかし最終的にはその言葉を飲み込み、静々と退室していった。

音もなく閉じられる扉を見届けたヘリアンは、全身の力を抜いてベッドに倒れ込む。

王の寝室は一種の聖域だ。扉を閉めてさえいれば完全防音で、正式な方法で扉を開けられる者はヘリアンを除けば国王側近であるリーヴェしかいない。

だからヘリアンはだらしなく寝返りを打って枕《まくら》に顔を埋めた。


眠ったりはしない。

落ち込んでいる暇もない。

だけど、ほんの少しだけでいいから休みたかった。

何も考えずに休みたかった。

ただそれだけが、ヘリアンのささやかな……そして真摯《しんし》な望みだった。

2.

それから、何分経《た》っただろうか。

最低でも十分か十五分、けれど三十分はまだ経っていないだろうなと思考する。

寝返りを打ち、閉ざしていた瞼《まぶた》を開ければいかにもな天井画が視界一杯に映った。

念のため、と傍らの枕を拾い上げる。幸いなことにというべきか、先ほどまで顔を埋めていた面に湿り気はなかった。

もし僅かでもそんな痕跡が残っていたら、男のプライドとかそういうものがマズかったかもしれない。理不尽に晒され嘆き悲しみ枕を濡らす、なんてのは悲劇のヒロインの役割であって大の男のする真似《まね》ではないのだから。

……まあ、なんだ。

こんな下らない思考が頭に浮かび始めたということは。

もうそろそろ、気持ちを切り替えるべき頃合《ころあ》いだということだ。

「……よっ、と」

掛け声と共に、両手を振り下ろした反動で上半身を起こす。

何故か妙に心が凪《な》いでいた。気持ちの切り替えにはもう少し時間がかかるかと思っていたが、不思議と落ち着いた気分になっている。

はてどうしたことかと首を傾《かし》げかけ、すぐに答えに行き着く。

「あぁ……」

やはり薄々と気付いていたのだ。この現実に。

丸一日かけてありえない出来事《げんじつ》を見続けた俺は、心のどこかでこのありえない世界《げんじつ》を受け入れる準備を整え始めていたのだろう。

あるいは自我を守るために、本能が気持ちを切り替えることを強要したのかもしれない。

生物の根幹部に備わる自己保存能力はかくも偉大だ。とりわけ、人間のソレは生物の中でもかなり優秀な部類に入るのだと大学の講義で習ったことがある。

専攻外だが何かの役に立つかと、単なる興味本位で臨床心理学を受講しておいたのだが……。

「まさか異世界でそれを思い出すことになるとは、な……」

皮肉げな苦笑を一つ浮かべて、ヘリアンは両手を眼前に翳《かざ》した。

そのまま両の掌を少しだけ顔から遠ざけ——思い切り頬に叩《たた》きつける。

バヂィッ!!　と、乾いた音が部屋に響いた。

……ちょっとばかし勢いが強すぎたかもしれない。

けれど、おかげで、目は覚めた。

「——なら、考えろ」

現実逃避は既に終えた。

ならばここからは現実と向き合うべき時間だ。

現実にはありえないはずのこの状況《げんじつ》を正しく認識すべき時だ。

顔を上げろ。前を向け。できることから手をつけて具体的な行動へ繋《つな》げろ。ここでウジウジと悩んでいたところで事態が解決するわけもないのだ。

「となれば、まず考えるべきは」

目的。

これから行動するにあたっての方針の決定だ。

「何故こうなったのかの原因追究……いや」

そうではない。

それはあくまで目的達成の過程であって、俺の目的自体は――。

「――現実世界への帰還」

そうだ。俺は帰りたい。現実に戻りたい。

確かに「タクティクス・クロニクル」には青春の殆どを捧《ささ》げた。どこぞの掲示板では廃人候補に挙がったこともある。各ワールドの覇者ともなれば大なり小なりはあれ皆《みな》同じようなものだろう。

けれど、少なくともヘリアン自身の自覚としては廃人ではない。仮想世界に人生そのものを捧げる覚悟などしていない。

あくまで娯楽として、ゲームとして、「タクティクス・クロニクル」という箱庭を愛したのだ。

だから俺は、現実世界に帰りたい。

なんとしてでも帰りたい。

そのためには――

「帰還方法を探す」

ではどうやって探すのか。調査のための手掛かりは今のところない。

そこで『何故転移したのか』という冒頭《ぼうとう》の疑問に立ち返ることになるが、仮説を立てようにもその根幹となる情報が少なすぎる。

現状で分かっていることといえば、深淵森《アビス》という物騒な森に囲まれているという事実と、ラテストウッドとノーブルウッドが種族間抗争の只中にあるということぐらいだ。

「しかも周辺の脅威《きょうい》すら図れてない。最低でも周辺国の軍事力ぐらいはある程度把握できなきゃ駄目だ。まずは自分の足場をしっかりさせないと方法を探すもクソもない」

せめて指針を決めるための判断材料が必要だ。

周囲に存在する勢力は判明済みの二国だけか。この世界に存在する各国のパワーバランスは。国力で相対比較した際のアルキマイラの立ち位置はどのあたりか。

何もかも分かっていない現状では、迂闊《うかつ》にアルキマイラを動かすことすらできない。

「国内問題も長期間放置するのは無理だ。一度反乱が起きた以上、国外調査と並行して国内問題の対策も進めないとやばい。もしまた反乱が発生したら、今度こそ――」

と。

そこまで口にするなり、身体がおこりにかかったように震え始めた。

「……ッ」

両腕で掻き抱くようにして勝手に震えだす身体を押さえ込む。

思い出すのは先ほど身を以って体感した『死』だ。

あれは怖かった。心の底から怖かった。怖くない者などいないだろう。復活こそしたものの、アレは紛れもない死の感覚だった。

言葉では表現しきれない。ご丁寧《ていねい》にもスローモーションで体験させられた『死』は人類の言語で表現可能な領域を超えていた。もうあんなのはご免だ。一瞬で死ねたからか痛みこそ感じなかったものの、二度と死にたくない。三崎司の精神《じぶん》が何度もアレに耐えられるとは到底思えなかった。

それに――

「復活回数は有限……。あと五回死ねば、そこで終わり……」

ゲーム「タクティクス・クロニクル」において、王《プレイヤー》の死＝即ゲームオーバーの図式は成立しない。デスペナルティがあるものの、王《プレイヤー》は復活することができる。

確かにそれはそうだ。

だがそのデスペナルティは相応に重く、王が死ねば軍に所属する魔物の全ステータスが二ランク減少《ダウン》する状態異常《バッドステータス》にかかる。これはほぼ戦力半減と同義であると言えた。また、減少したステータスが元に戻るまで死亡一回につき二十四時間という多大な時間を要する。

更に〝命の貯蔵《ライフストック》〟は最大六つまで。

先ほど死んだため、残りは五つだ。あと五回死ねば滅亡《ゲームオーバー》条件に該当する。

ゲームでは死亡後に課金することで『命の補充《コンティニュー》』ができたが、システムサイトに繋がらなくなった今ではそれも叶わない。

――そして「タクティクス・クロニクル」における滅亡《ゲームオーバー》とは即《すなわ》ち、キャラクターデータの削除を意味した。

そこに情け容赦《ようしゃ》などはない。データを復活させる課金アイテムなんてものもない。運営する会社はいくらクレームが来ようが『滅亡《ゲームオーバー》＝終わり』という信念に似た考えを頑《かたく》なに守り続けていた。

簡単に滅亡《ゲームオーバー》しないよう幾つかの救済措置があるものの、一度滅亡《ゲームオーバー》すれば取り返しはつかない。

泣こうが喚こうがゲームオーバーにより削除されたデータは復活しないのだ。

「じゃあ、この世界でゲームオーバーになったら。俺は、どうなる……？」

考えたくもないが。

そこに待っているものがヘリアンにとっての本当の『死』なのだろう。

ゲームオーバー条件は幾つかあるが、中でも一番やばいのが反逆者による【革命】だ。

一度国家が安定すれば他条件によるゲームオーバーはまずないが、どんなに栄華を誇ろうと反逆者に首都を制圧されてしまえば【革命】判定が成立し、一瞬で滅亡《ゲームオーバー》するのだ。

「オーガの一派はともかく……すぐ裏切られるようなことは、ないはずだ」

ヘリアンは多少効率が悪くなろうとも善政を布《し》くよう意識していた。

その甲斐あって国民の【忠誠心】と【幸福度】はかなり高いと言える。中でも軍団長らの【忠誠心】には人一倍気を使ってきた。更には城の防備も過剰なほどに固めており、並の魔物が反乱を起こしたところで首都が完全掌握《しょうあく》される事態にはそうそうならないだろう。

しかし一方で〝王ではないヘリアン〟などただの一般人でしかない。

王の仮面を剝《は》がされれば、そこには軍団長どころかゴブリンにすらあっさりと撲殺される最弱の男が残るだけである。

だからヘリアンは王でなくてはならない。名だたる魔物を前にして、王の仮面を被り続けなければならない。魔物の王を立派に勤め上げなければならない。

そうでなくては、この万魔の国の王に足る存在で在り続けなければ、自分はもう、安穏と生きていくことすら許されないのだ――。

「――――、」

――ダメだ。

今、これ以上この問題について考えるのはダメだ。

これを考え続ければ動けなくなる。恐怖で何もできなくなってしまう。軍団長や魔物たちと何も話せなくなってしまう。

それだけはまずい。だから建設的なことを考えろ。これからどうすべきかを己に問い、前に進んで歩いて行くための思考に己を費やせ。ここで心折れている余裕《ひま》などないのだ。

「……他に、考える、べき、こと」

別の何かを思考しなければならない。建設的で、かつ逃避ではない何か。

そう、たとえば。

この世界における【ヘリアン】の能力検証……だとか。

「……復活することは、できた。ゲームと同じように【ヘリアン】は蘇生した」

では。

他にゲーム中でできていた能力《こと》についてはどうだ？

「『タクティクス・クロニクル』と、この世界との違いは……？　ゲーム内で使えていた王《プレイヤー》の能力については、今でも全て使えるのか？」

まず、代表的な各種仮想窓《ウィンドウ》は一通り使えた。

戦闘支援や情報参照に使う〈戦術《タクティカル》〉。情報共有《データシェアリング》などの機能を使用する〈権能《ファンクション》〉。遠隔地でも意思疎通を可能とする〈通信《チャット》〉。ログ参照やカメラ等を使用する〈基本《ホーム》〉。

少なくともこれらは使用可能だ。

他人からは仮想窓《ウィンドウ》が見えない点も［タクティクス・クロニクル］と同様である。

他に使用頻度の高い仮想窓《ウィンドウ》としては、輝度調整や音声調整等の細かい設定を行ったり、離脱《ログアウト》や管理者呼出《ゲームマスターコール》を行うための〈設定仮想窓《システムウィンドウ》〉があるが……これについては今は殆ど意味がない。

「仮想窓《ウィンドウ》：開錠《オープン》」

発声操作で呼び出された仮想窓《ウィンドウ》が空中に投影される。半透明の画面《ディスプレイ》を指で操作《タップ》すると、拠点情報を呼び出すことができた。

直接操作、思考操作、発声操作。

仮想窓《ウィンドウ》の呼び出し操作に関してはこの三種に大別されるが、いずれもゲーム通り機能するらしい。

「なら、〈情報共有《データシェアリング》〉に関して」

これも問題なさそうだ。

近接範囲内にいる配下からは自動的に〈情報共有《データシェアリング》〉が実行され、その範囲外にいる配下でも一キロメートル範囲であれば、手動で情報を吸い上げることに成功している。

同時接続数や戦闘状態下限定の特殊接続やその有効範囲、拠点間での特殊な情報共有能力などについては別途検証する必要があるだろうが、今現在必要な機能については正常に働いていることが確認できているので後回しにして構わない。

「〈通信《チャット》〉や〈指示《オーダー》〉についても……一応は機能したな」

第二軍団長《バラン》とはテキストチャットを使用した通信ができた。各配下への〈指示《オーダー》〉も転移直後に行った際にはきちんと機能した。これらも問題ない。

ただし［タクティクス・クロニクル］では配下に指示を出したからといって、必ずしも王《プレイヤー》が望んでいる結果が得られるとは限らない。ＮＰＣ《ノンプレイヤーキャラクター》の性能や性格、その場の状況等により、ＮＰＣがどのような形で指示を実行し、どのような結果が得られるのかが変わるからだ。

以前【人物特徴】の構成が色々と残念な配下に対し、物は試しと敵拠点の偵察任務を命じたことがあるのだが、結果として大惨事になった。

この世界で同じ過ちを犯せば洒落《しゃれ》にならない。

「〈配下蘇生《フレンドリーリバイヴ》〉についてはどうだ？」

［タクティクス・クロニクル］では、プレイヤーだけでなく魔物も蘇生可能だ。ただし王《プレイヤー》のそれとは性質が異なり、また制約もかなり多い。

まず、蘇生可能な対象は自国か属国の国民のみに限られる。

たとえば野良《のら》でレアな魔物を発見した際、捕獲に失敗し勢い余って殺してしまったからといって、それを蘇生することはできない。国民ではないからだ。

また蘇生可能なのはプレイヤーがフルネームを知っている魔物のみだ。というのも、蘇生対象の指定については候補《リスト》からの選択式指定ではなく、名前を打ち込む入力式指定を採用しているためである。一文字でも間違えると蘇生はできない。数万以上の全配下のフルネームを覚えるなど人間業《にんげんわざ》ではできないので、自然、主要な配下しか蘇生できないことになる。

更に、死亡してから二十四時間以上経過した魔物も蘇生対象外になる。

仮に百万体の配下のフルネームを覚えていたとしても、その名前を入力しているだけで二十四時間など簡単にすぎてしまう。

そして最後の制約として蘇生可能回数には上限が設けられている。一体の配下につき蘇生回数は二回までだ。アイテムや装備等で蘇生上限回数を増やすこともできず、三回目の死亡はその魔物のキャラクターデータ消失という無慈悲な死が与えられることになる。

ただし転生すればカウントされていた死亡回数は零《ぜろ》に戻るので、二回死亡した後に転生させれば再び二回蘇生できる余地が生まれる。しかし転生によりLV《レベル》が一に戻るというデメリットがあるので、やたらと乱用することはできない手段だ。また転生の儀式は永世中立国にある専用の施設でしか行えなかったことから、恐らくこの世界では不可能なものと思われる。

「使えるか検証……するわけにもいかないな。試しに死ねとかどんな外道だ。これも保留。他には」

――ぐう。

と、腹が鳴った。

「…………………………あぁ」

そういえば。転移してからこのかた、食事をした覚えがない。

「こんな状況でも腹は減るんだな……」

当たり前すぎる自然の摂理だった。

まずは自分の体調管理をしっかりするべき、ということらしい。

一つ苦笑を零して、唯一部屋の外に音を伝えることのできる呼鈴《マジックアイテム》を鳴らす。

三秒と経たずに静々とノックが鳴らされ、リーヴェが入ってきた。

3.

――時は少し遡《さかのぼ》る。

リーヴェは王の寝室を後にして音もなく扉を閉めた。

できれば傍に侍って守護の任につきたかったが他ならぬ王の命令だ。仕方がない。

しかしながら悔しさと得体《えたい》の知れない感情が入り混じり、退出時には良からぬ感情を顔に浮かべてしまっていた気がする。

それは国王側近として相応《ふさわ》しくない振る舞いだ。王を直接補佐する栄誉ある立場に任命された自分は常に冷静沈着であることが求められる。

ましてや王の目の前で感情を表に出すなどもっての外だと深く自省し、リーヴェは溜息《ためいき》を零す。

「第一軍団長。我らが王のご様子は……」

「お目覚めになられた。用向きがあれば呼ぶとのことだ。王命が別途下されているので、各軍団長に伝令を出せ」

扉前で待機していたリビングアーマー――中でも真銀の鎧人《ミスリルリビングアーマー》と呼ばれる上位種族の一つ――のうちの一体に、王の指示を伝え伝令を任せる。リーヴェ自身は守護兵のリビングアーマーたちと同様に廊下の壁際に並んで立ち、待機の態勢に入った。

しかし、とリーヴェは不安を覚える。用があれば呼ぶとは言われたが、果たして王は本当に呼んでくれるだろうか。なにせ王を死なせるという最低最悪の大失態を犯したばかりの身だ。信用して呼んでもらえるかは分からなかった。

「……そういえば」

失態に対する罰が下されていない。

沙汰は後で下すとのことだったが……と、つい先ほどの出来事《できごと》をリーヴェは思い出し、赤面する。

最初は叱責《しっせき》かと思った。

しかし頭に乗せられた掌に殴打の勢いはなく、むしろその掌の動きからは優しさすら見いだせた。

頭を撫でられている、と自覚するまで数秒を要した。

それほどに望外の出来事だった。

しかしあんなご褒美《ほうび》を貰える出来事があっただろうかいやないとリーヴェは刹那《せつな》の思考すら必要とせず否定する。

それどころか致命的とも言える失態を犯したばかりの身だ。

では何故自分はあんなにも美味《おい》しい展開に恵まれたのかと首を傾げて考えるが、やはり思い当たる節はない。

「むぅ……」

それにしても王の手つきは実に気持ちが良かった。

けれどその感触に酔うばかりに、こともあろうに慌てふためく無様な姿を王に晒してしまったのだった。

思い出すだけで頬が熱くなる。二度と醜態《しゅうたい》を晒さぬように猛省せねばなるまい。

……だがそれはそれとして、アレは実に良いものだった。

「…………あの、第一軍団長」

「む？　なんだ？」

「何か良いことでもおありだったのでしょうか？　随分《ずいぶん》とご機嫌《きげん》が良さそうに見受けられますが」

居並ぶリビングアーマーのうちの一体が、脈絡もなくそんな言葉を口にした。

何故かその視線はリーヴェの腰の辺りを向いている。

「……貴様、寝ぼけているのか。国が未曾有《みぞう》の事態の只中にあるというのに、よりにもよって機嫌が良さそうだと？」

「あ、いえ、も、申し訳ありません！　小官の気のせいだったようです！　たった今動きも止まりましたので、はい！」

「動き？　貴様は何を言っている。意味が分からん」

ジロリと睨みつける。

わけの分からないことをほざく木偶《でく》の坊《ぼう》に、栄誉ある王の寝室の守護業務が務まるのだろうか。

この個体は第二軍団長《バラン》の手勢故にリーヴェに解任権はないが、自分の配下であるならば即刻解任して蹴《け》り飛ばしているところだと苛立《いらだ》ちを覚える。

「……それにしても、今回は長かったな」

考えるのは復活した王のことだ。不遜《ふそん》かもしれないが心配でならない。なにせ半日以上も眠り込んでおられたのだ。玉座で復活した場合、意識を覚ますまでに多少の時間を要すると経験則で知ってはいたが、今回は殊更《ことさら》それが顕著だった。

ただでさえ王は自身の身をまるで消耗品か何かのように扱う。そして重要な局面においては、どれほど危険な戦場だろうと最前線で指揮を執るのだ。今回の国外調査の件もその一例でしかない。

もう少しご自愛いただければと歯噛《はが》みしたことは一度や二度では済まなかった。

確かに誇らしい背中だ。この方が王でよかったと心から思える雄姿であることに疑いの余地はない。

けれどそれでも、もう少しだけ自分を大切にしてほしかった。

そして先の一件。勇敢なる王は愚かな反逆者によって弑逆《しいぎゃく》された。なにもかも全て自分たちの力が足りていないためだ。精進しなければいけない。リーヴェは心の底からそう思う。


「────」


しかし。

たとえば、仮の話として。

そう。これはあくまでたとえ話としてなのだが。

精進に精進を重ね、王の役に立ち、華々しい活躍を果たして褒賞を賜《たま》う機会に恵まれたとしたならば。

また先ほどのように頭を撫でてくれるだろうか……？


「…………第一軍団長？」


装備は既に最高峰のものを下賜《かし》されている。最近の褒賞といえば金銭ばかりだったが大した使い道もなく貯まる一方だ。

つと考えてみる。金銭の代わりに頭を撫でてもらうことは可能だろうかと。

いや、これは決して己の欲望のために言っているのではない。

国がこのような未曾有の事態に遭い、経済が大打撃を受けている状況下ではこれまでのように大量の金銭を国庫から放出するわけにもいかないだろう。

だからこの提案は、国の経済にダメージを与えない形での褒賞を頂ければ、という国を想《おも》ってのことなのである。

「………あのー、第一軍団長？」

自分は確かに失態を犯した。

王を死なせるという大失態から挽回《ばんかい》するには並大抵の成果では足りない。

下手《へた》すれば何十年とかかるだろうが、しかしその何十年か後に、王に要求した時のことを考えてみる。

王は困惑されるだろう。幼かった頃はまだしも既に立派な大人となった自分だ。それが頭を撫でて欲しいなどと戯言《ざれごと》を口にするのだから不審がられるのは当然のことだとは思う。

けれどその願いがもし叶えられたとしたらどうだろう。

場所は謁見の間になるだろうか。

できれば誰の邪魔も入らない私室か執務室あたりがよいのだがいかがなものか。

王の寝室でなどと高望みはしない。先ほどのはあくまで例外中の例外である。けれど気持ちよかった。わしゃわしゃと髪をかき混ぜられる感覚は何十年経とうとも忘れることはない。

「………第一軍団長、先ほどから貴女様の尻尾が小官の足に……その、バシバシとですね」

耳を触られたのも久しぶりだった。

右耳しか触ってくれなかったためにバランスが悪い。

次は左耳から撫でてはくれないだろうか。できれば摘んでくれると嬉《うれ》しい。人差し指と中指の間に挟み込むようにして擦ってくれたならもう最高だ。

それに首元に手が降りてきたのは新鮮だった。人間である王は獣人種に比べて体温が低く、触れた瞬間はそのヒンヤリとした感覚に身体を震わせてしまった。

国の紋章を刻んでいる首輪《チョーカー》を伝って首筋に触れた指先は、しかし落ち着いて感じ取ってみればしっとりと冷たくて気持ち良かった。

「……第一軍団長？　聞こえておられますか？」

しかしその後が問題だった。

なんと王は私の首筋に顔を埋められたのだ。

ずっと王の警護をしていた私は丸一日湯浴《ゆあ》みをしていなかった。

今更のように気になる。

僅かに汗をかいていたが臭くはなかっただろうか。

あんなことになるのならエルティナに洗浄の魔術をかけてもらうのだった。

次もし機会があるならば念入りに身体を洗っておかねば。

香り付けについてはカミーラに相談すべきだろう。

彼女はある意味その手の専門家だ。

個人的には相性《あいしょう》の悪い人物だが背に腹は替えられない。

正直言うと鼻の良い自分は香水が苦手だが耐えてみせる。

いざとなれば完全人化形態になれば鼻の良さは誤魔化《ごまか》せるだろう。

なのでもう一度してほしい。

だがしかし待て。

してもらうのもいいが逆に自分がするというのはどうか。

王の匂《にお》いは常日頃《ひごろ》から嗅《か》いでいるが首元に顔を埋めたことはない。

鼻先を王の首に触れさせたら私はどんな感覚を覚えるだろうか。

あまつさえ舐めることを許されたならどうだろう。

想像すると甘美な味がした。

嗚呼《ああ》どうしよう。

頭が痺《しび》れそうだ。

国陥《お》とし級の戦果をあげればねだっても許されるだろうか。

手頃《てごろ》な敵国があれば是非とも一番槍《いちばんやり》を頂きたい。

「第一軍団長。極《きわ》めてご機嫌が良さそうなところ誠に申し訳ありませんが、そろそろ尻尾で小官の足を叩くのをやめていただけると大変ありがたく――」

――チリン。

透明な鈴の音が頭頂部の耳に届いた。

刹那で壁際から扉の真正面へと移動する。同時に魔法の小袋《マジックポーチ》から手鏡を取り出して身嗜《みだしな》みをチェック。今しがたの高速移動で髪型が少し乱れてしまったので手櫛《てぐし》で整えた。体臭については不明だが今更だと割り切る。しかしそれ以外については問題ない。

都合一コンマ二秒で己の完璧《かんぺき》さを確認したリーヴェは、寝室の扉を静々とノックした。

何故かリビングアーマーのうちの一体が呆気《あっけ》に取られたかのようにヘルムの眼光を明滅させていたが、彼女がそれを気に留めることはなかった。

4.

『ロールプレイ』という言葉がある。自分で作った設定を演じるというものだ。

このゲームのプレイヤーというのは文字通り一国一城の主であるわけで、それが軽い口調でチャラチャラ話しているようだと世界観的によろしくないだろう。

別にそんなことは気にしないというプレイヤーも多かったが、各ワールドの覇者となるような上位層にはこだわり派が多く、程度の大小はあれどキャラにあった話し方や素振《そぶ》りをするよう心掛けている者が少なからずいた。

そして［ワールド№Ⅲ］の覇者であるヘリアンもまたその例に漏れず、王様らしい振る舞いを意識してプレイするようにしていたのだった。

ガチのロールプレイではないものの、たとえるならば『メイド喫茶店員《きっさ》のメイドっぽさ』と同程度以上には王様らしくしてきたと言えよう。そんなわけでネットで調べれば分かるような浅い知識ではあるが、それらしい振る舞いというものは身に付けているのである。

……なにが言いたいのかというと、食事作法《テーブルマナー》を勉強しておいて正解だったということだ。

「前菜、イクシオサーモンのカルパッチョでございます」

「……うむ」

粛々《しゅくしゅく》と気品のある仕草で白磁の皿が差し出される。

皿を置く音どころか微かな歩行音すら聞こえなかったのはプロの成せる技だろうか。

これで給仕《ヘリアン》される側がカトラリーの扱い方すら知らないようであれば、傍に控えている給仕人から侮蔑《ぶべつ》の視線を頂戴《ちょうだい》していたであろうことは想像に難くない。

味を感じる余裕もなかったが、どうにか食事自体はミスなく済ませることができた。

リーヴェがやたらと世話を焼こうとしてくるのには少々困惑したが、とりあえず腹は膨れたので良しとする。

そして食後の紅茶が運び込まれた際に『後はリーヴェだけで十分だ』と告げて給仕人を退出させた。

せめて紅茶ぐらいは、人目を気にせずゆっくり味わいたい。

「旨いな……」

紅茶を口にして思わず呟《つぶや》いた。

まず感じたのは仄かな香り。口に含めば深い味わいが舌を柔らかく包む。そのまま喉《のど》に迎え入れれば心地よい熱が胸へと流れ落ちた。

ゲーム［タクティクス・クロニクル］で飲んだ際にはここまでの味覚表現はなかった。

仮想現実で本物同然の食事を摂ることで脳が『食事済みだ』と誤認し、現実世界での食事摂取量が激減するという問題を受けて厳しく制限されていたからだが、たとえ一切の規制がなかったとしてもこれほどの味わいを表現することは不可能だっただろう。

さすがは王室御用達《ごようたし》の紅茶だな、と寂《さび》しく微笑《ほほえ》む。

そうして一通り紅茶を楽しむと、少しホッとした気分になる。思えば転移してからずっと神経を張り詰めっぱなしだった。先ほどの食事中もまるで気が抜けなかったので、随分と久しぶりに気を緩《ゆる》められた気がした。

ふと、傍らに立つリーヴェを見る。

そういえば彼女は部屋にいたままだったが、ヘリアンは自然体で紅茶を楽しむことができた。

「……？」

視線を向けられたリーヴェは意図を窺《うかが》うかのように瞳を瞬かせた。

そんなリーヴェを見て、ヘリアンはカップを受皿《ソーサー》に戻し、柔らかな椅子の背に体重を預ける。

……思えば、リーヴェは転移後も常に傍にいてくれた。

国王側近なので当然だと言われてしまえばそれまでだが、それでも彼女はヘリアンと行動を共にし、力を貸し続けてくれていた。転移後の混乱の中で自軍団を取り纏《まと》め、王と各軍団長の間を取り持ち、護衛に看護に給仕にと縦横無尽《じゅうおうむじん》に働いてくれている。

ヘリアンがそう望んだから、彼女はそうしてくれたのだ。

「――――リーヴェ」

「ハッ」

「これから私はお前に対して一つの質問をする。意図が分からないかもしれないが……思うがままに答えてくれ」

「承知しました」

一つ、確かめるべきことがある。

「お前は……弱者をどう思う？」

問われたリーヴェは若干戸惑ったように瞳を揺らした。

「弱者、ですか」

「そうだ。自分より力の弱い者……そうだな、たとえば昨日助けたレイファについてだ。彼女のことをどう感じた？」

「レイファ＝リム＝ラテストウッドについて……ですか」

リーヴェは視線を下に向けてしばし思考した。

ややあってから考えが纏まったのか、顔を上げ、真っすぐな瞳をして彼女は口を開く。

「強者だと感じました」

しかし、それはヘリアンにとって想定外の答えだった。

弱者として例を挙げたというのに、返ってきたのは真逆の言葉だ。

「……強者？　私の見立てでは、彼女の戦闘能力はお前よりも随分と劣っているように感じたが」

「はい。仰《おっしゃ》る通り戦えば私が勝ちます。千度戦えば千度私が勝つでしょう。それはレイファ＝リム＝ラテストウッドも理解していました。しかしながらそれでも彼女は卑屈に振る舞うことなく、対等に我らと向かい合っておりました」

森で魔獣からレイファを助けた時のことだ。

あの時、レイファは自分より圧倒的に強い力を持つリーヴェとエルティナを前にして僅かたりとも目を逸らさなかった。

戦闘能力の観点では圧倒的に弱者でありながら、強者である旅人一行と対等に向き合っていたのだ。

「また集落に到着後、レイファ＝リム＝ラテストウッドは相当な疲労を抱えている様子でしたが、それでも休むことなく集落の人々を纏め上げておりました。望まぬ戦争を強いられ、圧倒的劣勢の只中にあってもなお、あの集落の者たちが絶望に至っていないのは、偏《ひとえ》に彼女の振る舞いによる比重が大きいでしょう。弱き身でありながら真っすぐに立ち続けるその様を見て、私は彼女を強き者であると感じ取りました」

「……在り方自体が強い、ということか」

「はい」

少なくとも、リーヴェは戦闘能力のみでその人物の価値を判断するわけではないらしい。

だが『弱者』そのものについてどう思っているのか、どのような価値観を抱いているか不明なままだ。

更に踏み込んで問う。

「だが戦闘能力の観点で言えば彼女はお前にとっての弱者だぞ。弱肉強食の理《ことわり》で考えたりはしないか？　いかに心が強くとも力を持たない弱者ならば、自分より劣った存在だとは思わないか？」

少なくとも、「タクティクス・クロニクル」における野良魔物の設定としてはそうなっていた。

魔物の世界とは弱肉強食の世界だ。強ければ生き、弱ければ死ぬ。

それが摂理であり〝弱い方が悪い〟が魔物たちの常識であったはずだ。

ならば手塩にかけて育ててきたとはいえ、魔物であることに変わりのないリーヴェの常識もそうではないかという疑念をヘリアンは抱いていた。

しかし、

「いいえ。特には」

と、リーヴェはあっさりとした口調で首を横に振った。

「確かに魔物の一般的な考えとしては『強さは尊く弱さは悪』となるのでしょうが、私自身はそのようには思いません」

「何故だ？」

「私がアルキマイラの国民だからです」

さも当然のように即答された言葉に、ヘリアンは思わず息を呑《の》んだ。

「黎明期の頃の私はか弱い魔物でした。弱肉強食の理において、私はさほどの価値もなかったでしょう。しかしヘリアン様は私を見捨てることなくここまで育て上げてくださいました。そんな私が弱者を喰《く》い物にしようなどと宣《のたま》うのは、ヘリアン様に対する冒瀆《ぼうとく》でしかないでしょう。故に私が従うべきは弱肉強食の理にあらず、ヘリアン様が布かれたアルキマイラの理であると確信いたします」

答えるその声に嘘《うそ》偽りの響きはない。少なくともヘリアンにはそう感じられた。その琥珀色の瞳は、今も真っすぐにヘリアンの姿を映している。

ヘリアンはしばしリーヴェの瞳を見続けた後、徐《おもむろ》に腕を組んで目を閉じた。

「――そう、か」

吐息と共に言葉を零す。

確かめるべきことを確かめられた。ヘリアンと共に同じ時間を刻み続けてきた第一の配下《リーヴェ》は、ヘリアンが欲しかった答えを返してくれた。

「そうなのか」

なら決めた。もう、決めた。

――今後、リーヴェだけは疑うまい。

ゲームでは【反乱】という仕組みがシステムとして存在した。

そしてそれは実際に一度発生し、オーガ一派は魔物の常識に従って弱き王を弑そうとした。

今回の反乱はあっさりと鎮圧されたものの、ヘリアンが王足り得ないと判断されれば再び反乱が起きるだろう。

軍団長が反乱しないとも限らない。そうなれば軍団長が指揮する各軍団も合わせて蜂起《ほうき》することだって考えられる。それがなくとも〝戦いは数〟と〝一騎当千〟が両立する「タクティクス・クロニクル」では、数人の軍団長に裏切られただけで一気に国家存亡の危機に陥りかねない。

だが、一方で全てを疑って行動するのも正しい方針ではない。全ての軍団長を疑ってかかってはまともな軍の運用など不可能だからだ。裏切られるかもしれないと怯《おび》え、配下の顔を窺いながら国を運営したところでいつか必ず破綻する。それは緩やかな自殺でしかないだろう。

だからヘリアンは決めた。

全配下の中で唯一、リーヴェに対しては〝裏切るのではないか〟という疑いを抱かないと決めた。

ヘリアンの目からはリーヴェは忠臣に見える。ヘリアンが全配下の中で最も信頼しているのは彼女だ。彼女は「タクティクス・クロニクル」を始めてから、ずっと付いて来てくれている最古参の一人であり、今この時に至るまで忠義を尽くしてくれている。

だから信じる。リーヴェだけは何があろうと信じる。

それにどの道、この忠臣《リーヴェ》にすら見限られるようであれば、この先自分が魔物たちの王として君臨し続けることなど到底不可能だろう。

「よく分かった。下らんことを訊いたな。許せ」

「い、いえ。下らないことなどとは……」

「そういうのはいい。今ここには、私とお前しかいないのだから」

告げると、リーヴェの背後で白いものがバッサバッサと動き始めた。

言うまでもなく彼女の尻尾だ。フサフサのそれが左右に勢いよく振られている。

一方で表情はといえば、無表情に近い澄まし顔をしていた。

（……多分、自分では冷静沈着のつもりなんだろうな）

どこか微笑ましさのようなものを覚えて、少し笑えた。

尻尾を振り始めた理由はいまいち分からないが、彼女の機嫌が良いに越したことはない。

「そういえば……身体の調子はどうだ？　私が死亡したことによる影響が出ているだろう」

まだヘリアンが死亡してから二十四時間が経過していない。

あと数時間の間は、全ステータスが二ランク減少《ダウン》したままのはずだ。

「体調はさほど問題ありません。確かに一度お亡くなりになったことによる能力減少は感じておりますが、私はヘリアン様の傍にいてお力をいただいておりますので」

「……ああ。なるほどな」

王《プレイヤー》自身には何の戦闘能力もないが、配下を強化する方法はある。

リーヴェが言っているのは〈王軍〉と呼ばれる、王《プレイヤー》から約五〇メートルの近接範囲内に存在する配下の全ステータスを一段階向上させる能力のことだ。また約一キロメートル範囲内に存在する配下の最も高いステータスを一段階向上させることが可能だが、効果の重複はしない。

この能力によりデスペナルティが幾分かが相殺され、他の魔物と比べてまだマシな低下率に収まっているということなのだろう。正直焼け石に水だと思うのだが、ステータス低下が体調不良に直結するというわけでもないようだ。

また、戦闘関連では〈王軍〉とは別にもう一つだけ、配下の力を引き出す能力がある。

「リーヴェ。ここでも〝紅月ノ加護《クリムゾンムーン》〟は使えるのか？」

「それは……はい、使えますが」

「そうか。なら試したいことがある。今ここで使って見せてくれ」

「承知いたしました」

配下の力を引き出す王《プレイヤー》専用能力。

それは王の半径五十メートル以内にいる配下のみ〈秘奥〉を使用できる、というものである。

ここで言う〈秘奥〉とは、いわゆる必殺技だとか切り札だとか極大魔法などと呼ばれるものの総称だ。高威力の攻撃を行ったり特別な効果を発揮する能力を使用できる。

ただし王《プレイヤー》の許可がなければ使用することはできず、また使用時には王の【生命力】が一定量削られるという代償がある。

中には圧倒的不利な戦況をひっくり返すことのできる〈秘奥〉もあるが、そういった類《たぐい》のものは大抵一発で【生命力】を全損したりするので乱用はできない。

また王の【生命力】はゲーム初期から一律だ。

最大値を増やすことができない以上、王《プレイヤー》にはここぞという使い所を見極《みきわ》める技術が求められる。

いわゆるプレイヤースキルというやつだ。

ちなみに〝紅月ノ加護《クリムゾンムーン》〟は〈秘奥〉の中でも使い勝手がよい。

自分自身《リーヴェ》の全ステータスを強化するという単純な効果で、王の【生命力】消費量も一割以下と低コストだ。検証にはちょうどいいだろう。

「では、使用します――〝紅月ノ加護《クリムゾンムーン》〟」

リーヴェの全身から赤い燐光《りんこう》が立ち昇る。〝紅月ノ加護《クリムゾンムーン》〟が発動した証《あかし》だ。リーヴェの身体に力が漲《みなぎ》り、一時的な高揚感と万能感が彼女の身を満たす。

――同時に、ヘリアンの身にも異変が現れた。

「……ッ、カ、ハ」

身体から大切な何かが引き抜かれていく。

咄嗟に胸を押さえ付けた。

そうでもしなければ際限なく奪い尽くされるのではないかとの恐怖心に駆られたのだ。

まるで内臓を素手で弄くられたかのような悍《おぞ》ましい感覚。

熱中症にかかったかのように目が眩《くら》み、視界が歪《ゆが》む。

「――ッ、ヘリアン様⁉」

「だ、大丈夫だ……」

悍ましい感覚は一瞬で通り過ぎていったが、目眩《めまい》と倦怠感《けんたいかん》だけは今も残り続けている。

考えてみれば文字通り〝命〟が一割近く奪われた状態なので体調不良なのはある種当然なのかもしれない。

しかし一割でこれなら、九割消費の〈秘奥〉を使おうものならどうなってしまうのか。ましてやそれが戦争中ならば、と想像して血の気が引いた。

……事前に検証しておいて正解だった。

「それよりも効果はどうだ。正常に発動しているのか？」

「……はい、問題なく発動しています。今の状態ならば、巨人状態の第五軍団長《ガルディ》と殴り合っても勝ってみせます」

「そんな日が来ないことを祈ろう。軽く想像するだけでも周囲の被害が甚大《じんだい》すぎる。……とにかく、確かめたかった結果は得られた。もう解除していい」

〈秘奥〉は乱用できない。それが身に沁《し》みてよく分かった。使い所を間違えれば自滅しかねない。まだまだ調べたいことはあるが、死亡したせいで既に丸一日近くを無駄に消費している。悠長に検証をし続けられるような余裕はなかった。

ハーフエルフの国、ラテストウッドの集落のこともある。急に集落を飛び出してしまったので何らかのフォローをする必要があるだろう。下手に日にちを開ければ要らぬ疑惑を与えかねない。二度と関《かか》わらなければそのような心配は不要だが、未だこの世界について無知なアルキマイラにとって彼等は重要な情報源だ。友好関係を保つ必要がある。

しかしながら不測の事態を考慮すると、行動を起こすのはデスペナルティが明ける五時間後以降にすべきだろう。

と、くれば――。

「リーヴェ。これから五時間後に各軍団長との謁見を執り行う。現場の手が離せない軍団長を除き、全軍団長に集まるよう伝達せよ。その後、お前は休息を取れ」

「ハッ、伝達について承知いたしました。しかし私の体調は特に問題ありませんので休息は不要です。このまま御身の守護に就かせていただきます」

「駄目だ。お前は昨日から働き通しだろう。何かと便利に使っている私が言うのもなんだが、少し休め。その間の護衛は近衛兵のみで構わん」

「しかし……」

「命令だ。五時間後のお前に万全の体調でいてもらわなければ私が困る」

少し卑怯《ひきょう》な言い方だとは思ったが、働かせっぱなしなのは事実だ。この後も命を預けることになるのだから、彼女には休息を取ってもらわないとヘリアンとしても困る。

ややあってから折れてくれたのか、リーヴェは「承知いたしました」と粛々と頭を下げた。

最後に紅茶を入れ直した後、扉前で一礼をして退出していく。

「さて……」

残り五時間。それなりに睡眠欲はあったが、未だ国が落ち着いていない状況にあっては悠長に寝ている暇などない。

紅茶をサッと飲み干して、早速国内状況の確認作業を始める。

「戦術仮想窓《タクティカルウィンドウ》：開錠《オープン》。選択《セレクト》：拠点情報《ベースステータス》：対象入力《ターゲットインプット》：直接選択《ダイレクトセレクト》」

〈拠点情報《ベースステータス》〉で首都の状況を閲覧《えつらん》すると、以前確認したときよりも国民の【幸福度】が低下していた。

転移現象により国民がストレスを感じている状態が続いているためだろう。低下率は誤差のようなレベルではあるものの、

「このまま放置するわけにはいかないな……」

何か手を打たなければ緩々と【幸福度】は下がり続けるだろう。

そして【幸福度】減少が最終的に行き着く先は反乱だ。まだまだ安全圏でかなりの猶予《ゆうよ》があるものの、傷口が広がる前に対策を講じなければならない。

ベストな対策としてはストレスを感じる原因そのものの排除だが、今すぐ元の世界に帰れるわけでもなし、失った領土が今すぐ取り返せるわけでもない。むしろ元の場所に帰れるならヘリアンは即座にそうしている。

しかしそれが叶わない以上は次善の策を取るしかない。

こういう場合は演説イベントを行い、国民の不安を払拭《ふっしょく》するのがベターな手段である。

「……うん？　演説？」

ふと思う。

「タクティクス・クロニクル」での演説イベントでは、ある程度の〈鍵言語《キーワード》〉を口にして、後はそれなりな言葉を喋っていれば演説成功と判定されてイベント効果を得られた。

そしてゲームとは大抵攻略方やテンプレがあるもので、使うべき〈鍵言語《キーワード》〉もある程度決まってくる。従って演説イベントでは毎回似たような〈鍵言語《キーワード》〉の組み合わせを使用して、後はヘリアンがその場のノリで適当な言葉をくっつけて喋っていただけだった。

しかし、この世界での演説ではそうもいかない。

〈鍵言語《キーワード》〉が意味をなさなかったことは、執務室でのリーヴェとの会話などで既に確認済みだ。故に演説をするならば〈鍵言語《キーワード》〉を当てにせず、その全てを自身の力で遂行しなければならない。

ヘリアン自身の言葉で、国民の感情を揺り動かすに足る演説を行わなければいけないということになる。

「いや、無理だろ……」

できる気がしない。だが今後、演説の機会が多かれ少なかれ巡ってくることは確実だ。

たとえば――考えたくもないが――戦争が行われる際には戦意高揚のための演説をしなければいけない。今この難題から目を背《そむ》けたところで、問題の先送りにしかならないだろう。

「……けど、演説っていってもどうすりゃいいんだよ……」

最低でも国民の感情に訴えかけ、賛意を得る必要がある。

それでいて魔物の王としての威厳を保たなければいけない。

叶うなら『この王にこそ付いていきたい』と国民に思わせられればベストだ。

言うまでもなくその難易度は極めて高い。だが、やらなければならない。そんな名演説の台本が自分の頭ですぐに浮かぶとは思えないが……。

「待てよ？　なにも自分で一から考える必要はないのか？」

既存の名演説ならば幾つか知っている。

漫画やアニメ由来の知識が殆どだが、それでも心動かされた演説というものはあった。そして史実であろうが創作物であろうが、良いものは良いのだ。

少なくとも三崎司《ヘリアン》が幾つかの演説シーンを見たときには心痺れるものがあったのは確かである。

ならば、それを参考にするというのはそう悪くない手に思えた。

記憶を掘り返す。

聞く者の感情に訴えかけ。指導者としての威厳を示し。

それでいて『この人にこそ付いていきたい』と思わせられる名演説の数々を。

……。

…………。

…………。

…………………ふむ。


「――国民《たみ》よ、私は戦争が好きだ」


馬鹿かな？

馬鹿なのかな俺は？

どうしてよりにもよってこれを選んだ。

名言であることは欠片《かけら》も否定しないが戦争煽《あお》ってどうする。

「と言うか真っ先にコレを思い浮かべるとか……本気で頭大丈夫か、俺」

このゲームのプレイヤーである以上、大なり小なり戦争好きが殆どだ。それは否定しない。

しかしヘリアンのプレイスタイルとして。己の持てる力をぶつけ合い確かめ合うような戦争は大好物だが、弱国を一方的に殲滅したり他国を無差別に巻き込むような戦争はむしろ嫌いだった。

戦争にもルールはある、がヘリアンの信条なのである。

従って覇王になるつもりなどないヘリアンの方針としては、いかに名演説とはいえアレすぎる少佐殿の名言など間違っても使えない。

確かに心が躍る素晴らしい演説ではあるのだが、国家滅亡待ったなしだ。

「他には……公国の総帥《そうすい》とか？」

あえて言おう。ザコであると。

……戦争を煽るという意味では少佐と一緒だ。

「総帥その二」

諸君らが愛してくれた王は死んだ。何故だ。

……俺が間抜けだったからとしか言いようがない。あるいは事故。

「赤くて三倍早い人」

私はこの場を借りてアルキマイラの遺志を継ぐ者として語りたい。

……既に国が滅んじゃってるじゃないか。

「…………疲れてるのかな、俺」

あまりにチョイスが酷すぎる。自分の馬鹿さ加減に頭を抱えた。これならばいつもやっていたような、その場のノリで作った即興演説のほうがまだマシな気がする。

「本気でそっちを検討《けんとう》すべきか……」

少し考え方を変えてみよう。

〈鍵言語《キーワード》〉を使っても意味がないと思うのではなく、〈鍵言語《キーワード》〉に縛られる必要がないと考えればいいのだ。

そう考えればかなり自由度は増す。

ゲーム時代は〈鍵言語《キーワード》〉以外の演説部分は大して意味がなかったが、ロールプレイをしている以上はそれなりに聞ける文面を考えて演説していた。しかし幾つかの〈鍵言語《キーワード》〉を入れて、なおかつ自然な文章にしようと思えば、自由度はその分狭《せば》まる。そこにヤキモキしたこともあるぐらいだ。

だが今は何の縛りもない。あくまで各々《おのおの》の名演説は参考程度に留め、そこから自分の言葉で文面を構成していけばいいだろう。それこそ民衆を前にした演説キャラになりきった気分で文章を考え抜けばそれなりの台本は作れるはずだ。

空想ならばお前の得意分野だろう、と自分に言い聞かせる。いつものロールプレイの延長線上だと考えてみれば、ほんの少しだけ気が楽になった。

体調は万全とは言い難い。

精神状態もあまり優れない。

けれど頑張って考えてみよう。

それが、アルキマイラの国王であるヘリアンに課せられた仕事なのだから。

5.

それから五時間。

演説を考えるヘリアンは、ああでもない、こうでもない、と頭を捻《ひね》っていた。

はっきり言って難しいなどというものではない。ただ演説をするのでさえ一介の学生でしかないヘリアンには荷が重いというのに、聴衆は人間ではなく魔物だ。

日和見《ひよりみ》な演説で心動かすことができるとは思えず、かといって戦争を煽るような真似はヘリアンの望みではない。

どうにか演説文の原案ぐらいは形になったが『それで望み通りの反応を得られるのか』『アルキマイラの国民を纏め上げられるのか』と問われれば自信がない。更に改良が必要だろう。

そうこうしている間に予定していた五時間が経ちタイムアップとなった。

一旦《いったん》演説の文面を考えるのを中断し、気持ちを謁見の方に切り替える。

なにせこれから自分は名だたる軍団長らに国の方針を伝えなければいけないのだ。到底他のことを考えながらこなせる作業ではない。


「――八大軍団長、揃《そろ》いましてございます」


謁見の間。

豪奢《ごうしゃ》な椅子に腰掛けているヘリアンに対し、八体の魔物が頭を垂れる。


――第一軍団長。

各方面における国王補佐が主任務の少数精鋭部隊、別名［親衛軍］の長。

国王側近、並びに総括軍団長の任に就く【月狼《マナガルム》】のリーヴェ。

――第二軍団長。

獣人族や騎士職を中心とした陸戦戦力を保有する、別名［獣騎士団］の長。

純白の全身鎧《フルプレートアーマー》で身を固めた獅子頭《ライオンヘッド》の騎士である【剣獅子《スヴェルレーベ》】のバラン。

――第三軍団長。

回復と援護のスペシャリストが集められた、別名［聖霊士団］の長。

腰まで届く黄金色《こがねいろ》の髪が特徴的な【神代の白妖精《エンシェントエルフ》】のエルティナ。

――第四軍団長。

魔術分野に秀でた純後衛型の魔物により構成された、別名［魔導軍団］の長。

褐色の肌と気の強そうな吊《つ》り目が印象深い【異端の黒妖精《ヘレティックエルフ》】のセレス。

――第五軍団長。

圧倒的な打撃力を誇る純前衛型の鬼族や巨人族が集う、別名［超重鬼団］の長。

見上げるほどに大柄な筋骨隆々《きんこつりゅうりゅう》の偉丈夫《いじょうふ》である【始祖巨人《アウルゲルミル》】のガルディ。

――第六軍団長。

諜報《ちょうほう》活動や妨害工作等を一手に引き受ける魔族中心の軍、別名［妖魔軍団］の長。

深い瞳と妖艶《ようえん》な出で立ちが目を惹《ひ》く【夢魔女帝《ナイトメアエンプレス》】のカミーラ。

――第七軍団長。

製造分野に特化した多くの職人を抱える、別名［機工戦団］の長。

子供と見紛《みまご》う矮軀《わいく》ながら決戦級の切り札でもある【混合種《ミックス》】のロビン。

――第八軍団長。

竜族のみで構成された空戦戦力にして最大火力、別名［天竜軍団］の長。

燃えるような赤髪の奥に鋭い眼光を覗かせる【黄昏竜《ラグナロクドラゴン》】のノガルド。

アルキマイラの軍勢の頂点、その八柱が勢揃いした。

現場の手が離せない軍団長は来ないでいいとの旨は伝えたはずだが、八人全員が揃っているのは果たして良いことなのか悪いことなのか。

治安維持の指揮を任せている第二軍団長《バラン》や第五軍団長《ガルディ》、それに首都結界の展開を担当している第四軍団長《セレス》あたりは現場に残るだろうと予想していたが、彼等がいなくとも現場が回るレベルまで落ち着いたと見てもいいのだろうか。

王に呼ばれたからといって無理して現場を離れているようだと困るのだが……まあ今更だ。今ここで追及するよりも手早く謁見を終えるとしよう。

「ご苦労。面《おもて》を上げよ」

王様らしく、と頭の中で呪文《じゅもん》のように繰り返しながら鷹揚《おうよう》に告げた。

王の許しの下、顔を上げた八人の軍団長の視線がヘリアンを捉《とら》える。

改めて思えば大学でのスピーチ練習でもこのような熱烈な視線を浴びたことはなかった。量はともかく質と熱量が比ではない。緊張感に息が詰まりそうだ。ゴクリと唾《つば》を飲んで切り出す。

「集まってもらったのは他でもない。現在の状況と今後の方針についてだ」

まずは今現在の状況。

国外の探索で分かった幾つかの事柄の再確認だ。

「まず、ここは我々が知る大陸ではない。国外での探索で他勢力のエルフ、及びハーフエルフと接触したことについてはリーヴェから聞いているな？　我々は彼らから幾つかの歴史や周囲の情勢についての情報を得たが、どれもこれも私が知らないものばかりだった。念のために各種〈仮想窓《ウィンドウ》〉でも確認したが、やはり該当する情報はなかった。更に私の〈地図《マップ》〉で見知った土地が確認できなかったことからも、ここが我々の元いた大陸とは別の場所なのは明らかと言っていい」

正しくは大陸どころか世界までも異なる可能性が非常に高いが、あえて言及しない。わざわざ問題を大きく見せて混乱を招くこともないだろう。

要は孤立無援の状態であり、慎重な行動が求められるということが伝わればそれでいい。

しかし軍団長らはどこか困惑したような素振りを見せた。比較的落ち着きのない第七軍団長などは、しきりに他の軍団長の顔を窺っている。

……何かおかしなことを口にしてしまっただろうか。

「どうした。何か訊きたいことがあるのか？　今は情報を共有すべき場だ、不明な点があるのならば言え。遠慮は要らん」

王への発言を許された軍団長らが、跪《ひざまず》きながら互いに顔を見合わせる。

ややあって総括《リーヴェ》軍団長が代表として口を開いた。

「恐れながら申し上げます。〈仮想窓《ウィンドウ》〉や〈地図《マップ》〉とは何でしょうか？」

予想外の質問だった。ヘリアンは当然のように口にしたものの、彼らには〈仮想窓《ウィンドウ》〉や〈地図《マップ》〉という概念がないのだろうか。

「〈仮想窓《ウィンドウ》〉というのは、私にしか見えない……まあ、画面のようなものだ。演説の時には、映像投影玉《スクリーン》を使って空中に映像を表示しているだろう？　あのように投影された〝画面〟を使い、私は様々な機能を行使することができる。〈地図《マップ》〉とは〈仮想窓《ウィンドウ》〉から参照できる情報の一つで、

〝とある特別な地図〟のことだ。その地図はお前たちが集めた情報を元に随時更新されていく。そうして判明した地理情報や敵味方の位置情報、それに現在地などを正確に把握できるのだ」

おぉ……！　と、ざわめきの声が謁見の間に響いた。

心なしか、ヘリアンを見る軍団長らの視線に一際《ひときわ》熱が篭った気がする。

……プレイヤーの基本能力なのでそんな目を向けられても困るんだが。

というか、探索時に自分が敵の位置を把握していた件については、どう解釈されていたのだろう。まさかリーヴェの嗅覚やエルティナの聴覚並みに優れた感覚器官を備えているとでも思われていたのだろうか。そんな真似は人間であるヘリアンには絶対に不可能なのだが。

「……と、とにかくだ。私がその〈地図《マップ》〉を確認したところ、首都以外の地理情報が全く得られなかった。先日までは大陸全体の地理情報を詳細に把握できていたはずの〈地図《マップ》〉が、一瞬で白紙に戻ったというわけだ。我々のいた大陸のどこかにいるならばこんな状態にはなり得ない。これこそが、全く別のどこかへ転移されたという事実の証明だ」

「なるほど、承知いたしました。幾つかの力をお持ちとは存じていましたが、その秘術の一端《いったん》を我々に公開いただけるとは……光栄です」

「……うむ」

え、どういうことだ。

〈仮想窓《ウィンドウ》〉や〈地図《マップ》〉だけではなく、王《プレイヤー》の能力は誰にも説明していないことになっているのだろうか。少なくともステータス強化や〈秘奥〉については知っていたはずだが……。

（もしかして……王《プレイヤー》の能力はどれも説明されたことがないから知らないってことか？）

ステータス強化や〈秘奥〉は魔物たちに直接影響を及ぼすものであり、彼らは体験としてその存在を知ることができたが、魔物に影響を及ぼさない能力については知らない、ということなのかもしれない。

ゲーム時代、「タクティクス・クロニクル」にて仮想窓《ウィンドウ》や離脱《ログアウト》、通信《チャット》などの基本機能について魔物たちに説明したことはない。というか説明するはずもない。だから〈地図《マップ》〉についても、聞いたことのない未知の能力だったということなら納得できる。

つまるところ、今初めて王の知られざる能力が軍団長らに明らかにされたということなのだろう。

どうやら八大軍団長の中のヘリアン像には秘密主義者の面があるらしい。

「まあそれはいい。まず、ここが我々の知る大地ではないということについては理解してもらえたと思う。次にハーフエルフの国……ラテストウッドから得られた情報についてだ」

ノーブルウッドやラテストウッドの種族構成。両国の関係と状況。それに判明した限りの歴史や、深淵森《アビス》と呼ばれる森の伝承など、判明した主要な情報について説明を行った。

「我々は彼らから様々な情報を得た。しかしそれは十分ではない。何より、我々に抵抗しうる勢力が周囲に存在するのかどうか、まるで情報が足りていない状態だ」

ラテストウッドについてはアルキマイラの現有戦力でどうとでもなる見通しが立ったが、ノーブルウッドについてはどの程度の戦力を保有しているのか全く分かっていない。

また他の勢力の存在についてはエルフ族の他の国や人間の都市があることが判明しているが、それらについては接触すらできておらず規模どころか位置すらも不明な状況にある。

「これは由々しき事態だ。我々の立ち位置と長期的方針を定めるためには、更なる情報が必要であることは明確な事実である」

状況を説明しながら各団長の反応を見る。

演説の練習を兼ねてあえて演出気味な喋り方をしたが、八大軍団長らの反応は今のところ悪くない。悪くないと言っても〝訝《いぶか》しげな視線を向けられていない〟程度のことしか分からないが、ここまでは上手《うま》く話せていると思う。そう思いたい。

「では今後の短期的方針についてだ。とはいえやることは先日とほぼ変わらない。国の防備を固めつつ、周囲の勢力に我々の存在を感知させることなく情報収集を進める。ここまではよいな？」

否定の言葉は返ってこない。

八大軍団長らは沈黙したまま首肯する。

「よし。ではその上での、軍団長及び各軍団の運用についてだが……第二軍団長《バラン》」

「ハッ！」

「治安について状況はどうだ？　今のところ落ち着いていると報告は受けているが、お前の口から見解を聞きたい」

「ハッ。先日の反乱の一件により一時的な混乱はあったものの、反乱鎮圧とその後の顚末《てんまつ》の報を受け、現在は落ち着きを取り戻してございます。むしろ反逆者どもの末路がほどよい見せしめとなったためか、鎮圧後は小競《こぜ》り合いもぱったりとなくなりました。また、主上《しゅじょう》が城の〈魔法の貯蔵庫《アイテムストレージ》〉を開放されたことにより食糧問題も起きておらず、当面の生活は保証されておりますので、民草が今すぐ問題を起こすことはないでしょう」

〈魔法の貯蔵庫《アイテムストレージ》〉とは〈魔法の小袋《アイテムポーチ》〉と同様の、亜空間収納能力を持つ魔道具《マジックアイテム》のことである。

城の〈魔法の貯蔵庫《アイテムストレージ》〉には一年間籠城《ろうじょう》が可能な食糧を放り込んでおり、その一部を国民に開放したのだ。

〈魔法の貯蔵庫《アイテムストレージ》〉は設置型アイテムなので動かせないという欠点はあるが、その収納力は〈魔法の小袋《アイテムポーチ》〉を遥《はる》かに凌駕《りょうが》している。また城のそれはアルキマイラの技術の粋を尽くして製造した代物であり、保存の技術も当然付与されている。従って、当面は中身が腐る心配をする必要もない。

何かの時のために、と備えておいた食糧備蓄が役に立った。

「ただ、一方で国民や軍のストレスが少々気がかりですな。我が軍団の部下の様子を見るに『自分たちの力では解決不能な重大問題を抱えている』という状況下にあることがストレスのもととなっているようです。これまで我が国が直面した危機といえば、己の力で切り開くべきものばかりでしたので。その点で言えば今回の転移問題は勝手が違いますな」

「……なるほどな」

魔物の本質は力の信奉者だ。アルキマイラの国民といえど、そこは変わらない。

ただその本質の上にアルキマイラの規律《ルール》といったものが被《かぶ》さっており、その結果弱肉強食の理とは一線を画するモラルが生まれている。

そこは先ほどのリーヴェとの会話でも確かめられたことではあるのだが、自分たちの力でどうにもならない状況に陥っているという事実は魔物である以上は多かれ少なかれストレスになるということなのだろう。問題解決への道筋がはっきりしているなら結果は異なるのだろうが、状況打開のための明確な方針を国が打ち出せていない状況ならば無理もない。

かつて日本が大災害に遭ったときも似たようなことが起きたと聞く。事態解決の見通しが立たず、自分たちの力ではどうにもならない状況に長期間晒されると、ストレスというものは加速度的に増加する。事態解決が長引くほどにこの問題は深刻さを増すだろう。

「後は……住居の問題が発生していますな。元から首都に住んでいる国民はともかくとして、建国祝賀祭のために首都に参集した者たちには住むべき場所がありませぬ」

諜報担当である第六軍団からも同様の報告を受けていた。

一般の宿屋は既に満室で、元からある軍用の宿営地についても許容量を大幅に超えている。

「泊まれる場所がない者たちは、交代制で夜間見回り等の任に就き仮眠を取るに留めましたが、これも多少ながらストレスの原因になっております。無論、我らアルキマイラの魔物であればその気になれば数ヶ月単位での野宿も可能ですが、他にもストレスを感じる問題が多い現状を鑑《かんが》みるに、何らかの手を打つ必要があるかと……」

「ふむ。他には？」

「ありませぬ。吾輩《わがはい》の見解は以上です」

宿営地の問題については手が打てる。

転移そのものの問題についてすぐに解決できない以上、他のストレス要因はできるだけ取り除いておきたいというのはバランと同意見だ。

仮説宿営地を建設すれば当場しのぎにはなるが、誰に任せるか……。

「ガルディ」

「……ハッ」

第五軍団長のガルディが頭を垂れて返答する。

その声には勢いがなく、気落ちしているように見受けられた。

「先日の反乱鎮圧ではご苦労だった」

まずはねぎらいの言葉を贈る。細かいことかもしれないが上司と部下の円滑なコミュニケーションには大切なこと、らしい。蘊蓄《うんちく》好きの教授がそう言っていた。

「……とんでもねえ。むしろ、むざむざと総大将を死なせちまいやした。言い訳の余地もありやせん。厳罰を覚悟しとります」

「そうか。では罰を下す」

あえて淡々とした態度を保つ。唇を舌で軽く濡らしてから、一息に告げた。

「第五軍団長並びに第五軍団は、第七軍団長の指揮の下、仮設宿泊地の建設に着手せよ。治安における問題が発生した際には臨時で第二軍団の指揮下に入り、第二軍団長《バラン》の指示に従うこととする。……一時的とはいえ他の軍団長の指揮下に入ることについては言いたいことがあるだろうが、これを罰として命ずる。よいな？」

「なっ……」

驚いたようにガルディが顔を跳ね上げた。

……やばい。罰が厳しすぎたか。

あの出来事はどうしようもなかった。対処が非常に難しい問題であることについては理解している。だが信賞必罰の姿勢は王として必要だと思ってあえて罰を命じた。一方で理不尽な罰にならないように、比較的軽い内容を考えたつもりだ。

だと言うのにガルディのこの反応は何だ。

あまりにも予想外の言葉を叩きつけられたかのような顔をしている。もしかすると、軍団長であるにもかかわらず国王側近《リーヴェ》以外の軍団長の指揮下に入れというのは、魔物のプライド的に屈辱にすぎるのかもしれない。

前言撤回したい思いに駆られたが、一度通告してしまった以上は押し通すしかないだろう。吐いた唾は飲めないのだ。いかにガルディの顔がマフィアのボスより怖かろうと、怖気《おぞけ》づいた姿など見せられない。

あくまで王様らしく、そう、王様らしく……。

「どうした、返事がないぞ？　まさか不服とでも言いたいのか？」

……違うそうじゃない。

まずい。やばい。明らかに高圧的すぎた。王様らしさを心がけたもののこれでは完全に脅しだ。

じわりと背中に嫌な汗が浮かび始める。

（……お願いだから今だけは黙って従ってくれ頼む後で必ずなんかフォローするから……！）

ヘリアンがそう祈り始めた頃、ガルディは驚愕《きょうがく》の表情をそのままに口を開いた。

「いや、不服なんてことは……けど、本当にそんなことでいいんですかい？」

「……そんなことだと？」

ヘリアンは目を細めて聞き返す。

つまりは思っていたほどの罰ではなく、むしろ温情措置と受け取ってくれたということか。

不服に思われていると感じたのは自分の勘違いだったらしい。

……よかった。

思わず胸を撫で下ろしそうになったが、軍団長に見られていることを思い出し踏み留まる。

しかし、ヘリアンの返答をどう受け取ったのか、ガルディは厳《いか》つい顔にダラダラと脂汗を流し始めた。

……こ、今度はなんだ？

「い、いや、失言だった！　すまねえ総大将、そんなことなんて言ったのは取り消す！　なにも国民や宿営地の問題を軽く見てるわけじゃねえんだ！」

慌てふためきながらガルディは再び頭を垂れた。

何やら勘違いされている気がするが……罰として宿営地建設に回ってくれるならもうそれでいい。

「……分かったなら構わん。では次に、リーヴェ、エルティナ」

呼ばれた二人の女性軍団長が面を上げる。両名の顔には厳しい表情がありありと浮かんでいた。

罰については覚悟済みということらしい。

「レッドオーガの固有能力《ユニークスキル》は予測不可能のものだった。例外中の例外であった、と私は認識している。だがお前たちは護衛の任を帯びており、そして護衛対象が死亡したのもまた事実だ。現在の状況では謹慎等の罰を与えるわけにはいかないが……沙汰については後日下す。それまで己の任を全力で果たせ」

「「ハッ」」

二人は厳かに是の意を返す。

ガルディにはちょうどいい仕事が転がっていたために罰を兼ねて命じたが、この二人に対しては具体的な罰が何も思い浮かばなかった。軍団長級に対する罰と言えば、指揮権剝奪《はくだつ》や謹慎、降格や場合によっては死罪もあるが、現在の状況ではいずれも適用するわけにはいかない。

この危機の只中で軍団長二名分の戦力喪失など到底容認できない以上、この問題は先延ばしにするしかないだろう。

「次だ。他の軍団で何か大きな変化、あるいは問題が起きたところはあるか？」

八大軍団長は沈黙する。しばし待ったが誰も発言する気配がない。

ならば次だ。

ボロが出ないうちに手早く話を進めなければいけない。

「では今後の八大軍団長の役割について告げる。とは言うものの、第六軍団長以外については基本的に今まで通りだ。私は再びラテストウッドに向かうので、リーヴェとエルティナには引き続き私の護衛を命ずる」

「……ヘリアン様。恐れながら、それは」

「聞け。今現在、我が国にとってラテストウッドは唯一にして重要な情報源だ。そして旅人に扮《ふん》して接触し、かつ交渉については私が一手に受け持っていた以上、再びラテストウッドを訪れるならば私の存在は必須だ。違うか？」

リーヴェとエルティナは悔しそうに俯《うつむ》いた。言いたいことは解る。戦闘能力のない足手まといな王《ヘリアン》は玉座でじっとしておいて欲しい、といったところだろう。

だが、何もせず玉座でふんぞり返って各軍団長の報告を待っていることなど不可能だ。国の命運を左右しかねない折衝役を自分以外の誰かに任せる勇気はまだない。それに旅人としてラテストウッドに向かうのなら自分の存在が必須と言ったのも嘘ではない。紛れもない事実だ。

……レイファやリリファたちのことも気にかかる。

「それと――カミーラ」

「ハッ」

ナイトメアクイーンの第六軍団長《カミーラ》が、真紅《しんく》の瞳でジッと見つめてきた。

「お前も私と共にラテストウッドに来てもらう。旅の途中ではぐれた仲間という設定にするが、そのあたりの細かい話は後ほど説明する。そしてお前の役割についてだが……私の護衛に注力する必要はない」

「……と、申されると？」

「お前にはラテストウッドの集落における、ありとあらゆる情報の収集を命じる。主に住民を通じた情報収集活動となるだろう」

「なるほど。つまり妾《わらわ》の専売特許と」

艶《あで》やかな笑みを浮かべ、カミーラは了承の意を告げる。

「頼むぞ。言うなればお前はアルキマイラの耳だ。こと情報収集の分野についてお前ほど頼りになる者はいない。十分にその能力を発揮し、我が国の耳としての役目を果たしてくれることを期待する」

告げると、カミーラはブルリと身体を震わせ、陶然とした表情を浮かべた。そして粛々と頭を垂れながら「必ずや、そのご期待に応えましょうぞ」と厳かな面持ちで諾の意を告げる。

ヘリアンがその返答に満足しながら頷《うなず》いていると、他の軍団長らがジッと熱視線を送ってきた。

……なんだ？

何かを期待するようなその視線。他の七人全員からの視線が集中し、若干気圧《けお》された。

「フフン」

カミーラが他の軍団長のそんな様子を見て、まるで自慢でもするかように形の良い鼻を鳴らす。

すると、他の軍団長らの視線に籠められている熱量が増した。後は二言三言告げて解散でいいかと思っていたが、七対の瞳に射抜かれたこの状況ではそうもいかない。

何を期待されているのか……としばし考え、もしやと思い至る。

「……リーヴェ。国王側近として私と同じ時間を共有してきたお前は、アルキマイラの瞳だ。私と同じ時を刻み、同じモノを見届けてきたお前は、最も私の考えを理解していると思っている。これからもアルキマイラの瞳として、その全てを私と共に見届けてくれることを願っている」

告げると、熱視線が六つに減った。

どうやらこれで正解だったらしい。

内心で慌てながらもフルに頭を働かせ、それぞれの軍団長に相応しい比喩《ひゆ》表現を脳裏《のうり》で検索する。

「バラン。あらゆる武装を使いこなし、数多《あまた》の敵を屠るお前はアルキマイラの爪《つめ》だ。今後、何が起こるとも分からん。有事の際にはその爪が十全に振るわれるものと期待する。

エルティナ。治療や支援の役割は勿論《もちろん》のこと、内政の中核を担い他国へとその威を知らしめるお前はまさにアルキマイラの鬣《たてがみ》だ。今後の他国との交渉でも、その美しき鬣は遺憾なく威を示してくれることだろう。

セレス。飽くなき探究心で真理を追い求め、その果てに魔導を窮めたお前はアルキマイラの舌だ。こと広域殲滅においてお前の右に出るものはいない。また、研究や解析といった知的分野についても大いに頼りにしている」

喋りながら脳内で比喩を探す。

感慨深げな軍団長たちの様子から、言《い》い淀《よど》むことも下手な比喩も許されないことがよく理解できた。

懸命に頭を働かせる。

ここまで使ったのは耳と瞳と爪と鬣と舌だ。

咄嗟のことだったが、鬣は我ながらよく思いついたものだと思う。

残り三人。残された部位は……。

「ガルディ。誰よりも突き抜けた剛力と巨体を誇るお前はアルキマイラの腕だ。陣地構築や大規模開拓等ではお前の軍団の力は必須であり、またその豪腕の前にはどんなに堅牢《けんろう》な城塞《じょうさい》であろうと砕けぬものはないと私は信じている。

ロビン。超大国たる我が国の巨軀《きょく》を、数多の道具により支えるお前たちはまさにアルキマイラの脚だ。他の追随を許さない最先端技術で生み出された武具は、我が軍に更なる力を与えてくれている。また、お前たちの存在なくして民の豊かな生活が成り立たないことを、私は誰よりも知っている。

ノガルド。名だたる竜を束《たば》ね、空という戦場を支配するお前はアルキマイラの翼だ。どのような敵を相手にしようとも、その尽《ことごと》くを殲滅する戦闘力は絶大の一言に尽きる。これからも我が国の最大火力として、その力を遺憾なく発揮してくれ」

なんとか言い淀むこともなく言い切った。

軍団番号順に、瞳、爪、鬣、舌、腕、耳、脚、翼。

付け加えるならば国民が軀で、自分が頭といったところだろうか。

期せずして一匹の獣にたとえることになったが、それぞれの軍団の役割に応じた部位を連想できたはずだ。熱視線がなくなったのは各々がきちんと納得してくれたからだと信じたい。

とにかく、これで現在の状況の情報共有と今後の方針と各軍団の当面の仕事については割り振れた。もう十分だろう。これで謁見を終わりにする。終わりにしたい。頼むからもう終わらせてくれ。

「では行動を開始しろ。我が国は未だ危機の只中にある。それを踏まえた上で、各々が役割をしっかりとこなしてくれるものと期待する。以上だ」

「――ハッ！」

八つの声が唱和で響く。

その音を背に、ヘリアンは厳かな足取りを意識しながら謁見の間を立ち去った。

……余談だが、カミーラがちょっとしょんぼりしたような空気を醸《かも》し出《だ》している気がした。

6.

王が謁見の間を去った。

しかし謁見の間に残る軍団長らは、前回同様しばしその場に留まり続ける。

そして王の足音が完全に消え去ったのを確認することにより、ようやく緊張感から解放された軍団長らは深い息を吐いた。そして、

「ひゃっほーい！　王様直々の称号ゲット――！」

まず真っ先に、最も小さな身体をした軍団長が飛び跳ねて歓喜の声を上げた。

小人《ハーフリング》とドワーフの血を引く、【混合種《ミックス》】のロビンだ。

第七軍団長の椅子を与えられたロビンは、外見的にはまるで子供である。身長が一二〇センチ程度しかなく、子供服のようなオーバーオールがよく似合ってしまっていた。髭《ひげ》はなく、外見的には殆ど小人《ハーフリング》そのものだが、ドワーフの血を引いているとあってモノ造りや機械には滅法強い。

そんなちんまい軍団長であるロビンは王《ヘリアン》の前でこそ頑張って大人しくしているものの、普段の振る舞いは見た目相応であることが多い。種族柄、いたずら好きで陽気な元気印なのだ。

しかし喜んでいるのが彼だけかといえばそうではない。

前回の謁見時にはいなかった軍団長《メンバー》については久々の謁見で気疲れもあっただろうが、それを上回る満足感に浸っていた。

「フム、翼か。悪くない」

「腕たあ分かってんじゃねえか。さすが総大将」

「アタシは舌か……いいわね。カミーラの真似じゃないけど舌に紋章刻もうかな」

「ボクんとこなんて脚だもんねーだ！　ボクらがいなきゃ立つことすらできないってことだからね、君たち！　縁の下の力持ち、第七軍団をどーぞよろしくっ！」

久々の拝謁の栄に預かった四人が、万魔の王から賜《たま》った称号についてガヤガヤと感想を述べ合う。

癖が強い、とバランに評された彼らだが、同僚意識ぐらいはそこそこ真っ当に持ち合わせており、このような話をする程度には友好的な関係を結んでいた。そして〝始まりの三体〟もまた声にこそ出さないものの、各々が得た称号を思い返しながら感慨に浸っている様子だった。

しかし、残りの一人といえば……。

「よくも……よくも便乗《びんじょう》してくれおったなぁぁぁ……ッ！」

おどろおどろしい声で恨み言を呟きながら瘴気《しょうき》を発していた。

その美貌《びぼう》から発せられたとは思えないカミーラの声に、他の軍団長は誰ともなく視線をそらす。

「ちょ、ちょっとカミーラ。瘴気漏れてる、瘴気。落ち着いてってば」

「これが落ち着いていられるとでも思うてか――ッ!!」

カミーラのあまりに形相《ぎょうそう》に、声をかけた褐色肌の女性――最後の女性軍団長である第四軍団長のセレスが後退《あとずさ》った。

彼女はエルティナ同様、エルフに属する配下だ。ただしエルティナが支援系に優れた白エルフ系統であるのに対し、第四軍団長の彼女は攻性魔術に秀でた黒エルフ系統の種族である。

また吊り目が印象的なセレスは、窮屈そうなボンデージ風の服にメリハリの利いた身体を押し込めていることもあり、見た目の印象はいわゆるダークエルフに近い。事実、転生進化を繰り返す以前のセレスは【黒妖精《ダークエルフ》】だったこともある。

普段は気の強い彼女だが、今回ばかりはカミーラに対して多少の負い目もあり、やや及び腰《ごし》となっていた。

「け、けどアタシら、誰一人として陛下《へいか》にねだったりはしてないからね?」

「何を白々しい！　視線で訴えておったろうに!?　ヌシらが余計なことをしなければ、妾だけが称号を貰えていたものを……！」

今にも歯軋《はぎし》りしそうな形相でカミーラがセレスを睨む。

色気のある女性が美貌を歪めて睨んでくる絵面というものは、相当に迫力があった。

「あー……。でもさ、仮にアタシらのうちの誰か一人だけが称号貰ってたとして……アンタそれを脇《わき》から見てて黙って引き下がれるの？」

「ありえぬ‼」

「ほら。そうなるでしょ？」

「ぐぬぬぬ……ッ！」

理屈は解る。だけど納得したくない。

そんな複雑な感情が渦巻くカミーラは、ただただ歯噛みするしかなかった。

「あらあらまああ。喧嘩《けんか》はいけませんよ、カミーラ、セレス」

そこにほわほわとした笑顔で仲裁に入るのは、いつも通りのエルティナだ。

癖の強い軍団長同士が揃っても本格的な衝突が起きずに済むのは、彼女あってのことであるというのが八大軍団長の共通認識だ。

そのため、エルティナに止められたらそれ以上は踏み込まないでおくというルールが、八大軍団長の中で暗黙の了解として存在している。

「ぬう……まあよい。これから妾は我が君と一緒の仕事だからの。ヌシらは首都で仕事に勤《いそ》しみつつ、妾の活躍を遠くから見守っておることじゃな」

カミーラはせめてもの意趣返しを口にしてから矛を収めた。

「つうか、総大将はまた自分から体張るんだな。いっつも最前線に出張るようなお人だから今更だけどよ、総大将は自分に替えが利かねえってことをイマイチ分かってねえんじゃねえか？」

「でも王様らしいっちゃ王様らしいよねー。当たり前のことみたいに言うあたりが特に。ただでさえ危険な役回りなのにさ。なんていうか、さすが王様って感じ？」

「フン。王の悪い癖だ」

鼻を鳴らして呟くのは第八軍団長のノガルドだ。

種族が【黄昏竜《ラグナロクドラゴン》】である彼の本来の姿は、全長四〇メートルを超える西洋竜だ。

しかし現在は人化しており、長い赤髪に鋭い眼光を隠す、気難しそうな男の容姿をしていた。

軽装鎧《サーコート》に身を包んだノガルドは腕を組んだまま、眉《まゆ》を顰《ひそ》めて佇《たたず》んでいる。

「ノガルド。お主は主上に対して文句があるというのか」

そんなノガルドに対し、真っ先に反応したのがバランだ。

「我は文句など口にしておらん。悪い癖だと述べたまでだ」

「それは文句を言ったも同然であろう。少なくとも忠誠を誓う主上に対する言葉ではない」

「我は間違ったことは言っていない。それとも、貴様はアレが良い癖だとでも言いたいのか？　これで王の身に何かあればどうする」

両者の視線が剣呑《けんのん》な空気を帯びる。

ノガルドは人物特徴として【傲慢《ごうまん》】を保持しているが、これはバランの【規律】とは相性が悪い。

しかもバランは【頑固】も有しており、両者は衝突しやすい傾向にあった。

更に、ノガルドはプライドが極めて高い。ただでさえ傲岸不遜《ごうがんふそん》の傾向がある竜族、その頂点に立つ存在だ。肩が当たった、という理由だけで味方の巨人族を半殺しにしたこともある。

意見がぶつかったところで彼が自分から折れることはない。

「まあまあ二人とも、今は言い争っている場合ではありませんよ」

険悪になりかけた雰囲気をエルティナが遮《さえぎ》る。

セレスもこれ以上のゴタゴタは御免だと言わんばかりに援護射撃を行う。

「エルの言う通りよ。陛下からそれぞれの仕事をきっちりこなすよう釘《くぎ》刺されたの、聞いてなかったわけでもないでしょ？　仕事のすり合わせをするならともかく、くだらない言い合いで時間を無駄にしてるのが陛下の耳に入ったらタダじゃ済まないわよ」

「む……確かにお主らの言うとおりだ」

「……一理あることは認めんでもない」

ようやく場が落ち着いたところで、黙って様子を見守っていたリーヴェがパンパンと柏手《かしわで》を打って注目を集めた。

「ならば馬鹿騒《ばかさわ》ぎはこれで終わりだ。総括軍団長として、速やかに各自の任に就くよう要請する。――エルティナ、カミーラ。私たちもそろそろ出立の支度《したく》に移るぞ」

言うなり、リーヴェは謁見の間から足早に退出していく。エルティナとカミーラもその後に続いた。

「んじゃ、俺様も準備すっか」

「フン。今度は失態を晒すなよ」

「うっせぇなノガルド！　ンなこたぁ言われなくても分かってんだよ！」

「両名、言った傍から諍《いさか》い事か？　特にガルディ、お主は治安維持側であろうに」

「チッ……。おいロビン！　後で手下連れて現場行くから、受け入れ準備頼まぁ！」

「ほいほーい。んじゃ後でね～」

続いて、軍団長の男性陣もゾロゾロと謁見の間を出ていく。

残されたのは、一人のとある女性軍団長だけだ。

「あれ？　そういえば、女性陣で陛下に置いてかれてるのってアタシだけ……？」

唐突にその事実を意識してしまい、謁見の間を出ていこうとしていたセレスの足が止まった。

褐色の頬に、たらりと一筋の汗が伝い落ちる。

「……て、適材適所の結果よね？　リーヴェとエルは旅人一行の設定だからメンバー入り確定として、カミーラは情報収集で必要だったから追加で選ばれただけだし……別にアタシが陛下に避けられてるからじゃない……はず」

うん、そのはずだ。セレスは内心で再度肯定し一つ頷く。

しかし理性としてはそれで納得できたが、どことなくモヤモヤとした感情が胸の奥に残っていた。

「……し、仕事しよう」

不安を振り払うように、彼女はいそいそと自軍の陣地に向かった。

五章　選択と決断

三崎司《ヘリアン》にとって「タクティクス・クロニクル」は、己《おのれ》の夢や浪漫《ろまん》を叶《かな》える理想的な箱庭だった。

キャラクターで言うなら第八軍団長がいい例だろう。何故《なぜ》なら竜《ドラゴン》は男の浪漫だからだ。異論は認めないし異論などあろうはずもない。竜に浪漫を感じない者など男ではないのだ。

——だから仲間にした。

数多《あまた》の障害を乗り越え、理不尽な試練に打ち勝ち、遂に竜帝を仲間にした際にはワールドカップでゴールを決めたストライカー並みのガッツポーズをかました。

また当初はそのようなつもりはなかったが第七軍団長も浪漫の塊と化した。何故なら決戦兵器は男の浪漫だからだ。最終とか決戦とか機動兵器だとかの字面に浪漫を感じない者など男ではない。

——だから造った。

古代遺跡を発掘し、湯水のように資金を投じ、遂にソレが完成した時にはＷＢＣで決勝打を放ったメジャーリーガーの心境で力の限りに絶叫した。

そして第六軍団長。

当時冷戦状態にあったアルキマイラは、情報戦や絡《から》め手、妨害工作等に関する戦力を必要としていた。しかしながら適性の高い配下がおらず新規作成か捕獲を検討《けんとう》していたその折、運営チームの広報によるとある告知を三崎司《ヘリアン》は目にする。

ガチャに新規の魔物が追加されたとの告知だった。そしてその中に【淫魔《サキュバス》】なる種族が存在した。

淫魔《サキュバス》とは異性の夢の中に現れて所謂《いわゆる》大人のアレをするという悪魔のことである。

そして当時思春期真っ只中《ただなか》だった三崎司《ヘリアン》は、どうしようもなく男であった。

——つまりは、そういうことだった。

「いやしかし、我が君の供をするのは実に久しいのぅ。最後に供をさせてもろうたのは、果たしていつのことだったじゃろうか」

「む……さて、な」

至近距離。肩が触れ合うような間合いで第六軍団長のカミーラが話しかけてくる。

カミーラを加えたヘリアンたち扮《ふん》する旅人一行は、再び集落を目指して森を歩いている最中だ。

しかしながらその道中、すぐ隣を歩くカミーラの存在により、ヘリアンの精神状態は正常とは言い難《がた》いものになっていた。

彼女は謁見時《えっけん》に身に着けていた扇情的《せんじょうてき》な服装から一転、実用性重視の探索用装備に着替えている。装備のランクはかなり落ちるものの、いつもの服装では上品すぎて旅人という設定が罷《まか》り通らないがための処置だ。

しかし、それで実際に目立たなくなったかといえば断じて否《いな》である。なにせ無骨で地味な装備を以ってしてもその身から漂う色気を隠しきれていない。一行は集落へ向けて歩みを進めているが、歩く度に揺れる彼女の特定部位がヘリアンの精神を容赦《ようしゃ》なく乱し続けている。

「妾《わらわ》は滅多《めった》に首都まで呼ばれぬからの。ましてや我が君とこうして連れ添って歩いたことなど殆ど記憶にない。なにやら新鮮な気分じゃ」

「そ、そうか」

彼女もまた軍団長である以上、幾度となく転生進化を繰り返し、高位種族まで育て上げてきた。元は【淫魔《サキュバス》】だった彼女は夢魔系最高位の【夢魔女帝《ナイトメアエンプレス》】に至り、戦闘力こそ他の軍団長に一歩及《およ》ばないもののこと情報戦や妨害工作について右に出る者はいない存在と化していた。そして情報戦の一環として、敵兵士を籠絡《ろうらく》して情報を入手するような作戦にも従事していたりする。

そんな色気溢《あふ》れる女性であるところのカミーラは、ごくごく自然な仕草でヘリアンの左腕に自らの腕を絡ませた。それも片手だけでなく両手で縋《すが》り付くようにしてだ。一見歩きづらそうに見えるのだがカミーラはそんな素振《そぶ》りなど一切《いっさい》見せず、何も問題などないように歩みを進める。

問題があるのは、むしろヘリアン側だった。

(感じるな、考えろ……!)

ヘリアンは自らにそう言い聞かせるが、効果はさほどもない。

何が問題かと言えば当たるのだ、腕に。それも密着という表現で。何が当たっているのかは口が裂けても言えないが、その密着具合はぴったりという表現がしっくり来る。

それはふんわりと柔らかく、ヘリアンの想像していた感触を遥《はる》かに凌駕《りょうが》した。

ゲーム時代では触ることが許されなかった双丘の片割れが腕に押し付けられたことによりむにゅりと形を変え、時に弾むような動きをみせるどころかあまつさえほんのりと温《ぬく》もりまで感じられるときてはもうゴメンナサイ許してくださいい出来心だったんですマジで勘弁してください。

「どうかされたか、我が君?」

「いや。なんでもないとも」

ヘリアンは心中の動揺を全力で隠蔽《いんぺい》する。

バレてはいけない。絶対にだ。

万が一悟られたら死ぬ。威厳が。

「……おい、カミーラ。さっきから黙って見ていれば、偽装のためとはいえいくらなんでもヘリアン様に馴《な》れ馴れしすぎるぞ」

さすがに見咎《とが》めたのか、仕えるべき主にベタベタと絡むカミーラに対しリーヴェは苦言を口にした。

そしてヘリアンは内心でリーヴェにエールを送る。全力で。

「何を言う。妾は己にできる最大限の努力をしておるまでよ。なにせ妾は、危険が満ちる深淵森《アビス》で単身はぐれたか弱い仲間という設定じゃ。ならばようやく再会できた仲間の存在を少しでも感じられるよう、こうして肉体的接触を積極的に求める様は至極《しごく》当然のことではないか」

「だが、なにもヘリアン様に――」

「護衛である設定のヌシやエルティナに縋っている姿の方が自然とでも言いたいのか？　それこそ愚かぞ。男女の機微を分かっておらん。長く森を彷徨《さまよ》っていた女が縋り付く相手として相応《ふさわ》しいのは、唯一《ゆいいつ》の男である我が君以外考えられぬ。専門家である妾が言うのだから間違いない」

「ならば、集落に近付いてからでも――」

「素人《しろうと》考えじゃな。こういうものは事前の雰囲気作りが肝要よ。ここから演技を始める、と線を区切ってどうにかなるものではない。それは些細《ささい》な違和感となって見る者の無意識に潜《ひそ》み、時として不都合な作用を働かせる。国の命運がかかる王命である以上妾はそのような可能性は潰《つぶ》せるだけ潰し、打てる手は全《すべ》て打つつもりじゃ。それともまさか妾に手抜きをしろとでも言うのか？」

「そのようなことは――」

「だったら黙っておれ。雰囲気作りの邪魔じゃ」

完封だった。完敗だった。最後まで台詞《せりふ》を言い切ることすらできなかった。反論を封じられたリーヴェは歯噛《はが》みしながらも渋々引き下がる。

リーヴェとてこの再びの来訪が重要な意味を持っていることは理解しているのだ。だが主人にベタベタと引っ付くカミーラの表情を目にして、物申さずにはいれらなかっただけの話である。

「と、ところでだ……設定は覚えたな？　カミーラ」

話題を変える意味も兼ねて、ヘリアンは旅人一行の設定について確認する。

「勿論《もちろん》じゃ、我が君。既に完璧《かんぺき》に記憶しておる」

「ならばよい。そろそろ集落も近付きつつある。三人とも心して掛かれ」

ヘリアンは供の三人に告げ、自身もまた意識を切り替える。

――設定はこうだ。

ヘリアン率いる旅の一行。彼らはとある古城を探索中、突如《とつじょ》として謎《なぞ》の光に包まれるという不可解な現象に襲われた。トンネルを抜けた先は……もとい眩《まばゆ》いばかりの光が晴れた先は、深い森に覆《おお》われた全く知らない土地だった。

しかもその森には人を惑わせる効果がかかっており、そのせいで仲間とはぐれ、五日も彷徨った果てにようやく人と――ラテストウッドの民に出会えた。遺跡で発見してきた様々なアイテムによりなんとか生き延びてこられたものの、一行は周辺地域の情勢をはじめとした様々な常識を知らない状態である。

その後、秘蔵の魔道具《マジックアイテム》によってはぐれた仲間からの連絡を受け、仲間と合流するために急遽《きゅうきょ》ラテストウッドの集落を飛び出した。無事かどうかも分からなかった仲間からの知らせに、いても立ってもいられなく、まともな挨拶《あいさつ》も交わさず去ったことについては陳謝《ちんしゃ》する。

幸いにも仲間と無事に合流することができたので、ついては先日の詫《わ》びと今後の付き合いについて話がしたいと思っている。また前回の食糧支援については好評を頂けたと思っているので、今回も同様に振る舞わせてもらうつもりである。

——以上が設定であり、簡単に纏《まと》めてしまえば、

『いきなり集落飛び出してスイマセン』

『決してノーブルウッドの手先とかじゃありません』

『でも無礼だったのは事実なんで、お詫びの証《あかし》として食糧支援します』

『旅人という居所もままならぬ身で物資を提供することが我々の誠意です』

『あと、まだよく分からないことがあるので色々教えてください』

という主張がラテストウッド側に伝わればそれでいい。

正直、再び集落を訪れた際にどのような反応が待ち受けているのか想像もつかない。

しかし唯一にして貴重な情報源であるラテストウッドと関係を絶つことなどできない以上、遅かれ早かれ再接触をする必要があるのなら一刻も早い方が良いと判断した。

様々な問題を抱えている中でこの決断がベストかどうかは分からない。

だが、だからといって何も決断しない王など置物と変わらないだろう。指導者とは決断することが重要な仕事なはずだ。そして一度決断を下した以上、後はその選択が正しかったことを証明する

ために最善を尽くすしかない。

（……もうすぐ集落が見えてきそうだな）

視界に浮かばせた〈地図《マップ》〉には、前回の探索で判明した限りの地形情報や位置情報等が表示されている。小規模な村や集落を示す記号が大分近付いてきた。集落まであと三分程度という距離にまで近付いたところで一際《ひときわ》強い風が森を撫《な》でる。

するとと、不意にリーヴェがその鼻をヒクつかせた。先ほどまでは進行方向に向かって風下だったが、今の風は逆から流れ込んできている。つまりは集落方面の匂《にお》いを運んできたということだ。

何かを察知したのだろうかとヘリアンが〈地図《マップ》〉に映る集落の詳細情報を開こうとした時、リーヴェは不快げに眉《まゆ》を顰《ひそ》めて呟《つぶや》く。

「……ヘリアン様」

「どうした？」

「集落のある方向から、血臭が」

「――――ッ、急ぐぞ！」

聞くなり駆け出した。

〈地図《マップ》〉で集落の詳細情報を表示させれば生物の反応がある。白い光点《アンノウン》が幾つも灯《とも》っていた。

問題なのはその数が、前回集落を訪れた時のそれと比較して随分《ずいぶん》と目減りしているということだ。

追従するリーヴェが以前のようにヘリアンの身体を抱え込もうと手を伸ばす。

「ヘリアン様、お身体失礼を――」

「要らん！　それよりも周辺警戒を厳にしろ。集落で大規模な戦闘があった可能性が高い！」

リーヴェの両手は空けておきたい。

前回は一体しか敵戦力がいなかったので移動を優先したが、今回は敵の規模が分からないためだ。

〈地図《マップ》〉に映る白い光点《アンノウン》が全て敵の場合、リーヴェの片腕が塞《ふさ》がっている状態では一抹の不安がある。

ならば急行せずにまずは遠くから様子を窺《うかが》うべきだ、と頭の中の冷静な部分が告げてきたが無視した。集落が襲撃を受けている真っ只中だとすれば、一秒の遅れが取り返しのつかない事態を呼ぶことだってありえる。

脳裏《のうり》に浮かぶのは、我が身を棄てて民を救おうとしていた姉妹《しまい》の姿だ。

未《いま》だ彼女らの問題には深入りしないというスタンスのままであるにもかかわらず、咄嗟《とっさ》に助けようとしている自分の軽挙さと偽善者ぶりに反吐《へど》が出る。しかしだからといって今更止まるワケにはいかない。自分は既に走ることを選択したのだ。

「──ッ！　そこの者、止まれ！　さもなくば射つ！」

制止の声が正面から飛んできて足を止めた。

集落の門前に誰《だれ》かが立って弓を構えている。だが逆光のせいで何者か判別するまでには至らない。

ノーブルウッドのエルフか、それともラテストウッドの民か。あるいは第三勢力か。

「貴様は……!?」

弓を構えた人影は唖然《あぜん》としたような声を漏《も》らした。その声色《こわいろ》で気付く。

「……ウェンリ殿、か？」

ラテストウッド女王であるレイファの側近、ウェンリだ。

よかった。

彼女が門番の真似事《まねごと》をしているということは、集落が陥《おち》ちたわけではない。〈地図《マップ》〉に表示されている集落の白い光点《アンノウン》はラテストウッドの民のものだろう。

「無事だったか。よかっ――」

「貴様らがあぁぁァ――ッ!!」

歩み寄ろうとした一歩は怒声で縫い止められた。風を切る音が鳴り、何かが飛来する。

射られたと気付いたのは、リーヴェに鷲摑《わしづか》みにされて止まった矢を眼前に認めてからだった。

「よせッ！　殺すな！」

反射で叫んだ。

リーヴェとエルティィナ、そしてカミーラが跳び出そうとしていたその身を固くする。

……危なかった。

制止の声が一瞬でも遅ければウェンリが殺されていたかもしれない。

「クソッ！　皆《みな》の者、出会え！　敵襲だ！」

「待ってくれウェンリ殿！　私はヘリアンだ。先日世話になった旅人の――」

「何が旅人だ白々しい！　ノーブルウッドの手先めが!!」

第二射。再びリーヴェが矢を摑《つか》み取る。

「……ッ、誤解だ！　我々はノーブルウッドとは無関係だ！」

「黙れ！　本当に無関係だと言うのなら何故我々がこのような目に遭う!?　何故貴様らがいなくなったその後、ノーブルウッドの兵士が押し寄せてくるというのだ!?」

陽光が雲に隠れた。そうして逆光で見えなかったウェンリの表情が明らかになる。

彼女の表情は酷く歪《ゆが》んでいた。見たことのない表情をしていた。その顔はヘリアンの――三崎《みさき》司《つかさ》の十八年という人生の中で一度も見たことのない、純粋な憎悪《ぞうお》の色に染まっていた。

「何事ですか⁉」

何人かの兵士に守られながら小柄な人影が出てきた。

その声、その姿、見紛《みまご》うハズもない。

「レイファ殿！　私だ、ヘリアンだ！」

声を張り上げる。どうにか誤解を解かなければ話にならない。

それに配下たちの様子も怪しく、今にもウェンリに襲いかかろうとしているように思えた。

ヘリアンの命令で止まってくれているが、カミーラからは特に不穏な気配を感じる。

第三射が事態悪化の引き金になりかねなかった。

「――――ヘリアン殿」

どこか呆然《ぼうぜん》とした様子でレイファはヘリアンの名を口にする。

その声に宿る感情は酷く希薄だった。何を思っているのか全く読み取れない。

冷静なのか、そうでないのか。敵対的なのか、話を聞いてもらえる余地はあるのか。

ヘリアンの頬《ほお》を一筋の汗が流れ落ちる。

「……ウェンリ。弓を下ろしなさい」

「なりませんレイファ様！　奴《やつ》らはノーブルウッドの手先です！」

「弓を下ろせと私は言いました。従いなさい」

「レイファ様は騙《だま》されているのです！　弓兵、構え――」

「ウェンリッ‼」

レイファはヘリアンが聞いたことのない厳しい声で叫んだ。

右手を真っすぐに突きつけ、翳《かざ》した掌《てのひら》には魔力の光が灯っている。

そしてその手は……己の側近たるウェンリへと向けられていた。

「……レイファ……さ、ま？」

ウェンリは信じられないモノを見たかのような瞳《ひとみ》で、自分に魔術を放とうとするレイファを見ていた。

「ウェンリ。弓を下ろしなさい」

「……何故……何故なのですレイファ様。コイツらは……コイツらのせいで、リリファ様が……！」

「今現在この国の女王は私です。私の言葉に従いなさい。どうしても従えないとあらば、私を殺して貴女が新たな王になりなさい」

「なっ……！」

「幼少の砌《みぎり》から私たち姉妹の面倒を見てもらっている貴女には感謝しています。姉のように思っています。ですが、今の貴女は正気とは思えません。私を女王とするこの国にとってこれ以上害となる行為を続けるようであれば……私は容赦はしません」

「………」

「これが最後です。弓を下ろしなさい」

ウェンリは一瞬、躊躇《ためら》った。

ヘリアンに向けられた瞳はいまだ憎悪に染まっている。

「…………ッ」

それでも彼女にはレイファと敵対するという選択肢だけはなかったのか、忌々《いまいま》しげな表情はそのままに、しかしその弓を静かに下ろした。

ヘリアンもまた、配下たちを制止するために掲げていた右手を下ろす。

これでどうにか一触即発の事態だけは避けられた。しかしヘリアンが安堵《あんど》の息を吐《つ》くことはなかった。安堵できようはずもなかった。いきなり攻撃されたこともそうだがそれ以上に、彼女らのやり取りの中にどうしても聞き流せない言葉があったのだ。

「――リリファが、どうした?」

ウェンリが咄嗟に口走った台詞。

彼女は「コイツらのせいでリリファ様が」と確かに言った。

ならば、その後に続く言葉は、何だ?

「……ヘリアン殿、再びお会いできて嬉《うれ》しく思います。まずは我が方が働いた無礼について深くお詫び申し上げます。私が謝罪したところで納得などはできないとは思われますが、何卒《なにとぞ》ご寛恕《かんじょ》を」

違う。聞きたいのは謝罪の言葉ではない。

そんなどうでもいいことよりも、

「ノーブルウッドに襲われたと言ったな? あの後いったい何があった? リリファ殿がどうした? どうなったというのだ?」

何かに突き動かされるように、矢継《やつ》ぎ早《ばや》に問い掛ける。

するとレイファは、感情が読み取れない能面のような表情のまま、端的な事実を口にした。

「――ノーブルウッドの兵士に、攫《さら》われました」

2.

こんな所で立ち話も何ですので話の続きは集落の中で、と。

無表情のまま促すレイファに連れられたヘリアンたちは再び集落の中へと足を踏み入れる。

集落の中は酷い状況だった。

襲撃を受けたと言っていたが集落のあちこちにその傷跡が残されている。天幕は殆どが破壊され、元からあった家屋も半分近くが全壊状態になっていた。

そして生々しい傷跡が残されているのは何も建物ばかりではない。周囲を見渡せば、屋内の居住スペースに収まりきらなかったのか、負傷者が簡素な布を敷いただけの地面に寝かされていた。少し見渡しただけでも、骨折している者や頭に血の滲《にじ》む布を巻きつけている者が見受けられる。

だが、それでも彼らは未だ怪我《けが》人の中ではマシな方なのだろう。

その推察を裏付けるかのように、幾つか残った天幕からは苦しげな呻《うめ》き声が聞こえてきた。

「ノーブルウッドの大攻勢があったんです」

集落の中心部に歩きながらレイファはポツリポツリと零《こぼ》すように告げる。

まるで罪を懺悔《ざんげ》する告解者のようにも感じられた。

「昨晩のことです。ノーブルウッドの狩人長が軍を率いて集落に攻め込んできました。交渉の余地もなく、魔術斉射《せいしゃ》で防御柵が破られ……我々も必死の抵抗をしましたが力及ばず、ご覧の有様《ありさま》です」

「狩人長？」

「人間の軍で言うところの将軍ですね。エルフの戦士たちの幹部に位置する立場です。より上位の地位には『長老』や『大長老』が存在するのですが、戦時下において戦士を率いるのは狩人長です」

「……被害規模は？」

「我が国に残されていた兵力の半分を喪失しました。残り半分も負傷者が少ないとは言えません」

完全な敗戦だ。五割の戦力喪失というのは『壊滅』を意味する。組織としての戦闘能力をほぼ完全に失った状況だ。

現代の戦略観点に照らし合わせれば、兵力が補充されて軍が再編されればまだ抵抗の余地はあるだろうが……ラテストウッドはハーフエルフを中心に弱小種族が寄り集まってできた国だ。誰も頼ることができない者たちが、自分たちだけでどうにかするしかないとして創られた国なのだ。

補充される兵力のアテなど、あるわけもない。

「……リリファ殿は、どうなった？」

「リリファを含む一部の者たちは攫われました。攫われた人数は百人あまりでしょうか。死者の人数すら把握しきれていない状況ですので、詳しい人数は分かりかねますが」

最悪の状況だった。聞けば聞くほどに悲惨な状況があからさまになる。

だからといって耳を塞ぐわけにもいかない。油断すれば脳裏に浮かびそうになる少女の顔を頭を振って消し去った。今の自分には冷静な対処が求められているのだと己を叱咤《しった》する。

「……レイファ殿」

「はい」

返事をするレイファの顔には感情の色がない。能面のような顔に薄ら寒いものを覚えた。

聞きたいことは山ほどあるが、疑いの目に囲まれながら無遠慮に尋ねるわけにもいかない。

ならば質問よりも先に、今すべきことは……

「私の連れのエルフ、エルティナは治療術を少しばかり扱える。治療の手が足りていなければ彼女に怪我人の治療をさせてやりたいと思うのだがいかがだろうか？　無論、エルフであるエルティナによって治療されることに納得できればの話だが」

「それは――そうですね、お気遣い感謝いたします。こんな状態ですのでご温情に甘えたいと思います。是非ともお願いしたく」

「受け入れてくれて感謝する。では……」

「重傷者はあの天幕の中に集められています。魔力が及ぶ限りで構いませんので、そのうちの何人かだけでも命を救っていただければ幸いです」

やはり屋外に寝かされている負傷者はまだマシなほうだったらしい。

推測はできていたが、それでも多少は身構えさせられる。

「……聞いての通りだエルティナ。負傷者の手当をさせていただこう。私も一緒に行く」

付き添いを自ら申し出たのは、この集落の中でエルティナに単独行動を取らせることが不安だったからだ。

以前炊き出しをした際にはエルティナがエルフといえど、そして自分が人間といえど、集落の住人はある程度友好的に接してくれた。しかし今現在集落の人々から向けられる視線は決して友好的とは言えず、その多くからは敵愾心《てきがいしん》一歩手前の強い猜疑心《さいぎしん》が感じられた。

そんな状況下での単独行動はお互いにとって不幸な結果を呼び込みかねない。

現にレイファの後ろを歩くウェンリの視線は未だ剣呑《けんのん》なままだ。他の兵士にしてもそれに近いものがある。レイファの制止命令がなければ、いや、それどころか彼女の目の届かぬところに行けばそれだけで不幸が起きかねない。

そうして一触即発の空気を抱えたまま、レイファの案内で集落の中心近くにあった天幕に入る。

そこには予想通りの、否、予想以上に凄惨《せいさん》な状況があった。

「……ぅ」

覚悟はしていたはずだった。

漏れ聞こえる苦しげな呻き声から、ある程度想像力は働かせたつもりだった。

――甘かった。

天幕の中では狭い敷地を目一杯に使って負傷者が寝かされている。ベッドが足りなかったのだろうか、二十人ほどは地面に身を横たえていた。足の踏み場が少なくなった天幕内を悲愴な顔をした看護者がせわしなく歩き回っている。

まず目に入ったのは入り口近くに寝かされた負傷者。

彼……いや、彼女は苦しげな呻き声を上げ続けている。性別がすぐに分からなかったのは素顔が見えないほどに包帯が巻かれていたからだ。

もしかすると素顔を隠すために、あえてこのような包帯の巻き方をしているのかもしれない。酷《ひど》い傷を負った女性の顔を晒《さら》すわけにはいかないという心遣いなのかもしれない。推測しかできないものの、右耳が今にも千切《ちぎ》れそうなほど深く切り裂かれているのを目にして、恐らくその推察は当たっているのだろうとヘリアンは思う。

だが彼女はまだマシな部類だった。天幕の奥にいくほどに酷さが際立《きわだ》つ。

腕や足がない者、未だ腹部から血を流し続けている者、永遠に光を失った者などがそこら中に寝かされていた。中には負傷が酷すぎて壊れた人形のようにしか見えない者すらいる。

このまま放っておけば長くはないだろう。

「レイファ様？　……こちらの方々は？」

入り口付近に立っていた小柄な女性が声をかけてきた。怪我人を気遣ってか小声だ。

体格が随分と小さい。ハーフエルフではないようだが……小人種《ハーフリング》だろうか。

「ご厚意で治療を申し出てくれました、ヘリアン殿と旅の御一行様です。こちらのエルティナ殿が治療術に心得《こころえ》があるとのことです」

「……恐れながらそちらの方は」

「言いたいことは分かります。ですが我々にこれ以上治療の施しようがありますか？　魔力に余裕のある者は未だ残っていますか？」

レイファが問《と》い質《ただ》すと、女性は悔しそうに唇を噛《か》んで俯《うつむ》いた。

そして行く道を空けるようにして一歩横に退く。

それが答えだ。

「……エルティナ、彼らの治療を頼む」

「承知しました」

エルティナは天幕の奥……最も酷い怪我人の下へ歩み寄ろうとする。

「お待ちください。入り口から離れている者ほど怪我の度合いが酷いので、まずは入り口に寝かされているものから治療していただければと」

「逆ではないのか？　最初に治療が施されるべきは奥の怪我人のように思える。一刻も早い治療が必要だろう」

「ですがこれだけの怪我人です。ならば私は指導者として、命の選択をしなければいけません」

レイファは怪我人たちに聞こえない声量で女王としての台詞を口にする。

どうやら全員の治療は無理だと諦《あきら》めているようだ。この中の幾人かしか治療ができないであろうと、そして数に限りがある以上は確実に救える命を選ばなければいけない義務があるのだと、彼女の態度はそう告げている。

しかし実際にはエルティナならばこの場にいる全員の治療が可能である。ここで全員を治療するようエルティナに指示すれば彼女はそうするだろう。

そしてその結果、レイファたちにとっては常識外れとなる力を晒してしまうことになる。

——だから何だ。

別に問題はない。もはやこの国にはアルキマイラと戦う力は残されていないからだ。つまりラテストウッドに対しては実力を隠すことによる戦力隠蔽の意味は殆どない。ならばここは恩を売る。少しでも敵愾心を削いでおかなければ情報収集も何もあったものではないだろう。

故にこれは同情ではない。安っぽい正義感からの行動でもない。あくまでアルキマイラのための行いだ。そうでなければいけないのだ。

「エルティナ。この場にいる全員の命を救うことは可能か？」

エルティナの青い瞳がヘリアンの姿を映す。

その視線には「よろしいのですか？」との意が含まれていた。

ヘリアンは黙して首肯する。

「可能です」

「では、そのように――」

「ふざけるな……ッ！」

憎々しげな声で呟くのはウェンリだ。

重傷者に考慮してか小声ではあったが、その声に籠められた感情は門前での問答の時と何ら変わらない。

「これだけの人数をどうやって治療するつもりだ。どれだけ優れた治療術士であろうが最低三十人は必要な数だというのに、それを一人で治療するだと？　寝言は寝て言え。貴様らの妄言で彼らにありもしない希望を与えるな……！」

「ウェンリ――」

「構わぬよ、レイファ殿」

再びウェンリへ厳しい視線を向けるレイファに手を翳す。

無駄な問答で時間を費やしたくはない。

「ウェンリ殿、私たちは妄言を口にしているつもりはない。とはいえ今の貴女に何を言おうと意味を成さないだろう。よって、我々は行動で以って証明するまでだ。――エルティナ」

「畏《かしこ》まりました」

呟き、エルティナは一歩前に出て、祈りをあげるように両手を組む。

「天雨よ、慈悲あらば癒光と成りて彼の者らを満たせ――〝癒光の慈雨《キュアレイン・フォース》〟」

完全詠唱によって紡《つむ》がれた範囲回復魔術。それは深い緑の光となって天幕内を覆い尽くした。

癒やしの光は瞬く間に全ての怪我人の身体を包み込み、負傷を負った箇所を緑光で埋めていく。

そうして光が晴れた後に残ったのは、傷跡一つない綺麗《きれい》な肌だ。

先ほどまで呻き声をあげていた怪我人たちが、驚いた表情で傷の消え失《う》せた身体を見ている。

「なっ……!?」

ウェンリもまた、その瞳を目一杯に見開いて驚愕《きょうがく》を露《あら》わにする。目の前のソレはそれほど受け入れがたい光景だった。

聞いたこともない詠唱が呟かれたかと思えば、一瞬で天幕が光に包まれた。そこまではまだいい。

異邦人ならば自分たちの知らない魔術を修めていることもありえるだろうと理解を示せるからだ。

しかし詠唱者たるエルフの女はその手に何も持っていなかった。つまり杖《つえ》や魔石などの触媒なしに高位の魔術を行使したことになる。

高位な魔術の行使には媒介物を要するのが世界共通の常識だ。魔術に長けたエルフ族でさえその常識からは逃れられず、貴重な触媒を持っている者はそれだけである程度以上の権力者と言えた。

レイファもまた、切り札として魔石の嵌《は》め込《こ》まれた腕輪を身につけている。

にもかかわらず、目の前の女は触媒もなしに高位魔術を行使してみせた。

それだけでもウェンリの常識からすれば十分にありえない現象だというのに、更に天幕内の全ての者の怪我が同時に――それも瞬時にして癒やされる光景を見せつけられてしまったのだ。

ありえない現実を目にしたウェンリは目の前の光景を呑み込めず、ただ立ち尽くすしかなかった。

「い、痛くない……？　なんで？」

現実を受け入れられていないのは、ベッドに寝かされていた者も同じだった。

先ほどまで激しい痛みを訴えていたはずの身体が一瞬で治癒し、今では身を起こしても何の違和感もない状態にまで快癒していた。

喪った手足や瞳はさすがに元通りになってはいないものの、体に巻かれていた包帯を取ってみれば何ヶ月もかけて丁寧に治療されたような健康的な肌が視界に入ってくる。喜ぶよりも先にまず呆然としてしまうのも無理からぬことだろう。

看護にあたっていた者たちもそれは例外ではない。いや、むしろ治療術の使い手だからこそ彼らの驚愕の度合いは大きかった。

なにせ自分たちの全魔力を費やしても命を繋《つな》ぎ止めるのが精一杯だった怪我人たちが自力で起き上がれるまでに回復しているのだ。そのありえない現実をまともに受け止めることができず、中にはその場にへたり込む者すらいた。

「素晴らしい腕前ですね。お見逸《みそ》れしました。ご厚意に深く感謝いたします」

故に、旅人一行に対して平然としたまま感謝の言葉を紡ぐレイファのことを、その場にいたラテストウッドの者たちは誰一人として理解することができなかった。

これだけのありえない現象を見せつけられて、どうして平静でいられるのかと。

何故、我々の常識を否定した目の前の現象を受け入れられるのかと。

「いえ。たいしたことではありません」

謙遜《けんそん》したように、否、本当にたいしたことではないとでも思っているかのように、エルティナもまた淡々と応《こた》える。

「命に別状はありませんが、部位欠損については治療が叶いません。ご容赦いただきたく」

「命を救っていただいただけでも十分です。心より感謝いたします」

「それと血に汚れたままの包帯は変えた方がよろしいでしょう。現時点では感染症等のリスクはありませんが、衛生状態が悪いと何らかの問題が起きることは否定できません。わたくしにできたのは怪我の治療だけですので」

「なるほど、承知しました。――そこの貴女。聞こえていましたね？　すぐにそのようになさい」

呆然と立ち尽くしていた小人種《ハーフリング》の女性。彼女はレイファの指示を受けて初めて我に返ったのか、あたふたと動き始めた。

それを皮切りに固まったままだった者たちも各々《おのおの》の作業を再開する。

驚きのあまりへたり込んだまま動けない者もいたが、年長者の看護者に促され、己がすべきことを行動に移していく。

「……レイファ殿。話の続きは外で行いたいと思うが、よろしいか？」

「勿論です」

天幕の外に出た一行はレイファの先導で集落を歩く。

そして「この辺りでよろしいでしょう」と彼女が足を止めた場所は、集落のちょうど中心地だった。

そのとき、カミーラがウェンリの瞳に視線を合わせたのをヘリアンは察知した。

彼女が幾つもの魔眼能力を所有しているのを思い出したヘリアンは、下手《へた》な真似《まね》はしないよう、こちらからの手出しは固く禁じる旨の〈指令《オーダー》〉を思考操作で発信する。

ややあってカミーラは形の良い眉を僅《わず》かに顰めた。何をしようとしていたのかは分からないが、今この状況でこちら側からなんらかのアクションを起こすのはまずい。いざとなれば強硬策も必要だと理解はしているが今はまだその段階ではないはずだ。

周囲を見回す。

〈地図《マップ》〉を見れば……否、見るまでもなく集落の人々が遠巻きに集まっているのが分かった。

まるで取り囲まれているようにも思えてしまい、否応なく重圧《プレッシャー》を感じる。

ヘリアンは意を決して話を切り出した。

「レイファ殿。ノーブルウッドの大攻勢があったことは分かった。被害状況も分かった。だが、それに関して我々は一切関与していない。我々はノーブルウッドの関係者ではないのだ。今更ではあるが、まずそこを明確にしておきたい」

治療を施した。

恩を売った。

行動で身の潔白を証明したつもりだ。

レイファの様子を見てもこの言い分を受け入れてくれるはずだとは思う。

それでも僅かに、膝《ひざ》が震えた。

「はい、承知しております。貴方がたがノーブルウッドと無関係であるという事実について、私は一切の疑いを持ちません」

「……レイファ様、それは早計ではないでしょうか」

案の定というか、ウェンリが口を挟んできた。

「確かに怪我人に治療は施されました。驚くべき腕前でした。多くの命が救われました。それは認めましょう。しかし、その行いにより彼らの疑いが晴れたわけではありません。先の襲撃で多くの命を失ったこともまた事実なのです」

「何が言いたいのですか、ウェンリ？」

「自作自演ではないかと申し上げております。先立っては持ち帰った情報をノーブルウッドに流し、その後でさも無関係を装って現れ、治療を行うことで我々に対し恩を売ろうとしている……その可能性が否定できません」

本人らを前にしてよくも言う。

そのような気持ちが湧《わ》き上がらなかったと言えば嘘《うそ》になるが、レイファの後見人のような彼女の立場からすればその可能性を疑うのはも当然のことなのかもしれない。しかし、

「随分と面白《おもしろ》い戯言《ざれごと》を口にするのですね、ウェンリ」

レイファはその忠言を真っ向から否定した。

戯言と吐き捨てた。

ウェンリを見る翠緑《すいりょく》の瞳には、僅かに負の感情が混じっている。

「戯言とは……。レイファ様、私はこの国のことを想《おも》って」

「では問いましょう。貴方が言うようにヘリアン殿がノーブルウッドの関係者だとして、我らラテストウッドを欺《あざむ》き取り入ろうとしているとして、そこに何の意味があるのですか？」

「何の意味が、と申されますと……」

「ヘリアン殿たちが何か得をするのですか？　ただでさえ劣勢にあった我らを欺き、内部工作をす

ることにどれほどの効果が？　そんなことをせずとも我々が抵抗できないほどの戦力で力押しをすればよいだけでしょう。ノーブルウッドにはそれが可能です」

「……ッ⁉　レイファ様、それは……ッ！」

「今更言葉を濁してどうなるというのです」

「民が聞いております……！」

「そのようなことは、貴女に言われるまでもなく承知しています」

ウェンリは額に汗を浮かべて諫めようとする。

しかし、レイファは聞く耳を持たない。

「まあ可能性自体は否定できませんね。それは貴女の言う通りでしょう。だから貴女が主張したように、先ほどエルティナ殿が施してくれた治療が『我々に対し恩を売るための売名行為』とやらであったと仮定しましょうか」

「……レイファ様？」

「ですが、我々に恩を売ることにどれほどの意味が？　最後に残された拠点であるこの集落は大打撃を受け、戦力はほぼ壊滅状態。ただでさえ乏《とぼ》しかった物資も今回の襲撃で底を尽きました。そんな我らにヘリアン殿が何を求めるというのです？　我々から何を奪えるというのです？」

「……それ、は」

「更に仮定を重ねましょうか。貴女が懸念《けねん》している通り、ヘリアン殿たちが我々の敵であったとして——だから？」

鼻で嗤《わら》うようにして問われ、驚愕のあまりウェンリは身を凍らせた。

レイファは感情のない表情で淡々と言葉を紡ぐ。

「勝てますか、彼らに？」

刺すような言葉だった。

「私は先日の救出作戦から撤退の折、彼《か》の狩人長サラウィン＝ウェルト＝ノーブルリーフから追撃を受けました。ですがその狩人長を、ヘリアン殿たちは歯牙《しが》にもかけず撃退されました」

レイファは己の目で見届けた。

狩人長の攻撃に対し、エルティナが未知の高位魔術を瞬時に展開し容易《たやす》く防いだ光景を。

レイファには視ることすらできなかった。

リーヴェが目にも止まらぬ速さで狩人長に肉薄し、拳《こぶし》を振り抜こうとした姿を。

「ヘリアン殿が止めなければリーヴェ殿の拳は狩人長を死に至らしめていたことでしょう。そして今日初めてお会いしましたが、新たなお仲間の方も、きっと同等の力をお持ちなのでしょう」

レイファはカミーラに視線を移した。

カミーラは向けられた視線など気にも留めず、周囲を警戒し続けている。

既に『はぐれていたか弱い仲間』との設定が意味を成さなくなっていることを理解しているカミーラは、リーヴェたちと同様、主人の護衛役に徹していた。

「私たちを害する意図があるのならヘリアン殿たちはいつでもそれを実行できます。そして一度実行に移されれば我々に抗《あらが》う術はない。ヘリアン殿たちと戦うことになった時点で我々の負けなのです。わざわざ我々を騙す必要がどこにあるのですか」

「…………ですが、リリファ様たちを攫ったノーブルウッドの要求は、彼らの……！　そもそも彼らがこの集落へ訪れなければ！」

「論点がずれています。貴女は先ほどまでヘリアン殿たちがノーブルウッドの手先だと主張していました。確かにノーブルウッドの要求は彼らに関するものでしたが、それは即《すなわ》ち、彼らがノーブルウッドとは無関係だという裏付けではありませんか」

貴女がそれを理解できないはずはないでしょう？

レイファは視線でそう問い掛ける。

対するウェンリは青褪《あおざ》めた表情で、レイファを見ていた。

「そもそもヘリアン殿たちが助けてくれなければ、私もまたノーブルウッドに囚《とら》われるか、もしくは殺されていました。貴女はそれをよしとしますか？」

「そ、そのようなことは決して……！」

「ノーブルウッドの手先だと主張しておきながら、そうではないと自分の中で認めている。にもかかわらず、貴女はヘリアン殿たちを糾弾《きゅうだん》しようとしている。まさかヘリアン殿たちを諸悪の根源に仕立て上げ、ノーブルウッドへの生贄《いけにえ》に捧《ささ》げようとでも？　ラテストウッドの残存戦力全てを動員しても敵《かな》わない相手に言うことを聞かせようとでも？　事はそう簡単な問題ではないのです。我々にどうこうできる段階を、既に逸しているのです」

「…………」

「貴女があえて憎まれ役を買って出てくれていることについては私も理解しています。ですが、もう黙りなさい。これ以上は話の邪魔にしかなりません」

ウェンリは気圧《けお》されたように一歩退き、俯いた。

その口が何かを紡ぐことはもうない。

――一方、ヘリアンもまた薄ら寒いものを覚えていた。


話を聞いてくれるのはありがたい。

ノーブルウッドの手先ではないと周囲に知らしめてくれたのも僥倖《ぎょうこう》だ。

だが、わざわざ人の集まる集落の中心地でそれを口にしたのかが腑《ふ》に落ちない。

それも声を大にして周囲にあえて聞かせるように喋《しゃべ》り、かつ集落の者たちに伝えなくてもいいであろう情報を聞かせているのは何のためか。

「見苦しいものをお見せしました。重ね重ねの無礼、どうかお許しください」

「……っ、いや、構わないとも。ウェンリ殿の立場上、その忠心から我々を疑うのは理解できる。我々としては疑いが晴れたのならばそれでいい」

頭を下げようとするレイファを慌てて遮《さえぎ》る。

民衆の前で女王が頭を下げるなどと何を考えているのか。嫌な予感が止まらない。

「それよりノーブルウッドの要求とは何だ？　話の流れから我々が関係していると受け取ったが」

「はい。お察しのとおりです。リリファたちを攫ったノーブルウッドの要求はただ一つ――」

――『明日の日が沈むまでに、ハイエルフを連れた旅人の一行を引き渡せ』

それが、ラテストウッドの集落を襲ったノーブルウッドの要求だった。

3.

「ハイエルフを連れた旅人の一行を引き渡せ？」

オウム返しに口にする。

ノーブルウッドの要求が自分たちの身柄などとは思いもよらなかった。

しかし『ハイエルフを連れた旅人』との指定が解せない。

「はい。『旅人一行』と引き換えに、ラテストウッドの国民を……リリファたちを返還するとのことです。しかも『神樹の名に誓う』との誓約まで口にしました」

「……『神樹の名に誓う』とは？」

「古《いにしえ》よりエルフ族に伝わる誓約の文言です。そして神樹とはエルフ族にとっての御神体——神の依代《よりしろ》です。その名に誓うということはエルフ族にとって絶対の誓約となります」

森の民や辺境部族にありがちな偶像信仰か。

いや、現実世界の常識で考えるべきではないだろう。実際に神が宿る樹があるのかもしれない。

「もしもこの誓言を口にしておきながらそれを反故《ほご》にした場合は『これを破ればエルフにあらず』『我らが神の名を穢《けが》す者なり』として全てのエルフ族を敵に回すことになります。何よりエルフとしての矜持《きょうじ》が誓約を破ることを許しません。それほどに重い言葉なのです」

なるほど。要は旅人一行を引き渡せば確実にリリファたちを救える、ということか。

……ウェンリが必死になるわけだ。

「つきましてはラテストウッドの代表者として、貴方様にお願いしたきことがございます」

「言ってみてくれ」

「今回攫われた民を――リリファたちを、ノーブルウッドより奪還していただけないでしょうか？」

大体予想通りの言葉ではあった。しかし、

「奪還と言ったか？　黙って引き渡されてくれ、ではなく？」

「はい。あくまで奪還です。貴方がたをノーブルウッドに引き渡すつもりはありません」

チラリと周囲の様子を窺うが、ヘリアンたちを無理矢理拘束《こうそく》しようという動きは見受けられない。

先ほどのレイファの話を耳にした彼らは、こちらが戦っても敵わない相手だという事実を正しく認識しているのだろう。

「……三点ほど確認したいことがある」

結論は早計には出せない。

「まず一つ目だが、『神樹の名の誓い』はノーブルウッドとラテストウッドの双方が合意した契約、と受け取っていいのか？　それともノーブルウッドが一方的に宣告しただけか？　前者ならば、貴国としては『旅人一行』を引き渡す義務があると思われるが」

「いいえ、後者です。一方的な宣告でした。それも言い捨てて行ったに等しいような状況であり、我々は旅人を差し出すなどという誓約は口にしておりません。従いまして我々がヘリアン殿たちを差し出さずとも『神樹の誓約』を破ることにはなりません」

やはりか。この場合、ノーブルウッドだけが誓約違反の罰則を負うリスクを抱えている。

わざわざ合意を取らなかったのは、下位種と決めつけているハーフエルフが自分たちに従わないという発想がそもそも浮かばなかったからなのかもしれない。

彼らはとことん、ハーフエルフたちを見下しているようだ。

「二つ目だ。そもそも何故ノーブルウッドは我々の身柄を要求するんだ？　しかもわざわざ〝ハイエルフを連れた旅人〟と指定してきたということは、エルティナが標的にされていると解釈したが……何故ハイエルフと？」

「不明です。私の目からは只者《ただもの》ではないとしか分かりません。……やはりエルティナ殿はハイエルフなのですか？」

違う。エルティナは白妖精《エルフ》でも高位《ハイ》の白妖精《エルフ》でもない。エルフ種最高位の神代の白妖精《エンシェントエルフ》だ。

だが、それをこの場で言っても伝わらないだろう。問題はノーブルウッドがエルフの上位種を標的としているということだ。

その上、ラテストウッドのハーフエルフたちよりも優先すべき標的と見做《みな》されてしまっている。

「普通のエルフでないことは確かだが、エルティナが標的になっているのが不可解だ。先日の……サラウィンだったか？　アレとの揉《も》め事《ごと》が原因であれば、人間である私や彼を殺そうとしたリーヴェが名指しにされているはずだ」

むしろエルフにとっての蔑視対象である人間――ヘリアンを旅人一行の代表者として指定する方が自然に思える。

昨日の揉め事の際に、交渉役として会話の矢面に立っていたのもヘリアンだったのだから。

「だが要求の言葉を聞く限りは、標的とされているのはエルティナで、私とリーヴェはただのオマケのように聞こえる。何故、ノーブルウッドはエルティナを標的にするんだ？」

「私にも本当に分からないのです。そもそも此度《こたび》の開戦の言い分としては、彼らはハーフエルフそのものを敵と見做しているようでしたが」

「耳を見てもらえば分かる通り、エルティナはハーフエルフではない」

「承知しております。恐らくは彼《エルフ》らよりも豊富な魔力を持った、もしくは高位の魔術を修めているという事実からハイエルフと推測したのでしょうが……何故ハーフエルフではないエルティナ殿を狙《ねら》うのか、私には皆目見当もつきません」

嘘は言っていない。当惑しているのはレイファも同じことのようだ。

少なくともヘリアンからはそう見えた。

「では三つ目だ。心して答えて欲しい」

「はい」

「貴女は我々に捕虜の奪還を求められた。だが、その要求に応えることで我々が得られるものはあるか？」

問うなり、ウェンリが睨《にら》み殺すような視線を向けてきた。

だが気圧されるわけにはいかない。ここが正念場だと、ヘリアンは腹の底に力を入れる。

――ヘリアンはアルキマイラの王だ。

情に流されてはいけない。非情にならなければならない。「可哀想《かわいそう》だ」とか「助けてあげたい」だとか、そう願う個人《ヘリアン》の意思に国を巻き込むわけにはいかない。

それは王として相応しくない行動だからだ。個人的意思で動くなど『王の器』ではない、と配下たちに思われかねないからだ。だから見返りもなしに火中の栗を拾う真似はしない。できない。助けたくても助けられない状況なのだ。

――だが、見返りがあるなら話は別だ。

国として助けるに足る理由があればヘリアンは動ける。「心して答えて欲しい」とはそういう意味だ。

リーヴェたちに見られている以上そんな本音は口に出せないが、それでも想いの丈を篭めて告げたつもりだった。

物資もなく、敗戦寸前のラテストウッドに差し出せるものがあるのかは分からない。むしろ先ほどのレイファとウェンリのやり取りから察するに、見返りとして差し出せるものなど存在しない可能性が高いだろう。

更にノーブルウッドの戦力も測りきれていない状況だ。個人戦闘能力ならばアルキマイラが勝っているであろうことは先ほどの会話から察することができたが、敵勢力の総戦力値は未だ不明のままである。夕刻までに敵戦力を把握し、かつそれを上回る戦力を捻出できるかどうかも分からない。勝てる保証もないのに手を貸すというのは決して利口な選択ではないだろう。

だけどそれでも、ないはずの『差し出せるもの』を捻《ひね》り出《だ》してくれるなら。そしてそれを国家《アルキマイラ》として動ける理由に仕立て上げられるなら、ヘリアンは助けたい。そういう一縷《いちる》の望みをかけた問い掛けだった。

何故ならばヘリアンはあの日交わした指切りを忘れていない。

精一杯に頑張って、心を削って、民を救おうとしていた少女と交わした約束を。

あの細い小指を覚えている。

だから頼む、と。

神に祈るような気持ちでヘリアンはレイファの言葉を待った。


「――――」


レイファは僅かに俯き。

躊躇いと呼ぶには短すぎる時間を経た後に顔を上げ、ヘリアンの瞳を真っすぐに見た。

そうして彼女は答えを紡ぐ。

「私自身を対価として、貴方様に差し上げます」

返ってきたのは最悪の言葉だった。

初めから覚悟を決めていた表情だった。

「ハーフエルフは、ノーブルウッドと人間の国家との間に起きた戦争の結果、生まれた者たちです。そしてその中には、人間に捕まった『ノーブルウッドの女王』の子供も含まれます。それが三代前の初代ハーフエルフ……私の曾祖母《そうそぼ》にあたる人物です」

つまり、私は『ノーブルウッドの女王』の末裔《まつえい》にあたります。レイファはそう口にした。

「ノーブルウッドの中で、彼の女王の血を引く直系の子孫は現国王のみです。従いまして女王直系の血には希少価値があります。また私は処女ですので、付加価値は更に高まります。奴隷《どれい》商人に売却すればかなりの金額がつくのは確実でしょう」

一例として最近人間の国で取引されたハーフエルフには金貨五八〇枚の値がついたそうです、と。

レイファは平然と事実を語り、契約の言葉を綴《つづ》っていく。

「小国とはいえ仮にも王族であり、かつノーブルウッドの女王の血も引く私であれば、どれほど低く見積もろうともその百倍の値はつくはずです。また売却するまでの間、私にできることであれば何でもお申し付けくだされば、当件をお受けいただければ、その瞬間より私の全権を貴方様に差し上げます。どのようなご要望でもお応えします。それが、我が方からの対価です」

淡々とした口調のまま、ラテストウッド国の女王は取引材料の説明を終えた。

レイファ＝リム＝ラテストウッドという商品の価値を貨幣《かへい》に換算してみせた。

更には白紙のカードまで添えて差し出そうとしてきている。

……吐き気がしそうだ。

「馬鹿《ばか》げている……仮にこの取引が成立したとして、その後のラテストウッドはどうなる？　貴女はこの国の最高指導者だ。それを失った後の国のことをどう考えているんだ？」

「リリファが治めます」

即答だった。

奪還したリリファに、ラテストウッドの指導者を……女王の座を任せようというのだ。

「リリファもまた、私と同じくあの父と母の血を継ぐ者。ならば必要に駆られれば、あの子は王族としての役割をしっかりと果たしてくれます。今でこそ幼い振る舞いを見せてはいますが……姉である私がいるからこそ、わざとああしている節があります。ならば私がいなくなれば、あの子も立派な女王として国を導いてくれることでしょう。私はそう信じています」

真っすぐな瞳だった。

本当にそう信じているように感じられた。

攫われた民を奪還したところで、国としては延命策にもならないということは、ヘリアンでさえ容易に想像がつく。

それでも、レイファ＝リム＝ラテストウッドは妹を信じると口にした。

嘘偽りなくそう告げた。

「ですから何卒……何卒、ラテストウッドの民をお救いください」

言って。

レイファはその場に跪《ひざまず》き、更には両手と頭を地面に突いた。

「──私にはもう、これぐらいしかできないのです」

集落の中央で。

多くの民衆の視線が集まる只中で。

ラテストウッド国の女王であるレイファ＝リム＝ラテストウッドは、一介の旅人であるヘリアンに対し、這《は》いつくばって懇願《こんがん》した。

「他に手がないのです。もう、どうしようも、ないのです。もはや貴方様に頼るしか、道が残されていないのです」

懺悔するような言葉だった。

罪を告白するかのような声色だった。

紡ぐ言葉の数々には隠し通せない悔恨《かいこん》が滲んでおり、嘘偽りのない事実を口にしているのだと否応なく理解させせられた。

……ああ、知っていた。

そのようなことはとうに知っていたとも。

本当はヘリアンとて以前から薄々と理解していたのだ。

ラテストウッドが既に国として終わっていることなど、とっくの前に気付いていたはずだった。

既に国としての体裁《ていさい》を成していない。

なにせ側近とされるウェンリでさえ、感情に任せて行動してしまうほどに追い詰められている。

レイファも口にしていたが、あの時のウェンリは正気ではなかった。今は幾分か持ち直しているようだが、きっかけ一つであのような凶行に及んでしまうほど、彼女たちの精神はすり減ってしまっている。

そもそも希少な魔術を有するとはいえ、そして救出対象に王族がいるからとはいえ、囚われた仲間の救出に女王自らが出陣しなければいけないという状況に追いやられている時点で既に国として末期だ。絶望的という表現ですら生温《なまぬる》い。

恐らくは最後の手段という位置づけだったのだろう。

宣戦布告抜きの奇襲攻撃により軍力の大半を失い、三週間に及ぶ襲撃により疲弊《ひへい》しきっていたラテストウッドには、それしか手が残されていなかった。そして、賭《か》けでしかない最後の手段を実行し――案の定、失敗したのだ。

結果、ラテストウッド国の女王レイファ＝リム＝ラテストウッドは、一人の手勢も伴うことなく単独で森を逃げ回る羽目になり、危うくノーブルウッドのエルフに捕まる寸前だった。そして本来ならばその時点で国として終わっていた。それが最後の手段であった以上、何もかも全てそこで終わっていたはずなのだ。

――しかし、そこに誰もが予想していなかった第三勢力が現れた。


ノーブルウッドを含めたいずれの勢力にも所属しておらず、かつノーブルウッドの狩人長に勝る戦闘力を保有し、更にはハーフエルフに対して偏見意識を持たないというこの上なく都合のいい戦力が――ヘリアンたちが現れた。

その時のレイファの気持ちはいかなるものだったろう。

救出に失敗し、両親を救えず、自らの命運も尽きようとしている中、国の滅びを食い止められる可能性のある人物を見つけた際の彼女の心境はいったいどんなものだったのだろうか。

ヘリアンには想像もつかない。否、知ったかぶりの他人には想像すること自体が許されるようなものではない。けれど、彼女が友好的に接してくれた理由については合点がいった。更にはヘリアンたち一行の素性を怪しみながら、全くそれを追及しなかったことについても理解できた。

なんてことはない。

ヘリアンたちが何者であろうとも彼女には関係がなかった。

そんなことは、ひたすらどうでもよかったのだ。

レイファがヘリアンたちに出会ったその時点で既に、ラテストウッドを救うためには、見るも怪しい旅の一行とやらに助けを求めるしかなかっただけの話だった。

ただ、それだけの話だったのだ。

だが――

「何を……何をしてるんだ⁉　頭を上げてくれ、レイファ殿！　貴女はそんなことをしてはいけない人だろうに⁉」

「できません。色良いお返事をいただけるまでは」

女王《レイファ》はひれ伏したまま動かない。

一介の旅人に対して頭を下げ、縋り付く情けない姿を衆目に晒している。

それは王として絶対にしてはならないことだった。民の頂点に立つ者が他人に遜《へりくだ》り媚《こび》を売る姿など、どのようなことがあっても見せてはならないものだった。

何故ならば王は万能ではないからだ。民意を得られなければ国の運営などできるわけがない。

そしてだからこそ必要なのだ。

権力などという下らないものが。

権威などというふざけたものが。

人の上に立つ者には必要不可欠なのだ。

それは地球上の歴史が証明しており、教科書にも嫌になるほど詳細に記されている端的な事実である。

だが、レイファはあえて民衆の前で無様《ぶざま》を晒すことを選択した。

民衆の誰の目にも留まるよう、わざわざ集落のど真ん中で、それも皆に言い聞かせるような声で現状を説明した上で、余所者《よそもの》に対して地に頭を擦り付けている。

この時点でレイファ＝リム＝ラテストウッドの女王としての求心力は地に落ちただろう。自分の力ではどうしようもないと敗北宣言をしたのだから当然のことだ。そしてそれが分からぬ女王ではない。にもかかわらず、あえて彼女がこのような暴挙を犯したのはただ一つの理由から。

——民を救うためだ。

自国《ラテストウッド》の国民をヘリアンたちに救わせるためだ。本当に他の手段が残されていないという実態を、ヘリアンの脳髄に叩《たた》き込むためだ。

そして事実、ヘリアンは正しく理解した。レイファのこの行為が示す意味を理解してしまった。

それは『もう貴方しか頼れる者がいない』という懇願であり。
そして『もう自分ではどうすることもできない』という事実説明であり。
更には『見捨てられればここにいる全ての民が死ぬのだ』という脅迫であり。
それらの全てが紛《まぎ》れもない真実であるという証明行為だ。

たとえ他力本願になろうとも。
第三者の善意に付け込んででも。
民衆を脅迫の材料に使ってでも。
それでも、国と民だけは救う。
国民を救うためには手段を選ばない。

それがレイファ＝リム＝ラテストウッドが示した在り方だった。

一介の旅人ごときにひれ伏すその姿こそが、ラテストウッドの女王としての最後の仕事だった。

「…………客人殿……いえ、ヘリアン様。今までの非礼をお詫びいたします。何卒お許しください」

黙り込んだままだったウェンリは、その場で膝を突き、固く閉ざしていた口を開いた。

「レイファ様の代わりに我が身を捧げます。どうか我が身で取引に応じ――」

「なりません、ウェンリ」

地に頭を突いたままのレイファが、その言葉を遮る。

「貴女にはリリファの後見人となってもらわなければいけません。あの子一人だけではラテストウッドを率いることは不可能です。貴女が必要です」

「ですから、私の代わりにレイファ様がこの国に残っていただければ……ッ！」

「ハーフエルフの成人女性の標準単価は金貨五〇〇枚前後。ヘリアン様たちに、そのような端金《はしたがね》で命を張れと言うつもりですか？　それで納得していただくことが可能だとでも？」

「……レイファ様……！」

「貴女の気持ちは嬉しく思います。しかしこれは私の仕事です。何もできなかった私の最後の務めです。邪魔を、しないでください」

その言葉に遂に堪《こら》え切れなくなったのか、ウェンリは綺麗なその顔をくしゃくしゃに歪めて涙を流した。そして泣き顔はそのままに、ウェンリもまた地面に手を突き頭を下げる。

それどころか、様子を見守っていた民衆もまた一人二人と頭を下げ始めた。憎きエルフを連れた人間であるヘリアンに対し、顔を伏せて一様に哀願する。

――売れ、と言うのだ。

彼女を奴隷商人に売れと。

売って、命を張るに足る金銭を得てくれと。

女王の身柄を担保として攫われた者たちを助けてくれと、民が総出で頭を下げている。

誇りもなにもかもを投げ打って、地に跪いてそう伝えている。

そこにどれだけの葛藤《かっとう》があっただろう。守るべき主を人間に差し出す心境というものはどういうものなのだろう。自分の手で守れぬ民を他人の手で救ってくれと嘆願する心境は、どのようなものなのだろうか。

ヘリアンには分からない。分かりたくもない。分かっている確かなことは唯一つ。

それは今ここで彼女らを見捨てれば、彼女らの命運はその時点で尽きるという事実《こと》だけだ。

「――――――――」

なにこれ。

なんなんだこの状況。

気持ち悪い。

吐き気がする。

脳が理解を拒んでいる。

この状況を受け入れろなどと無茶振りにも程があった。

たかが二十年も生きていない自分に、この場にいる全ての人の命運が預けられているなどという、あまりに馬鹿げたこの現状を受け入れたくない。

「――――――――――、」


ヘリアンはアルキマイラの王だ。

アルキマイラの国民に命じることができる立場であり、また命じた結果により生じた全てに責任を負わなければいけない立場でもある。

軽挙な判断は許されない。

滅亡寸前の勢力に手を貸すなど馬鹿げている。

ましてや差し出されたモノと提供するモノの価値がまるで釣り合っていない。

自分の立ち位置すら定まらぬ身で他国の揉め事に首を突っ込もうなどと愚か者もいいところだ。

そもそもお前ごときに手を差し伸べる資格があるのか。

他人を救えるほど高尚な人間のつもりなのか。

そんな自問にすら答えられない。

答える勇気もありやしない。

強い人間ではないだろう。

身も心も弱すぎる。

立派な人間でもない。

それどころか矮小《わいしょう》ですらある。

自信もない。

ちっぽけな臆病者《おくびょうもの》だ。

王の器には程遠い。

——けど、それでも。

それでも外道に落ちるつもりはない。

そんな生き方をするのだけは絶対に嫌だ。

今ここで彼女たちを見捨てようものなら、自分は生涯、その選択を悔やむことになる。


だって、俺《おれ》の、この指は、あの日の約束《ゆびきり》を、覚えている——


——だから。

「リーヴェ、エルティィナ、カミーラ」

「ハッ」

「我、ヘリアン＝エッダ＝エルシノークが汝《なんじ》らに問う」

圧を持ったかのような主の言葉に、三人の臣下は揃《そろ》って膝をついた。

「ラテストウッド王国女王、レイファ＝リム＝ラテストウッドから我が国への救援要請を確認した。彼の国は多くの種族が共存する多種族国家であり、その成り立ちの経緯から相互扶助《そうごふじょ》の建国理念、弱者救済の尊い精神性、そして最後の最後まで諦めることのない不屈の国民性を有している。これらは我が国の思想と大いに通じるモノがあると言えよう。

また彼の国の女王は我が国の救援活動に対し最大限の対価を約束しており、礼節も十二分に弁《わきま》えていることをこの私自らが確認済みである。ならばたとえ彼の国が差し出す対価と我が国が提供する戦力との価値が釣り合わなくとも、中長期的戦略観点で将来を見据えた場合、彼の国とは良き縁を結ぶ必要があると私は考える。

この考察について否があれば今ここで答えよ」

偉大なる王の御言葉に対し、三体の従僕は沈黙を以って答えとする。

「――結構。ならば命ずる。リーヴェは私と共に帰国し、ラテストウッド使節団の受け入れ準備を整えろ。エルティナは我が国へ来訪される使節団の案内とその護衛を任せる。カミーラは可能な限りの情報収集を行い、仮想敵国《ノーブルウッド》の戦力分析にあたれ。無駄にできる時間は一分一秒もない。各位迅速に行動を開始せよ」

「「「ハッ――――！」」」

唱和で返ってくる答えを背に。

ヘリアン＝エッダ＝エルシノークは未だ頭《こうべ》を垂れ続けるレイファ＝リム＝ラテストウッドに対し、一歩を踏み込んだ。

「面を上げられよ。ラテストウッドが女王、レイファ＝リム＝ラテストウッド」

強い意志が篭められた声で促され、女王は静々と顔を上げた。

額を土で汚したその顔には、ヘリアンが配下らに告げた言葉の意味を呑《の》み込めないでいるのか困惑の色が浮かんでいる。

構うことなくヘリアンは告げた。

「此処《ここ》に契約は成立した。此方が身分を偽っていたことについてはご理解いただきたい。我が国も少しばかり問題を抱えていた故、慎重に動かざるを得なかったのだ。許されよ」

そして名乗る。

「改めて汝に我が名を告げよう。我こそは万魔国《ばんまこく》アルキマイラが国王、ヘリアン＝エッダ＝エルシノークである」

困惑の色を驚愕に変えて、ラテストウッドの女王は目を見張った。

「歓迎しよう、盛大にな。この日この刻を以ってラテストウッドの民は我が国の同胞《はらから》となる。

――異世界国家アルキマイラへようこそ」

六章　王の演説

その日、アルキマイラに住まう魔物たちは浮ついていた。

王が直々に演説を行うとの公式発表があったからだ。

「よぉ。聞いたか、例の話」

「ああ、勿論《もちろん》だ。我らが王が演説をなさるという話だろう？」

「おうよ。もう城前の広場は人だかりで埋まってる状況だぜ。オメエさんはこんな所でのんびりしてていいのかよ？」

「自分は《遠視》持ちだからな。屋根上にでも上がって拝聴させていただくつもりだ。お前の方こそいいのか？」

「俺《おれ》ぁ巨人族だかんなぁ。時間が来たら人化解いて元の姿に戻ればいい。前に立っているやつがどんだけデカかろうと巨人族よりデカイってこたぁねえだろ。元の姿なら視界を遮《さえぎ》るものはねぇ」

「……お前、何メートル級だ？」

「三十」

「絶対やめとけ。第二軍団に目をつけられる。騒ぎを起こすような真似《まね》は本気でよせ。万が一演説の邪魔になるようなことがあれば第二軍団長に斬《き》られるぞ」

そんな会話があちらこちらでされている。演説が行われる旨が発表されて以降、城前の大広場へ向かう人々の列が途切れることはなかった。

なにせ首都丸ごとの転移などという前代未聞の異常事態だ。アルキマイラに住む魔物は多かれ少なかれ、この出来事《できごと》に衝撃を受けていた。

街ごと未知の土地に飛ばされたということは、他の衛星都市や地方都市を全《すべ》て失ったということだ。属国も失い、外部との流通に関しては完全に停止した状態にある。当然のことながら各種産業も大打撃を受けており一次産業はほぼ壊滅、二次産業も一部は麻痺《まひ》しており、三次産業はなんとか機能しているが長期的視点で見るといつまで保《も》つものか怪しい。

幸いにも国庫が開放されたことにより当面の生活は保証された。この先一年間は問題ないとのお墨付きも得ている。だがその先はどうなるのか。

多くの脳筋種族は「まあどうにかなるだろ」と楽観的に考えていたものの、目端の利《き》く高位な魔物ほど現在の危機的状況を察してしまっていた。

「まあ確かに、皆ひりついた雰囲気出してるよなあ。実際、小競《こぜ》り合いがいつにも増して多かったって話じゃねえか」

「警備兵の愚痴《ぐち》でも聞いたのか？」

「馬鹿《ばか》言え。第二軍団の警備兵はお硬いオツムの奴《やつ》しか採用されねえんだから、仕事に関するボヤキなんて聞けやしねえよ。単なる風の噂《うわさ》だ」

「風の噂か……。まあ確かに、暴《あば》れてどうにかなるものでもない状況というものは、色々と溜《た》まるものだな」

そう、それが問題だった。

魔物は基本的には力の信奉者だ。アルキマイラの国民は弱者であっても尊重する気質を持ち合わせているが、それでも本質的には力での解決を求めるという方向性に変わりはない。

故に、これが暴力で解決する問題であれば国民《まもの》たちもストレスを感じることはなかっただろう。『いざ力を振るえ』と言われた時のために備えてただ待っていればそれでよかったからだ。待つという時間は戦うための準備期間であり、それはストレスどころか心地よい高揚感すら与えてくれるものだった。

だが今回は勝手が違いすぎる。なにせ力を振るったところで解決するような出来事ではないからだ。問題の焦点が『転移』となれば魔術に特化した第四軍団、もしくは呪術を修めている第六軍団の専門分野となるが、その専門家たちも芳《かんば》しい成果を出せていない。

これが魔力が足りないなどの問題であれば遠慮なく第四軍団らの下へ押し寄せ、ありったけの魔力を無理矢理提供する所存だが、そもそも解決の糸口すら見えていないときてはどうしようもない。

当然、腕力や物理能力でどうにかなるものでもない。

しかも国としては慎重に立ち振る舞わなければいけない状況下にある以上、国外で暴れて鬱憤《うっぷん》を発散するわけにもいかず、狭い国内で悶々《もんもん》とした時間を過ごすしかない状況だった。その時間は少しずつ、しかし確実に国民らにストレスを与えていた。

——そんな状況の中、王の演説が行われる旨の公式発表だ。

国民全てがその発表に飛びついた。外敵からの守りを固めている守備隊以外の全ての魔物が、既に城前の広場へと集結しつつある。

城前の広場には十万を超える魔物たち全てを受け入れる許容量《キャパシティ》はなく、首都の各所に遠隔地の映像を届ける映像投影玉《スクリーン》が設置されているものの、王の姿を生で見たいという想《おも》いは皆一緒だったらしい。

あぶれた者は近くの建造物の屋根上に陣取ったり、《遠視》や《念視》を駆使したり、はたまた翼を持つ種族については宙に浮くなどして、思い思いの方法で城のバルコニー前の場所取りをしながら王の登場を待っていた。

城のバルコニーから周囲を見渡せば、どこに視線をやろうとも魔物の姿で埋まっている状態である。その光景はまさに万魔《ばんま》の集いと言えるだろう。

「しかしまあ、俺らが言うのもなんなんだがこうして見ると壮観だなあ」

「全くだ。普段は首都にこれだけの戦力が集まることなどないからな」

「八大軍団長が揃《そろ》い踏みなんてのは、今や建国祝賀祭の時ぐらいだからなぁ。見ろよ、あそこには第一軍団長がいるぜ」

「……本当だ。第一軍団長が我らが王のお傍《そば》を離れている姿は珍しいな」

広場の中心に立つ高台。

それを囲むような形で円周状に第一から第八までの各軍団が配置されている。

その隙間《すきま》を市民が埋めているような格好だ。

八大軍団長もまた、各々《おのおの》の軍団の下に姿を現している。国王側近たる第一軍団長《リーヴェ》が国王の傍を離れている姿は珍しく、近くにいる者は無遠慮な視線を向けていた。

そして、そんな喧騒《けんそう》も次第に鳴りを潜《ひそ》めていく。

予告されていた時刻が……アルキマイラの国王が姿を現す時間が近付いてきたからだ。

誰《だれ》ともなく口を閉ざし、十万を超える民衆が集った大広場は静寂へと包まれていく。

——そして、その時が来た。

城のバルコニーから広場へと一条の光が伸びる。
光は広場の中心部——円柱状の演説台に接続されるなり結晶化し、道を成した。
そしてバルコニーから現れたのは一人の青年。
国の紋章が刻まれた外套《がいとう》を纏《まと》い、悠然と歩みを進めるその姿。
見紛《みまご》うはずもない。
彼こそは民衆が待ち望んでいた万魔を統《す》べし絶対者。
アルキマイラが国王、ヘリアン＝エッダ＝エルシノークだ。
「「「オオオオオオオォォォォォォォォォ——ッ!!」」」
地鳴りのような声が広場を満たす。
ついに姿を現した王を民衆は歓声を以って出迎えた。
一歩、また一歩と王が歩みを進める。
その度に、城から伸びる結晶の通路が再び光へと姿を変え、天へ舞った。
散りゆく燐光《りんこう》を背にして歩みを進めるその様は優雅《ゆうが》にして厳粛《げんしゅく》だ。
アルキマイラの国民に見守られる中、王は悠然と歩みを進める
そしてその身が演説台に辿《たど》り着くと同時、結晶の通路は完全に消失した。

待ちわびた王のその姿に民衆は誰ともなく身体を震わせる。

「――諸君、よく集まってくれた」

ヘリアンが言葉を発すると同時、先ほどまでの喧騒《けんそう》が嘘《うそ》のように静まり返った。

王の言葉を聞き逃すわけにはいかないと、民衆は固唾《かたず》を呑《の》んで見守る。

「一五〇年……アルキマイラが建国して以来、一五〇年という長き年月が過ぎた。振り返ってみれば一瞬の出来事のようであり、しかし濃密な時を諸君らと共に刻んできた」

王はつと天を仰《あお》いだ。

何かを思い返すかのような仕草だった。

「始まりの一歩は三体の魔物と共に刻んだ。小さな狼獣人《リトルウェアウルフ》が一体、低位の魔猫《レッサーウォーキャット》が一体、白妖精《エルフ》が一体、それに古ぼけた木造の民家。それが私の持つ全てだった。たった三体の魔物がヘリアンという男の持つ全戦力であり、容易《たやす》く壊れそうな安っぽい民家一軒がアルキマイラの唯一《ゆいいつ》の拠点だった」

第一軍団長《リーヴェ》が。

第二軍団長《バラン》が。

第三軍団長《エルティナ》が。

〝始まりの三体〟が耳を澄ませる。

「武器はなく道具も碌《ろく》なものがない。頼れるのは三体の配下の素の身体能力のみ。野良《のら》ゴブリン一体を狩るのにすら神経を削った。奇襲を仕掛け、三体同時に襲いかかることでなんとか勝利した。倒した野良ゴブリンから手に入れた刃毀《はこぼ》れの著しいナイフが、アルキマイラが手に入れた最初の武器だった」

全身鎧の獅子頭が腰に下げている短剣に手をやる。

一度鋳潰《いっぷ》され、アルキマイラの刀匠により鍛え直された鈍らがそこにあった。

「来る日も来る日も戦いに明け暮れる毎日だ。そうして戦いながら少しずつ仲間を増やし、鍛えあげた。そして一方で拠点を築き始めた。古ぼけた木造の小屋の中、狭い部屋に身を寄せ合い雑魚寝《ざこね》をするしかなかった日々だったが、ようやく〝始まりの三体〟に小さな家を与えてやることができた」

古ぼけた木造民家はその後改築され、一軒のとある酒場として営業を始めた。

アルキマイラに作られた初めての娯楽施設だった。

建て替えられてから既に百年以上が経過している。

「その後、戦乱の時代が訪れた。誰もが生き残りに必死だった。戦いに明け暮れる日々は続いた」

だがアルキマイラは生き残った。

時に敗北し時に勝利しながら、周辺諸国らと凌《しの》ぎを削り、あの厳しい時代を生き延びたのだ。

始めは弱かった魔物たちも度重なる戦いを経て実力者となり、第一軍団、第二軍団、第三軍団という戦闘組織を構築した。

各軍団の団長には〝始まりの三体〟が据えられた。

「そしてある日、我が国の資源を狙《ねら》って急襲をかけてきた国があった。我らは彼の国の侵攻を辛くも退け必死の交渉により和平を結ぶことに成功したが、戦争による被害は甚大《じんだい》だった。当時のアルキマイラの軍事力は乏《とぼ》しく、その少ない軍事力も先の防衛戦により大半を失った。急速な軍拡が求められた」

第四軍団が作られた。

魔術方面に特化した軍団だ。

しかし、それでも他国より軍事力は劣っていた。

第五軍団が作られた。

巨人族や鬼族などで構成された重装軍団だ。

ようやく、周辺諸国と渡り合える程度の戦力が揃った。

「しかし、軍拡を進めた我が国は、更なる発展の道を進むに足る土台が作られていなかった。内政を二の次にするしかなかった我が国の技術力・経済力は他国に水をあけられており、近い将来、他国に呑み込《こ》まれる未来が見えていたのだ。

故に私は、アルキマイラを滅びの道から救うため……内政大国であった隣国への侵攻を決めた。幸いにもその侵攻作戦は速やかに達成され、その結果として一人の王が世界を去り、残された高水準の技術と国民は我が国の一部となった」

ヘリアンにとっては苦い記憶だ。

唯一、アルキマイラ側から仕掛けた侵略戦争だった。

以降のアルキマイラは専守防衛に務め、しかし一度戦争《けんか》を売られたならば容赦《ようしゃ》せず撃滅し、併合した。

「災厄の時代があった。災神と呼ばれる存在が世界を滅ぼそうとしていた。過去の怨恨《えんこん》を忘れ、国と国が手を取り合ってこれに抗《あらが》い退けた。しかしいずれの国も甚大な被害を蒙《こうむ》り、もはや戦争どころではなくなった。その後冷戦の時代が訪れた。表面上は穏やかな時代だったが、水面下での妨害工作や諜報《ちょうほう》活動が活発化した」

第六軍団が作られた。

妨害工作や情報戦に特化した軍団だ。

彼女らの活躍により、熾烈化《しれつか》した水面下の戦いを生き延びた。

「その後も戦いは続いた。主要大国が周辺諸国を巻き込んで相争った。後に第二次戦乱期と呼ばれる時代だ。そして長きにわたる戦いの時代を経て、列強諸国は数を減らした。三大大国の時代が訪れた。我が国もまた、そのうちの一国として他国と鎬《しのぎ》を削った」

第七軍団が作られた。

発掘した古代文明の遺産の管理、およびそれを参考にした更なる技術革新を彼らに任せた。

彼らは想定以上の成果を叩き出し、国力ならびに軍事力は飛躍的に増した。

第八軍団が作られた。

竜種を中心に構成された軍団だ。

絶大な戦闘力を持つ彼らはアルキマイラの切り札となり、その後の戦場で多大な戦果を上げた。

「そして、再び災神が出現した。しかも、以前よりも遥《はる》かに強大な存在となって現れた。大国並びに中小国家は戦力を総動員してこれに抗い退けることに成功する。だが、いずれの国も少なからぬ被害を被《こうむ》った」

しかし、とある大国だけは力を温存しており被害は軽微だった。

災神を退けた後に世界の覇権を握らんと画策し、戦力を出し渋ったのだ。

「とある大国は災神により弱った我らにその牙《きば》を剝《む》こうとしたが、その国は災神という世界の危機を傍観する〝世界の敵〟と見做《みな》された。

どれだけ絶大な力を持つ超大国だろうが、世界の全てを敵に回して勝てるわけもない。その国は自国以外の全ての国を……文字通り世界そのものを敵に回してあっさりと滅んだ。大国と呼べる国は二つにその数を減らした」

そして、もう一方の国の国王と会談した結果、世界の覇者を争う決戦を行うことになった。時を決め、場所を決め、持ちうる全ての戦力を可能な限り鍛え上げ、アルキマイラはその決闘に文字通りの全戦力を投入した。

「世界の覇者を巡る一大決戦が行われた。戦いは激しかった。かつてないほどに大規模で、かつてないほどに厳しい戦いだった。しかし我々は幾らかの幸運に恵まれながらも、その決戦に勝利し、世界の覇者の称号を手に入れた。アルキマイラは唯一無二の超大国となり、黄金の時代が訪れた」

その後は一時的に平和な時代が訪れた。

災神が現れたとあらば中小国家の盾となり世界を守った。

近隣に新興国が作られても、その発展を妨害することなく見守った。

中小国家群が同盟を組んで戦争を仕掛けてきた際には正々堂々と受けて立った。

決して自ら攻め入ることはなく、他国から挑まれた戦いだけを覇者として迎え撃った。

そんな時代が、三十年程過ぎた。

「そして今――――我が国は未知の時代を迎えている」

アルキマイラの王ヘリアンは、一度そこで言葉を区切った。

「皆《みな》も知っての通り、我が国は首都ごと強制転移されるという事態に襲われた。しかも転移させられたのは城と城下町に留まり、街道を隔てた先にある施設等については転移してきていない。その後の調査により、今我らが立っている大地は未知の大陸であることが判明した。それどころか、我らがいた世界とは異なる世界――異世界に飛ばされてしまった可能性が極《きわ》めて高い」

静まり返っていた民衆が、堪《こら》え切れないようにざわめきの声を漏《も》らす。

「首都以外の都市は転移されていない様子で連絡がつかない。当然、衛星都市に滞在させていた軍についても同様だ。つまり我々は完全な孤立無援状態にある。我々が保有する戦力は今この首都にいる軍隊のみ。首都在住の民も含め今ここに集った諸君らがアルキマイラが保有する全人口であり、また総戦力というわけだ。転移前と比較すればその数、実に百分の一以下になる」

ざわめきの声が大きくなる。

一部の耳ざとい者や知恵の働く者は、ある程度予測していたのか動揺の声こそ漏らさなかったものの、深刻そうに眉《まゆ》を顰《ひそ》めた。

「元の場所へ帰還する手段については目処《めど》すら立っていない。魔術的、呪術的な観点から調査をしているものの解決の糸口すら摑《つか》めずにいる。長期戦の構えを取らざるを得ない状況だ。しかしながら首都に備蓄している食糧は一年間分のみ。それを過ぎれば、ここにいる全員を国が食わせてやることはできなくなる。

しかもそれだけではない。森に住まうハーフエルフの国、ラテストウッドと接触した我々が得た情報によれば、我が国が転移させられたこの地は禁忌《きんき》の土地とされており、強力な魔物が徘徊《はいかい》する危険地帯であるとの事実が判明した。

更に、我が国を取り囲む森全体が幻惑効果を帯びており、近距離ならまだしも遠距離の調査魔術は尽《ことごと》くが妨害されている。そのため、周囲の地形の把握すらままならない。国としては目隠しをされたも同然の状態に追いやられているということだ」

隠すことなく滔々《とうとう》と、王は国の現状を述べていく。

そして民衆の縋《すが》るような視線を一身に集めた王は、一際《ひときわ》沈痛そうな表情を浮かべ、

「――――絶望的だ」

と、そう言った。

「危険地帯へ強制的に転移させられ、孤立無援の状態に追い込まれた。転移の原因は分かっておらず、解決の見込みも立っていない。産業は尽くが機能不全に陥《おちい》り、備蓄している食糧も一年が過ぎれば底を尽きる。更には、国土も人口も軍事力も、その殆どを喪失している状態だ。総合的な我が国の国力は、転移前と比較して百分の一も残っていないだろう」

王の言葉に、民衆は声をあげることすらできなかった。

薄々と察しはついていたものの、王の口から直接放たれるその言葉の数々は現実味を帯びており、衝撃を受けずにはいられなかったのだ。

危機的な状況に追いやられているという現実を否応なく突きつけられた民衆の多くは、ただ呆然《ぼうぜん》と立ち尽くすことしかできなかった。

「どうしようもない。抗うことすらできない。この国は……アルキマイラは、終わりだ」

遂に放たれたその言葉に民衆は俯《うつむ》いた。

中には肩を震わせる者すらいた。

世界の覇者たるアルキマイラの国民として相応《ふさわ》しくはない姿だ。

だが誰も責め立てることはできない。

誰も彼もが王の言葉に衝撃を受けていたからだ。

沈鬱《ちんうつ》な静寂が広場を満たす。

その民衆に向け、王は問うた。


「――そのように考えている者はいるか？」


民衆は弾かれたようにして顔を上げた。

その殆どが多かれ少なかれ、不意を打たれたような表情を晒《さら》している。

「そのように考える必要がどこにある？」

再びの問い。

答える言葉を持たなかった民衆は、思わず横に立つ者と顔を見合わせた。

「アルキマイラは多種族国家だ。同時に、度重なる試練を皆《みな》の力を合わせることで乗り越えてきた『世界の覇者』でもある。これまで我が国が乗り越えられなかった試練など一つもない。戦争、天災、神の試練、災神……いずれの困難も自らの力で打破してきた」

それは歴史が証明する事実。アルキマイラが今ここに存続していることが何よりの証拠となる。

その証左だとでも言うように、王は国民の抱く不安を一つ一つ糺《ただ》していく。

――危険地帯へ強制的に転移させられ、孤立無援の状態に追い込まれた。

「だから何だ？　ここには八大軍団という最精鋭部隊が集結している。戦う力は十分に残っている」

――転移の原因は分かっておらず、解決の見込みも立っていない。

「ならば調査を継続し解決の糸口を見つければいいだけの話だ。軍の垣根を超えたアルキマイラの調査能力は伊達《だて》ではない。いつか必ず帰還を果たす」

――産業は尽くが機能不全に陥り、備蓄している食糧も一年が過ぎれば底を尽きる。

「だったら開拓し、食糧を生産すればよいではないか。周囲には大自然が満ちており獲物も生息している。少々危険地帯とのことだが、我らの力を以ってすれば切り拓けない道理はない」

――総合的な国の国力は、転移前と比較して百分の一も残っていない。

「それがどうした。たかが百分の一になっただけだ。その程度の国力損失で何を絶望するものか。動乱期の危機に瀕《ひん》した際には滅亡寸前にまで追い込まれたが、今もこうしてアルキマイラは存続しているぞ」

故に諦《あきら》める道理はない。絶望するに足る理由がない。

王は言外にそう告げていた。

「我が国は未曾有《みぞう》の危機の只中《ただなか》にある。なにせ首都ごと強制的に転移させられたのだ。極めて危機的な状況であると言えよう。だがこれは乗り越えられない壁か？　これは我々の滅びを意味するのか？　アルキマイラはここで終わりなのか？」

今度の問いには答えを得た。

しかし民は己《おのれ》の声で王の言葉を遮ることを嫌った。

故に彼らは心中で叫ぶ。

否《いな》、と叫ぶ。

「ああ、否だ。断じて否である。そんな事があってたまるか……ッ！　こんなところで終わってたまるものかッ‼」

語気は強く。

国民の声を代弁する王に、民衆は我知らず拳《こぶし》を握りしめる。

胸のうちに巣食う何かが湧《わ》き上がった。

「確かに未曾有の危機だとも。認めよう。だがそれがどうした？　この程度の艱難辛苦《かんなんしんく》など我らは幾つも乗り越えてきた。それが今回に限って乗り越えられない道理などどこにある？　そんな道理はあるものか！　あってたまるものかッッ‼」

叩《たた》きつけるような王の叫び。

力強い言葉。

放たれるそれは断言の勢い。

「眼前に立ちはだかる遥か険しいこの道は決して踏破成し得ぬものではない！　黎明期《れいめいき》に歩んできた道なき道の悪路を思えば、この程度の障害など何のことがあろうか⁉」

ああそうだ。

確かにそうだったと民衆は思い出す。

アルキマイラは先人なき道を、自らの力で切り拓いて来たのだった。

「無論、私一人ではどうすることもできない。何故《なぜ》なら私は弱いからだ。最弱の人間だからだ。戦う術《すべ》を知らぬばかりか、鶏ガラのように細いこの腕では剣を持つこともままならん。それどころかゴブリンの赤子にすら負けるだろう。だが、こんな私が今ここに立っているのは何故だ？　最弱の私がアルキマイラの国王としてここまでやってこられたのは何故だ？」

問うまでもない、と言葉を挟んで。

王は誰かを迎え入れるかのように両手を広げながら、聴衆に対し視線を走らせ、

「――諸君らがいたからだ」

と、民に向けてそう告げた。

「強き諸君らが私を支え続けてくれたからだ。弱き私を王と認め、付いて来てくれたからだ。皆が手と手を取り合い、力を合わせることを良しとしてくれたからだ。故に、この危機に瀕して我らがすべきことは唯一つ――！」

王は全ての民衆に見えるよう、右手を高く振り上げて、

「戦うのだッ！」

握った拳を演説台に叩き落とした。

静まり返った広場に打撃の音が響き渡る。

「手と手を取り合い戦うのだ！　この危機に立ち向かうのだ！　たったそれだけを為《な》すだけで我らはこの危機を乗り越えられる。強き諸君らにはそれができる。アルキマイラならば、それが可能だッ!!」

嗚呼《ああ》、もう限界だ。

民衆の誰もがそう思った。

口端から熱い吐息が零《こぼ》れる。

身体が熱病に浮かされたように熱い。

胸の奥底に灯《とも》った火が爆発《ばくはつ》的に膨れ上がる。

喉元《のどもと》まで迫《せ》り上がった衝動は最早《もはや》留まることを知らない。

行き場を求める熱が身体の中で暴れ狂い今にも溢《あふ》れ出しそうだ。

「故に国民よ！　誇り高きアルキマイラの民よ！　諦観《ていかん》も絶望も振り払い、この危機と戦わんとするならば！　弱き王たる私に付き従い、この危機に立ち向かわんことを願うならばッ！　――いざ、咆哮《ほうこう》を以って答えとせよッ!!」

そして、万魔の王のその言葉に身体中の熱が炸裂《さくれつ》した。

そこにいた種族性別無機物有機物の区別なき全ての魔物が、溢れんばかりの是の意を篭めて魂の限りに絶叫する。

「「「オオオォおオォォオォおぉおォォォオォおおおォォォ――――ッ!!」」」

怒号にも似たその咆哮。

ありとあらゆる叫び声が首都を満たす。

咆哮は咆声《ほうせい》と化して外壁にまで届き、首都を覆《おお》い隠す結界が雷撃を受けたかのように震えた。

演説台に立つ王はしばらくその様子を見守り、頃合《ころあ》いを見て右手を翳《かざ》す。

たったそれだけの動作で万魔の民衆は誰ともなく口を閉ざした。

身を焦《こ》がす熱はそのままに、周囲は再び静寂に包まれる。

「諸君らの気持ちは、よく分かった」

王は厳かに頷《うなず》いた。

その一挙手一投足《いっきょしゅいっとうそく》を決して見逃すまいと、その場に集った全ての魔物の視線が王を射抜く。

「……この森の北東部に、この地の国を発見した。名をラテストウッドと云う。ハーフエルフを中心に建国された多種族国家だ。調査を行ったところ、彼の国の理念は我が国に通じるものが極めて多いことが判明している。親しき隣人となれるであろう素晴らしき国だ。

そして、そのラテストウッドから我が国に救援要請が届いた。訊けばノーブルウッドという名のとある国が彼の国を滅ぼそうとしているとのことだ。ノーブルウッドはエルフ至上主義を掲げており、人間やその血が混ざったハーフエルフを迫害している」

迫害。

それはこの国では決して許されないものだ。

多種族国家アルキマイラが許容不可能な悪行だ。

しかも迫害対象に偉大なる王と同種族である『人間』が含まれている。

許してなるものか。

許せるわけもない。

民衆の胸の奥に燻《くすぶ》る熱が、吐き出されるべき場所を見つけたかのように鎌首《かまくび》をもたげ、蠢《うごめ》く。

「侵略者、ノーブルウッドの兵士はラテストウッドの民を攫《さら》った。そして厚顔にも攫った民の返還条件として、旅人に扮《ふん》していた第三軍団長を差し出せと要求してきている。——だが、奴らの要求に唯々諾々《いいだくだく》と従うつもりなど毛頭《もうとう》ない！」

当然だ。

アルキマイラは屈しない。

力で以って害そうとしてくるならば力で以ってこれに抗う。

そんな魔物たちの胸の奥を代弁するかのように王は語った。

王の御心《みこころ》は自分たちと共に在る。

その事実を確認した民衆は、胸に一つの充足感を得た。

「我々は断固抗う！　対話を拒み、自らの都合を押し付けようとしてくる者どもに——理不尽に振る舞う暴虐《ぼうぎゃく》へと抗う！　我々はそのようにしてここまで歩みを進めてきた！　そしてその歩みはこれからも続く！」

アルキマイラの歩んできた歴史。

強きを挫《くじ》き弱きを助け、世界に平和を、親しき隣人には愛の手を。

されど道を阻《はば》みし障害は実力で以って撃滅し、勝利の味に酔いしれる。

「故に私はラテストウッドを新たな同胞と認めると共に、ノーブルウッドの暴虐に抗い、これを撃退することを決意した——ッ！」

王の宣言に、民衆は歓声で以って賛意を示した。

民衆を見下ろす王は鷹揚《おうよう》に一つの頷きを送る。

「無論、ノーブルウッドには対話を試みるつもりだ。我らは法を知らぬ蛮族ではないからな。言葉を用いず、獣《ケダモノ》のように振る舞うことを良しとはしない。しかしながら彼の国が対話を拒み、交渉が決裂したその時には力を振るわざるを得ないだろう。その際、並大抵の戦力では一抹の不安を覚えずにはいられない」

我知らず、民衆は拳を固くする。

その場にいる全員が「我こそが」との想いを強くした。

最近の戦では全八軍団から幾つかの軍団が選出され、出撃するのが常だった。

ならば我こそが。

我が軍団こそがこの地での初陣に相応しい。

否、我が軍団以外にはありえない。

興奮の熱に焦がされそうになった魔物たちは本気でそう考えていた。

最早この熱は戦いの場でしか散らせぬことを悟っていたからだ。

「ノーブルウッドの戦力は未《いま》だ不透明だ。敵の数、兵種構成、装備、防備状況、戦力規模の一切《いっさい》が不明である。しかもいざ戦となればこの地における初の大規模戦闘となるだろう。決して油断はできない。よって私は――アルキマイラ国王ヘリアン＝エッダ＝エルシノークはいずれかの軍団に任せるのではなく、最も信頼している〝とある魔物〟にこの戦を託すことにした」

広場がどよめきに満ちた。

近くにいる者と顔を見合わせ「そんな魔物《ヤツ》がいたか」と、「未知なる勢力との戦争をたった一体に任せられるような魔物がいたか」と、視線で問いを交わす。

王が最も信頼を寄せる魔物と言えば、真っ先に思い浮かぶのは国王側近たる第一軍団長だ。

しかし第一軍団長は対単体戦闘において優れている魔物であり、彼女よりも対軍戦闘が得意な魔物は他にも大勢いる。

現に第一軍団長は戸惑った表情を浮かべていた。極めて珍しい表情だった。

単騎として強大な戦闘力を有し、更に対軍戦闘に長けている魔物としては第七軍団長や第八軍団長が該当する。しかし民衆の視線を集めた二人もまた、困惑の色を隠せないでいた。

単騎で行け、と王に命じられれば一も二もなく出撃する所存ではある。だが無駄死にを嫌うあの王が、保有戦力すら不明な敵勢力に対し単騎で吶喊《とっかん》させるわけがないとの確信があったからだ。

では誰が？

その答えを持たぬ民衆は続く王の言葉を待った。

「私はその魔物を信じている。彼の者に討《う》ち滅ぼせぬ敵など存在しない。彼の者こそが最強であると躊躇《ちゅうちょ》なく断言できる。最早その魔物を信仰していると言っても過言ではないだろう」

我らが王にここまで言わせるほどの魔物がいる。

その新事実に民衆は堪《た》えがたい嫉妬《しっと》の感情を覚えた。

しかも軍団長たちですら心当たりがなさそうだ。

つまりは国王側近にすら隠している国の切り札ということになる。

いったい如何《いか》なる魔物なのか。

固唾を呑む民衆に向け、王は告げる。

「其《そ》の魔物は世界を見届ける瞳《ひとみ》を有している。

其の魔物は剛敵を斬り裂く爪《つめ》を有している。

其の魔物は万物に威を示す鬣《たてがみ》を有している。

其の魔物は絶大な魔を紡《つむ》ぐ舌を有している。

其の魔物は城壁を打ち砕く腕を有している。

其の魔物は最果の音を聴く耳を有している。

其の魔物は巨軀《きょく》をも支える脚を有している。

其の魔物は大空を支配せし翼を有している」

謳《うた》い上げるような王の言葉に八大軍団長は鋭く反応した。

瞠目《どうもく》する八体の魔物が思い出すのは、謁見《えっけん》時のとある出来事。

「この有事において私が最も信頼せし魔物とは……十万以上の魔物により構成された巨軀を持つ、一体の融合魔獣《キメラ》である」

そして王は叙事詩《じょじし》を詠《うた》うかの如《ごと》く言葉を紡ぎ、

「その融合魔獣《キメラ》の名は――〝アルキマイラ〟――」


遂に明かされた魔物の名に、八大軍団長を除く民衆は一瞬我を忘れた。

その空白の思考に斬り込むようにして、ヘリアンが――万魔の王が声をあげる。

「問おうアルキマイラよ！　弱き王に代わり、全てを見届けるその瞳は何処《どこ》に在る⁉」

王は演説台の真正面に対して問いを放った。

そこには国王側近の任を与えられた月狼がいた。

彼女は心のままに叫んだ。

「アルキマイラの瞳、此処《ここ》に在り！　我らが軍勢に授《さず》けられし聖数は一！　偉大なる王に代わり、全てを見届ける瞳なり！」

王と目が合った。

情動のあまり涙が溢れる。

しかし彼女はそれを恥とは思わなかった。

「ならばアルキマイラよ！　弱き王に代わり、敵を裂くその爪は何処に在る⁉」

連なる問い。

応《こた》えとして鞘走《さやばし》りの音が広場に奔《はし》る。

獅子頭の騎士の姿がそこにあった。

「アルキマイラの爪、此処に在り！　我らが軍勢に授けられし聖数は二！　勇壮たる王に代わり、敵を裂く爪なり！」

更に腰の短剣を引き抜き天に翳した。

逆の手に持つ聖剣に比べ、その短剣は見窄《みすぼ》らしくすらある。

しかし主から初めて下賜《かし》されたその武器を、獅子騎士は誇らしげに掲げた。

「ならばアルキマイラよ！　弱き王に代わり、威を示すその鬣は何処に在る⁉」

続く王の問い。

視線を受け止めたのは一人の女性。

〝始まりの三体〟に名を連ね、唯一の希少戦力《レア》として黎明期を支えたエルフ。

「アルキマイラの鬣、此処に在り！　我らが軍勢に授けられし聖数は三！　深慮なる王に代わり、威を示す鬣なり！」

彼女は胸の前で両手を組み、瞳を閉じた。

腰まで伸びる美しい黄金色《こがねいろ》の髪に陽光が煌《きら》めく。

神代の聖女は、深い慈愛に包まれた表情で祈りを捧《ささ》げる。

「ならばアルキマイラよ！　弱き王に代わり、魔を紡ぐその舌は何処に在る⁉」

高らかな問い。

応じるように進み出たのは褐色の肌を持つエルフ。

宝物《ほうもつ》のように抱えているのは、国の紋章が刻まれた一冊の魔導書。

「アルキマイラの舌、此処に在り！　我らが軍勢に授けられし聖数は四！　至高たる王に代わり、魔を紡ぐ舌なり！」

至高の王手自ら、細部を創造《クリエイト》された初の軍団長。

彼女は豊満なその胸に埋めるようにして下賜された魔導書を掻《か》き抱く。

胸の奥には確かな灯火《ともしび》を感じていた。

「ならばアルキマイラよ！　弱き王に代わり、壁を砕くその腕は何処に在る⁉」

問いに、重機で地を打つ音が応じた。

否、一人の大男が地面を踏みつけた音だった。

彼は丸太のように太い両腕を突き上げ力の限りに吼《ほ》え猛《たけ》る。

「アルキマイラの腕、此処に在り！　我らが軍勢に授けられし聖数は五！　雄々《おお》しき王に代わり、壁を砕く腕なり！」

その背後に居並ぶ鬼や巨人が地を鳴らした。

武器を持つものはその柄頭で、武器を必要としないものはその足で。

己らを率いる長と共に三度の打撃が地を揺らす。

「ならばアルキマイラよ！　弱き王に代わり、果てを訊くその耳は何処に在る⁉」

愛《いと》しき君の問い掛けに。

とある女性は鴉《からす》のような黒翼を広げた。

蕩《とろ》けるような微笑を浮かべ、艶《つや》のある声で彼女は詠う。

「アルキマイラの耳、此処に在り！　我らが軍勢に授けられし聖数は六！　穢れなき王に代わり、果てを訊く耳なり！」

想いの丈を言葉に篭めた。

恐らくは億分の一も伝わるまいがそのもどかしさすら愛おしい。

国の紋章が刻まれた下腹部を撫《な》でながら、彼女は熱い吐息を零した。

「ならばアルキマイラよ！　弱き王に代わり、その巨軀を支えし脚は何処に在る⁉」

進み出たのは小人《ハーフリング》サイズの小柄な体軀《たいく》。

十万以上の魔物から成る巨軀を支えし軍団の長。

少しでも王の瞳に映るように飛び跳ねながら、此処にいるぞと彼は叫ぶ。

「アルキマイラの脚、此処に在り！　我らが軍勢に授けられし聖数は七！　先駆けし王に代わり、巨軀を支える脚なり！」

彼の率いる職人たちが己の工具を手に突き上げる。

工具を持たぬ者は『この街を見よ』とでも言いたげに胸を張り両手を広げた。

彼らの前に聳《そび》え立つのは職人たちの技術の結晶、魂を篭めて創られた白き王城の姿がある。

「ならばアルキマイラよ！　弱き王に代わり、大空を統べしその翼は何処に在る⁉」

虚空《こくう》を打つような音とともに大翼が展開された。

人の身のまま竜翼を翳すのは赤髪の男。

彼は今、自身が英雄譚《えいゆうたん》の只中に存在している事実《こと》を確信し、昂奮《こうふん》に身を焦がした。

「アルキマイラの翼、此処に在り！　我らが軍勢に授けられし聖数は八！　孤高なる王に代わり、大空を統べる翼なり！」

その背に控えた並みいる竜族のうち、幾体かが高揚の余り人化を解いた。

竜の姿が天に舞い、放たれた咆哮《ブレス》が首都の結界に直撃し轟音《ごうおん》を打ち鳴らす。

それでも足りぬとばかりに叫び、数秒と経《た》たず蒼穹《そうきゅう》が竜の身で埋め尽くされる。


――そして、その場に集う全ての者が理解した。


〝全軍出撃〟

アルキマイラの総戦力、全八軍団の全力投入。

それが王の下した決断だった。

加えて王は最も信頼する〝融合魔獣《キメラ》〟は十万以上の魔物から成ると口にした。

その数は現在のアルキマイラ軍の総数を超えており、それは即《すなわ》ち、軍に所属していない国民までもがその数のうちに含まれているという事実を意味する。

つまり〝融合魔獣〟を構成するのは軍人のみにあらず。

国民一人一人に至るまでが王が信頼を置くに足る者なのだと。

万魔の王が信じるに値する存在であると宣言されたに等しいということだ。


――然らば、これに奮い立たぬ者などアルキマイラの民ではない――ッ！


「ならばッ！　嗚呼、ならばアルキマイラよ！　王たる我が唯一絶対の信頼を預けし最強無双の融合魔獣《キメラ》よ！　汝《なんじ》が意思を司《つかさど》りし、最弱の王へリアンが命ずる!!」

ここに至り、民衆の気勢《ボルテージ》は最高潮に達した。

王が紡ぎしその命令を、一言一句たりとも聞き逃すまいと耳を澄まし、

「――撃滅せよッ!!」

遂に下された王命に総身を震わせた。

「我らが征《ゆ》く道を阻む者がいるならば是非もなし！　いつも通りだ、何も変わらない！　立ちはだかる障害はただ実力を以って撃滅するのみ!!」

そうだ。いつも通りだ。何も変わらない。民衆はそれを言葉ではなく心で理解した。たとえ世界を違《たが》えようとアルキマイラが為すべきことは決まっている。

――強きを挫き弱きを助け、

——世界に平和を、

——親しき隣人には愛の手を。

——されど道を阻みし障害は実力で以って撃滅し、

——勝利の味に酔いしれる。

故に——ッ！

「故に征け！　征きて力を振るえアルキマイラよ！　最弱の王の命の下、最強無双の力を以って、我らの新たな同胞を一人も残さず救い出せ——ッッ!!」

言葉に、感情が爆発した。

誰も彼もが叫びを上げ、固く握りしめた拳を天高く突き上げる。

拳を持たない魔物《モノ》たちは激しく足踏みを鳴らし、手足を持たぬ魔物《モノ》は叫びに魂を乗せた。その咆哮は首都の結界を砕きかねないほどに強く、猛々《たけだけ》しく、誇らしげに世界を揺らす。


「「雄々オオォォおぉ雄ぉォオオォォオォぉ雄々ぉおォォ——ッッ!!」」

最強無双の融合魔獣《アルキマイラ》が、異世界で産声を上げた。

＋　　＋　　＋

……とんでもないことになった。

案内された王城のバルコニー。

そこからの光景を目にして、ラテストウッドの女王レイファは足を震わせた。

初めて会った時から只者《ただもの》ではないと思っていた。その予測はノーブルウッドの狩人長を歯牙《しが》にもかけず撃退したことで確信に変わり、ラテストウッドに取り込めないかと画策した。

友好的に接し、問われたことには誠実に答え、少しでも好意を持って貰《もら》えるよう振る舞った。

旅人だと自称する彼らに怪しい点は山ほどあったが、あえて追及しなかったのもそのためだ。

単なる旅人ではないことなど最初から承知している。だがたとえ何者であっても構わない。なんとしてでも味方につけなければいけないことに変わりはないからだ。その正体がたとえ魔王であろうとも、ラテストウッドを救ってくれるならば魂を売り渡す覚悟だった。

何故ならば父や母の救出作戦に失敗した時点で……否、自分などが指導者にならなければいけない状況に追い込まれた時点で、ラテストウッドの滅びは確定していたようなものだったからだ。

そんな絶望的な状況に突如《とつじょ》現れた救い手《たびびと》。

もはや彼らの力を頼るしか手段がなかった。

勿論、彼らの力だけでノーブルウッドを退けられるとまでは思っていない。

だが攫われた国民を救い出すだけなら可能性はゼロではないだろうと思えた。

それだけに突然集落を去られた際には絶望しそうになった。

その直後、ノーブルウッドからの襲撃を受けたことにより心が折れかけた。

しかし、彼らは再び集落を訪れに来てくれた。

正直に告白すれば言いたいことは山ほどあった。ウェンリがそうしたように激情に身を任せたかった。八つ当たりをしたかった。なんで今更と叫んでしまいたくなった。

けれど、自分は今やラテストウッドの女王だ。小国だろうが一国を背負う立場にある。

だからこそ心を殺して、冷静に振る舞うよう徹し、何もできなかった女王として最後の仕事を全うしようとした。

そしてその行いは幸運にも実を結び、『旅人一行』との協力が取り付けられた。

攫われた者たちのうち、せめて何人かだけでも救えればいいと思っていた。

そう、思っていたのだ。

なのに——自分は今、何を見ているのだろうか？

見たこともないような絢爛《けんらん》豪華な城に連れて行かれたかと思いきや、その城のバルコニーから一連の流れを見届けるに至った。しかし瞳に映るこの光景が信じられない。あまりにも現実離れしすぎた目の前の光景を受け止めきれない。

呆然と眺める視界の中、再び形成された結晶の通路を旅人が——否、万魔の王が足を踏み出し、太陽を背にしてレイファたちのいるバルコニーへと歩みを進める。まるで一枚の絵画になりそうなその背景にはありとあらゆる魔物の姿と熱狂があった。

『『雄々オオォォおぉ雄ぉォオオォォオォぉ雄々ぉおォォ——ッッ!!』』

感情が爆発したかのような咆哮が比喩《ひゆ》抜きに地を揺らしている。

視界を埋めるアルキマイラの国民。それはいずれも計り知れない実力を持つであろう魔物ばかりだった。あろうことかその中には竜の姿すらあった。

そんな強力無比な魔物に囲まれる中、ヘリアンは悠々と歩みを進めている。

何故そのように平然としていられるのか、レイファには欠片《かけら》も理解できなかった。

連れてきた従者の多くは既に気を失って倒れている。唯一意識を保っているウェンリですらその場にへたり込んでおり、魔物らの咆声を受けた際には股の間から生暖かい液体を漏らしていた。

しかし、その様を嗤《わら》う気にはなれない。むしろその反応が当然とさえ思える。幾らか耐性がある自分でさえ、今こうして意識を保っていられるのは奇跡に近かった。

蒼穹を埋める竜の群れ。

そのうちの一体でも差し向けられればラテストウッドは瞬時に滅ぶ。

いや、それどころかノーブルウッドでさえ、あの竜の一群に襲われただけでひとたまりも――。

「ご覧の通りだ。ラテストウッドが女王、レイファ＝リム＝ラテストウッドよ」

呆然としているところへ、バルコニーまで戻ってきた万魔の王が言葉を放ってきた。

「我が国は総力を動員し、此度《こたび》攫われたラテストウッドの民を一人も余さず救い尽くすことを誓おう。できれば色々と話をしたいところだが今の我々には時間がない。その後のことについては全てが終わってからの話とさせてもらいたいが、構わないか？」

――とんでもないことになった。

半ば放心状態でそんなことを思いながら、レイファは青褪《あおざ》めた顔で機械的に頷くしかなかった。

七章　王の断罪

――正直、死に物狂いだった。

どうにか万魔《ばんま》の王を演じきったものの、前もって用意していた台本《シナリオ》を使えたのは六割がいいところで、後は民衆の反応を見ながらのアドリブで演説をこなさざるを得なかった。

なんとか平静を装い続けたものの足は震えっぱなしで、最後まで立ち続けられたことに自分で自分を褒めてやりたい気分だった。バルコニーまで歩いて戻れたことに至ってはもはや奇跡だ。

だが、国民たちの反応を見るに十分な賛意を得られたと判断していいだろう。

少なくとも『国民の不安を払拭《ふっしょく》』『ラテストウッド国民救出の決意表明』『事態解決に向けての意思統一』などといった要点は押さえ、最低限の目的は果たした。

ならばそれで良しとする。今考えるべきは既に終わった出来事《できごと》ではなくこれから挑む目の前の問題だ。

「ヘリアン様、そろそろノーブルウッドの……いえ、ラテストウッドの首都圏内に入ります」

横を歩くリーヴェが囁《ささや》く。

一行は現在、ノーブルウッド支配下の拠点――即《すなわ》ち、ラテストウッドの首都に向けて足を進めていた。

〈地図《マップ》〉を開けば、首都の詳細な地形情報が表示されている。

深淵森《アビス》を抜けた第四軍団と第七軍団が情報収集能力を十全に発揮した結果であり、遠距離からの探査魔術、隠密兵による偵察で判明した情報だ。調査に使える時間が僅《わず》かしかなかったため、首都に存在する生命体一つ一つの位置までは判明しなかったものの、地形情報が得られただけでも大分違う。

〈地図《マップ》〉に映された地形情報には、大樹の合間に柵を打ち据えたような形の外壁が首都を囲っているのが見て取れる。東西南北にそれぞれ一箇所ずつ穴が空いていた。そこが門になっているのだろう。

そのうちの一つ。ヘリアンたち一行が進入しようとしている南門に黄色の光点が複数灯《とも》っている。

事前の索敵魔術により察知《サーチ》済みだった光点はノーブルウッドの兵士だ。

黄色は仮想敵、ないしは敵寄りの中立ユニットを意味する。まだ赤色に染まってはいない。

「往《ゆ》くぞ。事前に説明した通り、ノーブルウッドが手を出してこない限りは攻撃禁止だ。何を言われようと、私が命令しない限りはこちらからの攻撃は固く禁ずる。いいな？」

「ハッ」

「承知いたしました」

リーヴェとエルティナが返答する。アルキマイラからの供はこの二人だけだ。

カミーラにも旅人設定はあったが、ノーブルウッドに存在を知られていないので今は他の軍団と同じく身を潜《ひそ》めて待機している。そして既に最低限の守備隊を除いた全軍団が深淵森《アビス》を抜けていた。

ヘリアンの命令一つで、融合魔獣《アルキマイラ》は瞬時にその牙《きば》を剝《む》くだろう。

「レイファ殿。覚悟はよいか？」

「はい……問題ありません。それから、私のことはどうかレイファとお呼びください。敬称は、その、不要ですので……」

「……そうか。では、そうさせてもらおう。レイファ」

期せずして出会った当初と同じ呼び方となった。

しかし、そこに篭められている意味はまるで異なる。

互いに立場を明かした結果、必然的に関係性も変わってしまっていた。

……それを寂《さび》しく思うのは、きっと自分の我儘《わがまま》でしかないのだろう。

「ヘリアン様。ノーブルウッドのエルフがこちらに気付いたようです」

門の前に立っていたノーブルウッド兵が弓を構えようとしていた。

敵意がないことを示すため、一行はその場で立ち止まって両手を上げる。

事前の打ち合わせ通り、レイファが一歩進んで声を張った。

「ノーブルウッドのエルフよ！　私はラテストウッドの女王、レイファ＝リム＝ラテストウッドです！　要求通り旅人一行を連れて来ました！」

レイファの宣言に、ノーブルウッド兵らは警戒しつつ距離を詰めてきた。

やがて互いの顔がはっきり見える距離になると、彼らは番《つが》えていた矢を背の筒に戻す。

「……ほぅ、逃げずにやってきたか」

「そのようです、兵士長」

遅れてやってきたエルフ――兵士長と呼ばれた男が感心したように呟《つぶや》いた。

他のエルフは弓を手にしていたが、彼だけは弓の代わりに短剣を装備していた。リーダー格に見えるが狩人長とは異なる。

事前に聞いた話によれば、兵士長とは狩人長の下に付く前線部隊の長であるらしい。

「こっちだ。付いてこい」

兵士長は顎《あご》をしゃくって首都の方角を指す。

使者を迎えるにしては傲慢《ごうまん》な態度だったが、リーヴェとエルティナは王命通り黙って従った。

そうして首都の門を潜《くぐ》ったヘリアンが目にしたのは、戦争の爪痕《つめあと》が著しい街の姿だった。

崩れ落ちた民家や、倒壊した大樹に押し潰《つぶ》された建物などが至る所に見受けられる。

むしろ無事な家屋の方が少ない。中でも黒く焦《こ》げ焼け落ちた建物が目立つ。業火に巻かれて大被害を受けたとレイファは言っていた。その結果が目の前の惨状なのだろう。

そしてあろうことか、焼け落ちた建物の中には瓦礫《がれき》や残骸《ざんがい》だけではなく、黒焦《くろこ》げになった人間大の大きさの炭塊が転がっていて――

「……ッ」

見なかった。

俺《おれ》は何も見なかった。

今は余計なことに気を取られている余裕などない。

「――思ったよりも早かったではないか。殊勝な心がけだ」

嫌味《いやみ》ったらしい声色《こわいろ》に顔を上げれば、こちらを見下ろす高台には既知の顔があった。

あの時、レイファを襲っていたノーブルウッドの狩人長――サラウィンだ。

「ノーブルウッドの代表は……交渉相手は、貴方ということか?」

案内を終えた兵士長がその場を離れていく。

遠巻きに何百人ものエルフがヘリアン一行を囲んでいたが近付いてくる気配はなかった。

付き人を従えて堂々と現れた狩人長《サラウィン》の他に、身分の高そうな人物は見当たらない。

「交渉？　貴様は何を言っている？」

「我々はラテストウッドの女王の要請によってこの場に来た。無理矢理に連れてこられたわけではなく、自らの意思でここに来たということをまず伝えておく」

サラウィンは苛立《いらだ》たしげに眉根を寄せた。

「それで？」

「交渉がしたい。我々は話し合いを求めている」

そう、まずは交渉だ。

ノーブルウッドの代表者と話し合いの場を持つ。

無論、要求通りに引き渡されるつもりなど毛頭《もうとう》ない。しかしだからといって最初から実力行使を行うつもりもない。エルティナの高い魔力や何らかの魔術が目的ならば、交渉により事態を解決できる可能性が残されているからだ。

……同時に、現代日本で生まれた良識のある一人の人間として、武力での解決は最後の手段としておきたい気持ちもあった。

「私は、貴国とは交渉の余地があると考えている」

あんな演説をぶち上げておいて何を、と自分でも思う。

けれど実力行使とはそれ即ち、戦争状態に突入することを意味した。

ヘリアンの命令一つで開戦が決まるのだ。

自分の一言で戦争が起きて人が死ぬ。

それを思うだけで手が震えた。

足は今にも立ち止まりそうになる。

今すぐ帰って布団《ふとん》の中に潜《もぐ》り込み、惰眠《だみん》を貪《むさぼ》れたのならどんなに幸せだろうかとの誘惑に駆られる。

しかし、怯懦《きょうだ》に呑《の》み込《こ》まれそうになる度にヘリアンは己《おのれ》の右手を見た。

少女と約束を交わした小指を直視した。

この先でリリファが待っている。

指切りを交わした少女が助けが来るのを待っている。

ヘリアンが見捨てれば確実に失われるであろう命が、手の届く位置にある。

なら、見捨てられるわけがない。手を伸ばせば助けられるにもかかわらずあえて見捨てるなどと、そんな恐ろしい真似《まね》ができようはずもなかった。

「我々を呼んだ目的を聞きたい。貴国が必要としているのは高位の白妖精《ハイエルフ》らしいが、何が目的だ？　高い魔力を見込んでのことか？　それとも古代魔術か？　事と次第によっては、平和的に協力してもいいと考えている」

「人間風情《ふぜい》が立場も弁《わきま》えずよく吠《ほ》える。……ハイエルフよ、貴公は何か言うことはないのか？」

サラウィンはヘリアンを無視してエルティナに問い掛ける。

水を向けられた彼女はエルフたちの無遠慮な視線に晒《さら》されながらも、気品のある所作で口を開く。

「交渉については、全権をこちらの方に任せています。わたくしからは特に何も」

「それでも貴公はハイエルフか。先日の一件でただならぬ魔力を持っていることは分かっている。

我らエルフでさえ知らぬ術式を操《あやつ》り、更にはこの私を退けるほどの実力者とあらば我らが始祖たるハイエルフを置いて他にない。それが何故《なぜ》人間などに付き従う。コイツらは野蛮な劣等種族だぞ」

「わたくしがエルフの系統に属することは否定しませんが、わたくしの価値観と貴方がたの価値観は随分《ずいぶん》と異なっているようですね」

「フン……エルフとしての矜持を忘れたか。まあよい。それならばむしろ我々にとっても好都合というものだ」

聞き捨てならない言葉だった。

「好都合？　どういう意味だ？」

「こういう意味だ、人間。その薄汚い目を見開いてよく見るがいい」

サラウィンはヘリアンを見下しながら空に右手を翳《かざ》した。

応じるように、まるで嘆亡霊《バンシー》のような金切り声が空から降ってくる。

咄嗟《とっさ》に見上げれば黒い影があった。

影は急速に高度を落とし、サラウィンの背後にふわりと着地してその姿を晒す。

「……竜？」

外見《フォルム》の形状は西洋竜のそれだった。

全身に銀と白の中間色のような鱗《うろこ》で覆われ、全長は二〇メートル近くもある。

しかしながら胴体は肋骨《ろっこつ》が浮き出るほど肉付きが悪く、どこか不気味な印象を感じさせた。長い首からは蜥蜴《とかげ》に似た形状の頭部がせり出しており、一本の細い角を生やしている。

そしてその三対六枚の翼は、ヘリアンがよく知る竜翼とは異なり、まるで蝶《ちょう》の羽のようだった。

透き通った虹色《にじいろ》の薄翼は、触れれば砕けてしまいそうな脆《もろ》さと美しさを兼ね備えている。

ヘリアンは［タクティクス・クロニクル］に登場する基本種族をほぼ全て暗記しているが、該当する種族が記憶の中に見当たらない。完全に初見の竜種だった。

「まさか、妖精竜……？」

レイファが呆然《ぼうぜん》と呟いた。

「然《しか》り。〝穢《けが》れ〟とはいえ我らエルフの血が混ざりし者。さすがに知っていたか」

「封印を解いたというのですか⁉」

信じられない、という感情を乗せてレイファは声を張り上げた。

何やら特別な竜らしいが、ヘリアンたちはまるで理解が追いついていない。

一般的な竜とは違うことは分かる。それなりの力は持っていそうだ。

だが単に力を持つ竜であれば、レイファはアルキマイラの城から群れ単位で見ていたはずだ。

それに比べて、目の前にいるのは得体《えたい》が知れない竜とはいえたった一体。

彼女の狼狽《ろうばい》する理由が分からない。

「レイファ。何なんだ、アレは？　私はあのような竜など見たことがない」

「……アレは、エルフ族に伝わる叙事詩《じょじし》に出てくる竜です」

レイファの声は震えていた。

「……言い伝えでは、古《いにしえ》の神がエルフ族に与えた神造竜と言われています。世界が危機に瀕《ひん》した際にはエルフの守護竜として力を振るったとも……。ですが戦いの後、古のエルフ族たちにより遺跡に封印されたはずです。……封印されていた、はず、なのに……」

「その封印を我らノーブルウッドが解呪したということだ。一体解き放つだけでも、随分と苦労させられたがな」

「そんな……」

レイファの顔色は今にも倒れそうに悪い。

まるで、気付きたくない何かに気付いたような、そんな表情だった。

「どうしたレイファ。守護竜であることは分かったが、何故そんなにも取り乱す。そこまで手強《てごわ》いのか？」

「叙事詩に謳われる限りでは、魔王を退ける一助となったほどの竜です……。ですがあの竜は、封印されていなければならないんです……だってあの竜は……あの竜が、活動するためには……」

「――エルフ族の血肉が必要になる」

レイファの言葉を遮《さえぎ》り、サラウィンは端的な事実を口にした。

サラウィンの頬《ほお》の端が浮き上がり、愉悦《ゆえつ》の表情に歪《ゆが》む。

「冥土《めいど》の土産というやつだ。無知な貴様らにも分かりやすいよう教えてやる。――よいか。強力な力には代償が必要だ。我らエルフの守護者たる妖精竜もまたその例に漏《も》れない。いや、むしろその象徴のような存在だと言えよう。強力無比な力を誇る代わりに、その身はエルフ族の血肉しか受け付けない。だからこそ、古のエルフ族は妖精竜を封印したのだ」

心臓が跳ねた。

冷たい汗が背筋を流れ落ちる。

「だが、我らノーブルウッドはどうしてもその力が必要だった。百年前の忌《い》まわしき過去を払拭するために、我々は野蛮な人間どもに敗れた屈辱を怒りに変え、妖精竜の封印解除にただひたすら取り組んできた……！　そして我らが執念は実を結び、ついに百年かけて封印を解き放ったのだ！」

百年前の忌まわしき過去。

百年前に起きたという、人間とノーブルウッドとの戦争。

レイファに聞いた話では、事実上ノーブルウッド側の敗北に近い引き分けだったという。

「だが封印から解き放たれた妖精竜は酷く飢えていた。とてもではないが、すぐに戦える状態ではなかった。しかし我ら叡智《えいち》を極《きわ》めしノーブルウッドに抜かりはない。妖精竜の糧《かて》となる者どもを、この日のためにあえて殺さず放牧しておいたのだ」

心臓が早鐘《はやがね》を打つ。

ヘリアンは焦燥感に囚《とら》われたように記録を掘り返した。

ラテストウッドがノーブルウッドに襲われたのは、約一ヶ月前。

ノーブルウッドは逃げたハーフエルフを殺さずに捕らえようとしていた。

ハーフエルフは純血ではないものの、種族としてはエルフ族に属する。

そして妖精竜の身体はエルフ族の血肉しか受け付けない。

エルフ族しか、食べない。

それが意味するところは――

「……まさか。妖精竜が、この一ヶ月の間、食べていたのは」

「然り。ハーフエルフどもだ」

ようやく分かったか愚物《ぐぶつ》が、と。

サラウィンは鼻を鳴らして吐き捨てた。

「ここまで妖精竜を回復させるのには苦労を強いられたぞ。なにせ生《い》き餌《え》でなければ妖精竜は口にしない故、無闇矢鱈《むやみやたら》にハーフエルフどもを殺すわけにもいかなかった。しかも此奴等は個体ごとに品質が異なる。我らの貴き血が濃く流れていれば良い糧になるが、人間の血が濃すぎると餌《えさ》にもならん」

個体。品質。餌。

吐き気をもよおす単語が並ぶ。

ノーブルウッドはハーフエルフのことを真実、家畜としか見ていなかった。

「その〝穢れ〟の母親のように、見た目で明らかに〝そう〟と分かればまだよい。だが、実際には一度喰《く》わせてみなければ分らぬことの方が多かった。これは我々にとっても計算外だった。捕らえた者のうちの半分がゴミでしかなかったと気付かされた時はさすがに怒りを覚えたぞ。だが……！」

怒りの表情から一点、サラウィンは表情を喜悦の二字に歪ませる。

血走ったその双眸《そうぼう》はエルティナを捉《とら》えていた。

「そこに現れたのが、只ならぬ魔力を保有するハイエルフだ！　伝承によれば、ハイエルフ一人を捧《ささ》げるだけで妖精竜は一ヶ月もの間活動することが可能だという！　ハーフエルフを全員食わせても完全回復が成らぬかもしれぬと分かった直後に、豊潤《ほうじゅん》な魔力を持つ余所者《よそもの》のエルフ族が、しかも始祖種たる存在が我らにもたらされたのだ！　これを天啓《てんけい》と言わずしてなんと言う⁉」

恍惚《こうこつ》としてサラウィンは語る。まるで己の為《な》した偉業を聴衆に語り聞かせるかのように。

「しかもそのハイエルフはエルフ族としての矜持《きょうじ》を忘れ、人間に付き従っているというではないか。

我らと志を共にする者であれば躊躇《ためら》ったろうが、精神が人間に汚染されているとあらば我らの心は何ら痛まぬ。安心して妖精竜の糧にできるというわけだ。そして、その豊潤な魔力は妖精竜の血肉へと代わる」

光栄に思え。

ノーブルウッドの代表者は、至極当たり前の口調でそう告げた。

「ああ、そうそう。確かそこの〝穢れ〟は先日母親を奪い返しに来たのだったな？　ハイエルフを連れてきた褒美《ほうび》だ。こんなモノが欲しければくれてやろうではないか」

合図を受けたエルフの兵士が、大樹の枝にかけられていた汚い布を取り払った。

露《あら》わになった枝には一本の荒縄がくくりつけられている。

その縄の下に吊《つ》るされているモノがあった。

純血のエルフではない象徴だったからか。

豊満な乳房を切り落とされ。

首に縄を掛けられ。

枝に吊るされた亡骸《モノ》は。

力なく。

風に煽られ。

吊遊具《ブランコ》のように。

ぶらぶらと。

揺れていた。

「…………………お、母様」

レイファが遂に、その場に崩れ落ちた。

少女の白すぎる頰に冷たい雫《しずく》が流れて伝う。

――もう無理だ。これ以上黙っていられるものか……ッ!!

「リリファは……昨晩攫《さら》ったハーフエルフたちはどこだ！　貴様らは〝神樹の名に誓った〟のだろう⁉　旅人の一行は約束通りここまで来たぞ！　だから貴様らも約束を果たせ！　今すぐリリファたちをラテストウッドに返せッ!!」

叩《たた》きつけるように叫ぶ。こんな聞くに堪えない話をこれ以上続けさせてたまるものか。

まずはレイファたちの安全を確保することを最優先とする。目の前のコイツらをどうするのかはその先の話だ。交渉も何もかも後回しでいい。こんなところに彼女たちを一分一秒でも留めるわけにはいかなかった。

「リリファ……ああ、アレのもう一人の娘か。なるほど、貴様らが大人しくこの場に現れたのはあの娘が目的というわけか」

得心したようにサラウィンは頷《うなず》いた。

応じるように、取り巻きのエルフたちもニヤニヤと下衆《げす》な笑みを浮かべる。

何やら勘違いされているらしいがひたすらどうでもいい。

一刻も早くハーフエルフたちを奪還し、一秒でも早くこの場を離れる。

今のヘリアンが考えられるのはそれだけで――

「――だが、少々遅かったな」

――一瞬、何を言われたのか解らなかった。

脳が思考を拒絶した。

「………待て、ちょっと待て……遅かったって…………なんだ？」

まるで。

間に合わなかったかのような。

既に手遅れになってしまったかのようなその物言い。

けど。

そんなわけはない。

だって俺たちは。

ちゃんと約束を守って。

ここまで、来たじゃないか――。

「安心しろ。ハイエルフが手に入らなかった時の保険として、他のハーフエルフどもはまだ生かしてある。だが、それまでの〃つなぎ〃はどうしても必要になる。数を減らすわけにはいかない以上、質を優先せざるを得ないのは自明の理だ。故に仮にも王族ならば相応の魔力があるだろうと試してみたのだが……潜在魔力量はともかくとして、あの個体は母親と同様に人間の血が濃かったようだな。妖精竜にとっては不味《まず》かったらしく、一部は吐き出されてしまったときた」

言って、サラウィンは棒状の何かを無造作に放った。

その棒は何度か地面を跳ねて、へたり込むレイファの下まで転がって来る。

「――――、」

棒じゃなかった。

棒に見えたソレは女の子の細腕だった。

手の形状から右手と解った。

そして、その小指の指輪に、ヘリアンは、どうしようもなく、見覚えが――――

「………な、んで？　神樹の、誓い、は……？」

視線を上げて、ソレを放ったサラウィンを見上げる。

サラウィンは喜悦と侮蔑《ぶべつ》の入り混じった表情を浮かべ、口を開いた。

『神樹の誓約』はエルフにとって絶対のもの。確かにそれはそうだ。しかし、約定を交わした相手がハーフエルフならば話は別だ。このような〝穢れ〟に対し守るべき誓いなどない。誓いを違えたところで、我ら貴きエルフの誇りに傷がつくことはないのは明白であろうに」

愚か者めが、と。

サラウィンは臆面《おくめん》もなくそう嘯《うそぶ》いた。

「――――――」

そしてヘリアンは。

告げられたその言葉を頭の中で噛《か》み砕《くだ》き。

何度も何度も咀嚼《そしゃく》した後。

約束を交わした少女の姿を思い浮かべながら。

地べたに転がる細腕を見て。

そうしてようやく。

理解した。

「……ああ」

――ぶぢり、と。

頭のどこかで嫌な音がした。

「もういい」

熱いものが瞳《ひとみ》から零《こぼ》れ落ちる。

涙ではない。

断じてそんなモノではない。

ドス黒い感情から零れ落ちたソレが、そんな綺麗《きれい》なモノであるはずもない。

「ようやく分かった」

ああ、そうだ。

ようやく分かった。

目の前にいる生き物の正体が。

誓いを破り、死者を冒瀆《ぼうとく》することを良しとする貴様らが何なのか、

「よく分かったとも」

エルフが掲げていた戦争の名目は嘘《うそ》だった。

化石のような純血主義を振り翳しているわけですらなかった。
人間に対する復讐《ふくしゅう》装置の生贄《いけにえ》を必要としていただけだった。
自分たちが生贄になることを厭《いと》い、ハーフエルフを利用しようとしていただけだ。
「俺が、馬鹿《ばか》だった」
交渉できると思っていた。
平和的に解決することも不可能ではないと考えていた。
暴力以外の解決方法があるはずだと信じていた。
戦いに発展させることを嫌っていた。
この期に及《およ》んで人殺しになることを恐れていた。
怯懦の感情を抱えていた。
だが――
「貴様らは人じゃない」
こんな奴《やつ》らが人であるはずがない。
人ならばこんな非道なことができるわけがない。
コレは言葉が通じるだけのケダモノだ。
それがたまたま人の形をしているだけのこと。
俺はそれを解っていなかった。
とんだ誤解だった。
コイツらは。

目の前の、人の形をした獣の正体は……ッ‼

「――貴様らは害獣《モンスター》だ。今、ようやくそれが分かった。……何がエルフの誇りだ、何が神樹の誓約だ。それすら破った貴様らはもうエルフですらない！　ただの醜《みにく》い化物だ、人に害為す害獣《モンスター》だ‼　ああそうだッ！　貴様らはエルフどころか人ですらないッ‼　最早貴様らを人とは認めん――ッ‼」

叫びとともに、視界右側に表示させていた〈戦術仮想窓《タクティカルウィンドウ》〉へ拳《こぶし》を叩きつける。

仮想窓《ウィンドウ》に表示されていた【宣戦布告】の四文字が白から紅《くれない》に染まった。

王の殺意《いし》は瞬間でアルキマイラ全軍に行き渡る。

同時に街全体を結界が覆《おお》った。

第四軍団が構築した広域結界だ。

誰《だれ》かを護《まも》るためのものではない。

誰一人として外に逃さぬための結界《ろうごく》だった。

「こ、これは……⁉」

狩人長の称号は伊達《だて》ではなかったのか。

他のエルフは結界を張られたことにすら気付かなかったが、サラウィンだけは異変を察知し、空を仰《あお》いで狼狽の言葉を漏らした。

そこへ紅蓮《ぐれん》の光が空から降《ふ》り注《そそ》ぐ。

光は着弾するなり爆炎の華を咲かせ、破壊を撒《ま》き散らした。

その結末を見届けることなく、万魔の王は激情のままに命令を下す。

「セレエエェェエェエェス‼　攻撃は他の軍団に任せて第四軍団は閉鎖結界の維持のみに注力させ

ろッ！　敵勢力を一匹たりとも外には出すな！　いいか⁉　一匹たりともだ！　この害獣どもは、今此処《ここ》で根絶やしにする――――ッッ‼」

＋　＋　＋

街にいるノーブルウッド兵は極度の混乱に陥《おちい》っていた。

必死に逃げ惑う彼らの頭上には空から降り注ぐ多数の火球がある。

その数だけでも十分に恐ろしいが威力も半端《はんぱ》なものではない。

彼らの頭部よりも大きい火球が次から次へと降り注ぎ、墜落するなり破壊の嵐《あらし》を巻き起こした。

「何だ！　いったい何が起きた⁉」

答えられる者はいない。

皆、自分の命を守ることで精一杯だった。

数分前までは平穏を謳歌《おうか》していたというのに、今や見える景色は破壊の二字だ。

「まさか、あのハイエルフの仕業《しわざ》か⁉」

ハーフエルフどもの首魁《しゅかい》がハイエルフを連れてきたことについては、皆知っていた。無論、そのハイエルフをどう扱うのかについても同様にだ。

ハイエルフを妖精竜の生贄に捧げるのは抵抗を覚える。しかも実際に目にしてみれば、それはノーブルウッドのエルフたちでさえ目を奪われる美しい容姿をしていたのだ。

しかしながら様子を遠巻きに窺《うかが》いながら話を聞いていれば、あのハイエルフにはエルフとして当然の矜持を有していなかった。それもあろうことか、薄汚い人間に唯々諾々《いいだくだく》と付き従っているようにも見受けられる。

若いエルフの中には、彼女の美貌《びぼう》に眩《くら》むあまり助命嘆願を検討している者すらいたが、自ら人間に従っているハイエルフの様子を見てその気は完全に萎《な》えた。エルフ族としての矜持のない者ならば生贄にしても何ら心が痛まない。

彼らがハイエルフを助けようとしていた自分の心を恥じていた――その時だ。

人間の男が何事かを叫び、紅蓮の光が空から堕《お》ちてきたのは。

「くっ……避けきれるような物量ではない！　各自、障壁を展開せよ！」

ノーブルウッド兵は瞬時に詠唱を開始し、身を守るための魔術を練り上げる。しかし魔術が完成するまでの僅かな時間で何人もの仲間が爆炎の中へと消えていく。ようやく魔術を紡《つむ》ぎあげ障壁を展開した頃には、既に数十人以上の犠牲者が出ていた。

障壁を張り終えたノーブルウッド兵が一斉に声をあげる。

「敵襲だ！　魔術による砲撃を受けている！」

「そんなことは分かっている！　今更言うことか！」

「どこだ！　敵はどこにいる!?」

「そもそもどこの勢力による攻撃だ！　これだけの物量……十人や二十人では利《き》かぬぞ!?」

「まさか〝穢れ〟どもの仕業か!?　しかし奴らにこんな高等魔術が使えるわけがな――ガッ!?」

怒号を交わし合っていたノーブルウッド兵だが、そのうちの一人の声が中途半端《ちゅうとはんぱ》に途切れた。

何が起きたのかと、近くにいた兵が声の発生源に視線をやる。するとそこには、着弾した火球が作ったらしき大穴と、弾け飛んだ仲間の肉片が転がっていた。

――障壁が突破された。

その事実を認識し、彼は背筋を凍らせる。

「馬鹿なッ！　我らの障壁をたった一発の攻撃魔術で貫通するだと⁉」

それは彼らの常識に反していた。

何故ならエルフとは魔術に長けた種族だからだ。華奢《きゃしゃ》な身体は近接戦闘にこそ不向きだが、魔術分野においては大陸四大種族の中で最も優れている種族である。

ましてや自分たちは栄えあるノーブルウッドの一族に名を連ねる者。その中でもラテストウッド襲撃のために集められた先遣隊は精鋭揃《ぞろ》いであり、人間との戦争も経験した古強者《ふるつわもの》ばかりだ。つまり、この場に集うノーブルウッド兵こそが世界最強の魔術集団であると言っても過言ではない。少なくとも彼らはそう信じていた。

しかしそんな彼らを嘲笑《あざわら》うかのように、降り注ぐ火球は障壁を薄紙のように貫通し、破壊の嵐を巻き起こす。爆炎の華が咲く度に何人もの同胞が消えていく。

地獄のような時間が終わりを迎えたのは、視界に映る仲間の数が半分近くに減ってからのことだった。

「……お、終わったのか？」

魔力消費の激しい障壁を解除しながらノーブルウッド兵の一人が呟く。

背を丸くして周囲を窺うその様は、巣から恐る恐る頭を出す小動物のようだった。

いったい何が起こったのかと、彼は周りを見渡そうとして――

「否《いな》。これから始まるのだ」

――目に映る景色が一周した。いや、一周どころか何周も景色が回っている。

今度は幻惑魔術の類《たぐい》か、と警戒しようとしたが何故か体が動かない。八周半ほども回ってようやく視界が固定された。そうして、彼の視界に入ってきたのは、剣を抜いた獅子《しし》頭の獣人と倒れゆく首なしのエルフの姿。

それが自分の身体であると気付く前に彼が絶命できたのは、幸運以外の何物でもなかった。

「アルキマイラが爪《つめ》、第二軍団長バラン＝ザイフリート。推参した」

獅子頭《ライオンヘッド》の騎士は蒼《あお》い輝きを放つ刀身を払い、血糊《ちのり》を振り落としながら周囲を見渡す。

「……といっても、ここにいるのは人にあらざる害獣《モンスター》ばかり。名乗る必要はなかったか」

呟くバランの背後に、鎧を纏《まと》った群衆が姿を見せる。

獣人や騎士職を中心に構成された第二軍団の精鋭たちだ。

栄誉ある一番槍《いちばんやり》の任を与えられた彼らは、規律を重んじる第二軍団をして高揚に身を浸していた。ただでさえ王の演説により興奮の極致にあった上に、更にはこの地での初陣における一番槍を任されたのだ。これで高揚するなという方が無理難題だろう。

彼らの首輪を断ち解くようにして、騎士団長《バラン》は掲げた聖剣を振り下ろす。

「第二軍団、進撃せよ」

白兵戦力による蹂躙《じゅうりん》が開始された。

＋　＋　＋

狩人長、サラウィンは眼前に広がる光景に目を剝いた。

肩にかなりの痛みを感じる。咄嗟の判断で全《すべ》ての触媒を投げ打ち全力で障壁を展開したものの、謎《なぞ》の砲撃の威力は防ぎ切れるものではなかった。命を守りきることには成功したものの至る所に裂傷や火傷《やけど》を負い、おまけに高台から落下した時の衝撃で肩の骨が折れてしまっている。

しかし、その痛みさえどうでもよくなるような光景が目前にあった。

「何だこれは……何なのだこれは⁉」

魔術による爆撃がやんだかと思えば、次に襲ってきたのは鎧《よろい》に身を包む獣人の集団だった。

獣人特有の四足を使った進撃速度は風のように速い。

同胞の中には身を挺《てい》してその進撃を食い止めようとする者もいたが、いずれも一太刀《ひとたち》の下に切って落とされた。勇敢な一人の兵士が命を捧げて稼げた時間は二秒にも満たない。

栄えあるノーブルウッドの兵士たちが、為す術もなく蹂躙されていた。

「よ……妖精竜よ！　エルフの守護竜よ！　どうか我らを守り給え！」

妖精竜への指令権を有していたサラウィンは、即座に命令を下した。

人間との決戦まで温存するはずの切り札だったが、今ここで勇士たちを失うわけにはいかない。

何故ならここに居るのはノーブルウッドの主力だからだ。

彼らを失っては戦争を始めることすらできなくなる。妖精竜に多少の消耗を強いてしまうことになろうとも、被害を最小限に抑える必要があった。

『キアァアァァァ――――！』

妖精竜は古の契約に従う。

守護の任を帯びた竜は命じられるまま空に飛び立ち、戦場へその身を投じた。

そして結論から言うとサラウィンの判断は正しかった。

同胞たちでは謎の集団による襲撃を食い止められず被害は拡大するばかりであり、妖精竜を投入するべきだというその判断はどこまでも正しかったのである。

——ただし、妖精竜を投入してどうにかなるかは、まるで別の問題だ。

「ほぅ、竜種か。であるならば、我が直々に手を下すだけの価値はありそうだ。雑魚《ざこ》ばかりかと思っていたが、多少は歯応えのありそうな獲物で安心したぞ」

妖精竜は声を聞いた。音ではなく波動で伝わる声なき聲《こえ》だ。

敵であることを認めた妖精竜は聲《こえ》の出処を探ろうとして、しかし探すまでもなく空に浮かぶ何者かの姿を目にする。

空に舞う妖精竜の眼前に現れたのは赤髪の男。

いかなる法則を従えてのことか、翼も術も使うこと無くその身は宙にあった。

黄昏《たそがれ》を背にした男はどこか芝居がかったような仕草で、天地を迎え入れるようにして両腕を広げる。

「害獣に告げる名など無いが、盟約を果たしているだけの竜にならば名乗ってもよかろう。我こそはアルキマイラが翼、第八軍団長ノガルド＝ニーベルングである」

その姿に底知れぬ畏怖《いふ》を覚えた妖精竜は本能で即応した。

『キアアアァァァアアァアアァアァァァ——ッ！』

断末魔のような金切り声。

妖精竜はその口蓋から業火を解き放つ。

ラテストウッドの首都を一夜にして攻め落としたほどの火力を持つ灼炎《しゃくえん》だ。

指向性を持った業火は怒涛《どとう》の勢いで男の姿を容易《たやす》く呑み込み――

「演出ご苦労。――随分と気の利いたことだな?」

――内側から爆砕の勢いで撒き散らされた。

紅蓮の中から現れた姿はもはや人型のそれではない。

黄昏の下に晒されたその身は、全長四〇メートルを超える巨体だった。

細身にすら見えた赤髪の男の脚からはバールのように太い爪が生え、巨体を支えるに足る強靭《きょうじん》な骨格へと形を変えた。人間にはありえない逆関節の形状に変化した後ろ足は、飛行のために胴体下部に折り畳まれる。

その胴体から後方に伸びるのは大樹をも薙《な》ぎ払える強靭な尾であり、反対方向に突き出したのは雄々《おお》しく太い首だ。顎から覗く牙は金剛石をも噛み砕く鋭さを有しており、蜥蜴にも似た形状の頭部には二本の竜角を生やしている。

そして男が誇らしげに翳していた両腕は分厚い皮膜を有した翼へと姿を変え、一度宙を打つだけで大気の怯《おび》える声がした。

その身は天穿《てんうが》つ神話存在。

その身は天裂く叙事幻想。

その身は天翔《あまか》ける最強種族。

アルキマイラが世界に誇る最大火力にして竜の頂点。

神話系統最強種に名を刻む〝黄昏竜〟の姿がそこにあった。

『さあ——始めようか』

金色に輝く瞳をぎょろりと動かし、黄昏の竜は妖精の竜を視界に捉える。

『貴様は守護竜なのだろう? ならば精々その任を果たすべく抗《あらが》い——そして我が英雄譚の一文と化すがいい』

その聲に、妖精竜は業火を以って答えた。

しかし二度目の灼炎は巨大化した黄昏竜《ノガルド》の全身を包むことすらできず、彼の紅蓮色の鱗で全てを弾《はじ》き散らされた。

ならば、と妖精竜は蝶のように薄い三対六枚の羽根を広げ、その一枚一枚に魔法陣を展開する。

所要時間五秒で魔力を充填《じゅうてん》された魔法陣は一際《ひときわ》強い輝きを放ち、その輝きは矢へと姿を変えて放たれた。

その数、実に一二〇。

六枚の魔法陣から放たれた光矢は群れを成し、誤つことなく黄昏竜の下へと疾駆する。

『——児戯《じぎ》に等しい』

そして、その全てがまたも弾き散らされた。

防御されたのではない。

そもそも黄昏竜は何もしていない。

ただ無防備に妖精竜の放った光矢を受け止め、その全てを堅牢な鱗で防いだだけのことだ。

その信じがたい光景を目にして、妖精竜の瞳に影が落ちる。

このようなことは今までのいかなる戦いでも経験したことはない。今妖精竜が撃ち放ったのは、持ちうる数多《あまた》の魔術の中でも最大威力を誇る大魔術だ。

それが、幾ら自身の力が全盛期の半分以下にまで痩せ衰えているとはいえ、素の防御性能だけで耐え切れるなどありえない。防御行動を取らせることすらできなかったなどと、認められるはずもない。

しかし、妖精竜の瞳に映る現実には、傷一つ負っていない黄昏竜の姿がある。

『……もう終わりか？』

嘲笑《ちょうしょう》の色が混ざった問いに妖精竜は行動で答えた。

眼前の竜に背を向け、距離を取るべくその羽根で空を打ったのだ。

眼下で戦いを見守っていた契約者から『逃げるな、戦え』と思念波が送られてきたが、妖精竜は無視した。

そもそもこれは逃亡ではない。

あくまで距離を取って、あの敵に有効な攻撃手段を構築する時間を稼ぐだけだ。

確かに本能とでも言えるべきものは逃げろと喚《わめ》き散らしていたが、盟約に縛られた妖精竜に逃亡の二字はない。故に、これは逃亡などではなく、敵に対する有効な戦略を編み出す時間を稼ぐための回避行動にすぎない。妖精竜はその論理で以って盟約の力を帯びた契約者の命令を捻《ね》じ伏せ、棄却《むし》した。

そして本能が命じるまま、妖精竜は距離を取るべく全速力で空を飛び——

『教えてやろう。その感情を恐怖というのだ』

遠く置き去りにしたはずの黄昏竜に容易く追いつかれた。

その異常な速度に妖精竜は回避運動すら忘れ、悠々と並走する黄昏竜の姿に目を剝く。

『何を驚く？　そのような脆弱《ぜいじゃく》な羽根で我が翼から逃れようなどと愚行にすぎるぞ』

妖精竜の羽根は物理法則に基づき空気を打って移動する。

しかし、対する黄昏竜の翼は穿ち裂いた空を翔ける。

空を征《ゆ》く身を阻《はば》むものは、それが何であれ〝穿ち裂く威〟に晒されるのだ。

それは大気でさえ例外ではない。

何の魔術も展開されておらず、誰の支配下にも収められていなかった首都上空の〝大気〟は黄昏竜の翼により穿ち裂かれ、その進路上から退いた。

後に残ったのは真空の通路であり、物理抵抗が零《ぜろ》となった黄昏竜専用の最速空間だ。黄昏の翼は大気の代わりに魔素をかき分けると同時、重力制御との併用で音すら置き去りにする。

そして呆然とする妖精竜にもよく見えるよう、黄昏竜はゆっくりと顎を開放した。そこには妖精竜の業火すらも灼き尽くす、本物の灼炎が籠められている。

『かような害獣どもの守護をせねばならない貴様には竜として同情を禁じ得ないが、アルキマイラに逆らう者には容赦《ようしゃ》をする理由がない。故に貴様は此処で死ね』

妖精竜は絶叫した。

その金切り声は正しく断末魔の音を帯びて、ラテストウッドの首都に響き渡った。

＋　＋　＋

「あ、ありえない……」

呆然と、一人のエルフが掠《かす》れた声を漏らした。

ノーブルウッドの神官長だ。

神樹を祀《まつ》るエルフ特有の宗教において祭事の総監督を任されている人物であり、神々がエルフのために残した妖精竜の封印解除に最も尽力した人物でもある。

「……私はいったい……何を目にしているのだ？」

彼の頭上には、禍々《まがまが》しい朱光に呑み込まれた妖精竜の姿があった。

美しかった妖精竜の羽根は余波だけで千々に散らされ、銀鱗の身体は灰も残さず蒸発していく。

その一部始終を彼は見た。見届けてしまった。

「こんなことが……こんなことがあろうはずが……」

神より与えられしエルフの守護竜が喪われた。それどころか突如《とつじょ》として現れた謎の竜に手傷を負わせることすらできず、一方的に敗北した。

更には不明勢力が一気呵成《いっきかせい》に攻め込んできており、栄えあるノーブルウッドの精鋭たちが虫けらのように蹂躙されている。

その恐るべき事実は到底、神官長一人が受け止めきれるようなものではなかった。

「ほ、本国へ連絡を……ノーブルウッド本国へ連絡を取れ！」

悲鳴にも似た命令を下されたエルフは、戸惑ったように瞳を揺らす。

そのエルフは貴重な〝心話〟能力の保有者だった。

心話とは声の届かない距離の相手に対し、精神で声を届けることを可能とする希少な魔術のことを指す。

交感可能距離は術師の技量に依存するが、自らの能力の全てを心話に特化させた彼は、遠く離れた本国へ連絡を取ることのできる特技兵だった。

「それが……」

「どうした⁉　早くしろ！」

「……本国への心話が繋《つな》がりません」

なに、と額に脂汗を浮かべた神官長は聞き返す。

「恐らく、妨害されています……」

「対抗術式を展開しろ！」

「先ほどから試みてはいるのですが……まるで対抗できません。できる気が、しません。あまりにも、術師としての力量に隔たりが……」

「おのれッ！」

神官長は小城を飛び出して一人北へと駆けた。

謎の敵勢力は南から侵入してきている。まだ北側にまでその手は及んでいないはずだ。

何度も背後を振り返り、追手が来ていないことを確認しながら、神官長は追い立てられるようにして北門を目指す。

「こんなところで終わってたまるか……！　この私が死ねるものか！」

一心不乱に走り続けた神官長はやがて北門に辿《たど》り着き、最後に背後を振り返った。

追手はいない。死地を逃れた。これで助かる。

思わず安堵《あんど》の息を吐きながら、彼は門を潜って首都の外へ出ようとして――首都を覆うように展開されていた不可視の結界に衝突した。

「グギェッ!?」

蛙《かえる》が潰されたような呻《うめ》き声を上げ、結界に弾き返《かえ》された神官長は地面に転がる。

「随分と無様《ぶざま》な声だこと……」

呆《あき》れたような声が神官長の耳に届いた。

「ど、どこだ？　どこに隠れている!?」

「……呆れた。この距離まで近付いておいて、存在隠蔽《インディケーションカット》すら使っていない光学欺瞞術式《インビジブル》を看破できないなんて」

指を鳴らす音が響くと同時、空間から滲《にじ》み出るようにして一人の女性が姿を現した。

褐色の肌に長い笹耳《ささみみ》。窮屈そうな衣装にメリハリの利いた体を押し込めた彼女は、国の紋章が刻まれた一冊の魔導書を手にしている。

「ダ、ダークエルフだと？」

「違うわよ。今のアタシをそんな下位種と一緒にしないで。アタシが【黒妖精《ダークエルフ》】だったのは何十年も昔の話よ」

「わけの分からぬ世迷い言を……！」

「自分に理解できないことを『世迷い言』の一言で済ませるなんて、随分と楽そうな生き方ね」

「き、貴様！　栄えあるノーブルウッドの神官長たる私を愚弄《ぐろう》するか！」

「憤るのは勝手だけど、アタシとのんびり話してていいの？　そろそろ背後を振り返った方がいいと思うけど」

その言葉に神官長は固まった。いつの間にか、自分が大きい影に覆われていたことに気付いたのだ。

背後に何か巨大なモノがいる。

恐る恐る、彼は振り向いた。

「なあ、第四軍団長よお。もうそろそろいいか?」

そこには巨大で武骨な斧《おの》を背負った、身の丈二メートルを超す筋骨隆々《きんこつりゅうりゅう》な大男の姿があった。

「ええ、もういいわ。第六軍団の調査によればこんなのでも一応は指揮官の一人らしいから、さっさと首級《しゅきゅう》を上げなさいな」

「おぉ、マジか。いいのかよ、俺様がこの獲物殺《と》っちまっても」

人相の悪い顔に獰猛《どうもう》な笑みを浮かべながら、第五軍団長《ガルディ》は第四軍団長《セレス》に訊いた。

「別にいいわよ。アタシは閉鎖結界の維持に注力するように陛下《へいか》から勅命《ちょくめい》を受けてるし。それに、ただでさえアンタにはこないだの失態があるんだから、ここで点数稼ぎしときなさい」

「……手柄を譲られるってのは、ちぃと気に喰わねぇんだがよ」

「気持ちは分からないでもないけど、そのプライド、今回限りは棄てなさい。アンタの失点が取り返せてない状況のままだと困るのはアンタだけじゃないのよ」

「あん?　そりゃどういう意味でぇ?」

「アンタを使う側の立場の考えと、我が国の現状から推察なさい」

「……………欠片《かけら》も分からねえが、その言い方だと総大将関連か?」

「ええそうよ陛下がお困りになるのよ!　今の国の状況で遊ばせておいていい戦力なんてドコにも

転がってないんだから！　ていうか欠片ぐらいは分かりなさいよ！　アンタそれでも軍の将なの⁉」

「小難しい話は苦手なんだよ。ま、そういう話ならありがたく手柄頂くとするか」

目の前で交わされる会話に神官長は目眩《めまい》を覚えた。

自分の命が手柄という記号でしか扱われていない。この場で殺すことが前提となった会話だった。

「ま、待て！　待ってくれ！　お主がダークエルフではないのは解ったが、それでもエルフ族であることは変わりないのだろう⁉」

「だから何？」

「同族の誼《よしみ》だ、頼む、我が身を助けてくれ！　この大男を止めてくれ！」

神官長に抵抗する気力はもはやなかった。

ただでさえ敵兵に自国の精鋭たちが蹂躙されるのを嫌というほど見せつけられた上、背後の大男はその将軍格だという。どう考えても勝てるわけがない。だからここで生き延びるには、どれだけ惨めだろうが同族である目の前の女に縋《すが》るしかなかった。

「同族の誼、ねえ……」

「そうだ！　頼む、私はこんなところでは死ねんのだ！　薄汚い人間どもを鏖殺《おうさつ》するその日まで、私は決して――」

「あのさ」

神官長の言葉を聞き終えることもなく、セレスの表情が嫌悪と侮蔑の色に染まった。

「一つ訊きたいことがあるんだけど」

「な、なんだ？　妖精竜の封印を解いた解呪術式か？　それとも、我らの儀式魔術に関することか？

私に答えられるようなものならなんでも答えよう！」

「じゃあ答えてごらんなさい。エルフ族の誼で助けろと言うアンタたちは、れっきとしたエルフ族である〝ハイエルフ《エルティィナ》〟に対して何しようとしてたわけ？」

その問いに神官長は息を呑み、喉《のど》から妙な音を漏らした。

「それが答えよ。そもそもの話、害獣《アンタら》がアタシらと似た姿をしてるって時点で大迷惑してるのよ、こっちは。これで陛下に嫌われでもしたら、アンタらの死後の魂を砕いてやる」

待ってくれ、と伸ばした手は不可視の結界に阻まれてセレスに届くことはない。

次の瞬間、背後から振り下ろされた大斧によって彼の躰は左右に泣き別れた。

＋　＋　＋

ノーブルウッドの狩人長サラウィンは、呆然と空を見上げていた。

「馬鹿な……そんな馬鹿な……」

彼が見届けたのは一条の朱い光に呑み込まれた妖精竜の姿だった。

目を灼く赤光が輝きを失った後、空に残っているのは一体の竜の姿だけだ。その姿は妖精竜のものではない。妖精竜と戦っていたらしき別の竜の姿だ。

「これは……現《うつつ》の出来事なのか？」

百年がかりで取り組んできた、人間への復讐計画の中核となる妖精竜が喪われた。

その事実を認めるのにサラウィンは数十秒以上の時間を必要とした。

鬨《とき》の声は至る所からあがり、阿鼻叫喚が街を満たす。前者は知らぬ声の類で、後者は既知の声の類だ。それは即ち、歴戦の同胞たちが一方的に蹂躙されているという事実を意味していた。

そして追い打ちをかけるかのように、見上げる空に幾つもの影が増えていく。

影の正体は多種多様な竜の群れだ。そのいずれもが妖精竜並みの力を持つであろう化物揃いだった。

黄昏色の竜に付き従うようにして現れた竜群は、瞬く間にその数を増やし、首都上空を埋めていく。

サラウィンにとってその光景はもはや〝地獄〟でしかなかった。

「何なのだ、奴らは……？　我らは、いったい、何を敵に回したのだ……？」

答えはない。答えられる者がいない。

取り巻きのエルフたちは、先ほどの砲撃でバラバラに吹き飛んでいた。

生き残ったのはサラウィンだけだ。

「狩人長――――ッ！」

誰かが駆けてきた。思わず体を震わせる。しかし近寄ってきた人影は謎の勢力の者ではなく、既知の顔だった。先遣隊の一員として派兵された兵士長だ。

「ここは危険です！　お逃げください！」

「逃げる……？　どこにだ、どこに逃げろというのだ……!?」

首都を囲むようにして強固な結界が展開されている。

形状とタイミングからして、恐らくは内部の者を閉じ込めておくためのものだ。

しかも凄《すさ》まじい魔力に覆われているのを感じる。妖精竜なら破れた可能性はあるが、自分たちにどうにかできる規模のものではない。

「だからといって、ここにいてはすぐに敵軍に呑み込まれます！　とにかく、この場から離れ――」

ガシャリ。

という音が鳴って兵士長の声が止まった。甲冑《かっちゅう》の音だ。

恐る恐る二人が視線を向ければ、そこには全身鎧に身を包む一人の敵兵の姿。

「……時間を稼ぎます。お逃げください」

兵士長は覚悟を決めた顔つきで、サラウィンにそう告げた。

「ま、任せる！」

サラウィンは即座に逃げ出した。行くあてなどない。ただそれでも、ここに留まれば自分も死ぬという事実だけは理解していた。脱兎《だっと》の如《ごと》くサラウィンはその場を去っていく。

残された兵士長は、最後に掛けられた言葉が『任せる』のただ一言だけであったことに虚しさを感じつつ、目の前の敵と相対した。

「……私が相手になろう。どこの誰とも知れぬ〝敵〟よ」

兵士長は今何が起こっているのか、正確には理解できていない。

敵はいったい何なのか。何故自分たちがこのような目に遭っているのか。妖精竜亡き後、ノーブルウッドの悲願である人間への復讐はどうなるのか。何もかもが不明なままだ。

ただそんな彼にも一つだけ分かっていることがある。

それは、自分が今からここで死ぬということだ。

「ならば、晩節は汚すまい」

自分は尊き一族、ノーブルウッドのエルフだ。誇り高きノーブルウッドの兵士長だ。

それに相応《ふさわ》しい振る舞いがあり、それに相応しい最期《さいご》が必要だ。

ならばこの先に逃れ得ない死が待ち受けているのなら、醜く足掻《あが》くのではなく優雅《ゆうが》に散ってみせようではないか。

兵士長は自分でも驚くほど穏やかな気持ちで、そのような想いを心に生んだ。

「薄汚い〝穢れ〟や人間に敗れたなら死んでも死にきれないだろうが、な」

しかし幸いなことにその危惧はない。何故なら目の前に立つ全身鎧の〝敵〟は体躯《たいく》が小さすぎる。ハーフエルフや人間ではない異種族であり、恐らくは小人族《ハーフリング》かなにかだろう。ならばたとえ敗北しこの身が死に至ったところで、貴きノーブルウッド一族としての誇りが穢れることはない。

その事実を心中で再確認した兵士長は、腰に下げていた二本の短剣を抜き、静かに構えを取った。

「我が生涯最後の戦い……お相手願おうか。我が名はクラウフ＝ウェルト＝リーフ。ノーブルウッドの兵士長の一人也」

名乗りに対し、全身鎧の小柄な敵は沈黙を貫く。

「ふむ、名乗りはなし。となれば言葉ではなく刃で語ろうと言うのだな？　まあよい、それもまた一興」

兵士長はいっそ清々《すがすが》しい口調でそう嘯いた。

触媒は障壁の展開で使い果たし、一つも残っていない。魔術の行使は不可能。しかも少なからず手傷を負ってしまっている。手持ちの武器は術式付与を施した短剣が二振りのみ。対して全身鎧の眼前敵はどのような能力を持つかも分からぬ不明勢力の一員。

しかし兵士長の戦意は僅かも衰えを見せない。それどころかこの死地にあって何らかの心境に至りでもしたのか、これから始まる戦いにおいて生涯最高の戦闘力を発揮できるであろう確信があった。

そして、その確信は間違いではなかった。

「疾――――ッ」

兵士長は疾風と化して全身鎧《てき》に襲いかかった。踏み込みの速度、振り下ろす短剣の威力共に兵士長の身分に留まらぬ鋭さ。それは文句なしに彼の生涯最速の踏み込みだった。

対する全身鎧は繰り出された右の短剣を長盾で弾き飛ばし、左の短剣にはショートソードで応じた。

鋼の音が鳴り響き、両者の間で鍔迫り合いの火花が散る。

「刃よ！　我が魔を糧に敵を切り裂け！」

兵士長は左の短剣に魔力を籠めた。

短剣に刻まれた術式は担い手からの魔力供給を受け、忠実に己の役割を遂行する。

起動された術式の効果は〝切断〟。

鍔迫《つばぜ》り合いの拮抗《きっこう》状態を保っていた短剣は術式が起動されるなり、ショートソードの刃に食い込み始めた。

「本来ならば鋼でさえ瞬時に切断できるのだがな！　貴殿のその剣、相当な業物と見える……！」

堪《たま》りかねたように、全身鎧は兵士長に前蹴《まえげ》りを入れて距離を取ろうとした。それを読んでいた兵士長は、下方から迫る蹴り足に踵《かかと》を落とすことで応じる。

金属の塊を思い切り蹴りつけた代償として踵が割れるように痛むも、全身鎧の蹴撃を防ぐことに成功した兵士長はその反動を活《い》かして直上の宙へ身を投げた。

そのまま空中で縦方向に身体を回し、上下逆さまになって放つ短剣の第二撃。対する全身鎧はその重量に身を任せ、身体を沈み込ませるようにして体勢を低くすることで回避した。

「これも躱《かわ》すか、だが――！」

兵士長は更に宙で身体を一回転させ、短剣を直下に投擲《とうてき》した。回転の勢いが乗った刃は疾風の速度で敵へと迫る。曲芸じみた機動で放たれた第三撃にして必殺の一矢。

全身鎧は身体に引き寄せた盾で咄嗟に受け止める。

切断の術式が起動されたままの短剣は刺突の任を託され、己の任務遂行を阻む盾へその刃《み》を埋めていく。対する盾は何の術式も付与されていなかったが、素材元来の強靭さを以ってこれに抗じた。

そして、兵士長は宙に在りながらその結末を見届けた。

短剣の刃はその身を深く沈めていき――刀身の半ばを埋めて停止する。軍配が上がったのは必殺の刃ではなく守護の盾だった。

これで兵士長は無手だ。二本あった短剣のうちの一本は遠くに弾き飛ばされ、もう一本は盾に刺さってしまっている。必殺の攻撃を防がれた兵士長に為す術は無く、着地を狙い叩きつけられるようにして放たれたシールドバッシュによって地面に押し潰された。

「ぐ、ぁ……ッ」

衝撃で臓腑《ぞうふ》の幾つかが潰れた。血が喉を逆流してくる悍《おぞ》ましい感覚。

しかし、彼はせり上がってきた血塊を矜持の名の下に呑み込む。

敗れはしたが、間違いなく生涯最高の戦いだった。

素晴らしい戦いの結末を吐血《とけつ》で汚すなど貴きエルフの振る舞いではない。

その矜持が彼の意識を支えていた。

「……お見事。その一言に尽く」

いっそ清々しい気分で、兵士長は己を下した全身鎧に賛辞を贈った。

生涯最後の戦いに相応しい敵だった。まさしく好敵手といってよい存在である。なにせ兵士長たる己が全てを出し尽くしたにもかかわらず真っ向から降してみせたのだ。恐らくは敵将か、それに類する歴戦の戦士《もののふ》に違いあるまい。

そう思うと賛辞の言葉が自然と口をついて出た。それは兵士長の長い人生の中でも数えるほどしか口にしたことのない、素直な心の吐露であった。

「刃で語り終えたのだ。もう沈黙に身を浸すこともなかろう。見事な業物に素晴らしき技の冴《さ》え、さぞかし名のある武人とお見受けする。最期に貴殿の名を訊かせてはくれぬか?」

死を間際《まぎわ》にした兵士長の言葉に、全身鎧は兜《かぶと》のバイザーに手を当てた。

どんな種族かは推測もつかない。だがどんな種族であろうが決して驚くまいと、兵士長は澄んだ心で好敵手の動きを待ち――引き上げられたバイザーの下に隠されていたその素顔に、驚愕《きょうがく》の二字を顔面に貼《は》り付《つ》けた。

「…………………………は?」

土色の肌に皺《しわ》だらけの醜い顔面。

大陸四大種族ではない。

それどころか人類ですらない。

矮小《わいしょう》な魔物である〝ゴブリン〟の顔が、全身鎧《こうてきしゅ》のバイザーの下から現れた。

「ゴ、ゴブリン……だと? ま、まさか、そんなはずは」

「オレ、名前、ない」

「…………なに？」

「オレ、生まれタばかり。見習イ兵士。ペーペー。名無しノ新兵は、敵、五匹斃せバ、名前もらエる。だケど、オレ、コレ、初陣。だから、名前、ない」

兵士長は好敵手だったはずの相手の……そのゴブリンの言葉を、何一つ理解できなかった。

「う、嘘だ……それが本当ならば、その業物は……」

「コレ、只ノ支給品。オレタチ新入りガ、最初に、モらえル剣」

ゴブリンは錆《ひび》の入ったショートソードを無造作に放り棄てた。

兵士長が業物と評した剣が、無価値なゴミのように地面に横たわる。

「オレタチ、訓練、終わっタばかり。本当ナら、前線、出れナい。だけど、国、総動員態勢、言ってた。オレたち、ぺーぺーも、出番、貰《もら》えタ。万歳《ばんざい》」

ゴブリンは盾の裏側に装着していた片手斧《サブウェポン》を手に兵士長へと一歩近付き、その凶器を振り上げる。

「オマエ、三匹目の獲物。残り二匹斃せば、隊長かラ名前もラえル。ごぶりんガ、初陣で名前もらエる、すごイこと。だからオマエ、ココで死ネ」

その言葉がトドメだった。兵士長の頭の中で矜持の砕けた音がした。

吐き出した血で地面を汚しながら彼は絶叫する。

「ふ……ふざけるなァ！　こんな、こんな馬鹿なことがあってたまるかッ!!　ゴブリン!?　ゴブリンだと!?　兵士長たるこの私の生涯最期の相手がゴブリンだというのか！　この私を降したほどの敵が将ですらなくただの雑魚でしかないというのか!?　こんなことがあってたまるか！　こんな理不尽があってたまるかァ!!　ふざけ――」

構わず刃が落ちた。

断首用の斧は己の役割を忠実に遂行し、何やらを喚いていたとあるエルフの首を飛ばす。

ゴロゴロと地面を転がる首と力なく崩れ落ちる胴体。

三匹目の獲物を確実に仕留めたことを確認したゴブリンは満足そうに頷いた。

その後、装備品の消耗具合を確認し、まだ十分に戦えることを認めた彼は四匹目の獲物を求めて戦場を駆けていく。

そして、ノーブルウッド国の兵士長クラウフ＝ウェルト＝リーフは一端《いっぱし》の将であるということすら認識されず、その他大勢の一人としてその死体を野に晒した。

蹂躙は続く。

首都内の害獣《モンスター》が一匹残らず駆逐される、その瞬間まで。

+　+　+

ラテストウッドは由来こそ弱小民族の寄り集まりではあるものの、年月を経る毎にその規模を少しずつ拡大し、今では都市国家を形成していた。

小国とはいえ、国ならばどうしても必要な設備というものはある。たとえば防備の要《かなめ》となり王の権威を示すための城や、治療を施すための診療所、祈りを捧げる場である礼拝堂や、法に基づき諍いを解決させる裁判所などだ。

また国である以上、罪人というものはどうしても発生するものであり、罪人を収監する施設も同様に必要とされる。そしてラテストウッドにおける罪人の収監施設……牢獄《ろうごく》は城の北方に位置する街外れに存在していた。

否、正しくは追い立てられ、追い詰められていた。南方から進撃してきた謎の勢力により、丁寧《ていねい》に駆除されていった彼らは北側へと逃げ延びるしかなかったのだ。

しかし街全体を覆う不可視結界によって街の外へ脱出することも叶わない。故に、心身ともに追い詰められたノーブルウッド兵は、牢獄に押し込めていたハーフエルフを人質にすることで難を逃れようとしたのだ。

ならば囚えているハーフエルフを人質にすればいい。

そうすれば自分たちの命は助かる。

冷静に考えれば短絡的にも程があるその考えを彼らは盲目的に信じた。それしか生き延びる道が思いつかなかったとも言える。そして彼らは微《かす》かな希望に縋るようにして、ハーフエルフたちを囚えている牢獄へと詰めかけ――牢獄の天井《てんじょう》の一角が脈絡もなく崩落するのを目《ま》の当《あ》たりにした。

墜落の勢いで天井をぶち破って現れたのは、黄昏の竜。

それが妖精竜を一撃の下に消滅させた竜であることを認めたノーブルウッド兵は、半ば恐慌状態に陥りながらも、竜の頭の上に一人の男が立っているのを見た。

妖精竜を屠《ほふ》るほどの化物。

その頭を平然と足蹴《あしげ》にしている人間は牢獄内を睥睨《へいげい》し――ボロボロのまま裸同然の格好で転がされているハーフエルフたちの姿を目にして激情を叫んだ。

「揃いも揃って塵屑《ごみくず》どもめがあああぁぁぁぁぁぁぁぁぁぁッ────!!」

瞬時にヘリアンは命令を下す。

溢《あふ》れんばかりの殺意が篭められた〈指示《オーダー》〉を、黄昏竜《ノガルド》は即座に遂行した。

竜族にのみ編むことが許された竜魔術。

そのうちの一つが行使され、竜気と魔力が混合された黄金色《こがねいろ》の光弾が疾駆する。

撃砕の威力を孕《はら》んだ光弾はハーフエルフたちを避けるようにして曲がりくねり、牢獄内にいたノーブルウッド兵を一人も残さず貫き、鏖殺した。

「ラテストウッドの民を保護しろ！　これ以上一人たりとも死なせるな！　無駄に死なせればタダでは済まさんぞッ!!」

第二軍団の騎士に守られた第三軍団の衛生兵が牢獄内に駆け込んできた。

治療魔術による柔らかな緑光が牢獄内の至る所から発せられ、ボロ雑巾《ぞうきん》のようになっていたハーフエルフたちが手厚く治療されていく。

「第六軍団長《カミーラ》、これで囚われていたハーフエルフは全てか⁉」

『その通りじゃ我が君。敵の探知《サーチ》も今しがた完了した』

「探知《サーチ》漏れはないだろうな⁉」

『無論じゃ。命令通り一切《いっさい》の自重抜き、全力動員で探知《サーチ》を行ったとも。救出対象は一人も余さず、敵は一匹たりとも残さず、全ての位置を完全に特定し終えておる』

報告を聞き届けると同時、ヘリアンは黄昏竜《ノガルド》の頭部を全力で踏みつけた。

鞭《むち》で叩かれたサラブレッドさながらの反応で、王の直命を受けた黄昏竜は直上への上昇を開始する。

そして黄昏竜の首に跨《またが》ったヘリアンは竜魔術により保護され、亜音速の負荷をものともせず地上千メートルの高みに至った。

激情を灯らせた瞳に眼下の首都を映し、まずは自己強化系の〈秘奥〉について黄昏竜に使用許可を与える。

「……ぐッ」

同時にヘリアンの身体に悍《おぞ》ましい負荷がかかった。

リーヴェが〈秘奥〉を使用した時と同じく、否、それを遥《はる》かに上回る過負荷。

身体の中から大事なものが一方的に吸い上げられていく感覚。

まるで魂が喰われているのかのようだった。

――知ったことか。

本当に魂が喰われていたとしてもどうでもいい。

吸いたくば吸え。

喰らいたければ喰らうがいい。

それであの害獣どもを駆逐できるなら、そんなもの幾らでもくれてやる。

「――――――――ッ!!」

憎悪《ぞうお》を宿した王の命令を黄昏竜は忠実に実行した。竜の雄叫《ロア》びとともに、その身体から朱暗色の燐光《りんこう》が立ち昇る。次撃の全効果を最大化させる〝終焉の先触れ《ギャラルホルン》〟が発動した証《あかし》だ。

続けざま、王は黄昏竜に命令を下す。

次なる〈秘奥〉は広域殲滅系に分類《カテゴライズ》される砲撃術式だ。

『聞こえているか、人間よ！　私はノーブルウッドの狩人長、サラウィン＝ウェルト＝ノーブルリーフだ！　心話術士を介して、上空に向けて我が声を届けている！　聞こえていたら合図を寄越《よこ》せ、貴様と交渉がしたい！』

権能行使《ファンクション・オン》を宣言。

秘奥発動対象に黄昏竜を選択《アクティベーション・ラグナロクドラゴン》。

使用する秘奥は《フォビドゥンファンタズム・セレクト》〝皇竜の裁き〟《ジャッジメント》。

攻撃力は最大値に固定《ブラストパワー・マキシマイズ》。

使用許可最終確認手順《ファイナルコンファメーション》、全省略《オールカット》。

『人間よ、聞こえていないのか!?　貴様の願いはハーフエルフどもなのだろう！　残りの個体を全て引き渡す！　これを取引材料として、一時停戦を申し込む！』

攻撃対象の捕捉を開始《ターゲットキャプチャー・スタート》。

敵味方識別を有効化《IFFオン》。

情報共有強制接続《ダイレクトデータシェアリング》：夢魔女帝から黄昏竜《フォースドコネクション》。

範囲選択《レンジセレクト》：ラテストウッド首都圏内《ラテストウッドメトロポリス》。

対象選択《ターゲットセレクト》：ノーブルウッド兵及び関係者《ノーブルウッドエネミーズ》。

上記全命令を即時発信《フルオーダー・イミディエイト》。

『条件が足りぬというのか!?　ならば我らの術式を一部公開しよう！　封印を解呪した方法についても、交渉の内容次第で応じようではないか！　深層領域の封印までは我らの叡智を以ってしても未《いま》だ及ばぬが、この解呪術式だけでも役には立つはずだ！』

秘奥が発動を開始。

代償として猛烈な虚脱感。

頭蓋《ずがい》を槍で貫かれたような頭痛。

更には目眩と暗転する視界。

遠のく意識は憎悪で縫い止める。

『き、聞くのだ、人間よ！　そもそも貴様の憤りは誤っているのだ！　我らとて人を生贄に捧げるには抵抗を覚える！　だがハーフエルフどもは人に非ざる〝穢れ〟なのだッ！　ならば貴様が憤る理由などどこにもないであろう⁉』

黄昏竜の眼下に魔法陣が展開された。

幾何学《きかがく》模様を象る巨大な魔法陣。その下層部分に幾千を超える中小魔法陣が刻まれていく。

そしてその枚数は〈戦術仮想窓《タクティカルウィンドウ》〉に表示されている敵の数と完全に一致した。

虚空《こくう》に刻まれた中小の魔法陣はその一つ一つに細微な角度調整が施され、眼下に蠢《うごめ》く害獣の一匹一匹に狙いを定める。

『待て！　待ってくれ！　我らはこんなところでは死ねんのだ！　頼む、待――――』

「――――くたばれ」

地獄の底から響いたかのようなその声。

囁くように下された死の宣告を合図に〈秘奥〉は完全発動を果たし、黄昏竜は煌々《こうこう》と輝く朱光を口蓋から射出した。

敵味方識別広域殲滅秘奥――〝皇竜の裁き《ジャッジメント》〟

光は一条の柱となって眼下の巨大魔法陣へと突き刺さると同時、無数に枝分かれし、中と小の魔法陣へと奔《はし》った。朱光は中と小の魔法陣に導かれるまま眼下の害獣へと疾駆し、流星群となって降り注ぐ。そして朱光の流星は害獣を呑み込み、痕跡すら残さず、その全てを蒸発させた。

――こうして。

国が保有する全兵力のうち、精鋭中の精鋭が投入されたノーブルウッド先遣隊は。

ただ一人の生き残りもなく、消滅《ぜんめつ》した。

八章　王の贖罪

ラテストウッド首都の小城。

ノーブルウッドより奪還した城の玉座の間にて、ラテストウッドの幹部に相当するハーフエルフたちは身を震わせていた。

奪還に成功した居城へ一月ぶりに帰還出来たにもかかわらず、ハーフエルフたちの顔に笑顔はない。

玉座を空けたまま通路を作るようにして整列するハーフエルフたちは皆、極めて複雑な感情に支配されていた。

勿論《もちろん》、感謝の気持ちはある。

囚《とら》われていた同胞が救い出され、平穏を乱すノーブルウッドの兵士たちが掃討《そうとう》されたのは喜ばしいことだ。

それをラテストウッドに代わって成し遂げてくれた彼らには、純粋な感謝を捧《ささ》げるべきである。

しかし理屈では分かっているものの、ハーフエルフたちの心は感謝よりも畏怖《いふ》の感情で塗《ぬ》り潰《つぶ》されようとしていた。

自分たちの目にした力の数々が――アルキマイラと名乗る国の戦力が、あまりにも強大すぎたためだ。

「ウェンリ戦士長……私たちはこれからどうなるのでしょうか？」

年若いハーフエルフの一人が、不安げな声色《こわいろ》でウェンリに訊いた。

気持ちは分かる。なにしろノーブルウッドの精鋭を蟻を潰すかのように鏖殺《おうさつ》した軍勢は、あろうことか魔物の集団だったのだから。

「分からん。せめて首都の一部だけでも得られれば僥倖《ぎょうこう》だが……無理な話、なのだろうな……。恐らくは集落で細々《ほそぼそ》とした生活を続けていくことになるだろう」

なにせ今回の戦闘においてラテストウッドは何もしていない。

魔物の軍勢が首都を奪還する様を黙って見ていただけだ。

これで『奪還した土地を寄越《よこ》せ』などと言えるのは、命知らずではなくただの自殺志願者だろう。

自然、ハーフエルフたちの間に重苦しい空気が満ちる。

「彼の国がどのような決定をされようと、私たちはそれに従うまでです」

抑揚のない声で、レイファは言った。

「少なくともノーブルウッドの脅威《きょうい》はなくなったのです。脅威が森に住まう魔獣だけに絞られるのであれば、ラテストウッド建国の黎明期《れいめいき》と同条件。また一からやり直せばいいだけの話でしょう」

「レイファ様……」

「彼の国は約束を守ってくださいました。囚われていたラテストウッドの民を救い出してくれました。その上、ラテストウッドの脅威となるノーブルウッドの兵士たちを排除してくださいました。これ以上、何を求めるというのですか」

視線を向けることもなく、虚空《こくう》を見据えたままレイファは言葉を紡《つむ》いだ。

「後はヘリアン様のご温情にラテストウッドの命運を委《ゆだ》ねるのみです。既に約定が果たされた後なのですから、下手《へた》な手を打って場を乱すのは悪手でしかありません。かくも強大な彼の国を動かしてくれただけで望外の奇跡なのですから」

冷静な判断だ。浮き足立った臣下らとは異なり、レイファは落ち着いた様子を見せていた。

しかしウェンリは知っている。レイファの父が妖精竜《ようせい》の餌《えさ》にされたことも、母である先代女王が殺されたばかりか晒《さら》し者にされていたことも……そして唯一《ゆいいつ》残された肉親である妹《リリファ》を喪ったことも、ここに来るまでに一通り説明を受けていた。

ウェンリは王女姉妹《しまい》の教育係を務めていた。臣下の中では、最も彼女たちに身近な存在であると言えるだろう。それだけにリリファが死んだという事実を聞かされた時は、言いようもない絶望感に囚われた。

自分でさえそうなのだ。ならば肉親であるレイファにとって、妹の死はどれほどの衝撃と哀しみを与えただろうか。それを想《おも》うだけでウェンリの胸は張り裂けそうに痛む。しかしレイファは哀しむ素振《そぶ》りなど見せず、今も女王としての仮面を被り続けている。

そうあるべきだと教えたのは他ならぬウェンリだ。

しかしそれでも、王族としては正しいその在り方が、ウェンリにはどうしようもなく痛ましく見えて仕方がなかった。

（……どうにかこの身を捧げることで許してもらえないだろうか）

リリファがこの世にいない以上、レイファの存在はラテストウッドにとって必要不可欠だ。

約束を果たした相手に対し対価を挿げ替えようなどと恥知らずにも程があるが、それでもウェンリは何もせずにはいられなかった。

（……最悪の場合は我が身もレイファ様と共に売ってもらえるよう彼の王と交渉しよう。レイファ

様は反対されるだろうが、このままおめおめと生き恥を晒すぐらいなら慰《なぐさ》みものになって死んだほうがマシだ）

彼女が密《ひそ》かに覚悟を決めたその時、玉座の間の扉から朗々とした声が響いた。

「アルキマイラが国王陛下《へいか》、ヘリアン＝エッダ＝エルシノーク様、ご入場である」

儀典官の口上に、玉座の間に集う者たちは揃《そろ》って身を固くした。

音を立てて開かれる扉から威風堂々と姿を現したのは、見事な意匠が施された紺碧《こんぺき》の外套《がいとう》を纏《まと》う一人の青年だ。狼《おおかみ》獣人の女性を引き連れた彼――万魔《ばんま》の王ヘリアンは、向き合うようにして跪《ひざまず》くハーフエルフたちの間を通り粛々《しゅくしゅく》と玉座に歩を進める。

やがて玉座の前に辿《たど》り着くと、ヘリアンは玉座の間近で跪いているレイファに声をかけた。

「座らないのか、レイファ＝リム＝ラテストウッド？　ようやく取り戻せた居城の玉座だろう」

「はい。私が玉座に座る資格はありません。そこは貴方様が座られる場所にございます。またこの交渉の席だけはラテストウッドの代表者としての役目を努めさせて頂きますが、私はもはやレイファ＝リム＝ラテストウッドではなくただのレイファにございます。どうかそのように扱いください」

「……そうか」

ヘリアンは玉座に腰を下ろした。同時に〈戦術仮想窓《タクティカルウィンドウ》〉に幾つかの文字が走る。

《――玉座《シンボル》の奪取に成功――》
《――領域内の自軍占領率が即時支配条件二項における既定値を超過――》
《――ラテストウッド王国最上位領地の支配完了に伴い、全下位領地の支配に成功――》

複数の強制支配条件を満たしたことにより【支配完了】の字が表示され、金色に輝いた。

これでラテストウッドの首都は、完全にアルキマイラの支配下に置かれたことになる。

「全軍に通達。ラテストウッド国民奪還作戦の完了、及《およ》び敵戦力壊滅による戦闘終結を宣言する。

――我々の勝利だ」

王の勝利宣言に魔物たちが歓喜の雄叫《おたけ》びで応《こた》える。

異世界での初戦争、それも王自らが軍を率いての全軍出撃という戦いで完膚《かんぷ》なきまでの完全勝利。蓋《ふた》を開けてみれば呆気《あっけ》ない戦いになったが、敵戦力が不明のまま開戦するという不安な状況からの大勝利とあって、魔物たちは歓喜に沸き返った。

「それでは戦後処理といこうか」

詳細は後で詰めるが、と前置きをしてヘリアンは本題を切り出す。

「まず、我々が交わした契約とラテストウッドに関する処遇についてだ」

「はい。お約束通り、私の身を貴方様に捧げ――」

「いや、その件については白紙に戻ることになる。重大な契約不履行があった」

「えっ？」

虚を衝かれたようにレイファは顔を上げた。

何か下手を打っただろうかと思案するが思い当たる節はない。

まさか、とウェンリに視線を向けたが当人は慌てて首を横に振った。

では、契約不履行とはいったい何のことなのだろうか。

レイファは思考を巡らせるも答えが出せない。

「貴国からの要求は〝この度攫《さら》われたラテストウッド国民の救出〟だ。しかしながらアルキマイラは……私は、要求を十全に叶《かな》えることができなかった。救け出せなかった者がいた。つまり、契約の完全履行に失敗したということだ」

ピクリ、と僅《わず》かに引《ひ》き攣《つ》ったように、レイファの笹耳《ささみみ》が動いた。

「……リリファのことを仰《おっしゃ》っているのですか？　しかしながらあの子は、下手をすれば私たちが契約を交わした頃には、既に……」

「そのようなことは関係ない。貴国からの要求はあくまで〝この度攫われたラテストウッド国民の救出〟だった」

故に、その対価を受け取るわけにはいかない。

ヘリアンは端的にそう告げた。

「いえ……そうは参りません。多くの民を救出いただけたばかりか、ノーブルウッドという脅威の排除までも行っていただいたのです。何も差し出さず恩恵に与るなどできようはずもございません」

「……どうしても、か」

「はい」

「そうか。しかし此方としても黙って対価を受け取るわけにもいかない。我が国の都合や矜持《きょうじ》というものがある」

玉座の間に重苦しい溜息《ためいき》の音が落ちる。

その様子を見守っていたウェンリは、今しかない、と口を挟もうとした。

だができなかった。

王と女王による二対の視線が釘《くぎ》を刺すように彼女を射抜いたからだ。

——邪魔をするな。

明確な意思が篭められたその視線を受け、彼女は沈黙を貫くしかなかった。

もはや自分が口出しを許される場ではないという事実を、ウェンリは嫌というほど理解した。

「我が方の臣下が大変失礼いたしました」

「失礼？　何のことだ？　私には貴女が何を言っているのか理解できない」

「……ご温情に感謝いたします」

「重ねて言うが貴女の言っていることが理解できない。よってその感謝の言葉を受け取る理由がない。……話を続けようか」

ヘリアンはなかば強引《ごういん》に、話を元の流れに戻す。

『私にできることであれば何でもお申し付けください。どのようなご要望でもお答えします』……契約を結んだ際、貴女は確かにそう言った。あの言葉に偽りはないか？」

「ございません」

「二言はないな？」

「無論です。神樹の名において誓いましょう」

「……私にとって、その言葉には何の価値もなくなってしまったのだがな」

皮肉げな言い方になってしまったが、ヘリアンにとって『神樹の名の誓い』が無価値なのは事実だった。

レイファは思案げに床を見つめ、ややあってから再び顔を上げる。

「では妹の名に……リリファの名に誓います。決して二言はないと。どのようなご要望であれお応えすることを妹の名にかけて誓います」

ヘリアンの双眸《そうぼう》が揺れた。

「妹君の名に、か……」

「はい」

「……ならば信じよう」

厳しい表情でヘリアンは頷《うなず》く。

「これから私は貴女に対し一つだけ要求する。その要求を叶えてもらうことで我が方は対価を受け取ることとする。覚悟はいいな？」

「はい」

「では要求を告げる。

〝レイファ＝リム＝ラテストウッドとしてラテストウッド王国の女王に即位し、ラテストウッド首都及びその集落を貴公の裁量にて統治されたし〟

――以上だ」

その言葉にレイファは瞠目《どうもく》した。

居並ぶハーフエルフもまた、予想だにしなかった要求に礼儀を忘れて顔を上げ、ヘリアンを凝視する。

その無礼な振る舞いにリーヴェが何事かを言おうとする初動を見せたが、ヘリアンは軽く右手を挙げることによって彼女の動きを封じた。

「どうした？　受諾の声が聞こえないようだが」

「し、しかし、それは……」

「貴女はどのような要求であれ呑《の》むと言った。私はその貴女に要求した。これはそれで終わる話だろう。それともまさか、妹君の名に泥を塗るおつもりか？」

「そのようなことはいたしません！」

条件反射的に否定してしまい、ハッとレイファは顔色を変える。

だが今更どうしようもない。言葉は既に交わされた。レイファは白紙のカードをヘリアンへ差し出し、ヘリアンはそのカードに要求を書いて返却したのだ。

ならば、レイファにはそのカードを受取る以外の選択肢はない。

「ご要求を受諾いたします。貴方様のご温情に、深く感謝いたします」

レイファは深く頭《こうべ》を垂れて言った。

「感謝の言葉は不要だ。これは正当なる取引の結果なのだから」

「だとしても――それでも、貴方様に感謝を。心よりの、感謝を……ッ！」

王と女王の間に交わされた契約の内容《ことば》を――ラテストウッドが救われたという事実をようやく理解したハーフエルフたちは、揃って顔に喜色を顔に浮かべた。張りつめたものが切れてしまったのか、歓喜の涙で頬《はお》を濡《ぬ》らす者すらいる。

――ようやく救われた。

そんな声ならぬ声が聞こえてくるようだった。

「では契約の履行終了に向けての話を続けようか。契約の完全履行を棚上げにしたまま、今後に関する話をするべきではないだろう」

「……と、申されますと？」

ヘリアンは右手を上げ、指を鳴らした。

それを合図に玉座の間の扉が音を立てて開かれる。

中に入って来たのは、手足や目といった身体の各部位を欠損している負傷者の数々だ。

「私はラテストウッドの女王に対し『一人も余さず救い尽くす』と誓った」

しかしヘリアンの眼前には未《いま》だ治らぬ負傷を負っている者が並んでいる。

彼らはノーブルウッドの魔の手から助け出されただけだ。身体の欠損は痛々しく、決して健全な状態ではない。つまり『救い尽くされている』とは言い難《がた》い。

「その契約を完全履行することは今や不可能だ。だが彼の者たちの救済を今ここで即座に施すことにより、我が方の陳謝《ちんしゃ》と受け取っていただきたい」

「……それは、つまり」

「今、この場で、彼らを五体満足な状態に完全回復させる。……せめて助けられた者たちだけでも救い尽くさねば、私の全《すべ》ては嘘《うそ》になる」

レイファはもう何度目になるのかさえ分からない驚愕《きょうがく》に息を呑んだ。

部位欠損の治療は既に失われて久しい古の失伝魔術だ。

欠損した直後に限っては、ごくごく一部の高位術師であれば治療することが可能だと聞く。しかし身体の各部位を失い傷口が癒着した状態――つまり部位欠損した状態がその者にとっての『自然な状態』になってしまうと、現代の術者ではどうすることもできないのだ。

にもかかわらず、眼前の魔物の王はこともなげに五体満足な状態に回復させると言ってのけた。

しかし今更その言葉を疑うような愚行はしない。彼の王が〝できる〟と言うのならそれは全て真実であり、彼の国は古の術式を有しているのだろう。

「エルティナ」

「承知いたしました」

治療と援護のエキスパートである第三軍団を統《す》べるエルティナは、愛用品の杖《つえ》を手に進み出た。そのまま何が起きようとしているのかも解っていないような重傷者たちの下へ歩み寄り、その中の一人――ハーフエルフの少年に杖の先端を向ける。

「我が祈り聞き届け、此処《ここ》に天光の満ち賜《たま》わらんことを――〝慈天の祈禱《インヴォーク》〟」

王から吸い上げられた生命力とエルティナの魔力が融合する。

〈秘奥〉に該当する特殊魔術が発動し、少年の身体が淡い翠《みどり》の光に包まれた。

光は損傷の激しい傷口に集中し、部位欠損部ともなれば身体の輪郭《りんかく》がわからなくなるほどの輝きに満たされる。そして翠の光は少年の身体情報を読み取ると同時、術者の意図した通りに彼の細胞へと姿を変え、血肉や骨や神経を瞬時に形成した。

数秒の時間を経て緑光は消え失《う》せ、後に残ったのは五体満足な身体へ完全回復した少年の姿だ。

「えっ……？　う、腕がある⁉　なんで⁉」

少年は失った右腕が存在していることに驚きながら、新生された右腕をおっかなびっくり動かす。

そしてそれが失う前と全く同様に意のままに動くことを確認すると、その両目から滂沱の涙を流した。

「……右腕が、ある……どこも、痛くない……。うあぁぁ……！」

しゃくり上げながらも、少年は途切れ途切れに思いを言葉にして吐き出し、最後には笑顔を浮かべながら泣き崩れた。その少年を抱き上げたのは片耳が欠けた若いハーフエルフの女性だ。きっと少年の母か、あるいは姉なのだろう。

――しかし、ヘリアンがその心温まる光景を目にすることはなかった。

その場で地面を睨《にら》みつけ、肉体を蝕《むしば》む負荷を必死に堪《こら》えていたためだ。

〝慈天の祈禱《インヴォーク》〟はどのような損傷でも瞬時に回復させる治療魔術である。だが〈秘奥〉としては燃費が悪い方だ。運営会社が情報開示した資料《データ》によれば、〝慈天の祈禱《インヴォーク》〟による【生命力】の消費量は半分程度……つまり今のヘリアンは命が五割減った状態になる。

それがどのような状態なのか。

ゲームをやっていた頃はたいして意識していなかったが、現実となった今は嫌というほど解らされてしまった。

五割減った状態だからといって、あまりにも単純すぎるたとえかもしれないが……ベッドの上で半死半生になっている人間は、今の自分と同じような気分を味わっているのだろう。

いや、きっと生命《いのち》とは数字で計れるようなものではないのだ。

【生命力】という〝値〟はあくまでゲーム時代のものであり、現実化した今は参考材料として一つの目安程度に捉《とら》えておくべきだろう。いつまでもゲーム感覚で捉えていると、いつか取り返しのつかない後悔をする確信がある。

「……ッ」

ヘリアンは負荷を堪《た》えながら、腰に挿していた試験管型のポーション瓶《びん》を取り出し一気に呷《あお》った。【生命力】を即時回復させる効果を持つ、かなり希少なポーションである。黄昏竜《たそがれりゅう》の〈秘奥〉を発動した直後――気絶寸前の状態で飲んだ時と同様に、そのポーションは失われた【生命力】を回復させた。

身体的には瞬時に快癒し、ヘリアンは〈秘奥〉を使用するための燃料《かて》を取り戻す。

「陛下？」

「……構わん。続けろ」

エルティナが怪訝《けげん》そうに窺《うかが》ってくる。

リーヴェに至っては――以前検証を行った経験からか――即座にヘリアンの異変に感づいた様子だったが、構わずヘリアンは続行を命じた。

誰《だれ》の目にも異変が明らかになったのは、四人目の治療を終えた頃だった。

「ハッ、ハッ、ハッ、ハ――ア……！」

呼吸困難に陥《おちい》った犬のような喘《あえ》ぎ声。

冷や汗で全身をびっしょりと濡らし、酸素を求めて喘ぐ様はみっともないことこの上なく、端的に言って無様《ぶざま》だ。

こんなことになるのであれば、重要人物と被治療者以外は玉座の間から締め出しておくべきだったとヘリアンは悔やむ。おかげでラテストウッドの幹部や、アルキマイラの各軍団長にまで、苦しみ喘ぐ情けない様を晒してしまっていた。

生命力そのものはポーションによって補充できるものの、半死半生と全快の狭間を何度も往復すれば〝芯《しん》〟に残るものはある。

そもそも『瀕死《ひんし》の状態から即座に完全回復する』という変化自体が、人体にとっては異常な現象だ。精神が肉体の異変を訴えかけている一方で、肉体自体は完全な健全体であるという矛盾が繰り返し生じる。その齟齬《そご》はやがて幻痛へと形を変え、着実にヘリアンの心身を蝕んでいた。

堪りかねたように、リーヴェが叫んだ。

「もうおやめください！　これ以上は、御身への負担があまりにも……！」

「黙、れ」

心臓を鷲摑《わしづか》むようにして胸に手を当てながら、ヘリアンは煩《わずら》わしげにリーヴェの言葉を遮《さえぎ》った。

荒らげた呼吸の中で脳裏《のうり》に思い浮かべるのは指切りを交わした少女の姿だ。

「一人、救えなかった」

それは紛《まぎ》れもない事実。

何の力も持たないくせに、全員救うなどと大口を叩《たた》いた結果がこれだ。

「これ以上、俺《おれ》に恥を晒させるな……！」

ならばこの程度の苦痛は呑《の》み込まなければならない。

竜の生贄《いけにえ》にされたあの少女はもう、苦しみを感じることさえできないのだ。

それに比べればこの程度の苦痛などなんのことがあろうか。たかが死ぬほど苦しいだけだ。本当に死ぬわけではない。死んだとしてもどうせ復活する。だから何も問題はない。

「……次の、怪我人《けが》だ。続けろ」

「し、しかし……」

助けを求めるように、エルティナは他の軍団長たちに視線を彷徨《さまよ》わせた。

しかし、いずれの軍団長も――リーヴェですら――鬼気迫る表情の王を前に、制止する言葉を持たなかった。

視線で訴える様を見咎《とが》めたヘリアンは、強い口調でエルティナに命じる。

「王命だ。彼らの、治療を、続けろ」

凍《い》てつくような、王のその声。

睨み殺すかのような視線で縫い止められたエルティナは、観念したかのように次のハーフエルフへと杖を翳《かざ》した。

+　+　+

「我が祈り聞き届け、此処に天光の満ち賜わらんことを――〝慈天の祈禱《インヴォーク》〟」

……何度この祝詞《のりと》を聞いただろう。

ヘリアンはエルティナの詠唱を耳にしながら、朦朧《もうろう》とする意識で思考する。

二十回目までは数えていたが、そこから先は気が遠くなって数えるのをやめた。

既に手持ちのポーションは使い果たし、空瓶がそこら中に散乱していた。配下からポーションの補充を受けつつ着実に治療を遂行していく。

果たしてあと何人残っているのだろうか。終わらない悪夢を見ているようだ。

「ぐっ……」

何かが臓腑《ぞうふ》から逆流してきた。

刃を呑み込むに似た覚悟で喉元《のどもと》に押し留める。

それが胃液だろうが血だろうが、玉座の間を汚すなどという不作法は許されない。

カタカタと震える手で瓶の蓋を開けて口に含み、喉元まで迫ってきた何かをポーションで胃に押し返した。

「次……の、怪我人、を……」

機械的に言葉を紡ぐ。

さっきから同じ台詞《せりふ》ばかり繰り返している気がした。

頭が今にも砕けそうに痛む。

全快と瀕死を繰り返す結果として積み重ねられた幻痛はもはや拷問の域にあった。

脳が痒くて堪らない。

その辺の適当な柱に頭を打ち据え、頭蓋《ずがい》を割って中身を掻《か》き乱《みだ》すことができればどんなに気持ち良いだろうかとの誘惑に囚われる。

だがまだだ。

まだ終われない。

この手に救う手段がある以上、最後の一人を救うまでやめることなど赦《ゆる》されない。

だって俺は、死んでしまったあの少女に、できる限り助けると、確かにそう約束して――

「治療は終わりました！　これで全員です！　此度《こたび》攫われたラテストウッドの国民は全員救われました！　余さず救われました！」

耳元で誰かが叫んでいる。

何を言っているか完全には聞き取れない。

治療が終わった、という部分だけ、なんとか理解できた。

「残り、の……怪我、人は？」

「いません！　治療は終わりました！　終わったんです！」

だから早く、と誰かが何かを言っている。

よく分からずになんとなく右を向けば、そこにあったのは悲愴な表情をしたリーヴェの顔。

見たことのない表情だった。

できれば見たくない表情だとそう思った。

思考が纏まらない。視界が揺れる。身体はもう真っすぐ立つことすらできていない。

どうやらリーヴェともう一人の誰かに両脇《わき》から支えられて、ようやく立っているような状態らしいことを悟る。

「――――、っ」

ヘリアンは身を支える女性らの腕を振り払い、自力で直立した。

王である自分は戦後処理の終了宣言をしなければいけないのだ。他国の代表者を前にして、一人で立つこともできずに会談を終えようなどと許されるはずもない。

霞む視界でレイファの姿を探す。

するとどういうわけか、彼女はすぐ左手側に立っていた。

それも肩が触れ合うような至近距離でだ。

何故《なぜ》そんなところに立っているのか。いつの間に移動したのだろう。

駄目《だめ》だ、まともな思考力が残されていない。もう余計なことを考える余裕など一切《いっさい》ない。

会談を始めるにあたり、前もって用意していた台詞を並べ立てる。

「……これで……治療、は、終わった。此度攫われた者たちは、一人を除いて、救い尽くした。また、先ほど言った通り、一人救えなかった、契約不履行の、代償として、貴国からの対価……レイファ殿の身柄については、固辞する……」

気を抜けば意識が飛びそうになる。

いや、既にところどころ断絶しつつあった。

下唇を噛《か》み千切《ちぎ》り、痛みと鉄の味で意識を繋《つな》ぎ止める。

「だが……我が方には、契約には含まれていなかった、貴国の首都奪還の、功績が、ある……その功績の対価として、貴国には、我が国の同胞として、今後も、我々と、良い関係を築くための……努力を、要求……する……………」

駄目だ。

もう意識が飛ぶ。

気合や根性でどうにかなるレベルを超えていた。

時間がない。

一方的にまくし立てる。

「以上、が……我が国、アルキマイラの、此度の戦争に、関する……戦後処理の見解と、要求だ……。これを、貴国は、良しと、され、るか……？」

「勿論です！　異論など一切ありません！　ですから、早く!!」

レイファが要求を受諾してくれた。

その声は不思議なことに、先ほどまで耳元で叫んでいた誰かと同じ声色だった。

何故だろうとの自問に答える思考能力すらもない。

既に意識は八割方が失われつつあった。

崖っぷちでぎりぎり踏み留まった残り二割が、会談を終わらせるための台詞を吐き出させる。

「では、これで……此度の、会談、を………終了と、する」

「ラテストウッドが女王陛下、レイファ＝リム＝ラテストウッド様、並びにその臣下殿、ご退場であるッ!!」

儀典官の口上を待たずしてリーヴェが叫んだ。アルキマイラ関係者の必死な視線に追い立てられるようにして、ラテストウッドの者たちが玉座の間から退出していく。

そして最後の一人が退出し扉が閉まると同時、糸の切れた人形のようにヘリアンは崩れ落ちた。

倒れる身体を抱き留めたリーヴェが怒鳴りつけるかのように何事かを周囲に叫ぶ。

「急――ッ！　本国――の寝室――！　邪魔――は――殺――思え!!」

聴覚が仕事を放棄したのか、聞こえる音はぶつ切りになっている。

怒号にも似た声を遠くに聞きながら、ヘリアンは意識を手放した。

終章　夢現

目を覚ませば。

緻密《ちみつ》な金細工が施された、格調高い様式の天井《てんじょう》が目に映った。

「……知ってる天井、だな」

そこに描かれているのは、軍勢を背にした八体の魔物に傅《かしず》かれている国王の図。

世界の覇者を決める戦いを制した際の写真《スクリーンショット》を、それらしく加工した天井画。

視界に映るその光景は、ここが王の寝室であることを示している。

「なんでここに……、っ」

身を起こすと倦怠感《けんたいかん》に襲われた。

次いで目眩《めまい》。視界が揺れる。堪らずベッドに身を横たえた。

「……気を失ってたのか」

徐々に思い出す。

ノーブルウッド兵を掃討したこと。

ラテストウッドの首都を奪還したこと。

癒えない傷を負った者たちを治療させたこと。

国同士の約定について決着をつけ、大まかな戦後処理を終えたこと。

記憶に残っている映像はそれで最後だ。

仮想窓《ウィンドウ》を表示させて時計を確認すれば、翌日の正午に差し掛かろうかという時間帯だった。

どうやら半日以上気絶していたらしい。

「気持ち、悪い」

不愉快な感覚を洗い流したい一心で、サイドテーブルに置かれていた水差しに手を伸ばした。

黄金細工が施されたコップに中身を注《そそ》いで一気に呷《あお》る。喉《のど》の渇きはそれで癒やされたが、気分の悪さはさほど変わらない。だが、

「……動ける？」

ふとした疑問。確かに不快感はあるが、一方で動けないほどでもない。

ポーションを使って強引《ごういん》に行った〈秘奥〉の連続使用により、自分の身体は相当な負荷を被《こうむ》ったはずだ。気絶前の自分の状態を思い返してみれば、それこそ数日寝込んでいるのが普通に思える。この程度の体調不良に留まっていることがむしろ不可解だった。

眉間に皺を寄せていると、サイドテーブルに二枚の書き置きがあるのを見つけた。

王《プレイヤー》の許可なくこの寝室に入れるのはリーヴェだけなので、きっと彼女が残していったものだろう。

一枚目の書き置きを手に取れば、綺麗《きれい》な字で伝言が簡潔に書かれていた。そしてその内容に目を通し、ある程度回復した自分の体調について納得する。

「〝世界樹の聖水〟を使ったのか……道理でな」

それは希少も希少、超大国アルキマイラでさえ三個しか保有していない超希少アイテムである。

王《プレイヤー》や配下《NPC》の区別なくあらゆる状態異常《バッドステータス》を解消し、生命力も含め対象を完全回復させる秘宝だが、あまりにも入手難度が高すぎたためにちょっとしたニュースにさえなった代物だ。

入手のためにはそこそこの大国でさえ戦力損耗は避けられず、中には入手に拘《こだわ》るあまり保有戦力の三割近くを失った国もある。かつてのアルキマイラも随分《ずいぶん》と苦戦させられた。

書き置きには『秘宝の無断使用について、あらゆる処罰を受け入れる』との旨が書かれていたが、彼女を咎《とが》める気にはなれなかった。そんな代物を無断で使わざるをえないほど、ヘリアンの容態は危機的だったということなのだろう。

続いて二枚目の書き置きを流し読む。

要約すれば『王が行動不能な間の諸務を可能な限り代行しておきます』とのことだった。

リーヴェが傍《そば》にいない理由にはそれで納得した。反乱騒動の時とは異なり、今は戦争直後だ。戦後処理を終えると宣言したものの、それは大まかな部分だけで、詳細なすり合わせの準備や雑務は山ほどある。その仕事の一部を代行してくれているのだろう。

自分の仕事を誰《だれ》かに任せることには条件反射的に不安を覚えたが、ゲーム時代でも国王側近や内政担当が一部業務を執り行っていたことを思い出し、不安を振り払った。

重要な意思決定については王しかできないが、わざわざ王本人が判断する必要もない雑事は彼女らが一手に引き受けていたのだ。ゲーム時代の出来事《できごと》を盲目的に信用して判断するのは危険に思えるが、一方で彼女たちなら大丈夫だろうとの思いもあった。

第一、ヘリアン自身が政務を執り行える状態ではない。

「…………」

ノロノロと身体を起こして、剝《は》ぎ取るようにして脱いだ寝間着《ナイトウェア》をベッドの上に放り捨てた。

クローゼットからいつもの服を取り出して着替え、普段は身に着けていない灰色のフード付きローブ——外套《がいとう》の上から着られるタバードローブ——を片手に部屋を出る。

「これは、我らが王……！　お目覚めですか」

扉前に待機していた近衛兵が一斉に敬礼する。

ズラリと居並ぶリビングアーマーが一糸乱れず敬礼している様は、それだけで威圧感があった。

「ああ……私はこれから外出する」

「お身体の方は……いえ、失礼いたしました。それでは御身の護衛を」

「不要だ。少々思うところがあってな」

「そ、そうは申されましても……」

「構わん。王命だ。リーヴェやバランに文句を言われたら、私から強く命じられたと説明しろ」

歩みを進めながら適当な言い訳で煙に巻いた。

王命とまで告げられてしまったリビングアーマーは、後を追うこともできず立ち止まる。

そしてヘリアンは廊下の角を曲がり、誰にも見られていない隙《すき》を突いて灰色のローブを羽織《はお》り、顔を隠した。

誰もいない廊下を一つの靴音が無機質に響き、城外を目指して進む。

そこに王の姿はなく、誰でもない〝誰か〟がただ一人歩いているだけだった。

やがて靴音は大階段を下り、エントランスを抜け、庭園を通り、城門を潜《くぐ》って城の外へと遠ざかっていく。

――王は、城を逃げ出した。

2.

城下町は熱気で包まれていた。

衣食住が満たされ、他の脅威《きょうい》に襲われる心配のない、安全な夜が約束されたアルキマイラの街。

そこでは多くの国民が幸福な生活を送っている。

しかしアルキマイラの国民と言えど、魔物である以上は多かれ少なかれ闘争本能を有していることに変わりはない。平和を享受しているだけではいつしか物足りなさを覚えてしまうのは魔物として当然のことであり、更には未知なる大地への強制転移という未曾有《みぞう》の危機によって多くの民がストレスを抱えた状態だった。

そこへ先日の全軍出撃命令。しかも王直々に全軍を率いての戦という夢舞台が舞い込んできた。

魔物たちが我こそはと勇み立ち、鬱憤《うっぷん》を晴らすかのように暴れまわったのも無理はない。その成果として得たのは異世界での橋頭堡《きょうとうほ》となる拠点であり、完膚無《かんぷな》きまでの大勝利という一つの誇るべき事実だ。

国元へ凱旋《がいせん》した軍を、市民は盛大な歓声と花吹雪で迎え入れた。

勝利を得た軍人たちもまた誇らしげに胸を張り、雨のように降り注ぐ拍手喝采《はくしゅかっさい》を身に浴びる。

とあるフェアリーの女性は続々と凱旋門を潜る軍人たちの中に恋人の顔を見つけると、小走りに駆け寄った。柔らかな抱擁《ほうよう》の後に手作りの花冠を渡された妖鬼の青年は、周りの兵隊から冷やかしとやっかみの声に晒される。

そこに嫉妬混じりの罵声が混じっていることを聞き咎めた青年は、周囲に見せつけるように恋人の頬に口づけを落とした。女性陣からは黄色い声が飛び、男性陣からは怨嗟の声が発せられる。そしてはにかむ恋人の肩を抱きながらニヤニヤとした表情を浮かべていた青年は、血の涙を流しかねない形相をした青鬼に八つ当たりの殴打を貰った。

しかしそのお返しに、フェアリーの女性はスナップの利いたビンタを青鬼に見舞った。意外にも高レベルだったのか、フェアリーの女性が繰り出したビンタは青鬼の防御力を突破したらしく、結果として青鬼の頬に真っ赤な紅葉《もみじ》が咲いた。その様を見ていた仲間たちは指までさしながら馬鹿笑いし、やり場のない怒りの矛先を見つけた青鬼とその仲間たちとのじゃれあいじみた小競り合いが始まる。

もはや完全にお祭り騒ぎだ。

戦闘終結から一日経《た》ってもその熱気は留まることを知らず、軍人らは酒場という酒場で己《おのれ》の戦果を自慢しあい、居合わせた市民らは『武勇伝を語ってくれ』と囃し立てる。

気をよくした軍人らは、時に演舞まで混じえつつ盛大に己の戦果を飾り立てた。

「そこで奴《やつ》らが繰り出してきたのが、遠距離からの風魔術による一斉攻撃だ！　十重二十重の刃が生命を刈り取ろうとしてくるが、そんな弱っちい風の刃に背を向ける俺じゃねえ！　俺っちは風魔術の吹き荒れる空間へと真正面から飛び込み、自慢の拳《こぶし》を振るって迎撃してやったのさ！　その時の奴らの間抜けな顔ときたら、おめえらにも見せてやりたかったぜこんちくしょう！」

「……なにが十重二十重の刃だ、盛りすぎだ馬鹿《ばか》。お前が前線投入された頃には瓦解状態もいいとこで、組織行動できるような獲物なんざ残ってなかったろうに」

「た、確かに俺っちが殺《や》ッた獲物は数匹だけだったけどよ……。そんでも、集団で風魔術撃ってきたのを正面から破ってやったのは本当だぞ！」

「一匹あたり数発しか風刃飛ばせないような雑魚《ざこ》ばっかりだっただろうが。アレで手傷負うほうが恥ずかしいってんだよ、間抜け」

「そういうテメエは一匹も殺《や》れてねえだろうが！　知ってんだぞ、テメエ調子こいてクソ重たい大斧担《おおおのかつ》いで行ったせいで、前線に着いた頃には殆ど戦闘終結状態だったそうじゃねえか！　わざわざ大斧担いで遠足しに行った気分はどうでちたか～⁉」

「上等だ表出ろクソ野郎ッ！　お前相手に斧なんざ要らねえ！　拳で決着つけてやらぁ‼」

突如《とつじょ》始まった乱闘に、『おー、やれやれー！』と囃し立てる仲間たちは即興の賭場《とば》を開いて観客から掛け金を集めて回る。

誰も彼もが笑っていた。

乱闘している張本人たちも例外ではなく、当初こそ怒りを露《あら》わにしていたものの、今では一発一発拳を交換しあいながら馬鹿笑いしている。居合わせた市民や軍人はジョッキを打ち鳴らし、乱闘を肴にしながら酒を呷り始めた。

この日ばかりは、規律にうるさい第二軍団の警邏隊《けいらたい》ですら『ほどほどにしておけよ』と小言を言うに留め、街の至る所で『乾杯！』の掛け声が飛び交っている。

――そんな中、俯《うつむ》きながらあてもなく彷徨《さまよ》うヘリアンの姿があった。

表情は暗く重い。

周りの喧騒《けんそう》とは一線を画したその様子に怪訝《けげん》そうな顔を向ける者は多いが、一方で王《ヘリアン》が城下町に赴いているにもかかわらず、騒ぎになるようなことはない。

それは、彼が頭から被っている灰のローブの効果のおかげだった。［タクティクス・クロニクル］では極《きわ》めて珍しいプレイヤー専用装備である灰のローブは、見る者の認識を誤魔化《ごまか》す強力な欺瞞《ぎまん》魔術がかかっている。『お忍びで街を視察するため』に運営が用意した装備であり、このローブのおかげでヘリアンは誰にも正体を気付かれることなく街を彷徨っていた。

「…………疲れた」

どれほど歩いただろうか。

行くあてなどありはしない。

ただ、王である事実《こと》の象徴とも言える城から逃げ出したかっただけだった。

一夜明ければ嫌でも冷静になる。

昨日自分が仕出かしたことの顛末《てんまつ》は残念ながらしっかりと覚えており、その記憶がヘリアンを苛《さいな》んでいた。

仕方のないことだった。

武力を使わざるを得なかった。

奴らは人にあらざる害獣《モンスター》だった。

苦しむハーフエルフを助け出しただけだ。

そう自分に言い聞かせるものの、そして斃した相手が人を人とも思わない害獣《モンスター》だったとはいえ、敵は人の形をしていた。良識のある現代日本人である以上、多少は心に残る傷《もの》がある。

——だが、目の前で歓喜に沸く魔物たちにはそれが一切《いっさい》ない。

ノーブルウッド兵を斃した様子を臨場感たっぷりに語り、敵の生命を絶った己の得物を自慢げに掲げ、観衆もまた老若男女を問わず喜んで聞き入っている。人間と魔物の決定的な違いを見せつけられている気分だった。

そんな魔物の王であるヘリアンは、今後も国の舵取《かじと》りをしていくことになる。

国民を不幸に陥《おちい》らせないよう優れた治世を布《し》き、今後接触するであろう他勢力との外交では断固たる強い姿勢で臨み、いざ戦争となれば国民を鼓舞してその先頭に立たなければならない。万魔《ばんま》の王として相応《ふさわ》しい人物で在り続けなければならないのだ。

「……できるわけがない」

先日の演説では確かに民意を得ることができた。

想像以上の反響があり、絶大な支持を得られたといっても過言ではない。

だが、それが王《ヘリアン》のカリスマによるものかと問われれば、ヘリアンは首を横に振るだろう。

鼻息荒く国民たちは賛意を表明してくれたが、アレはあくまで、戦いを求める魔物の闘争本能に訴えかけたからこそ成功したのだろうとヘリアンは解釈していた。ただのゲーム好きの学生でしかない自分にカリスマなどあるはずがない、という考えが前提にあるためだ。

では、今後も戦い続ける道を選ぶしかないのだろうか？

否《いな》、それこそまさかだ。

今回の一件はあくまで害獣駆除でしかなかった。

だが今後アルキマイラが接触する他勢力があんな外道ばかりなはずもない。

敵戦力《ノーブルウッド》に圧勝した事実から自分たちの有する軍事力がこの異世界においても相当に高いものだとの確証は得られたが、だからといって覇王の道を歩むつもりなどはない。武力行使第一主義など真っ平だ。

しかし戦わずして王で在り続けるならば、戦を厭《いと》う主張をしてもなお民意を味方に付けられるほどのカリスマを発揮するか、優れたリーダーシップや政治力を見せつけるしかない。だが、ヘリアンは所詮《しょせん》一般的な日本人であり一介の学生だ。政治学や帝王学など専門外にも程がある。できるわけがない。

「ふざけんなよ……俺、ただの学生だぞ。政治なんてできねえよ……なんでこんなことになってるんだ……」

王として振る舞わなければ、いずれ信を失い反逆されるだろう。

そして一度《ひとたび》謀反されれば、脆弱《ぜいじゃく》な人間であるヘリアンに抗《あらが》う術はない。

故に、万魔の王たらん姿を見せ続ける必要があるということになる。

だが、王としての外交技術は殆どない。

大学で受けた講義の知識など、所詮は付け焼き刃だ。

「いつの日か必ずボロが出る。見限られたら裏切られて、殺される……」

思考が悪いループに嵌《はま》り込んでいるという自覚はあった。

だが、相談できる相手などいない。

こんなことは、たとえリーヴェであっても話せるものではなかった。

理解者もいない。

十万人以上の国民を抱えるアルキマイラにおいて、人間は自分一人だけだ。

現実世界に帰る手立てもない。

そんな手段が本当にあるのかさえ分からない。

かといって、この世界で一人の人間として生き続けることすら困難だ。

魔獣の蔓延《はびこ》るこの地では、配下たちの力を頼りにしなければ生き延びることすらも叶《かな》わず、運良く森を抜け出して安息の地へ辿《たど》り着けたとしても、第六軍団によってあっさりと居場所を突き止められてしまうことだろう。

とどのつまり、『現実世界に帰るのを諦《あきら》めてこの世界で生き続ける』という選択肢にすら、『ヘリアンが万魔の王で在り続けること』が前提条件として記載されているのだ。

「……元の世界に帰れるかどうかも分からない。理想の王で在り続けるのなんて不可能だ。いつか裏切られて死ぬ。だけど逃げてもあっさり見つかる。逃げたのがバレたら失望されて殺される……」

詰んだ。

そうとしか思えない。

わけも分からず叫び出したくなった。

もう嫌だ。

もうたくさんだ。

なんで俺がこんな目に遭わなければいけない。

至って平凡に生きてたはずだろう。

誰にも迷惑をかけず、表舞台に立つこともなく、どこにでもいる一般人として生きてきただけじゃないか。

それなのに、いつも通りゲームを楽しんでいたらある日突然異世界だ。

弱肉強食の摂理に生きる魔物たちの王だ。

意味が分からない。

ふざけている。

理不尽にも程があるだろう。

周りには家族や友人もおらず、見知った風景もない。

この空は日本に続いてすらいないのだ。

「どうして、こうなった……。何で俺が、異世界なんかに………」

弱々しい呟《つぶや》きは雑踏に消えた。

そのままフラフラと歩き続け、どこをどう歩いてきたのかも忘れた頃、町外れの一角に辿り着く。

ふと顔を上げれば、『ジョッキから溢《あふ》れる酒』の絵が描かれた看板があった。文字の読めない国民が多かった時代から愛用されている、酒場のマークだ。

看板がとりつけられたその建物はやけに古ぼけている。壁の漆喰《しっくい》はところどころが剝がれかけ、何度も改修と応急処置を繰り返したらしき壁面はモザイク柄になっている。年季だけが自慢だと自己主張するその建物は、まさに場末の酒場にぴったりの外見と言えよう。

「……酒、か」

ヘリアンは酒を嗜《たしな》んだことはない。

大学のサークルに入った際にはお約束とばかりに酒を勧められたが、頑として断った。歓迎会に誘われておきながら酒を断る新入生に、サークルの先輩たちは不愉快な顔をしていたが、それでも未成年なのだから呑《の》むわけにはいかないだろうという思いがあった。

お固いヤツだと揶揄《やゆ》されたがルールはルール。自分は立派な人間ではないかもしれないが、法律《ルール》を守ろうとする程度には善良な人間だったつもりだ。

だが、こんな世界に攫《さら》われてまで日本の法律を守る義務はないのかもしれない。

酒を呑めば嫌なことを忘れられると聞く。自棄《ヤケ》っぱちな気分と勢いに任せて、酒場の扉を押し開いた。

店に入るなり、きついアルコール臭と肉の焼ける香り、そして魔物たちがジョッキを打ち付け合う光景がヘリアンを出迎える。

普段は仲が悪いはずのドワーフとエルフが肩を組んで祝杯を交わし、小人《ハーフリング》が巨人の肩に立ってエールと笑顔を振りまいていた。この酒場でも、凱旋した魔物たちは絶好調らしい。

所々に客の魔物たちが転がっていた。右目に痣を作って寝ているのは喧嘩《けんか》の敗者なのだろう。酒瓶《びん》を抱えて幸せそうに眠るドワーフを避けながら、ヘリアンは空いている席を探す。

どうやらこんな場末の酒場でも今日ばかりは大盛況らしく、殆どの席が埋まっていた。幸いにもカウンターの隅っこの席が二席空いていたため、壁際の席に腰を下ろす。

「いらっしゃいませ」

カウンターの奥から渋みのあるしわがれた声が届いた。この酒場のマスターだろうか。建物と同じく年季の入った声だった。

顔を上げることなく、ヘリアンは注文するためのメニューを探す。

「お客さん、ここは初めてですかい？」

「……そうだけど？」

「ウチにメニュー表はないんでさ」

はぁ？　と眉《まゆ》を顰《ひそ》める。

メニュー表がないとはどういうことだ。いくら酒場とはいえ酒を出してりゃそれでいいというものでもないだろう。よくは知らないが、ツマミとかの注文も入るだろうに。

「昔からの伝統でね。『メニュー表がない酒場とか、過渡期っぽくて雰囲気出そうじゃん？』とオーナーが仰《おっしゃ》って以来、ウチはこのスタイルを貫いとるんです」

いや、確かに発展途上というか……中世あたりの古臭い雰囲気作りに一役買っているかもしれないが、それはそれとして利便性が悪すぎるだろう。いちいち店員に訊かないと飲み食いできるものが何かすら分からないのは不便にすぎる。

雰囲気作りだかなんだか知らないが、オーナーの経営方針には一言文句を言ってやりたい。

「酒ならなんでもいいから、適当に出してくれ」

「初見さんでしたらオススメのエールがありやすが、いかがですかい？」

「じゃあそれで」

何でもいい。

酔えればそれで構わない。

嫌なことが忘れられるなら味なんて心底どうでもいい。

「へい、お待ち」

立ち食いラーメンの店主のような気安い声とともに、ハーフサイズの杯が目の前に置かれた。炭酸の弾《はじ》ける爽《さわ》やかな音が耳をくすぐる。

琥珀色《こはくいろ》に輝く液体。いざ呑もうとしたところで、未成年としての良識から僅《わず》かな抵抗感を覚えたが、構うものかと一気に口に含んだ。途端にむせ返りそうになるアルコール臭。舌に苦味。一瞬吐き出したい誘惑にかられたがグッと堪《こら》える。が、呑み込《こ》むまでには至らない。

「あの……お隣空いてますか？」

僅かに躊躇《ためら》いながら訊いてくるのは女性の声だ。

ヘリアンはぶっきらぼうに頷《うなず》いて答えた。そして、口の中のアルコールと悪戦苦闘しながら、何気なく声の主に視線を向ける。

「では、失礼します」

隣の席に腰掛けたのは十五歳程度の少女だった。

中途半端《ちゅうとはんぱ》に尖《とが》った笹耳《ささみみ》。鋭さと優しさを併せ持つ光を宿した緑色の瞳《ひとみ》。痩《や》せた体躯《たいく》に瑞々《みずみず》しい肌。

幼さの抜けきっていない、つい最近どこかで見たことのある顔立ちの……ハ、ハ、ハーフエルフ。


――ラテストウッドの女王様がそこにいた。

噴いた。

「ぶふぉあ⁉　げっほ、げほ、えほ……っ！」

「きゃあぁっ⁉　え、え？　ど、どうしたんですか？　大丈夫ですか⁉」

前触れもなく噴き出した青年の奇行に悲鳴をあげつつ、隣席の少女は懐《ふところ》から慌てて手拭《てぬぐ》いを取り出す。

場末の酒場で、王と女王は人知れず邂逅《かいこう》を果たした。

3.

エールを派手にぶち撒けた青年《ヘリアン》に対し、少女《レイファ》は慌てて手拭いらしきものを懐から取り出した。

ヘリアンは必死に顔を逸しつつ、『何でもない』と掌《てのひら》を向けてその申し出を断る。だが、実際には何でもないどころか大惨事だった。噴いたエールでカウンターが悲惨なことになっている。

「げほ、す、すまん……大丈夫だ、ちょっと咽せただけだから」

「……は、はぁ」

ちょっとどころではない青年の咽せ方にレイファは怪訝な顔を浮かべたが、追及されることを青年が嫌がっている空気を察し、手拭いを仕舞って大人しく引き下がった。

一方、自前のハンカチでカウンターを拭くヘリアンは混乱の極致にあった。

（何故《なぜ》だ……⁉）

何故こんな場末の酒場に高貴な女王様がいる。

場違いにも程があるだろう。

しかもそれが隣の席に座るなどと、どんな偶然だ。

神様とやらが本当にいるなら呪ってやりたい。

灰のローブによる認識阻害効果があるので自分の正体がバレる可能性は低いが、至近距離に既知の顔があるというのはひどく落ち着かないものだった。

「あのー……」

「な、なんだろうか？」

レイファが遠慮がちに声をかけてきた。

もしや正体を看破されたかと、ヘリアンは身を固くする。

「メニュー表って、そちらにありますか？」

「……いや、その類《たぐい》のものはないらしい」

「えっ」

「ないんだ、メニュー表。この店には」

「……斬新ですね」

異世界の常識でもメニュー表は存在するらしい。

新たな知識を仕入れつつ、やはりこの店のオーナーは愚鈍な懐古主義者だろうとアタリをつける。

「やあご新規さん。他の皆《みな》さんはどうしたんですかい？」

「まだ二階の部屋で話し合いをしてます。なかなか詳細が纏《まと》まらないものでして」

カウンター奥の店主らしき男とレイファが、しばし取り留めのない会話を交わす。

その会話内容から察するに、ラテストウッドの使者御一行様は戦後処理の細部すり合わせのために前乗りして、この酒場兼宿屋に宿泊しているようだった。

もっと良い宿を選んでくれと泣き言じみた文句を言いたくなったが、建国祝賀祭で人が集まり、容量オーバーの人口を抱えている状態だったことを思い出す。どこの宿も満員だったのだろう。

「しかし揃《そろ》いも揃ってフードの御一行ってのは珍しいねえ。第六軍団の関係者で？」

「第六……？　えぇと、多分違うんですが、そこには触れないでいただけるとありがたく……」

「はぁ。まあ構いませんがね」

ああそうか、と納得する。

彼女の姿がアルキマイラの民の目に触れたことはない。ラテストウッドの女王の姿を知っているのは、軍団長クラスやごくごく一部の魔物だけだ。

正体を隠すにはフードを被る程度の変装で事足りるということか
「んで、注文はなんになさいやすかい？　飲み物ならキンキンに冷えたエール。食事ならハイランドターキーの天ぷらか、ワイルドボアの燻製《くんせい》煮込みがオススメでさあ」

「では、てんぷら？　というものを頂けますか。飲み物はアルコールがないものをお願いしたいです」

「ここは酒場ですぜ？」

「酒場兼宿屋ですよね？　そのように売り込まれたのを覚えています」

「むぅ……んじゃ、ホワイトアップルの搾りたてジュースなんてのはいかがですかい？　本当は果実酒用なんですがね」

「お手数をかけます。ではそれで」

店主はしばらくすると、作り終えた注文の品をレイファの前に置き、別のテーブルへと走っていった。客の数に対して店員の数が足りていないらしく、慌ただしく各テーブルを行き来している。

「賑《にぎ》わってますね」

気を利《き》かせたのだろうか。

見慣れぬ料理に悪戦苦闘しながらも、レイファが話を振ってきた。

「立派な王を戴く国の住民は、皆幸せそうに見えます」

話題に選ばれたのは、至る所で名を呼ばれているこの国の王のものだった。見知らぬ者同士の共通の話題として、場に即した選択だとは思う。

──だが、ヘリアンはどうしようもない苛立《いらだ》ちを覚えてしまった。

「本当にご立派な方です。私もあの方には深く感謝して──」

「……どこが？」

「え？」

「アレのどこが、立派な王だと言うんだ」

呟きは自分で思ったよりも低い声になった。

「……皆アイツに騙されているだけだ。名だたる魔物たちが揃いも揃ってあんな男に付き従っているのが不思議でならない。ゴブリンさえ倒せない最弱の人間だぞ」

胸のうちの淀《よど》んだ思いが、口から吐き出された。

「ああ、そうだとも。アイツはそんな立派な男じゃない。どこにでもいる、臆病《おくびょう》で弱いただの人間だ。それがご大層な演説をしたかと思えばラテストウッドの国民を救い出せだと？　ハッ、何を偉そうに。自分じゃできないから代わりに救ってください、の間違いだろうが。矮小《わいしょう》な人間の分際で、虎《とら》の威を借りてよく吠《ほ》える」

一度口にしてしまえばもう止まらない。

ドロドロとした感情が堰《せき》を切ったように溢れ出す。

「戦争後にラテストウッドの国民の治療を施したのだって、あの国の女王に恩を押し付けるためだろう。いや、そもそもアイツは約束を果たせなかった。その後ろめたさを誤魔化すためにやったに決まっている。そんな奴が慈悲深い王？　笑わせる。本当に慈悲深いなら、出会った当初に救いの手を差し伸べて然《しか》るべきだろうに」

抑えることなどできない。

歯を食いしばり続けるのにも限度がある。

積もりに積もった重圧はヘリアンの──三崎司《みさきつかさ》という人間の許容値を、とっくの昔に振り切っていた。

「統治の件だってそうだ。恩着せがましく自治権を譲り渡したのは、本人に統治しきれる自信がないからだ。アイツ自身の政治力なんてスカスカもいいところで、追い詰められれば軍事力にものを言わせた行動しか取れない。そもそも配下を頼らなければ街一つ運営することすらできないような男だぞ。それで王を名乗るなど片腹痛い」

そうだ。

所詮はプレイヤー同士での交渉など、チャット会話の延長線上でしかない。

真っ当な政治力なんてものは、ヘリアンは最初《ハナ》から持ち合わせていないのだ。

「立場を笠に着て、他力本願に散々周りを巻き込み、その挙句に他人のあげた手柄をさも自分のもののように喧伝する。あまつさえ自分一人では何もできないくせに威勢だけはいいときた。自らを大きく見せ、そうしてでき上がった虚像で国民を騙し、王の仮面を被っているだけの偽善者があの男の正体だ……！」

それは掛け値なしの本音。

胸のうちでずっと抱き続け、目を背け続けてきた、ヘリアンにとっての真実だった。

「なにが万魔の王だ。なにが超大国の国家元首だ。なにが世界の覇者だ。口先だけの男がよくも言う――ッ！」

俺はそんな大層なもんじゃない。

至って平凡な、本当にどこにでもいるような、何の取り柄もない、ただの学生でしかないのだ。

それがなんだ。

いつも通りゲームをしていたと思ったら、トラックに撥ねられたわけでもないのに異世界転移させられた。

しかも、国土の殆どを奪われて孤立無援の状況に追い込まれ、精一杯の勇気を振り絞って探索に出向けば、いきなり種族間紛争中の国家の王族と遭遇した。そしてその集落では、できの悪い三文芝居のような悲劇をまざまざと見せつけられた。

その後の反乱騒ぎにより臓物飛び散る現場に足を向ければ、死んだはずの反逆者によって頭蓋《ずがい》を砕かれ、あっさりと殺された。復活こそできたものの、居城では食事中ですら気が抜けず、休む暇もなかった。

それでも、折れそうになる心を懸命に奮い立たせ、万魔の王を演じて謁見《えっけん》を執り行った。しかし再び集落を訪れた際には滅亡直前のハーフエルフたちに縋《すが》りつかれ、結果として多くの人命を背負わされた。

更には、攫われた少女を救い出すために決死の覚悟で国を纏め上げるのに成功したかと思いきや、ラテストウッドの首都で待っていたのは救いではなく絶望だった。


しかも、まだ三日しか経っていない。

たった三日間でこれだ。


これからは更に多くの騒動が起きるに違いない。

その先頭に立って民を導くのは何の取り柄もないハリボテの王だ。

どう考えても上手《うま》くいくとは思えない。

これからのことを考えるだけで恐怖に身体が震える。

だから、もう、俺は、とっくの昔に、限界なんてものを超えていて。

再び歩き出すような力なんてどこにも残ってなくて。

あろうことか全《すべ》ての肉親を失った少女《レイファ》に対し、こうして八つ当たり紛《まが》いの罵声を浴びせてしまっている。


——不意に、死にたくなった。

「…………」

目の前の男の醜態《しゅうたい》に呆《あき》れ果てたのか、レイファは黙り込んでいた。

気まずい沈黙が両者の間に横たわる。

自分の言葉は喧騒に紛《まぎ》れて他の客には届かなかったようだが、彼女の笹耳は全て漏《も》らさず聞き届けたに違いない。

ポツリと、レイファは言葉を零《こぼ》した。

「それでも……万が一仮にそうだったとしても、私があの方への敬意の気持ちを忘れることはありません」

「……何故？　どうしてそこまで、あの男を信用するんだ？」

理由が分からずに問えば、レイファは眉尻《まなじり》を下げた微笑を浮かべた。

「あの方は、妹のために怒ってくれたんです」

——言葉を失った。

それだけ？

たったそれだけの理由で？

「私たちは……とある理由で迫害を受けている種族でして、誰も味方なんていなかったんです」

味方などいない。

信じられるのは自国の数少ない仲間《みうち》だけ。

なら、たったそれだけの優しさすら。

幼い子どもの死に憤る程度の慈愛すら、彼女らが享受することはなかったということか。

身内以外は全て敵。

それが当たり前の境遇で長年生き続けることを強いられた彼女らにとって、突如現れた風変わりな旅人はどう映ったか。

「この土地に来るまでは殆ど奴隷《どれい》と変わらない扱いをされていて、ようやく安住の地を作れたかと思えば、近くに住んでいた近縁種であるエルフから下等生物として見下されてきました」

実際にはもっと酷《ひど》い。

蓋《ふた》を開けてみれば、神の遺物らしき竜の食料として生かされていただけだった。

奴隷どころか家畜としか見做《みな》されていなかった。

「しかし、あの方は私たちを見下すようなことはしませんでした。それどころか、ノーブルウッドによる長年の迫害から救ってくれました。傷ついた同胞の有様《ありさま》に憤ってくれました。私たちはあの方の行いにより救われたのです。これだけは神であろうと覆すことのできない事実です」

……たしかに、ノーブルウッドの脅威は消えた。

けれど、間に合わなかった。

間に合わなかったんだ。

本当に救いたかったはずの一人を救い出すことができなかったんだ。

なのに、つい先日妹を失ったばかりの少女は、気丈にも微笑《ほほえ》みを浮かべて、

「だから、私はあの方に何度でも言うでしょう。『助けてくれてありがとうございます』と。『貴方のおかげで救われました』と」

心からの想《おも》いであることを示すように、胸に手を当て、祈るようにして紡《つむ》がれた感謝の言葉。

不覚にも喉が震え目の奥が熱くなった。

救われたのは果たしてどちらの方か。

「この国の民でありながら先ほどのようなことを口にするのですから、貴方にもきっと深い理由があるのでしょう。けれど、あのお方が成し遂げたことについては認めるべきではないでしょうか?」

成果を認めてあげるべきだとレイファは言う。

甘い囁《ささや》きだ。自分のような弱い人間にはなおさら効く。

何も考えずその言葉に飛びついてしまいたくなる衝動を、必死に堪《た》えた。

「……他人の力に頼って成し遂げたことばかりだぞ。アイツ自身が汗水垂らしたわけじゃない。他力本願もいいとこだ……!」

甘い言葉を享受してはならない。

そんなつまらない反発心から苦《くる》し紛れに吐き出されたヘリアンの反論を、

「それの何が問題なのですか? 王とはそういうものでしょう」

ラテストウッドの女王は、こともなげに斬《き》って捨てた。

「有事に際してより良い選択を行い、相応しい人材を使って問題を適切に解決する。そうすることで民を導き、国を守り、国を育てる。それが王の仕事です。何もかも王自身の力で成果を上げなければいけない、などという道理はありません。

もしもそのように考える王が居たならば愚王と言わざるを得ないでしょう。それはとどのつまり、自分を支えてくれている臣を、ひいては国民の力を信用していないということなのですから」

高潔な女王は未熟な王に告げ知らせる。

国民が持つ力もまた、王の力の一部だと。

王が悩むべきは力の在り処ではなく、国が持つ力の使い方なのだと。

「もっとも、指導者としての務めを果たしきれなかった私が偉そうに言えることではないかもしれませんが」

恥ずかしげな苦笑。

あえて砕けた調子ではにかむのは、身を固くするヘリアンを気遣ってのことか。

「それに、貴方は悪《あ》し様にあの方のことを語られましたが……本心ではないのでしょう？」

いいや、それは違う。

先ほど吐き出された汚泥のような言葉の数々は紛れもない本心だ。

こんな男が王をすべきではないと、できるわけがないと、心の底からそう思っている。

「だって、貴方、泣いてるじゃないですか」

「……え？」

馬鹿な、と目の下を指で擦った。

当然、指先は乾いたままだ。湿り気は欠片《かけら》もない。涙は流れていない。

泣いてなどいない。

「世の中には涙を流さず泣く人もいるんですよ。私の妹がそう教えてくれました」

彼女の妹。

今はもうどこにもいなくなってしまった少女。

言葉の真意を問える機会はもうない。

「このような言い方は失礼かもしれませんが、あの方を批判している貴方は、まるで溺《おぼ》れかけの子供のように苦しげでした。本心から罵声を浴びせる人というのは、その顔を侮蔑《ぶべつ》か愉悦《ゆえつ》の表情に歪《ゆが》めているものです。間違ってもあんな苦渋の表情を浮かべるなんてことはありえません」

長年虐《しいた》げられてきた私が言うのですから間違いありませんよ、とレイファは軽口を叩《たた》いてみせた。

そんな彼女を直視できなくて、ヘリアンは俯き、カウンターに視線を落とす。

「それと一つだけ誤解を解いておきたいのですが、王として最も重大な仕事をあの方は全うされていましたよ」

「……最も重要な仕事？」

なんだそれは。

自分のしてきたことを思い返すが、ヘリアンにはまるで心当たりがない。

道を説く修道女を前にした告解人《つみびと》のような心境でヘリアンは続く言葉を待ち、

「責任を取ることです」

告げられた言葉は天啓《てんけい》に似ていた。

「あの方は、特にその一点に於《お》いて徹底されていました。文書を交わしたわけでもなく、口約束とも言えないような契約を遵守《じゅんしゅ》せんとして……。そしてソレが叶わぬとあらば、自らの心身を削ることも厭わずに代償を支払う様を私は目の当《ま》たり《あ》にしました。あの方がそんなことをする必要など、本来ならばどこにもなかったというのに……」

姉と交わした契約。

――此度《こたび》攫われたラテストウッドの国民を一人も余さず救い尽くす。

妹と交わした約束。

――できる範囲で助けになる。

どちらも約束を守りきれたとは言い難《がた》い。

けれど『守れませんでした、ごめんなさい』で済ませていいものではない。

一度口にした約束には相応の重みがある。

その結果に対して責任を負うのは当然のことだ。

人としてごくごく当たり前のことであり、特別なことでもなんでもない。

「きっとそれがあの方の王としての在り方なのでしょう。

〝約束したことは何としてでも守り抜き、その結果には己が身で責任を取る〟

その信念を体現した、王としての一つの理想像を私は目の当たりにしました」

王の理想像？

いったい誰のことを話しているのだろうか。

いや、彼女は今、間違いなく、アルキマイラの国王のことを語っているはずだ。

しかし当のヘリアン自身には、遠い誰かの話をしているようにしか感じられなかった。

「初めて会ったばかりの他人が偉そうな口を利くようで恐縮ですが……きっと貴方も誤解しているだけなんです。あの方と直接話すことができれば、それが分かると思います」

ならば永遠に分かるまい。

彼女の見ているモノは幻影の類としか思えない。

まるで別人の話を聞かされている気分だ。

……だけど。

だけど、それでも。

他ならぬ彼女が言うのなら。

『助けてくれてありがとう』だなんて──そんな泣きたくなるような台詞《せりふ》を口にしてくれた彼女が、そう言ってくれるのなら。

ほんの少しだけ、自分を認めてやってもいいだろうか。

弱い自分に期待することを、許してやってもいいのだろうか。

「そんな辛そうな顔をなさらないでください。きっといつの日か、貴方にも分かる日がきますよ。貴方なら大丈夫です」

そう言ってレイファは微笑んでくる。

つい最近見たことのある表情だった。

顔立ちもよく似ている。姉妹なのだから当然だ。

その表情を前にして、不覚にも、視界が僅かに滲《にじ》んでしまって──。

「泣くのを我慢する必要はないと思いますよ？　私も昨晩は子供みたいにわんわん泣いてすっきりしましたし。あ、これ内緒でお願いしますね。私も指導者の端くれと言いますか、醜態を知られると色々まずいことになる立場でして」

内緒ですよ、とレイファは唇の前で人さし指をピンと立てる。

だけどすっきりしたなんて嘘《うそ》だ。肉親を喪った苦痛は、たった一晩で割り切れるほど軽いものではないはずだ。それなのに目の前の少女は、初対面の情けない男を慰《なぐさ》めるために、あえて戯《おど》けてみせてくれている。

故に。ヘリアンは天井《てんじょう》を仰いで、溢れそうになるものを目蓋の裏に押し留めた。

他ならぬ彼女の前で涙することなど許されようはずもない。

泣いてなるものか。

「俺も立場上、泣くわけにはいかないんだ……。これでも一応、男だからな」

男は泣いてはいけない。

子供でも知っている万国共通の基本法則《ルール》だ。

世界を違えどそれは変わらない。

「君こそ、これからもその立場で頑張り続けるのか？　辛かったりはしないか？」

「妹のことを想えばこの程度の辛さなどへっちゃらです。私、これでもお姉ちゃんですから」

……ああ、それは卑怯《ひきょう》だ。いくらなんでもそれは卑怯すぎるだろう。

最後に残った肉親を喪って辛くないはずがない。

なのに、どこかの集落で見たような精一杯に作った笑顔で。

『何もできないから』と寂《さび》しそうに呟き、せめて周りを励まそうと笑顔を振りまいていた少女と
瓜二《うりふた》つの表情で、そんな台詞を口にされてしまったら。


――『できること』が残っているこの俺が。

こんなところで下を向いているわけにはいかないじゃないか――。

「……強いんだな、君は」

目の前の年下の少女は、様々なものを失いながらも前を向き続けている。

ならば彼女よりも年上で、まだ何も失っていない自分が折れていい道理はない。

少なくとも目の前の少女が頑張っている限り、俺もまた頑張り続ける責任があるだろう。

……ああ、分かっている。

ただの意地だ。

青春をゲームにつぎ込んだつまらない男の、安っぽくてくだらない男の意地だ。

だが、だとしてもこの意地は最後まで貫く必要があると思う。

そのように思う。

そう思うことが、できたんだ。

「……俺さ」

「はい」

「……本当は、もう、ダメかもって思ってたんだ」

「そんなことはありません」

「……俺みたいな奴が足掻《あが》いたところで、どうしようもないって」

「いいえ。道は常に残されてます」

「……だけど、こんなクソ情けない俺でも。応援してくれる人とか、慕ってくれる物好きとか、いるらしくて」

「ならきっと大丈夫です。その物好きさんは人を見る目がありますね」

一つずつ想いを吐き出す。

具体性に欠いた言葉を垂れ流す初対面の男のことを、レイファは丁寧《ていねい》に肯定してくれた。

人によっては『何も知らない他人が適当なことを言うな』と憤ったかもしれない。

けれど今のヘリアンにとっては、何にも代えがたい祝福の言葉だった。

こんな自分でも頑張ろうと思えた。

だから前を向き続けるために、弱い自分に戻ってしまわぬように、他ならぬ彼女に告げておくことにした。

「……だから、俺さ」

「はい」

「もうちょっとだけ、頑張ってみるよ」

「はい。お互い頑張りましょう」

これは誓約だ。

目の前の少女が折れない限り、俺もまた前を向き続けよう。

それが、もういなくなってしまったあの少女への、弔いとなることを信じて――。

4.

天ぷらを完食した後、「そろそろ戻らないと皆に心配されそうなので」と一礼して、レイファは席を立った。最後まで清廉な振る舞いだった。

ここで出会ったのは偶然だったが、話ができて本当によかった。

つい先ほどまで抱え込んでいた鬱屈《うっくつ》した感情は余さず吐き出され、後に残ったのはなんだかぽんやりとした、悟ったかのような気持ちだけだ。

――無論、気のせいである。悟りなど開いていない。

このような心境の揺らぎで至れる程度のものをどうして悟りなどと呼べようか。

これは寝て起きれば忘れるような一時の感情。

思春期の子供にありがちな、幻想の自分に酔い痴れる錯覚にすぎない。

だが決意したことだけは二度と忘れまい。

なにせ他ならぬ彼女に対して、そう誓約を交わしたのだ。

誓いは一方的なもの。

誓約を刻んだのは俺一人で、制約を負うのもまた俺だけという手落ちも甚だしい有様。

それでも約束は約束だ。

そして約束を守るのは、人として当然のこと。

なら明日からの自分もきっと大丈夫だ。

大丈夫だと信じよう。

「……さて、と」

ふと、城のことが気になった。

勝手に抜け出してきたも同然だったので、リーヴェたちはさぞかし心配していることだろう。そろそろ俺も帰らなければいけない。

精算をして席を立とうとしたところで、肩を荒々しく摑《つか》まれた。

「おいおい、日も沈まねえうちにご退店とはシケてんじゃねえか坊主！　今日はめでたい戦勝記念日だぜ。俺が奢ってやっからゆっくりしてけや！」

赤ら顔をしたオークが絡《から》んでくる。吐く息からはむせ返りそうなアルコール臭が漂ってきた。

「何してんだ酔っぱらい。絡み酒なんてダセェぞ」

「そーだそーだ。引っ込め豚野郎ー」

「けどその馬鹿の言う通りだぞー！　戦勝記念日なんだから呑め呑め！」

「おうよ！　こんな祝いの日に呑まねえなんざ我らが王への侮辱ってもんだ。あと豚野郎とか抜かした二人目は後でぶっ飛ばすから覚えてろ！　――んでだ、それはさておきほれほれ、そんな辛気臭えローブなんか羽織ってねえで、オメエさんもこっち来て俺らと呑めや呑め！　ガハハ！」

「お、おい、ローブは引っ張るな、やめっ……！」

制止の声も虚しく、ヘリアンは羽織っていた灰のローブを……認識阻害効果のかかった隠蔽《いんぺい》ローブを剝ぎ取られた。

その下から露わとなるのは、国の紋章が刻まれた外套の背だ。

「…………へっ？」

ローブを剝ぎ取った男はマヌケな声を漏らして硬直した。

囃し立てていた男の仲間たちもまた、目にしたものが信じられず揃って目を剝《む》く。

唐突に静まり返った集団を訝《いぶか》しんだ周りの客もまた、彼らの視線を追い、そして呆けたように口を開けた。

視線の先には一人の青年。身に纏うのは紺碧の外套。背には偉大なる国の紋章。

そして恐ろしいことに、そこにあったのは軍団長であることを示す略式紋章ではなかった。

アルキマイラの完全紋章を背負える者などこの世に一人しかいない。

誰だ。

問う馬鹿はいない。

国の頂点。唯一無二《ゆいいつむに》の絶対者。魔物らを統《す》べし万魔の王。

ヘリアン＝エッダ＝エルシノーク。

「あー……」

やっちまったな、とヘリアンは溜息混じりに声を漏らした。

信じがたい事実を正しく認識してしまった客たちは、揃って凍りついている。

先ほどまで弾けたような喧騒に包まれていた酒場は、いまや早朝の礼拝堂のように静まり返っていた。

そして気の毒な下手人《げしゅにん》であるところのオークは、酒精で赤く染めていた顔を今や真《ま》っ青《さお》にしている。

後は黄色になれば一人信号機の完成だな、と馬鹿みたいな感想が思い浮かぶ。

どうやら事ここに至っては何事もなく帰宅というわけにはいかないらしい。

とことんこの世界は自分に厳しいなと思いつつ、さてどうやってこの場を丸く収めるかとヘリアンは思考を巡らせる。

「オ、オーナー……?」

沈黙が支配する店内に、思わず口にしてしまったような響きの声が落ちる。

渋みのあるしわがれた声の主に目を向ければ、カウンター奥で呆然《ぼうぜん》と立ちすくむ店主の姿があった。

今初めて直視した店主の種族はゴブリンだった。

道理で随分しわがれた声だと思っていたが、どうしたことか、その顔には不思議とどこかで見たような既視感がある。

「所有者《オーナー》……？　俺のことか？」

どうやら自分のことを指しているらしい。

ヘリアン自らが所有する不動産は幾つかあったが、はてこんな古臭い店を持っていただろうかとしばし頭を捻《ひね》る。

店主の顔を眺めながら考えていると、ふと掘り起こされた記憶があった。

「お前……ひょっとして、ゴブ太郎か？」

ゴブリンの顔は見分けがつきにくいが、確かに面影があった。

ゴブ太郎というのは、ヘリアンがゲーム［タクティクス・クロニクル］で初めて倒したモンスターの名前だ。偶然にもテイム判定に成功したことにより仲間に引き入れ、序盤の動乱期では数多の戦場を共にした。

しかし配合させたことにより転生ができなくなり、次第に第一線の戦闘についていけなくなった。

そして二度目の死亡を契機に軍からリタイアさせたのだ。

引退後は、産業面で活躍する市民ユニットのテストケースとして首都の住民に登録し、とある店の経営を任せていたはずだが……。

「なんでお前がここにいる？」

「え？　あ、いえ、なんでと申されやしても……。オーナーから直々にこの酒場を任されやしたものので、こうして切り盛りさせていただいておりやすが……」

「……は？」

まさか、と古臭い造りの店内を見渡す。

「ひょっとしてここは……『始まりの地の酒場』なのか？」

「え、ええ、そうですぜオーナー。店の看板はご覧にならなかったんで？」

酒場のマークは見たが、看板に書かれた店名までは見ていなかった。

どうやら自分で思っていたよりも視野狭窄に陥っていたらしい。

だが店の表に掛けられた古ぼけた看板には、何の捻りもなく名付けた店名である『始まりの地の酒場』という文字が店の意匠と共に刻まれているのだろう。

「………………プッ、ク、ククク」

腹の底からそんな音が込み上げてきた。

勝手ににやけてくる顔を無意識に右手で覆《おお》う。

ああ、何故だろう。抑えきれない感情が自然と込み上げてくる。横隔膜が勝手に震えて止まらない。

「ク、ククク……クハ、アハハハハハハハハハハハ――――ッ！」

込み上げてくる衝動に身を任せれば、それは笑い声となって溢れ出した。

静まり返った店内に、腹を抱えたヘリアンの哄笑《こうしょう》が高らかに響く。

馬鹿みたいな笑い声を垂れ流しにして思い返すのは過日の思い出。

『よっし、改装完了！　我ながら、なかなかいい雰囲気だ。それじゃ【後は任せた】ぞゴブ太郎。

しっかりと【この店】を【守ってくれ】な』

『【了解】しやした』

本当に懐《なつ》かしい記憶だ。

いつしか場所さえ忘れてしまっていたが、始まりの地に立っていた小屋の老朽化が進んだため、ヘリアンは記念碑代わりに酒場に改装したのだった。

つまるとこ、今自分は「タクティクス・クロニクル」の世界に第一歩を刻んだ場所に立っているらしい。

諦めかけていたところから立ち直らせてもらい、再スタートを切ろうと決意したこの場所がよりにもよって〝ヘリアン〟の原点である〝始まりの地〟とは、一体何の冗談だ。これが天の計らいとやらであるならばたいした趣向である。

自分でもなんでこんなに馬鹿笑いしているのか分からない。

だけど爆笑している人間の思考なんて、多かれ少なかれ皆そんなもんだろう。ただ可笑しくて堪らないのだ。そこに理由など要らない。

ようやく収まってきた笑いの波を堪えていると、痛いほどの視線が突き刺さっているのを自覚する。

いきなり脈絡もなく笑いだしたのだから当然の反応だろう。乱心したと思われても不思議ではない。

だが、もはやヘリアンが魔物たちの視線を恐れることはない。

大口開けて散々笑い倒したおかげか、妙にスッキリした気分だった。単純すぎる自分の精神構造に、いっそ清々《すがすが》しささえ感じつつ余韻に浸る。

ああ、それにしても本当になんて偶然だ。

よりにもよって今日この時にこの場所へ迷い込むことができたとは。

そして遠い昔に別れた仲間に巡り会えるとは。

昔の約束《めいれい》を愚直に守り、維持し続けてくれたこの酒場で、再び会話を交わすことができようとは。

蘇生《そせい》限界に達したからといって手放さないでよかったと心底思う。

いやはや、こんな形で再会できようとは、まさに夢にも思わ――


おい、待て。


――ゾッ、と、し、た。

全身の汗腺が開いて汗が噴き出る。一瞬にして筆舌《ひつぜつ》に尽くし難い焦燥に囚《とら》われた。


今、何か引っかかった。

とんでもないことに気付いてしまった感覚がある。

先ほどまでの何か悟ったかのような感傷は一瞬で消し飛んだ。

哄笑の余韻などもはや欠片も残っていない。

だが、いったいどうしたというのか。

心、思考、身体。そのいずれもが連動しない。

ただ全身を駆け巡る焦燥感が今も己を急《せ》き立《た》てている。

何故だ。

他愛《たあい》もない回想をしていたはずが、何故衝動にも似た何かが背を焦《こ》がすというのか。

わけが分からないが『早く気付かなくては手遅れになる』という切羽《せっぱ》詰まった思いが激情となって渦巻いている。

思い返せ。何が引っかかったというのだ。

回想の中で浮かんだ単語。羅列したその一つ一つを、赤熱した脳が高速で検める。

懐かしい場所。始まりの地。所有者。木造の小屋。仲間。記念碑。酒場。ゴブリン。再会。転生。

蘇生限界──


「────────蘇生？」


〈配下蘇生《フレンドリーリバイヴ》〉。

二四時間以内に死んだ魔物を生き返らせる力。

一体につき最大二回まで魔物を蘇生させることのできる、王《プレイヤー》専用の特殊能力。

その蘇生対象はアルキマイラの国民、あるいはアルキマイラを宗主国とする属国の民として死んだ者に限定される。

まさか、と纏まらない思考のまま半自動的に指が動いた。

基本仮想窓《ホームウィンドウ》：開錠《オープン》。選択《セレクト》：歴史《ヒストリー》。

アルキマイラが歩んできた歴史。その代表的な出来事が列挙された仮想窓《ウィンドウ》を眼前に表示させる。

最下部にある最新の記述からスクロールを上方向に移動させれば、ヘリアンが再び集落を訪れた日の出来事が記載されていた。

そこには、レイファ＝リム＝ラテストウッド女王が――即《すなわ》ちラテストウッドの最大権力者が全権移譲を宣言し、アルキマイラ国王ヘリアン＝エッダ＝エルシノークが即時受諾した旨の記述があった。

そして、その下に赤文字で書かれているのは端的な事実だ。

《――聖魔歴一五〇年七月一二日　一三時三七分四二秒――》
《――ラテストウッド属国化に成功――》

「――――――――――――いつだ」

いつ死んだ。あの少女は。

ラテストウッドがアルキマイラの属国となる前か。

それとも。

ラテストウッドがアルキマイラの属国になった後か。

そしてもし仮に後者だとするならば。

蘇生可能な猶予《ゆうよ》時間は、後どれほど残されている――？

「……待て待て待て待て待てよオイッ!!」

震える手で仮想窓《ウィンドウ》の操作を――駄目《だめ》だ、指先がまともに言うことを聞かない。

急げ。

発声操作で権能仮想窓《ファンクションウィンドウ》を開錠《オープン》。能力行使《アビリティオン》：配下蘇生《フレンドリーリバイヴ》。

蘇生対象の選び方は選択式ではなく入力式だ。

一人ひとりの名前をフルネームで正確に入力する必要がある。

失った軍事力をアッサリと全回復できないようにするための処置だと運営は言っていた。

当時はなるほどと思ったが、今はその制約が心の底から腹立たしい。

時間がない。

もどかしさのあまり憎悪《ぞうお》さえ覚えながら、ヘリアンは眼前に浮かんだ半透明のテキストボックスを凝視して少女の名を告げる。

発声操作による文字入力。

テキストボックス内に『リリファ＝リム＝ラテストウッド』の名が刻まれた。

キャラクター名の入力が済んだことにより仮想窓《ウィンドウ》が切り替わり、決定ボタンとキャンセルボタンが表示される。すかさず決定の意思表示を告げると、二度目の確認メッセージが表示された。さっさとしろと憤りながら再度の決定意思を叫ぶ。

その応答として、眼前に表示されたのは十二文字の無機質なメッセージ。

《――蘇生可能対象に該当者なし――》

「…………――」

手遅れ、という単語を幻視した。

強烈な目眩を覚えて、今にも倒れそうに膝《ひざ》が揺れる。

「あの……突然静かになったようですが、何かあったのでしょうか？」

そこへおずおずと掛けられた声があった。

声の発信源に目を向ければ、二階に通じているのであろう階段から顔を覗《のぞ》かせているレイファの姿。

目が合う。

「えっ……へ、ヘリアン様？　何故ここに――」

「レイファ！　今すぐリリファのフルネームを教えろッ!!」

いるはずのない万魔の王の姿にレイファは目を瞬かせていたが、ヘリアンは構うことなく詰め寄った。

悪あがきとは分かっている。

それでも、ただ単に名前を間違えただけという可能性を捨てたくなかった。

「リ、リリファのフルネーム……ですか？」

「そうだ！　早く答えてくれ、時間がないんだ!!　リリファというのはもしや愛称か!?　あの子の名前は『リリファ＝リム＝ラテストウッド』じゃないのか!?」

頼む。

違うと言ってくれ。

レイファのフルネームから察するに、リリファのフルネームを間違っている可能性は限りなく低い。

それは理屈として承知している。だが、僅かな可能性だとしても、ヘリアンは縋らずにはいられなかった。

「い、いえ……あの子の名前はリリファで合ってます。愛称ではありません」

そして、縋り付いた希望は無残に絶たれた。

僅かな光明が消え失《う》せていく。

いよいよ力の入らなくなった膝がくずおれる瞬間、しかし彼女は言葉を続けて、

「ですが、フルネームは『リリファ＝リム＝ラテストウッド』ではありません。ミドルネームは〝リム〟は女王を指す言葉となりますので、あの子の名前には使われないんです」

ヒュ、と息を呑む音をヘリアンは確かに聞いた。

下手《へた》すれば心臓すら一瞬止まっていたかもしれない。

「女王や王の地位に就いていない王族のミドルネームは〝ルム〟です。従いまして、あの子のフルネームは『リリファ＝ルム＝ラテストウッド』となりますが……それが何か？」

不思議そうに首を傾《かし》げるレイファを他所《よそ》に、ヘリアンは叫んだ。

「権能仮想窓《ファンクションウィンドウ》：開錠《オープン》！

能力行使《アビリティオン》：配下蘇生《フレンドリーリバイヴ》!!

蘇生対象名入力《リバイヴターゲットインプット》――『リリファ＝ルム＝ラテストウッド』ッッ!!」


眼前に決定ボタン。

押下の意思表示を叫ぶと同時に、拳を眼前に突き出した。

発声操作で決定ボタンが押された直後、二度目の確認メッセージが浮かんだ瞬間にヘリアンの拳が決定ボタンに叩きつけられる。

――そして、光が生まれた。

＋　＋　＋

とあるゲーマー大学生、三崎司。

彼が【ヘリアン】として「タクティクス・クロニクル」に降り立った始まりの地。

そこには記念碑代わりに建てられた古ぼけた酒場がある。

街全体が大勝利の喧騒に湧《わ》く中、たった一軒だけ静まり返ったその酒場の店内にて、突如として眩《まばゆ》い光が膨れ上がった。

神々しいまでの煌《きら》めき。

やがて純白の光は一点に収束し、人の形へとその姿を変えていく。

中途半端に尖った耳。背丈の割に幼い顔立ち。どこか庇護《ひごよく》欲を刺激する垂れ目。ハーフアップの白い髪。白い肌。白いチュニック。白で統一された娘は整った容姿をしており、呼吸に胸が動いていなければ精巧な魔導人形と言われても不思議ではない。

完全に光が消え去った後、そこに残ったのは一人の少女だ。

「――――」

誰も動けない。

その場にいる誰もが皆、声もなく固まっている。

立ち竦《すく》む理由は各々《おのおの》異なったが、目の前の光景が信じられず固まり続けるしかない、という一点だけは誰しも共通していた。

そして同時に、何かを口にすれば目の前の現実が夢か幻のように消えてなくなってしまうのではないかと、恐怖にも似た感覚に囚われていたのだ。

「………あ、あれぇ？」

痛いほどの静寂を破ったのは、不思議そうに自分の体を見下ろす一人の少女だ。

「私、なんで……食べられたんじゃなかったっけ？　あれ、夢？　というか、ここ、どこ？　ラテストウッドじゃないよね？」

きょろきょろと周りを見渡す。

寝起きの小動物のような仕草で瞳を彷徨わせていた少女は、やがてとある一点で視線を固定した。

「あ、姉様だ。おはよう。ここどこ？」

夢現ながら親愛なる姉の姿を認めた少女は、何気なく所在を問うた。

その声を皮切りに、止まっていたレイファの時間が再び時を刻みだす。

「リリファ――……ッ！」

駆け寄った。

数歩の距離ももどかしいと言わんばかりに全力で飛びつく。

体重の軽い少女は飛びつかれた勢いのまま床に倒れそうになったが、愛する妹に抱きつく姉がそれを許さない。

「暖かい……生きてる……？　リリファが……リリファが生ぎでるぅ……よがっだあぁぁ……ッ！」

そこから先は言葉にならなかった。

妹の身体を掻き抱いたまま、レイファは端正な顔をくしゃくしゃにして泣き崩れた。

そして妹の体温を最も感じ取れるであろう姿勢を探すかのように何度も何度も腕の位置を変え、二度と離すまいと抱き締める。

そこにラテストウッドの女王の姿はない。

今ここにいるのは、最愛の妹の生に号泣する一人の姉の姿だった。

「ちょ、ちょっと。姉様、痛いよ。痛いってば」

構われるのを嫌がる猫のように、少女は両手を突っ張って姉を引き剝がそうとするも叶わない。

状況も何も解っていない少女は混乱したまま、どこかに救いの手はないかと再び視線を彷徨わせ、そこに既知の顔を見つける。

「あ、ヘリアンさん」

平凡な顔立ちの青年。

一度会っただけのよく分からない変な旅人。

だけど優しくて、どこか頼りがいのありそうな人間の男の人。

「ヘリアンさん……泣いてるの？」

見たこともない表情を浮かべている青年に、少女は心底不思議そうに尋ねた。

「……いいや。泣いているわけがないだろう。男は涙を流さないのだから」

いつの日か、少女の父親が言ってた台詞によく似ていた。

その時は『男は馬鹿だなあ』と聞き流していたのを少女は思い出す。

けれど彼も同じことを言うのだから、きっとそれは本当のことだったのだろう。

女には分からない男の世界というやつなのかもしれない。

だから少女は「そっかー」とだけ呟いて、綺麗な雫《しずく》が彼の頬を伝って落ちたのを見ていないことにした。

そうこうしている間にも、聞き分けのない姉はぎゅうぎゅうと少女の細い身体を締め付けている。

痛いと言っているのに、聞き取ることのできない言葉を零しながら一向に離そうとしてくれない姉はすごく意地悪だと思う。

だから、手加減なく抱き締めてくる姉の魔の手から逃れるため、少女は彼を頼ることにした。

けれどその前に、どうしても訊いておかなければいけない疑念が一つあった。

心が導くままに、少女は青年に問い掛ける。

「ねえヘリアンさん。これ、夢かなあ？」

問われた青年は、一瞬だけ、酷く形容し難い表情に顔を歪めた。

しかし意を決したかのように、青年は頬を濡《ぬ》らしながらも不器用な微笑みを浮かべ、幼い少女に答えを告げる。


「いいや。どうしようもなく泣きたくなるが――――現実だよ」


聖魔歴一五〇〇年七月一三日。

異世界における初戦争の終結宣言が発令。

戦果報告。

当作戦の主目的、ラテストウッド国民の救出を完了。

ラテストウッド首都奪還に成功。
敵勢力部隊全滅による完全勝利を達成。
アルキマイラ勢力群における死者数――ゼロ名。

あとがき

はじめまして、蒼乃暁《あおのあかつき》と申します。まずは本書を手にとっていただき、ありがとうございます。

まさか自分が本名以外の名前を使って自己紹介をする日がこようとは、なんだかむず痒《がゆ》いというか奇妙な感覚があります。初めてプレイしたＭＭＯＲＰＧで他のプレイヤーに自己紹介をした時も同様の感覚を味わったものですが、当時からネーミングセンスがほぼ変わっていないというある意味恐ろしい事実に気付いてしまいました。多分もう手遅れですね……。


さて、本書はいわゆる『異世界転移もの』のお話です。言うまでもなくＷＥＢなどで流行《はや》っている一大ジャンルであり、私もこのジャンルは一読者としても大好きです。

しかし、いざ自分が書く段になってふと思いました。

異世界転移ものの主人公は『別世界に来た事実』を受け入れられる『強さ』の持ち主であることが比較的多いですが、普通に産まれ、普通に育ち、普通に生きてきた一般人な学生が主人公だと仮定して、その主人公は『異世界で生きなければならない事実』を受け入れられるでしょうか？

私の答えはＮＯでした。

異世界転移はソレを望んでいる者からすれば〝夢のような世界〟への切符《きっぷ》かもしれませんが、本書の主人公はソレを理不尽な拉致《らち》行為と定義してしまいました。彼は異世界転移を喜べる性格ではなく、かといって受け入れられるだけの強さもなく、周囲の状況に翻弄《ほんろう》されることになりました。

そんな彼が行き着いた結果はご覧の通りですが、彼はこういう主人公です。これからも色んなことに思い悩むことでしょう。時には足が止まりそうになるでしょう。その果てに『とある結末』に辿り着くことになるのですが、その道程を長い目で暖かく見守っていただければ幸いです。


では、ここからは謝辞に入りたいと思います。

まずはアルキマイラを見つけてくださり何かと奔走《ほんそう》していただいた担当編集のH野さん、いきなり九人以上もの登場人物を限られた時間の中で素敵に仕上げてくださったｂｏｂさん、象徴的かつ格好いいアルキマイラの紋章《エンブレム》を創っていただいた有馬《ありま》トモユキさん。御三方には書籍化作業にあたり特にご尽力いただき、心から感謝申し上げます。

また、試し読みなどで協力してくれたＯ音さん、深夜まで作品の相談に付き合ってくれた高校時代からの友人Ｍ本クン、いつもありがとう。これからもどうぞヨロシク。

そして本作をＷＥＢの頃から見てくれた方や応援してくれた読者の方々。皆さんのおかげでこうして『本』にすることが出来ました。本当にありがとうございます。

最後に本作をご購読いただいた皆様。一冊目としては規格外なページ数になってしまった本書ですが、長々とした文章を最後までお付き合いいただき、誠にありがとうございます。


願わくば次回も、夢見るなら最後まで、アルキマイラの物語を見届けていただけるよう、これからも頑張っていきたいと思います。どうぞよろしくお願い致します。

それでは、いずれまた。

蒼乃暁

GAノベル

異世界国家アルキマイラ
～最弱の王と無双の軍勢～

2019年5月31日　初版第一刷発行

著者　蒼乃 暁
発行人　小川 淳
発行所　SBクリエイティブ株式会社
〒106-0032　東京都港区六本木2-4-5
03-5549-1201　03-5549-1167(編集)

装丁　有馬トモユキ（TATSDESIGN）
印刷・製本　中央精版印刷株式会社

ISBN978-4-7973-9670-6
Printed in Japan

ファンレター、作品のご感想をお待ちしております。
〒106-0032　東京都港区六本木 2-4-5
SBクリエイティブ株式会社
GA文庫編集部 気付

「蒼乃 暁先生」係
「bob 先生」係

本書に関するご意見・ご感想は
下のQRコードよりお寄せください。
※アクセスの際に発生する通信費等はご負担ください。

https://ga.sbcr.jp/

異世界転生で賢者になって冒険者生活
～【魔法改良】で異世界最強～
著：進行諸島　画：カット

GA ノベル

悲運な死を迎えたミナトが転生したのは魔法技術が衰退した世界だった。

「……なんだこの非効率な魔法は……」

魔法陣を最適化することで既存の魔法を超絶破壊力に！　さらには自らの手で新たに完全無欠の究極魔法を作り出す！

圧倒的な知識を生かして魔法を改良していくミナト。そればかりか彼は保有魔力や属性といった魔法適性でも人々を凌駕していた！！

魔法技術が衰退し、人々の魔法能力も失われた世界ですべての属性を持つ、万能の魔法の使い手「賢者」として成り上がる！

失われた魔法知識と圧倒的な魔力で快進撃する賢者無双、ここに開幕！！！

ここは俺に任せて先に行けと言ってから10年がたったら伝説になっていた。2

著：えぞぎんぎつね　画：DeeCHA

GA ノベル

「……厚かましいお願いだけどさ、ここで寝かせてもらえないかな」

　ラックは受け取った屋敷に引っ越すなり、そこで夜を明かそうとしていた少女ミルカと出会う。彼はミルカの不幸な境遇を聞き、妹同然に可愛がるセルリスとともに、彼女をつけ狙う悪い借金取りたちをぶちのめす！　そしてその際に、最近王都で謎の失踪を遂げる人が増えていることを知ったのだった。

　神隠しとも呼べる事件の裏に、昏き者どもの神やヴァンパイアの影を見たラックは、シアとミルカの助力のもと、すぐに人々が消えていく貴族の家を特定。侵入を開始すると、閉じ込められていた天才少女フィリーを救い、そのまま敵の拠点に突撃することに――!!

冒険者ライセンスを剥奪されたおっさんだけど、愛娘ができたのでのんびり人生を謳歌する３

著：斧名田マニマニ　画：藤ちょこ

GAノベル

「ラビはどこだと聞いている！」

　ダグラス不在のおり、ラビが攫われてしまう!!　犯人はかつての仲間だった勇者パーティの賢者？

「もう以前の俺ではない。娘のためなら、どんなことだってできる」

　怒り心頭のダグラス、ついに本気で戦う時が!?　そして賢者の思惑とは？

その他にも、ラビが魔法能力に覚醒したり、女性大工と家を建てたり、ラビが林間学校に参加したり、ダグラスが騎士団長に任命されたりと、仲良し父娘の日常は、騒がしくも楽しいイベントが盛りだくさん!!

「私、ずっとお父さんの傍にいられるよね……？」

ゴブリンスレイヤー TRPG

著：川人忠明とグループSNE
（原作：蝸牛くも）　画：神奈月昇/ニカ

GA文庫

丘陵地帯の部族を脅かす人頭獅子《マンティコア》から生贄となった少女を救い、遺跡に巣くう邪教徒たちの儀式を食い止め、骸骨《スケルトン》や幽鬼《レイス》が蔓延る納骨堂に踏み込んで失われた秘宝を探し出せ！

四方世界《しほうせかい》は驚異と危険に満ちている！　冒険者ギルドが発する数々の依頼に挑みながら、世界を混沌《こんとん》の勢力から救うのだ。

本作は「ゴブリンスレイヤー」の世界を舞台にしたＴＲＰＧであり、原作に登場する種族や職業を忠実に再現。駆け出し冒険者の定番任務である下水道での鼠退治から始まって、竜殺し《ドラゴンスレイヤー》となって伝説の秘宝を手にするまで、あらゆる冒険に挑むことができる。もちろんゴブリン退治も！

黄昏の騎士団、蹂躙、蹂躙、蹂躙す

著：あわむら赤光　画：夕薙

GA文庫

　裏城紫苑は余命少ない末期患者の少年。生きる楽しみを何一つ知らず死にたくないと、闘病を続ける姿が、天上界の姫エミルナの目に留まった。

「適格者よ。我が“不死の騎士公《ジ・イモータル》”となり、君が求む快楽を探すといい」

　不滅の肉体と、『他者にも不死性を与える』規格外の力を得る紫苑。そして、彼が見出した喜びとは――エミルナの右腕として無敵の軍団を結成し、地上を支配せんとする天上界の王族を殲滅することだった！

「強くなって悪い奴らを踏みにじる。これより気持ちいいことってある？」

　不死の暴力。不滅の純愛。今、灰色だった人生への大叛逆が始まる！

　正義を娯楽とし圧倒的な力で為す独善懲悪バトルパレード、開幕!!